Leo N. Tolstoi

Die Dekabristen

Band-Signatur
TFb_C004

Tolstoi-Friedensbibliothek
Reihe C | Band 4

Herausgegeben von Peter Bürger

Übersetzungen von Hanny Brentano,
L. Albert Hauff, Raphael Löwenfeld
und Vera v. Mitrofanov

Leo N. Tolstoi

Die Dekabristen

Nebst weiteren Texten über Soldaten und
einer Darstellung zu Tolstois Militärzeit
von Pawel Birjukov

Tolstoi Friedensbibliothek

TFb_C004

Ein besonderer Dank für
Beistand während der Bearbeitung
dieses Bandes gebührt Bodo Bischof

Die TFb-Buchausgaben
folgen dem Editionsprojekt
www.tolstoi-friedensbibliothek.de

Leo N. Tolstoi

DIE DEKABRISTEN
Romanfragment, nebst weiteren Texten über Soldaten & einer
Darstellung zu Tolstois Militärzeit von Pawel Birjukov

*Übersetzungen von Hanny Brentano, L. Albert Hauff,
Raphael Löwenfeld und Vera v. Mitrofanoff*

Tolstoi-Friedensbibliothek: Band-Signatur TFb_C004

Herausgeber, Redaktion & Gestaltung: Peter Bürger
www.tolstoi-friedensbibliothek.de
Umschlagbild: Leo N. Tolstoi als Fähnrich im Jahr 1854,
Daguerreotypie | commons.wikimedia.org

Herstellung & Verlag: BoD – Books on Demand, Norderstedt
ISBN: 978-3-7597-6692-2

Inhalt

Vorbemerkungen zu diesem Band
der Tolstoi-Friedensbibliothek

Der hier vorgelegte Band enthält die wenigen überkommenen Bruchstücke zu Tolstois Roman *„Die Dekabristen"* (zwei Übersetzungen). Das nie vollendete Werk wird als eine Art Vorstufe zum Klassiker *„Krieg und Frieden"* betrachtet. Es sollte die Geschichte jener reformbereiten Offiziere nachzeichnen, die sich im Dezember 1825 zu Tausenden in Sankt Petersburg gegen den neuen Zaren Nikolaus I. gestellt haben. Nach dem Scheitern des Aufstandes ließ der Selbstherrscher führende Initiatoren hinrichten und zahllose ‚Dezembermänner' einkerkern oder nach Sibirien verbannen. Heimkehrer aus der Verbannung konnten ab 1856 als Vorbilder eines langen Freiheitsringens gelten. Leo N. Tolstoi ist mehren Dekabristen persönlich begegnet, so zur Jahreswende 1860/1861 in Florenz dem Fürsten Sergej Grigorjewitsch Wolkonski[1] (1788-1865).

Der Dichter versucht EBERHARD DIECKMANN zufolge „in den 1860 begonnenen ‚Dekabristen' Antwort auf die Fragen der Gegenwart zu erhalten. Der Versuch bleibt Fragment, 1863 und von 1877 bis 1879 arbeitet Tolstoi nochmals daran, aber 1884, mit der Drucklegung dieses Bruchstückes, nimmt er endgültig Abschied von diesem Stoff. […] Die ‚Dekabristen' sind, soweit erhalten, ein besonders polemisches Werk. Und zwar führt der Autor seine Polemik auf zwei Ebenen: einmal bei der Charakterisierung der Gestalten und dann in seinem Autorenbericht, der gleich einleitend eine vernichtende Charakterisierung der Gegenwart der fünfziger Jahre bringt. Beißende Ironie disqualifiziert den liberalen Geist der Epoche, einer ‚Fragen'epoche, die sich für Ergebnisse nicht zuständig erklärt. In diesen allgemeinen Hohn schließt sich selbst der Autor mit völliger Offenheit ein. Mit einer recht absichtsvollen Umständlichkeit breitet Tolstoi allen falschen Glanz der Hauptstadt aus, ehe er als Kontrast die Helden seiner Erzählung in scheinbar lächerlicher Bescheidenheit in Moskau einziehen läßt. Ein Gegensatz den er lange steigert,

---

[1] Vorbild für den Fürsten Peter Iwanowitsch Labasow in Tolstois Romanfragment *„Die Dekabristen"*.

um nach der Enthüllung der Identität seiner Personen jenen falschen Glanz um so entschiedener wegwischen zu können. Die zurückgekehrten Dekabristen selber werden zum stärksten Mittel der Polemik. Ihr bescheidenes, genügsames Verhalten, ihre echte, weil bewiesene Würde stellen die Affektiertheit der Moskauer Adelsgesellschaft recht brüsk bloß. Dennoch sind die Arglosigkeit und die edle Gesinnung des alten Dekabristen den veränderten Umständen offensichtlich nicht gewachsen, insofern ist eine der Hauptideen des Autors sicher bald verworfen worden."[2]

In einer zweiten Abteilung unserer Sammlung werden fünf weitere Texte des russischen Dichters über Soldaten und ihre Schicksale dargeboten: *Wie russische Soldaten sterben* (1854); *Onkelchen Shdanow und der Kavalier Tschernow* (1854); *Jermak und die Eroberung Sibiriens* (1862); *Der Gefangene im Kaukasus* (1872); *Nikolaus Palkin* (1886). Die frühen Skizzen und Erzählungen sind insgesamt zweigesichtig. Einerseits gibt es noch Bewunderung für Opferbereitschaft und patriotisches „Heldentum". Andererseits beleuchtet der Autor schon die tiefe Menschenverachtung im Militär: „Sie schlugen ihn nicht etwa, damit er es besser machte, sondern weil er ein Soldat war, und ein Soldat muss geschlagen werden. … Sobald ein Gedanke in seinem Kopf auftauchte, erschrak er, als handele es sich um eine unreine Besessenheit, und versuchte zu schlafen" (*Onkelchen Shdanow*, 1854). Erst der späte Tolstoi brandmarkt – als entschiedener Christ jenseits der blasphemischen Staatskirchenideologie – den Soldatenberuf ohne Hintertüren als Sklavendienst, Mordhandwerk und systematische Zerstörung des Gewissens (*Nikolaus Palkin*, 1886).

Die ausgewählten Übersetzungen stammen u. a. von HANNY BRENTANO, L. ALBERT HAUFF, RAPHAEL LÖWENFELD und VERA V. MITROFANOV. Der Anhang enthält eine sehr umfangreiche biographische Dokumentation von PAVEL BIRJUKOV (1906) über Tolstois eigene Militärjahre 1851-1856. | pb

---

[2] In: Lew TOLSTOI, Polikuschka. Frühe Erzählungen. Aus dem Russischen übersetzt von Hermann Asemissen. (= Gesammelte Werke in zwanzig Bänden. Herausgegeben von Eberhard Dieckmann und Gerhard Dudek, Band 3). Dritte Auflage. Berlin: Rütten & Loening 1983, S. 642-643.

DIE DEKABRISTEN

Zwei Übersetzungen
des Fragments

Oben: Ölbild „Dekabristenaufstand in St. Petersburg 1825" von Wassily Timm (1820-1895). | Unten: Aquarell „Aufstand der Dezembristen" von Wassily Grigorjewitsch Perow (1833-1882). – Bilddaten: commons.wikimedia.org

Einführung zu Tolstois
Romanfragment „Die Dekabristen"

Von Raphael Löwenfeld[1]

Die Dekabristen (d. h. Dezembermänner) ist der Name für eine Gruppe russischer Freiheitskämpfer, die zu Beginn der Regierung des Kaisers Nikolaus, am 14./26. Dezember 1825 in Petersburg einen Aufstand versuchten, der an der höchst mangelhaften Vorbereitung scheiterte, scheitern mußte. Zu den Dekabristen gehörten geistig hervorragende Persönlichkeiten und Männer von ausgezeichneter Gesinnung. Man kann die Dekabristen als die Vorläufer der todeskühnen Vorkämpfer für Freiheit bezeichnen, an denen Rußland reicher ist, als irgend ein Land der Erde.

Die Führer der Bewegung wurden gefangen genommen, einige von ihnen schmählich hingerichtet, die anderen nach Sibirien in die Verbannung geschickt. Aber die Anregung, die sie gegeben, war von tiefer und dauernder Nachwirkung. Ihr verdankt Rußland die fortzeugende Saat freiheitlicher Gedanken, deren Früchte Gegenwart und Zukunft genießen sollen. Als sie nach jahrzehntelanger Trennung von Europa in die Heimat wiederkehrten, fanden sie alles verändert. Ein Teil ihrer Saat war inzwischen aufgegangen. Rußland sah unter Alexander II., dem Nachfolger Nikolaus', mit freudiger Hoffnung einer besseren Zeit entgegen.

Alexander II. war es auch, der den Opfern des unglückseligen Dezember von 1825 endlich, endlich nach dreißig Jahren heldenhaft ertragener Leiden 1856 die Rückkehr in die Heimat gestattete. Von den 121 Verbannten waren aber nur noch 19 am Leben. Die wenigen, die wiederkehrten, wurden, wie die Fürstin Maria Nikolajewna Wolkonskij in ihren Erinnerungen erzählt, „mit Begeisterung, von

---

[1] Textquelle | Leo N. TOLSTOI: Gesammelte Novellen. *Dritter Band*: Eheglück / Die Kreutzersonate / Wandelt, dieweil ihr das Licht habt / Der Tod des Iwan Iljitsch / Die Dekabristen. Mit Einführungen von Raphael Löwenfeld. Erstes bis viertes Tausend. Jena: Eugen Diederichs 1924, S. 456-458.

einigen sogar mit Bewunderung empfangen". Die Fürstin Wolkonskij und ihre Freundin, die Fürstin Trubetzkoj, waren ihren verurteilten Männern in die Verbannung gefolgt; die verwöhnten Kinder
einer Gesellschaft, die nichts von Entbehrungen weiß, nahmen alle
Entbehrungen auf sich, die mit diesem Opfer der Liebe verbunden
waren. Als junge Frauen von zwanzig Jahren machten sie den Weg
nach Sibirien: die eine machte ihn nicht wieder zurück, sie war ein
Jahr vor der Aufhebung der Verbannung gestorben. Maria Wol-
konskaja kehrte in dem großen Jahre der Befreiung mit ihrem Gatten
und den herangewachsenen Kindern wieder, nachdem sie zwanzig
Jahre in Irkutsk gelebt und ihren Kindern dort eine gute Bildung gegeben hatten.

Der Heldenmut der beiden Frauen hat in Rußland schon seinen
Dichter gefunden.

Njekrassow hat jeder von ihnen ein langes Poem gewidmet, und
seine Dichtung ist so volkstümlich in russischen Landen, wie die
Tat, die sie besingt.

Diese Männer, voll Adel und Seelenstärke, diese Frauen, voll
Hochsinn und Tapferkeit, müssen für den Dichter eine reizvolle
Aufgabe sein.

Und in der Tat, immer wieder und wieder lockten auch Tolstoj
diese Gestalten und zogen ihn immer von neuem an. Ihre Angehörigen kannte er und hörte aus ihrem Munde vieles über ihr Wesen
und ihre Schicksale. Und auch ein Tolstoj war unter den verbannten
Dekabristen.

Und doch wollte aus der Fülle des Gehörten und Gelesenen sich
kein Kunstwerk gestalten. Fünfzehn volle Jahre rang er mit dem
Stoff, der sich ihm in reicher, vielleicht zu reicher Fülle darbot. Im
Jahre 1863 begann er die Arbeit, und erst 1878 entschloß er sich, sie
ein für allemal aufzugeben.

Ähnlich erging es ihm mit *„Peter dem Großen"*, den er auch zum
Mittelpunkte einer großen, weiten Schilderung einer beginnenden
neuen Zeit für Rußland machen wollte. Er verlor die Teilnahme für
den Menschen, dem er erst eine gewisse Bewunderung entgegengebracht hatte, und der ihm schließlich gering und schlecht erschien.

Die Dekabristen waren nicht, wie Peter, in seiner Schätzung gesunken. Sie standen ihm nur zeitlich zu nahe und führten ihn unbewußt zu dem gewaltigen weltgeschichtlichen Ereignis, das er in

„Krieg und Frieden" zu einer Art nationalem Heldengedicht ausgestaltet hat.

Indem er die geistigen Strömungen erforschte, die die Reformideen der Dekabristen hervorgerufen hatten, indem er ihren äußeren und inneren Beziehungen nachging, näherte er sich den ersten Jahren des beginnenden Jahrhunderts und vertiefte er sich mehr und mehr in die Verhältnisse Rußlands zur Zeit der Napoleonischen Invasion. *„Das Jahr 1805"* – so nennt sich der erste Teil von *„Krieg und Frieden"*, der gesondert niedergeschrieben und zuerst auch gesondert veröffentlicht worden ist – fesselte ihn mehr als das Jahr 1825, und die Fortsetzung der einmal begonnenen dichterischen Bearbeitung der welthistorischen Kämpfe mit Napoleon beschäftigte ihn nun volle fünf Jahre. So waren *„Die Dekabristen"* die erste Anregung zu *„Krieg und Frieden"* gewesen. Als *„Krieg und Frieden"* beendet war, versuchte Tolstoj von neuem den Dekabristenstoff zu bewältigen, und auch von der Arbeit an dem zweiten großen Roman *„Anna Karenina"* (1873–76) wurde der Dichter von Zeit zu Zeit abgelenkt durch die sympathischen Männer des Dezember-Aufstands. Aber immer wieder verlor er die Lust zu dieser Arbeit und entschloß sich endlich, die geringfügigen Bruchstücke zu veröffentlichen, die hier folgen.

Was aus dem Ganzen hätte werden können, ist nach den kargen Einleitungskapiteln nicht zu erschließen. Man sieht, besonders aus dem ersten, größeren Bruchstück, dem man wohl ohne Schwanken den Vorzug vor den anderen Versuchen geben wird, daß Tolstoj von der wärmsten Sympathie für die Menschen beseelt war, die er uns gleich am Eingange der Erzählung vorführt. Wenn man die Schilderungen Tolstojs mit den bekannten geschichtlichen Vorgängen vergleicht, kommt man zu dem Schluß, daß die Wiederkehr der Familie Wolkonskij die Grundlage des schönen Einleitungskapitels bildet. Der Name Labasow ist erfunden. Unter den Dekabristen war keiner, der diesen Namen führte. Was der Dichter an Einzelheiten von Labosow erzählt, stimmt ganz mit dem überein, was wir von den Wolkonskijs aus Selbstschilderungen wissen. –

Als eine Arbeit des Dichters von *„Krieg und Frieden"* und *„Anna Karenina"*, als der Gegenstand des Ringens eines großen Künstlers mit einem Stoffe, der sich gerade ihm spröde erweist, haben die unvollendeten *„Dekabristen"* für uns ihren Wert.

Bildnis des berühmten ‚Dezembristen'
Fürst Sergej Grigorjewitsch Wolkonski (1788-1865)

(Künstler: George Dawe, 1781-1829 | commons.wikimedia.org)

Zur Jahreswende 1860/61 war L. N. Tolstoi dem 1856 aus der Verbannung heimgekehrten Fürsten (im Romanfragment ‚Peter Iwanowitsch
Labasow' genannt) in Florenz begegnet: „Mit seinen langen grauen
Haaren kam er mir wie ein alttestamentlicher Prophet vor … Es war ein
erstaunlicher alter Mann mit dem Flair der St. Petersburger Aristokratie, des Adels und des Hofes …" (nach Alexander Goldenweiser).

Die Dekabristen

Bruchstücke eines unvollendeten Romans[1]
(1863, 1877-1878)

Edition von Raphael Löwenfeld

I. |

Es war vor nicht langer Zeit, unter der Regierung Alexander II., in unserer Zeit der Zivilisation, des Fortschritts, der „Fragen", der Wiedergeburt Rußlands usw. usw. Zu der Zeit, als das siegreiche russische Heer aus Sewastopol heimkehrte, das sich dem Feinde ergeben hatte, als ganz Rußland die Vernichtung der Schwarzen-Meer-Flotte feierte und das weißtürmige Moskau die Reste der Bemannung dieser Flotte begrüßte und zu diesem glücklichen Ereignis beglückwünschte, ihnen einen guten russischen Trunk Branntwein und, nach guter russischer Sitte, Brot und Salz darbrachte und sich tief vor ihnen verbeugte; es war zu der Zeit, als Rußland in der Person weitsichtiger jungfräulicher Politiker die Zerstörung seiner Träume von einer Messe in der Hagja Sofia beweinte und den für das Vaterland tiefschmerzlichen Verlust zweier großer Männer beklagte, die der Krieg hinweggerafft hatte (der eine, voll Begeisterung für den Gedanken, sobald als möglich die Messe in der genannten Kirche abzuhalten, war auf den Feldern der Walachei gefallen, hatte aber auch auf eben diesen Feldern zwei Schwadronen Husaren gelassen, der andere, ein unschätzbarer Mann, hatte Tee, fremdes Geld und Laken an die Verwundeten verteilt und hatte nie weder das eine noch das andere gestohlen); zu der Zeit, da von allen Seiten auf allen Gebieten menschlicher Tätigkeit in Rußland die großen Männer wie Pilze aus der Erde hervorschossen – Heerführer, Verwaltungstalente, Volkswirtschaftslehrer, Schriftsteller, Redner und gemeinhin große Männer ohne besonderen Beruf und besondere Ziele. Zu der

---

[1] Textquelle | Leo N. TOLSTOI: Gesammelte Novellen. *Dritter Band*: Eheglück / Die Kreutzersonate / Wandelt, dieweil ihr das Licht habt / Der Tod des Iwan Iljitsch / Die Dekabristen. – Mit Einführungen von Raphael Löwenfeld [1854-1910]. Erstes bis viertes Tausend. Jena: Eugen Diederichs 1924, S. 455-539.

Zeit, da ein Trinkspruch bei dem Jubiläum eines Moskauer Schauspielers die Anregung zur Bildung einer öffentlichen Meinung gab, die alle Verbrecher zu strafen begann; als drohende Kommissionen aus Petersburg nach dem Süden eilten, um die Kommissariatsverbrecher zu verhaften, zu überführen und hinzurichten; als in allen Städten die Helden von Sewastopol mit Festmahlen und Reden gefeiert wurden und man denen, die mit verkrüppelten Armen und Beinen heimkehrten, auf allen Brücken und Kreuzwegen begegnete und Leierkasten widmete. Zu der Zeit, da die Rednertalente sich so schnell in unserm Volke entwickelten, daß ein Schenkwirt überall und bei jeder Gelegenheit so kräftige Reden schrieb und druckte und bei Festessen auswendig hersagte, daß die Hüter der Ordnung genötigt waren, allgemeine Einschränkungsmaßregeln gegen die Beredsamkeit des Schenkwirts zu ergreifen; da man sogar im Englischen Klub ein besonderes Zimmer herrichtete zur Erörterung der öffentlichen Angelegenheiten; da Zeitschriften unter den allerverschiedensten Flaggen erschienen, – Zeitschriften, die europäische Keime auf europäischem Boden, aber mit russischer Weltanschauung entwickelten, und Zeitschriften, die ausschließlich auf russischem Boden russische Keime entwickelten, jedoch mit europäischer Weltanschauung; als plötzlich soviel Zeitschriften erschienen, daß alle Namen erschöpft zu sein schienen: Der „Bote", das „Wort", die „Laube", der „Beobachter", der „Stern", der „Adler" und viele, viele andere, – und trotzdem immer neue und neue Namen auftauchten; zu der Zeit, da ganze Plejaden von Schriftstellern-Denkern auftauchten, die nachzuweisen suchten, die Wissenschaft sei eine nationale oder sie sei keine nationale, oder sie sei eine nicht-nationale usw., und Plejaden von Schriftstellern-Künstlern, die einen Hain und einen Sonnenaufgang und ein Gewitter und die Liebe der russischen Jungfrau und die Faulheit eines Beamten und das schlechte Verhalten vieler Beamten schilderten; zu der Zeit, da von allen Seiten die „Fragen" auftauchten (wie man im Jahre 1856 all die zusammentreffenden Umstände zu nennen pflegte, in denen niemand einen Sinn entdecken konnte), – die Fragen der Kadettenschulen, der Universitäten, der Zensur, des mündlichen Gerichtsverfahrens, die Finanz-, die Polizei-, die Emanzipationsfrage und viele andere – alle sich Mühe gaben, noch neue Fragen zu finden, alle versuchten, sie zu lösen: in Schrift und Wort, Projekte vorbereiteten, alles verbessern, vernichten, verändern wollten, und alle Russen wie ein Mann von unbeschreiblicher Begeisterung ergriffen waren. Ein Zustand, der sich für Rußland im 19. Jahrhundert zweimal wiederholt hat: das erstemal, als wir im Jahre 1812 Napoleon I. den Rücken durchbleuten, und das zweitemal, als im Jahre 1856 Napoleon III. uns den Rücken durchbleute. O große, unvergeßliche Zeit der Wiedergeburt des russischen Volkes! …

Wie jener Franzose, der das Wort gesprochen: Wer nicht zur Zeit der großen französischen Revolution gelebt hat, der hat überhaupt nicht gelebt! so wage auch ich zu sagen: Wer nicht im Jahre 1856 in Rußland gelebt hat, der weiß nicht, was Leben heißt. Der Schreiber dieser Zeilen hat nicht nur jene Zeit miterlebt, er war auch einer der mitwirkenden Männer jener Zeit. Nicht bloß daß er selbst viele Wochen in einer der Blindagen Sewastopols gesessen hat, er hat auch über den Krimkrieg ein Buch geschrieben, das ihm großen Ruhm eingetragen, und in dem er klar und ausführlich geschildert hat, wie die Soldaten von den Bastionen herab aus ihren Büchsen feuerten, wie sie auf dem Verbandplatz Verbände anlegten und auf dem Friedhof die Toten bestatteten. Und nach der Vollbringung dieser Taten kam der Schreiber dieser Zeilen nach dem Zentrum des Reichs in das Feuerwerkerinstitut, wo er auch die Lorbeeren für seine Taten erntete. Er sah die Begeisterung der beiden Hauptstädte und der gesamten Nation und erfuhr an seiner eigenen Person, wie Rußland wahre Verdienste zu belohnen weiß. Die Mächtigen dieser Welt suchten alle seine Bekanntschaft, drückten ihm die Hand, boten ihm Festessen an, luden ihn an ihre Tafel, öffneten ihm bereitwillig ihr Haus, um von ihm Einzelheiten aus dem Kriege zu hören, und erzählten ihm von ihren Empfindungen. Darum kann der Schreiber dieser Zeilen jene große unvergeßliche Zeit richtig schätzen. Aber nicht darum handelt es sich …

Zu dieser Zeit hielten einmal zwei Wagen und Schlitten vor der Einfahrt eines der besseren Moskauer Gasthäuser. Ein junger Mann rannte in das Haus und fragte nach Zimmern; ein alter Herr saß mit zwei Damen im Wagen und erzählte ihnen, wie die Schmiedebrücke zur Franzosenzeit ausgesehen hätte. Das war die Fortsetzung eines Gesprächs, das er bei der Einfahrt in Moskau begonnen hatte; jetzt setzte der weißbärtige alte Herr mit dem auseinandergeschlagenen Pelz ruhig die Unterhaltung im Wagen fort, als hätte er die Absicht, darin zu übernachten. Frau und Tochter hörten ihm zu, warfen aber mit einer gewissen Ungeduld immer wieder Blicke nach der Tür. Der junge Mann trat aus der Tür heraus, mit ihm der Schweizer und der Zimmerkellner.

Nun, wie ist's, Sergjej? fragte die Mutter, und bot dabei ihr ermüdetes Gesicht dem Licht der Laterne dar.

Geschah es aus Gewohnheit oder damit ihn der Schweizer wegen seiner Pelzjacke nicht für einen Bedienten halte – Sergjej antwortete französisch, es seien Zimmer zu haben, und öffnete den Wagenschlag. Der alte Herr sah einen Augenblick den Sohn an, dann wandte er sich wieder in die dunkle Ecke des Wagens zurück, als ob ihn alles andere nichts weiter anginge.

Das Theater gab es damals noch nicht, fuhr er fort.

Pierre, sagte die Gattin, indem sie ihren Umhang aufnahm; er aber sprach weiter:

Madame Chalmé war in der Twerstraße …

Aus dem Innern des Wagens erklang jugendliches, helles Lachen. Papa, so steig' doch aus. Du bist so ins Erzählen hineingekommen!

Der alte Herr schien jetzt erst zu bemerken, daß sie am Ziele waren, und sah sich um.

So steige doch aus.

Er schob seine Mütze fest in die Stirn und stieg gehorsam aus. Der Schweizer griff ihm unter den Arm; da er aber beobachtete, daß der alte Herr noch sehr rüstig gehe, bot er seine Dienste sofort der Dame an. Natalia Nikolajewna, die Gattin des alten Herrn, erschien ihm als eine sehr gewichtige Persönlichkeit wegen ihres Zobelpelzes, wegen der langsamen Art, wie sie ausstieg, wie sie sich schwer auf seinen Arm stützte, wie sie, ohne sich umzusehen, geradeswegs die Treppe betrat. Das Fräulein konnte er von den Mädchen, die aus dem zweiten Wagen stiegen, kaum unterscheiden – sie trug ganz wie diese ein Bündelchen und eine Pfeife und ging hinterdrein; nur an dem Lachen und daran, daß sie den alten Herrn „Vater" nannte, erkannte er sie.

Nicht hierhin, Papa, nach rechts, sagte sie und hielt ihn am Ärmel des Pelzes fest, nach rechts.

Und auf der Treppe erklang mitten durch das Geräusch der Schritte und Türen und das schwere Atmen der alten Dame dasselbe

Lachen, das man aus dem Wagen gehört hatte, und bei dem jeder, der es hörte, wohl gedacht hätte: die lacht wundervoll, beneidenswert!

Sergjej, der Sohn, hatte auf der Reise die Sorge für alle materiellen Dinge übernommen, und er betrieb sein Amt, wenn auch ohne Sachkenntnis, so doch mit der Energie und mit der selbstzufriedenen Geschäftigkeit, die dem Alter von 25 Jahren eigen zu sein pflegt. Zwanzigmal mindestens, und offenbar ohne besonders wichtige Ursache, lief er im einfachen Überzieher, vor Kälte zitternd, hinunter zu dem Schlitten und wieder hinauf, und nahm dabei mit seinen jungen, langen Schritten zwei bis drei Stufen auf einmal. Natalia Nikolajewna rief ihm bittend zu, er solle sich nicht erkälten; aber er versicherte immer wieder, es habe nichts zu sagen, erteilte beständig Befehle, schlug mit den Türen, ging hin und her und machte, als man schon alles an die Diener und Hausknechte abgegeben hatte, einen Rundgang durch alle Zimmer, ging zur einen Tür heraus und kam zur andern wieder herein und sah sich überall um, was es wohl noch zu tun gäbe.

Sag', Papa, wirst du ins Badehaus fahren? ... Soll ich mich erkundigen? – fragte er.

Der Papa war in Gedanken versunken; er schien sich nicht klar zu sein darüber, wo er sich befand. Er antwortete nicht gleich, denn er hörte zwar die Worte, nahm sie aber nicht auf; plötzlich hatte er sie verstanden.

Ja, ja, ja! Erkundige dich. An der Steinernen Brücke ist wohl eins.

Das Oberhaupt der Familie durchschritt eilig und erregt die Zimmer und ließ sich dann in einen Lehnstuhl nieder.

Na, jetzt heißt es, klar sein, was geschehen soll, wie wir uns einrichten, sagte er; helft; Kinder, flott! Nun frisch alles herbeigebracht, eingerichtet, und morgen schicken wir ein Briefchen und Sergjej zur Schwester Maria Iwanowna, zu Nikitins oder wir fahren selbst hin; nicht wahr, Natascha? ... Jetzt aber heißt's, Ordnung machen.

Morgen ist Sonntag; ich hoffe, du wirst vor allem andern zur Kirche fahren, Pierre, sagte die Gattin, die vor einem Koffer auf dem Fußboden lag und ihn aufschloß.

Ach ja, Sonntag! Gewiß, wir fahren alle nach der Himmelfahrtskirche; das sei der Anfang unserer Heimkehr. Du lieber Gott! Wenn ich an den Tag zurückdenke, da ich zum letztenmal in der Himmelfahrtskirche war … weißt du noch, Natascha? Aber nicht darum handelt sich's.

Und das Familienoberhaupt erhob sich rasch von dem Stuhl, auf den er sich eben gesetzt hatte.

Aber jetzt muß Ordnung werden.

Und ohne das geringste zu tun, ging er von einem Zimmer in das andere.

Sag', trinken wir Tee, oder bist du müde und willst ruhen?

Ja, ja, antwortete seine Frau und zog einen Gegenstand aus dem Koffer hervor; du wolltest doch ins Bad?

Ja, zu meiner Zeit war ein Bad an der Steinernen Brücke. Sergjej, frag' doch mal nach, ob die Anstalt an der Steinernen Brücke noch besteht. Dies Zimmer kann ich und Sergjej bewohnen. Sergjej! Wird's dir hier gefallen? – Sergjej aber war schon fort, um sich nach der Badeanstalt zu erkundigen.

Nein, das gefällt mir alles noch nicht! fuhr er fort; du würdest keine unmittelbare Verbindung mit dem Salon haben. Wie meinst du, Natascha?

Beruhige dich nur, Pierre; das wird schon alles werden, antwortete Natascha aus dem andern Zimmer, in das die Hausknechte das Gepäck gebracht hatten. Pierre aber stand unter dem Eindruck der begeisterten Stimmung, in die ihn die Ankunft an seinem Ziel versetzt hatte.

Paß doch auf, wirf Sergjejs Wäsche nicht unter deine! Da, seine Schlittschuhe haben sie in den Salon geworfen.

Und er hob sie selbst vom Boden auf und stellte sie mit ganz besonderer Vorsicht, als hinge davon die ganze zukünftige Ordnung des Haushalts ab, an den Türrahmen und stemmte sie dagegen. Die Schlittschuhe aber standen nicht fest, und kaum war Pierre ein paar Schritte fortgegangen, da fielen sie polternd quer über die Tür. Natalia Nikolajewna runzelte die Stirn und zuckte zusammen. Als sie aber die Ursache des Lärms bemerkte, sagte sie:

Ssonja, heb' sie auf, mein Liebchen.

Heb' sie auf, mein Liebchen, wiederholte der Gatte; ich gehe inzwischen zum Wirt, sonst werdet ihr nicht fertig. Ich will alles mit ihm besprechen.

Ich denke, wir lassen ihn lieber rufen, Pierre; wozu willst du dich bemühen?

Pierre war damit einverstanden.

Ssonja, rufe doch den –wie heißt er doch? Monsieur Cavalier. Sei so gut, sage ihm, wir möchten alles mit ihm besprechen.

Chevalier, Papa, sagte Ssonja und war schon im Begriff zu gehen.

Natalia Nikolajewna, die mit leiser Stimme Befehle gab und mit leisen Schritten von einem Zimmer ins andere ging, bald mit einem Köfferchen, bald mit einer Tabakspfeife oder einem Kissen, und geräuschlos den Gepäckhaufen ordnete und alles an seinen Platz stellte, hatte noch Zeit, Ssonja im Vorübergehen zuzuflüstern:

Gehe nicht selbst, schicke den Diener.

Während der Diener den Wirt holte, benutzte Pierre die Ruhepause, unter dem Vorwande seiner Frau behilflich zu sein, eines ihrer Kleider zu zerknittern und über einen leeren Koffer zu stolpern. Der Dekabrist hielt sich mit der Hand an der Wand und sah sich lächelnd um. Seine Frau schien so beschäftigt zu sein, daß sie nichts bemerkte; Ssonja aber sah ihn mit ihren lachenden Augen an, als wartete sie auf die Erlaubnis aufzulachen. Er gab ihr gern diese Erlaubnis, indem er selbst in ein so gutmütiges lautes Lachen ausbrach, daß alle, die im Zimmer waren, von seiner Frau bis zu dem Hausknecht und den Mädchen, laut lachten. Dieses Lachen belebte den alten Herrn noch mehr, nun fand er, daß das Sofa im Zimmer seiner Frau und Tochter unbequem stehe, obgleich die beiden das Gegenteil behaupteten und ihn baten, er solle sich darüber nicht beunruhigen. In dem Augenblick, da er mit eigenen Händen, von dem Hausknecht unterstützt, Anstrengungen machte, das Möbel umzustellen, trat der Wirt, ein Franzose, ins Zimmer.

Sie wünschten mich zu sprechen? sagte der Wirt in strengem Ton und zog zum Zeichen seiner Gleichmütigkeit – um nicht zu sagen Geringschätzung – langsam sein Taschentuch, faltete es langsam auseinander und schneuzte sich langsam.

Ja, lieber Freund, sagte Peter Iwanowitsch, indem er auf ihn zutrat; sehen Sie, wir wissen selbst noch nicht, wie lange wir hier bleiben. Ich und meine Frau … und nun begann Peter Iwanowitsch, der die Schwäche hatte, in jedem Menschen seinen Nächsten zu sehen, über seine Verhältnisse und Pläne zu sprechen.

Herr Chevalier teilte diese Ansicht von den Menschen nicht und hatte kein Interesse an den Mitteilungen, die Peter Iwanowitsch ihm machte. Das treffliche Französisch aber, das Peter Iwanowitsch sprach (die Kenntnis des Französischen gibt in Rußland, wie man weiß, so etwas wie einen höheren Rang), und seine vornehmen Manieren gaben ihm eine hohe Meinung von den Ankömmlingen.

Womit kann ich Ihnen dienen? fragte er.

Die Frage machte Peter Iwanowitsch keine Schwierigkeiten. Er sprach seine Wünsche aus: er wollte Zimmer, Tee, einen Samowar, Abendbrot, Mittag, Kost für seine Dienerschaft – kurz all die Dinge, um derentwillen die Gasthäuser da sind. Und als Herr Chevalier, verwundert über die Naivität des alten Herrn, der sich benahm, als wäre er in der turkmenischen Steppe oder glaube, daß alle diese Dinge umsonst geliefert würden, erklärte, das alles stehe zur Verfügung, geriet Peter Iwanowitsch in einen Zustand der Entzückung.

Das ist ja reizend, vortrefflich! So wollen wir uns so einrichten. Wollen Sie also so freundlich sein …es wurde ihm aber peinlich, immer nur von sich zu sprechen, und so fing er denn an, Herrn Chevalier nach seiner Familie und seinen Geschäften zu fragen. Sergjej Petrowitsch, der nun wieder in das Zimmer zurückgekommen war, schien dieser Ton seines Vaters nicht zu gefallen; er bemerkte ein Mißbehagen bei dem Wirt und lenkte das Gespräch deshalb auf das Bad. Peter Iwanowitsch aber war ganz mit der Frage beschäftigt, wie wohl im Jahre 1856 ein französisches Gasthaus in Moskau gehen könnte, und wie Madame Chevalier ihre Zeit verbringe. Endlich machte der Wirt eine Verbeugung und fragte, ob er noch Wünsche hätte.

Trinken wir Tee, Natascha, ja? … Also bitte Tee … Und wir plaudern noch, mein liebenswürdiger Monsieur … Was für ein prächtiger Mensch! …

Und gehst du baden, Papa ?

Ach ja … Dann also keinen Tee. – So war das einzige Ergebnis der Unterhaltung mit den neuen Gästen dem Wirt wieder verloren. Dafür aber war Peter Iwanowitsch jetzt stolz und glücklich über seine Anordnungen. Die Lastkutscher, die jetzt kamen, um ein Trinkgeld zu erbitten, verstimmten ihn wieder, weil Sergjej kein Kleingeld hatte; und Peter Iwanowitsch war schon im Begriff, wieder nach dem Wirt zu schicken. Nur der glückliche Gedanke, daß er nicht allein ein Recht habe, an dem heutigen Abend fröhlich zu sein, brachte ihn aus der Verlegenheit. Er nahm zwei Drei-Rubelscheine heraus, drückte dem einen Kutscher einen Schein in die Hand und sagte: Das ist für Sie (Peter Iwanowitsch hatte die Gewohnheit, alle Menschen mit „Sie" anzusprechen, nur seine Familienangehörigen nicht), und das für Sie; und dabei gab er dem zweiten Kutscher den Schein, indem er seine Hand in die des Kutschers legte, so etwa wie man einem Arzt das Honorar für den Krankenbesuch gibt. Nachdem alle diese Geschäfte erledigt waren, fuhr er ins Badehaus.

Ssonja stützte, so wie sie auf dem Sofa saß, ihren Kopf in die Hand und lachte auf:

Ach, wie schön, Mama! Ach, wie schön! – Dann zog sie die Beine auf das Sofa, streckte sich aus, legte sich zurecht und versank in Schlaf, in den festen, unhörbaren Schlaf eines gesunden, achtzehnjährigen Mädchens, das eine Reise von sechs Wochen zurückgelegt hat. Natalia Nikolajewna, die immer noch in ihrem Schlafzimmer zu ordnen hatte, nahm mit dem empfindlichen Ohr der Mutter wahr, daß Ssonja sich nicht rührte und ging hinein, nach ihr zu sehen. Sie nahm ein Kissen, hob mit ihrer großen weißen Hand den zerzausten Kopf des Mädchens mit dem geröteten Gesicht in die Höhe und ließ ihn auf das Kissen nieder. Ssonja seufzte tief, tief auf, zog die Achseln hoch und legte ihren Kopf auf das Kissen, ohne ‚merci' zu sagen, als wäre das alles von selbst geschehen.

Nicht auf diese Seite, nicht auf diese Seite, Gawrilowna, Katja! sagte Natalia Nikolajewna gleich darauf, zu den Mädchen gewandt, die das Bett machten, und strich dabei so ganz nebenher mit der einen Hand ihrer Tochter das Haar zurück, das ihr ins Gesicht fallen wollte. Ohne Rast, aber auch ohne Hast kleidete sich Natalia Nikolajewna jetzt an, und als der Gatte und der Sohn wieder heimkamen, war alles fertig: da war kein Koffer mehr im Zimmer; in Pierres Schlafzimmer war alles so, wie es Jahrzehnte hindurch in Irkutsk gewesen war: der Schlafrock, die Tabakspfeife, die Dose, das Zuckerwasser, das Evangelium, das er abends zu lesen pflegte, sogar ein kleines Heiligenbildchen war über dem Bett an die prächtige Tapete von Chevaliers Zimmer angeklebt; er pflegte sonst diesen Zimmerschmuck nicht zu brauchen, an diesem Abend aber war er in allen Zimmern der dritten Abteilung des Gasthauses aufgetaucht.

Natalia Nikolajewna ordnete noch die Kragen und Stulpen, die trotz der Reise sauber waren, machte ihr Haar und setzte sich an den Tisch. Ihre schönen schwarzen Augen schauten weit, weit in die Ferne. So saß sie da und ruhte aus. Sie schien nicht bloß von dem

Auspacken auszuruhen, nicht bloß von der Reise, nicht bloß von den schweren Jahren – von dem ganzen Leben schien sie auszuruhen; und die Ferne, in die sie hinausblickte und in der vor ihrem geistigen Auge geliebte Personen lebendig auftauchten, das war die Ruhe, die sie wünschte. War es die Tat der Liebe, die sie für ihren Mann vollbracht hatte, war es die Liebe, die sie für ihre Kinder durchlebt hatte, als sie klein waren, war es ein schwerer Verlust oder eine Eigentümlichkeit ihres Charakters – jeder, der diese Frau ansah, hätte verstehen müssen, daß man von ihr nichts zu erwarten hatte, daß sie längst schon ihr ganzes Ich in das Leben gelegt hatte, und daß von ihrem Ich nichts mehr zurückgeblieben war. Nur etwas verehrungswürdiges Schönes und Wehmutvolles war zurückgeblieben, wie Erinnerung, wie Mondenschein. Man hätte sie sich nicht anders vorstellen können, als umgeben von Achtung und von allen Annehmlichkeiten des Lebens. Daß sie hungrig wäre oder gierig äße, oder daß sie unsaubere Wäsche trüge, oder daß sie stolperte, oder daß sie vergessen hätte sich zu schneuzen, all das schien bei ihr ausgeschlossen. Es war physisch unmöglich. Warum es so war, weiß ich nicht, aber jede ihrer Bewegungen war Majestät, Anmut, Liebe für alle, die ihren Anblick genießen konnten …

Sie flechten und weben
Himmlische Rosen ins irdische Leben.

Sie kannte diesen Vers und sie hatte ihn gern, aber er war nicht ihr Leitstern. Ihre ganze Natur war der Ausdruck dieses Gedankens, ihr ganzes Leben war nichts, als dieses unbewußte Einflechten unsichtbarer Rosen in das Leben all der Menschen, denen sie je begegnete. Sie war dem Manne nach Sibirien gefolgt, nur weil sie ihn liebte; nie dachte sie an das, was sie für ihn tun konnte, sie tat alles, als verstünde sich's von selbst. Sie machte ihm das Bett, sie ordnete seine Sachen, sie bereitete das Mittagsessen und den Tee, und vor allem war sie immer dort, wo er war, und keine Frau der Welt hätte ihrem Manne mehr Glück geben können.

Im Salon brodelte der Samowar auf dem runden Tisch. Natalia Nikolajewna saß davor. Ssonja runzelte die Stirn und lachte unter der Hand der Mutter, die sie kitzelte, als der Gatte und der Sohn ins Zimmer traten; die Enden ihrer Finger waren voller Fältchen, Wangen und Stirn glänzten (ganz besonders glänzte des Vaters Glatze), das weiße und schwarze Haar hing ungeordnet in die Stirn hinunter und ihre Gesichter strahlten.

Es ist heller geworden, da ihr kamt, sagte Natalia Nikolajewna. – Du lieber Gott, wie weiß du bist! –Sie sagte das seit Jahrzehnten an jedem Sonnabend, und an jedem Sonnabend empfand Pierre bei diesen Worten eine gewisse Verlegenheit und Befriedigung. Sie setzten sich um den Tisch herum. Der Duft des Tees und der Tabakspfeife erfüllten das Zimmer; die Stimmen der Eltern, der Kinder, der Dienerschaft, die in demselben Zimmer ihre Tassen bekamen, wurden laut. Man gedachte mancher komischen Reiseerlebnisse, machte sich lustig über Ssonjas Haartracht und lachte laut. – Geographisch waren sie alle um 5000 Werst weit versetzt in eine völlig andere fremde Sphäre, moralisch aber waren sie an diesem Abend noch zu Hause, ganz die Menschen, zu denen sie ihr eigentümliches, langes, einsames Familienleben gemacht hatte. Morgen wird das alles anders. Peter Iwanowitsch setzte sich näher an den Samowar heran und zündete seine Pfeife an. Er war nicht heiter.

So wären wir denn am Ziel, sagte er; ich bin froh, daß wir heute niemanden mehr sehen werden. Diesen letzten Abend wollen wir noch im Familienkreise verbringen. – Und er spülte diese Worte mit einem großen Schluck Tee hinunter.

Warum letzten Abend, Pierre?

Warum? Weil die jungen Adler flügge geworden sind; sie müssen sich nun selbst ihr Nest bauen, und jeder wird nach einer andern Seite seinen Flug nehmen …

Ach, Unsinn! sagte Ssonja; dabei nahm sie ihm das Glas aus der Hand, und lächelte, wie sie immer zu lächeln pflegte. Das alte Nest ist ganz vortrefflich !

Das alte Nest ist ein trauriges Nest! Der Alte hat es schlecht zu bauen verstanden; er ist in den Käfig geraten und hat seine Jungen im Käfig groß gezogen, und man hat ihn erst herausgelassen, als seine Schwingen ihre Kraft verloren hatten. Nein, junge Adler müssen ihr Nest höher bauen, glücklicher, näher zur Sonne … sie sind seine Kinder, um an seinem Beispiel zu lernen … und der Alte wird es sehen, solange er das Augenlicht hat, und wenn er das Augenlicht nicht mehr hat, wird er hören … Gieß mir etwas Rum ein! … Noch ein wenig, noch ein wenig, genug!

Wollen sehen, wer den andern verläßt ... antwortete Ssonja, und warf einen flüchtigen Blick hinüber zur Mutter, als schämte sie sich, in ihrer Gegenwatt zu sprechen. – Wollen sehen, wer den andern verläßt, fuhr sie fort. – Um mich ist mir nicht bange, und um Sergjej auch nicht ... (Sergjej ging im Zimmer auf und nieder und war in Gedanken damit beschäftigt, wie er sich morgen einen Anzug bestellen wollte: ob er selbst hingehen oder den Schneider kommen lassen sollte; er nahm keinen Anteil an dem Gespräch, das Ssonsa und der Vater führten.) Ssonja lachte auf.

Was sagst du, was? fragte der Vater.

Du bist jünger als wir, Papa, viel, viel jünger, wahrhaftig, sagte sie und lachte wieder auf.

Warum nicht gar, sagte der Alte, und seine scharfgeprägten Runzeln zogen sich zu einem zärtlichen, zugleich aber geringschätzigen Lächeln zusammen.

Natalia Nikolajewna beugte sich hinter dem Samowar vor, der sie verhinderte, ihren Mann zu sehen. Ssonja hat recht, du bist noch immer ein sechzehnjähriger Jüngling, Pierre. Sergjej ist jünger in Empfindungen, aber deine Seele ist jünger als seine; was er tun könnte, weiß ich immer vorher, du aber kannst mich noch in Erstaunen setzen.

Ob er die Richtigkeit der Bemerkung zugab, oder ob er, von ihr geschmeichelt, nicht wußte, was er zu erwidern hatte – der alte Herr rauchte ruhig weiter und trank seinen Tee. Nur seine Augen glänzten. Sergjej aber, der mit dem Egoismus der Jugend erst jetzt Interesse nahm an dem, was man von ihm sagte, mischte sich in das Gespräch und bestätigte, daß er wirklich alt sei, daß die Ankunft in Moskau und das neue Leben, das sich vor ihm auftat, ihm nicht die geringste Freude mache, und daß er ruhig an die Zukunft denke und ihr ruhig entgegensehe.

Und doch ist es der letzte Abend, wiederholte Peter Iwanowitsch; morgen ist das alles vorbei.

Und er goß sich noch Rum zu. Und noch lange saß er am Teetisch mit einer Miene, als hätte er den Wunsch, noch viel zu sagen, als fehlten aber die, die ihm zuhören sollten. Er hatte den Rum zu sich herangerückt, die Tochter aber hatte ganz still die Flasche beiseite gebracht.

II. |

Als Herr Chevalier, der hinaufgegangen war, um seine Gäste einzurichten, in seine Wohnung zurückkehrte und seiner Lebensgefährtin in Spitzen und Seidenkleid, die, nach Pariser Sitte, hinter dem Schreibpultchen saß, seine Beobachtungen über die neuen Gäste mitteilte, saßen in demselben Zimmer auch einige Stammgäste des Gasthauses. Sergjej hatte, als er unten gewesen war, dieses Zimmer und seine Besucher bemerkt. Sie kennen es wahrscheinlich auch, wenn Sie öfter in Moskau gewesen sind.

Wenn Sie ein bescheidener Mann sind, der Moskau nicht kennt, wenn Sie sich zu einem geladenen Mittagsessen verspätet haben, wenn Sie sich getäuscht haben in der Erwartung, daß gastfreundliche Moskauer Sie zu Tisch laden oder wenn Sie schlechtweg in einem guten Gasthause speisen wollen, so treten Sie in die Dienerstube ein. Drei oder vier Bediente springen auf, einer von ihnen nimmt Ihnen den Pelz ab und beglückwünscht Sie zum neuen Jahr, zur Butterwoche, zur Ankunft, oder er macht einfach die Bemerkung, Sie seien schon lange nicht dagewesen, obwohl Sie nie im Leben in dem Hause gewesen sind. Sie treten ein. Das erste, was Ihnen in die Augen fällt, ist ein gedeckter Tisch, der, wie Sie im ersten Augenblick meinen, mit einer Unzahl appetitlicher Speisen besetzt ist. Das ist aber nur eine optische Täuschung, denn den größten Raum auf diesem Tische nehmen gefiederte Fasanen, ungekochte Seekrebse, Körbchen mit Parfüms und Pomaden, Gläser mit Schönheitsmitteln und Konfekt ein. Ganz am Rande findet man, wenn man sorgfältig sucht, Branntwein und ein Stückchen Butterbrot mit Fisch unter einer Drahtglocke zum Schutze gegen Fliegen, die in Moskau im Dezember vollkommen überflüssig ist, die aber dafür ganz so ist, wie man sie in Paris zu haben pflegt. Weiterhin erblicken Sie über den Tisch weg ein Zimmer, in dem eine Französin von höchst unangenehmem Äußern, aber in peinlich sauberen Stulpen und in einem entzückenden modernen Kleide hinter einem kleinen Schreibpult sitzt. Neben der Französin erscheint ein Offizier in aufgeknöpfter Uniform, der ein Gläschen Schnaps heruntergießt, ein Zivilist, der die Zeitung liest, und ein paar Beine eines Militärs oder eines Zivilisten, der auf einem Sammetstuhl liegt. Man hört eine französische Unterhaltung und ein mehr oder minder herzliches, lautes Lachen. Wenn Sie gern wissen möchten, was in diesem Zimmer vorgeht, so würde ich Ihnen raten, nicht hineinzugehen, sondern nur einen Blick hineinzuwerfen, so im Vorübergehen, als ob Sie ein Butterbrötchen nehmen wollten. Sonst würde es Ihnen unbehaglich werden bei den stummen Fragen und Blicken, die die Stammgäste dieses Zimmer auf Sie richten, und Sie würden wahrscheinlich wie ein begossener Pudel an einen der Tische in dem großen Saal oder in den Wintergarten eilen. Daran wird Sie niemand hindern. Diese Tische sind für jedermann da, und dort in der Einsamkeit können Sie Iwan *garçon* nennen und soviel Trüffeln bestellen als Ihnen beliebt. Das Zimmer mit der Französin aber ist für die auserlesene „goldne" Jugend Moskaus da, und in die Zahl dieser Auserwählten aufgenommen zu werden, ist nicht so leicht, wie Sie glauben.

In dieses Zimmer war Herr Chevalier zurückgekehrt; er erzählte seiner Frau: der Herr aus Sibirien sei ein langweiliger Mensch, dafür aber seien sein Sohn und seine Tochter so prächtige Leute, wie sie nur in Sibirien gedeihen könnten.

Sie würden Augen machen, wenn Sie die Tochter sähen – eine Rosenblüte !

Und er hat die blühenden Weiber gern, der alte Herr, sagte einer, der Gäste, der mit rauchender Zigarre dastand. (Das Gespräch wurde natürlich französisch geführt; ich gebe es aber in unserer Sprache wieder, wie ich es immer machen werde im Verlaufe dieser Geschichte.)

Oh, sehr gern! antwortete Herr Chevalier. Die Weiber sind meine Leidenschaft. Glauben Sie's nicht?

Hören Sie, Madame Chevalier? rief ein dicker Kosakenoffizier, der in dem Gasthause viel Geld schuldig war und gern mit dem Wirt plauderte.

Er teilt ja meinen Geschmack! sagte Chevalier und klopfte dem Dicken auf die Epaulettes.

Ist das sibirische Mädchen wirklich so schön?

Chevalier legte seine Fingerspitzen zusammen und küßte sie.

Gleich darauf entspann sich zwischen den Besuchern eine vertrauliche, sehr lustige Unterhaltung. Man sprach von dem Dicken; er hörte lächelnd zu, was sie von ihm erzählten.

Wie kann man einen so verkehrten Geschmack haben! rief einer mitten durch das Lachen der andern. –Madame Clarisse! Sie wissen doch, Strugow hat am liebsten die Weiber mit Hühnerkeulen.

Obwohl Madame Clarisse den witzigen Kern dieser Bemerkung nicht verstand, brach sie hinter ihrem Pult so kräftig in silberhelles Lachen aus, als es ihre schlechten Zähne und ihr vorgerücktes Alter nur gestatteten.

Das sibirische Fräulein hat ihn auf solche Gedanken gebracht! – Nun brachen alle in noch lauteres Lachen aus. Monsieur Chevalier aber lachte sich halbtot und sagte ein über das andere Mal: *Ce vieux coquin*! und klopfte immer wieder den Kosakenoffizier auf Kopf und Schulter.

Aber was sind sie, diese Sibirier? Bergwerksbesitzer oder Kaufleute? fragte einer der Herren, als das Lachen verstummt war.

Nikit! Frage den Herrn, der angekommen ist, nach seinem Paß, sagte Monsieur Chevalier.

„Wir Alexander, Selbstbeherrscher … wollte Monsieur Chevalier eben den Paß lesen, der ihm gebracht wurde, – aber der Kosakenoffizier riß ihm das Papier aus der Hand und sein Gesicht nahm plötzlich einen Ausdruck des Erstaunens an.

Nun, raten Sie, wer? sagte er. – Sie kennen ihn alle, wenn auch nur vom Hörensagen.

Wie soll man das raten, zeig doch her. Na, Abdel Kader … hahaha … Cagliostro … Peter III. … haha- haha! –

Na, so lies doch!

Der Kosakenoffizier entfaltete das Schriftstück und las: Weiland Fürst Piotr Iwanowitsch und einen von den russischen Familiennamen, die jeder kennt und die jeder, wenn er von einem dieses Namens spricht, mit einer gewissen Hochachtung und Befriedigung ausspricht, als spräche er von einer nahestehenden oder bekannten Persönlichkeit. Wir wollen ihn Labasow nennen. Der Kosakenoffizier erinnerte sich dunkel, daß dieser Herr Labasow im Jahre 1825 eine gewisse Berühmtheit gehabt hatte und daß er zur Zwangsarbeit verurteilt worden war. Worin aber die Berühmtheit bestanden hatte, wußte er nicht recht. Von den andern wußte niemand auch nur das geringste über ihn, sie antworteten aber: Ah ja, der bekannte … ganz so wie sie etwa sagen würden: Nun ja, der bekannte Shakespeare, der die *Anaïde* geschrieben hat. Mehr wußten sie schon von ihm, als der Dicke ihnen auseinandersetzte, er sei der Bruder des Fürsten Iwan, der Onkel der Tschikins, der Gräfin Pruck – na, der bekannte …

Er muß sehr reich sein, wenn er der Bruder des Fürsten Iwan ist, bemerkte einer der jungen Leute; ob man ihm sein Vermögen zurückgegeben hat? Manche haben es zurückbekommen.

Wie viele kommen jetzt zurück von diesen Verbannten! bemerkte ein anderer; ich glaube wahrhaftig, es sind weniger verbannt worden, als jetzt zurückgekommen … Du, Zikinskij, erzähl doch die Geschichte vom 18. – wandte er sich an einen Offizier des Schützenregiments, der den Ruf eines trefflichen Erzählers hatte. Erzähl doch!

Erstens ist es eine wahre Geschichte und hat sich hier abgespielt bei Chevalier im großen Saal. Da kommen euch drei Mann Dekabristen, zu Mittag. Sie sitzen an einen: Tisch, essen, trinken, plaudern. Ihnen gegenüber hat sich ein Herr hingesetzt, ein Mann von ehrwürdigem Äußern, ungefähr in gleichem Alter, und horcht auf, wie sie von Sibirien erzählen. Er fragt sie etwas, ein Wort gibt das andere, sie kommen ins Plaudern und es stellt sich heraus, er ist auch aus Sibirien.

Kennen Sie Nertschinsk?

O gewiß, da habe ich ja gewohnt.

Kennen Sie auch Tatjana Iwanowna?

Wie sollte ich die nicht kennen!

Gestatten Sie die Frage: Waren Sie auch verbannt?

Ja. Ich hatte das Unglück … Und Sie?

Wir sind alle Verbannte vom 14. Dezember. Merkwürdig, daß wir Sie nicht kennen, wenn Sie auch wegen des 14. Dezembers hinkamen. Ist es gestattet, nach Ihren: Namen zu fragen?

Fjodorow.

Auch wegen des 14. Dezembers?

Nein, wegen des 18.

Wie meinen Sie das, wegen des 18.?

Wegen des 18. Septembers, wegen einer goldenen Uhr. Ich wurde verleumdet, des Diebstahls bezichtigt und habe unschuldig gelitten.

Alle schüttelten sich vor Lachen, nur der Erzähler lachte nicht; er sah mit der ernstesten Miene im Kreise umher und schwor, die Geschichte sei reine Wahrheit.

Bald nach der Erzählung erhob sich einer der „goldenen" jungen Leute und fuhr in den Klub. Er durchschritt die Säle, die voll von

Tischchen standen, an denen die alten Herren Whist spielten. Dann kam er ins Billardzimmer zurück, wo der schon berühmte „Putschin" seine Partie gegen eine „Gruppe" begonnen hatte, und blieb eine Zeitlang bei einem der Billarde stehen, an dem ein ehrwürdiger alter Herr sich vergeblich bemühte, seinen Ball zu treffen. Dann warf er einen Blick in das Lesezimmer. Hier saß ein General und las, mit gewichtiger Miene über die Brille hinwegsehend, eine Zeitung, die er weit von sich hielt, und ein Jüngling, ein neues Mitglied, der unter Vermeidung allen Geräusches eine Zeitschrift nach der andern durchblätterte. Endlich setzte sich der „goldene" Jüngling im Billardzimmer aufs Sofa zu vergoldeten jungen Leuten seinesgleichen. Es war der Tag gemeinsamer Mahlzeit, und es waren viel Herren da, die den Klub regelmäßig besuchten. Auch Iwan Wawilowitsch Pachtin, ein Mann in den Vierzigern, von mittlerer Größe, heller Gesichtsfarbe, ein kräftiger Mensch mit breiten Schultern, einer Glatze und einem glänzenden, glücklich ausschauenden, rasierten Gesicht. Er spielte nicht mit, er hatte sich nur zu dem Fürsten D. herangesetzt, mit dem er auf du und du stand, und das Glas Champagner, das man ihm anbot, nicht abgelehnt. Er hatte sich nach Tisch seinen Platz so gut gewählt und unbemerkt hinten seine Hosenschnalle gelockert, daß er eine Ewigkeit so hätte dasitzen mögen, die Zigarre im Munde, das Champagnerglas vor sich und in der Brust das Gefühl, in der Nähe von Fürsten- und Grafen- und Ministersöhnen zu sein. Die Nachricht von der Ankunft der Labasows brachte ihn aus seiner Ruhe.

Wo willst du hin, Pachtin? sagte ein Ministerssohn, als er mitten im Spiel bemerkte, daß Pachtin sich erhob, seine Weste zurechtzog und mit einem großen Schluck seinen Champagner heruntertrank.

Sjewernikow hat mich gerufen, sagte Pachtin, der schon eine Unruhe in den Beinen empfand. – Sag', kommst du?

„Anastasia, Anastasia, öffne mir die Tür" … Das war ein bekanntes Zigeunerlied, das damals viel gesungen wurde.

Vielleicht. Und du?

Ei was denkt Ihr – ich, ein verheirateter alter Herr! Da ! …

Pachtin lächelte und ging in den Glassaal zu Sjewernikow. Er machte sich gern einen guten Abgang mit einem Scherzwort. Und das war ihm jetzt gelungen.

Sag', wie geht es der Gräfin? fragte er, indem er auf Sjewernikow zutrat; Sjewernikow hatte ihn keineswegs gerufen; Pachtin aber hatte die Vorstellung, er müsse vor allen andern von der Ankunft der Labasows Kenntnis haben. Sjewernikow war in die Ereignisse des 14. ein wenig verwickelt und mit allen Dekabristen befreundet gewesen. Das Befinden der Gräfin hatte sich bedeutend gebessert, und Pachtin war darüber sehr erfreut.

Wissen Sie schon, daß Labasow heute angekommen und bei Chevalier abgestiegen ist?

Was Sie sagen! ... Wir sind ja doch alte Freunde. Wie mich das freut, wie mich das freut! Er muß wohl alt geworden sein, denke ich, der Arme; seine Frau hat meiner Frau geschrieben ...

Sjewernikow konnte nicht mehr sagen, was sie geschrieben hatte, denn seine Partner, die die Partie ohne Trumpf spielten, hatten irgendeinen Fehler gemacht. Während er mit Iwan Pawlowitsch sprach, hatte er immer zu ihnen hinübergeschielt; jetzt legte er sich plötzlich mit dem ganzen Oberkörper über den Tisch, schlug mit den Händen darauf und bewies ihnen, sie hätten die Sieben ausspielen sollen. Iwan Pawlowitsch erhob sich, ging an einen andern Tisch heran und teilte einem andern hochgeachteten Manne seine Neuigkeit mit, dann erhob er sich wieder und tat dasselbe an einem dritten Tisch. Die hochgeachteten Männer waren alle sehr, sehr erfreut über Labasows Rückkehr, so daß Iwan Pawlowitsch, der anfangs nicht recht wußte, ob man sich über Labasows Rückkehr zu freuen habe oder nicht, jetzt, nachdem er in das Billardzimmer zurückgekommen war, sein Gespräch nicht mehr mit dem Ball einleitete und mit dem Artikel des „Boten“, mit den Fragen über das Wohlbefinden und das Wetter, sondern schnurstraks allen mit Entzücken von der glücklichen Wiederkehr des berühmten Dekabristen erzählte.

Das alte Herrchen, das sich immer noch abmühte, mit seinem Stab die weiße Kugel zu treffen, hätte nach Pachtins Meinung sehr erfreut sein müssen über die Nachricht. Er trat an ihn heran: Spielen Sie mit Glück, Exzellenz, sagte er gerade in einem Augenblick, wo der Alte mit seinem Queue an die rote Weste des Marques tippte, womit er ausdrücken wollte, daß er es ankreiden solle.

„Exzellenz“ war beileibe nicht gesagt aus Liebedienerei, wie man etwa meinen könnte (o nein, das war im Jahre 1856 nicht Mode). Iwan Pawlowitsch pflegte diesen alten Herrn einfach mit Namen und Vatersnamen anzusprechen; den Titel gebrauchte er teils aus

Scherz über die, die sich so auszudrücken pflegen, teils um anzudeuten, wir wissen, mit wem wir sprechen und wagen trotzdem unsern Scherz zu machen; es war mit einem Wort höchst witzig.

Ich habe soeben erfahren, daß Peter Labasow angekommen ist. Geradeswegs aus Sibirien ist er gekommen, mit seiner ganzen Familie. – Das sagte Pachtin gerade in einem Augenblick, in dem der alte Herr wieder an seinem Ball vorbeistieß – das war sein Unglück.

Wenn er als derselbe Wirrkopf zurückgekommen ist, als der er hingegangen ist, so liegt kein Grund vor, sich zu freuen, sagte der Alte mürrisch, aufgebracht über sein unbegreifliches Pech.

Diese Antwort machte Iwan Pawlowitsch verlegen. Nun wußte er wieder nicht, hatte man sich über Labasows Ankunft zu freuen oder nicht; und um seinem Zweifel endgültig ein Ziel zu setzen, lenkte er seine Schritte in das Zimmer, wo die „gescheiten Leute" sich zu versammeln pflegten zur Unterhaltung – Leute, die die Bedeutung und den Wert jeder Sache kannten, die mit einem Wort alles wußten. Iwan Pawlowitsch stand zu den Besuchern des Gescheiten-Zimmers in denselben angenehmen Beziehungen wie zu der goldenen Jugend und den Standespersonen. Freilich hatte er in dem Gescheiten-Zimmer nicht seinen besonderen Platz, aber niemand wunderte sich darüber, als er eintrat und sich auf das Sofa setzte. Man sprach gerade davon, in welchem Jahre und aus welcher Ursache ein Streit zwischen zwei russischen Journalisten ausgebrochen war. Iwan Pawlowitsch wartete einen Augenblick des Schweigens ab; dann erzählte er seine Neuigkeit nicht gerade wie eine Freudenbotschaft, auch nicht wie ein unbedeutendes Ereignis, sondern so gewissermaßen als Unterhaltung. Sofort aber erkannte Iwan Pawlowitsch an der Art, wie die Gescheiten (ich gebrauche Gescheite als eine Bezeichnung der Besucher des Gescheiten-Zimmers) seine Neuigkeit aufnahmen und sie beurteilten, daß diese Neuigkeit so recht hier hingehört, und daß sie nur hier die Gestalt annehmen würde, in der man sie weiter würde verbreiten können und *savoir à quoi s'en tenir*.

Nur Labasow hat noch gefehlt, sagte einer von den Gescheiten; jetzt sind von den noch lebenden Dekabristen alle wieder nach Rußland zurückgekommen.

Er war ein Mann aus der Berühmten Schar … sagte Pachtin mit

einer schwankenden Betonung, die dem Hörer die Möglichkeit ließ, dieses Zitat als Scherz oder Ernst zu nehmen.

Wieso? Labasow war einer der bedeutendsten Menschen jener Zeit, begann ein Gescheiter. – Im Jahre 1819 war er Fähnrich im Semjonow-Regiment und wurde ins Ausland geschickt mit Depeschen an den Herzog S. Als er im Jahre 1824 wiederkam, wurde er in die erste Freimaurerloge ausgenommen. Alle Freimaurer jener Zeit versammelten sich bei ihm; er war ja sehr reich. Fürst S., Fjodor D., Iwan P. waren seine nächsten Freunde. Auf einmal versetzte ihn sein Onkel, Fürst Wissarion, nach Moskau, um den jungen Mann von dieser Gesellschaft fernzuhalten.

Entschuldigen Sie gütigst, Nikolaj Stjepanowitsch, unterbrach ihn ein anderer Gescheiter; ich glaube, das war im Jahre 1823, denn Wissarion Labasow ist 1824 zum Kommandierenden des dritten Korps ernannt worden und war in Warschau. Er wollte ihn zu seinem Adjutanten machen, und erst als er sich weigerte, versetzte er ihn. Übrigens bitte ich gütigst um Entschuldigung, daß ich Sie unterbrochen habe.

Ach nein, haben Sie die Freundlichkeit …. Nein, bitte.

Nein, haben Sie die Freundlichkeit; Sie müssen das besser wissen als ich, und dann ist Ihr Gedächtnis und Ihr Wissen hier zur Genüge bewährt.

In Moskau nahm er gegen den Wunsch des Onkels seinen Abschied – fuhr der Herr fort, dessen Gedächtnis und Wissen so bewährt war –, und da bildete sich um ihn eine zweite Gesellschaft, deren Begründer und deren Seele er war, wenn man sich so ausdrücken darf. Er war reich, ein schöner Mensch, klug, gebildet; seine Liebenswürdigkeit, hieß es, war bewunderungswert. Mir hat noch eine Tante oft erzählt, sie habe nie einen Mann gekannt, der bezaubernder gewesen wäre. Und wenige Monate vor der Verschwörung heiratete er eine Krinskasa.

Die Tochter von Nikolaj Krinskij … der bei Borodino … nun, der Bekannte! … fiel ihm jemand ins Wort.

Ja, die. Ihr kolossales Vermögen ist ihm zugefallen; sein eigenes, der Familienbesitz, ist auf den jüngeren Bruder, Fürsten Iwan, übergegangen, der jetzt Oberhofkammermeister (er nannte einen Titel dieser Art) ist und der einmal Minister war.

Das schönste war sein Verhalten gegen seinen Bruder! fuhr der

Erzähler fort. – Als man ihn verhaftete, gelang es ihm nur noch, eins zu vernichten: das waren die Briefe und Papiere seines Bruders.

War denn sein Bruder auch in die Sache verwickelt?

Der Erzähler antwortete nicht mit Ja; er preßte die Lippen zusammen und blinzelte bedeutsam mit den Augen.

Als er dann zum Verhör kam, leugnete Peter Labasow hartnäckig alles, was den Bruder betraf, und mußte dafür mehr leiden als die andern. Das beste von allem aber war, daß Fürst Iwan das ganze Vermögen bekam und dem Bruder auch nicht einen Groschen schickte.

Es hieß, Peter Labasow habe selbst verzichtet, bemerkte einer der Zuhörer.

Ja, aber er verzichtete nur, weil Fürst Iwan ihm vor der Krönung schrieb und sich entschuldigte: wenn er das Vermögen nicht genommen hätte, wäre es konfisziert worden; er habe Kinder und Schulden, und sei jetzt nicht imstande, das geringste zurückzugeben. Peter Labasow antwortete in zwei Zeilen: „Weder ich noch meine Erben haben das geringste Anrecht auf das Vermögen, das Ihnen durch das Gesetz zugesprochen war, und wollen keins haben." Nicht ein Wort mehr. Was sagen Sie dazu ? … Und Fürst Iwan schluckte das herunter, schloß dieses Schriftstück entzückt zu den Wechseln in seine Schatulle und verbarg es vor aller Augen.

Eine der Eigentümlichkeiten des Gescheiten-Zimmers bestand darin, daß seine Besucher, wenn sie nur wollten, alles wußten, was sich in der Welt ereignete – es mochte noch so sehr im geheimen geschehen.

Übrigens, das ist noch eine Frage – sagte ein neuer Sprecher in der Gesellschaft –, ob es gerecht war, den Kindern des Fürsten Iwan das Vermögen zu nehmen, mit dem sie aufgewachsen und erzogen sind und auf das sie ein Anrecht zu haben glaubten.

So ging das Gespräch in das Gebiet abstrakter Betrachtungen über, die Pachtin nicht interessierten.

Er empfand das Bedürfnis, wieder andern Leuten die Neuigkeit zu erzählen. Er erhob sich und ging langsamen Schrittes, nach rechts und links Worte wechselnd, in den Sälen umher; einer seiner Kameraden hielt ihn an, um ihm die Neuigkeit von der Ankunft der Labasows zu erzählen.

Wer weiß das nicht! antwortete Iwan Pawlowitsch, lächelte still und ging dem Ausgange zu. Die Neuigkeit hatte schon die Runde gemacht und war wieder zu ihm zurückgekommen.

Im Klub gab es nun nichts mehr zu tun; er ging zu einer Abendgesellschaft.

Es war keine geladene Gesellschaft, sondern ein Salon, in dem man täglich empfing. Acht Damen waren da und ein alter Oberst; man langweilte sich furchtbar. Allein schon die sichere Haltung und das lächelnde Gesicht Pachtins erheiterten die Frauen und Mädchen. Die Neuigkeit war hier um so mehr am Platz, als die Gräfin Fuchs und ihre Tochter da waren. Als Pachtin fast Wort für Wort alles erzählte, was er in dem Gescheiten-Zimmer gehört hatte, erinnerte sich Madame Fuchs, die nicht aufhörte, mit dem Kopfe zu nicken und sich über ihr Alter zu verwundern, wie sie mit Natascha Krinskaja, der jetzigen Frau Labasow, Spazierfahrten gemacht hatte.

Ihre Heirat ist eine sehr romantische Geschichte, und alles hat sich vor meinen Augen abgespielt. Natascha war so gut wie verlobt mit Mjatlin, der später von Döber im Duell getötet worden ist. Gerade um diese Zeit kommt Fürst Peter nach Moskau, verliebt sich in sie und hält um sie an. Der Vater aber, der sehr gern Mjatlin haben wollte (Labasow mochte man nicht, weil er Freimaurer war) – der Vater wies ihn ab. Der junge Mann aber begegnete ihr immer wieder auf Bällen, überall, befreundet sich mit Mjatlin und bittet ihn, zu verzichten. Mjatlin willigt ein, und er überredet sie, zu entfliehen. Auch sie willigt ein, als es aber zur letzten Pönitenz kam (das Gespräch wurde französisch geführt) – geht sie zum Vater und sagt ihm, daß alles zur Flucht bereit sei, daß sie ihn verlassen würde, daß sie aber auf seine Großmut hoffe. Und in der Tat, der Vater verzieh ihr – alle legten für sie ein Wort ein – und gab seine Einwilligung. So kam diese Heirat zustande, und es gab eine fröhliche Hochzeit. Wer von uns konnte denken, daß sie ein Jahr später mit ihm nach Sibirien gehen würde – sie, die einzige Tochter, das reichste, schönste Mädchen der damaligen Zeit! Kaiser Alexander hat sie oft auf Bällen ausgezeichnet und oft mit ihr getanzt. Bei der Gräfin B. war ein *bal costumé* – wie ich mich eben erinnere –, und sie ging als Neapolitanerin. Wunderbar schön! Immer wenn er nach Moskau kam, fragte er: *Que fait la belle Napolitaine?* Und diese Frau, in dieser Lage (sie wurde unterwegs entbunden), zögerte keinen Augenblick, machte keinerlei Vorbereitungen, packte nicht einmal die Sachen zusammen, sondern fuhr, wie sie ging und stand, als man ihn verhaftete, 5000 Werst weit in die Welt hinaus!

Oh, eine bewundernswerte Frau! sagte die Dame des Hauses.

Er und sie, beide waren seltene Menschen, sagte eine andere Dame. Mir hat man erzählt – ich weiß nicht, ob es wahr ist –, überall in Sibirien, wo sie in den Erzgruben, oder wie man das nennt, arbeiteten, hätte sie auf die Sträflinge, die dort mit ihnen waren, einen veredelnden Einfluß ausgeübt.

Sie hat aber nie in den Erzgruben gearbeitet, berichtigte Pachtin.

Was das Jahr 1856 bedeutet! Vor drei Jahren dachte kein Mensch an die Labasows, und wenn man sie erwähnte, so geschah es mit dem unerklärbaren Gefühl der Scheu, mit dem man von jüngst Verstorbenen spricht; und jetzt, wie lebhaft gedachte man aller alten Beziehungen, aller schönen Eigenschaften wieder. Und jede der Damen machte schon einen Plan, wie man die Labasows für sich mit Beschlag belegen und sie den anderen Gästen vorsetzen könne.

Sohn und Tochter sind mit ihnen gekommen, sagte Pachtin.

Wenn sie nur so schön sind, wie die Mutter war, sagte die Gräfin Fuchs. – Übrigens auch der Vater war sehr, sehr schön.

Wie haben sie nur dort ihre Kinder erziehen können? sagte die Dame des Hauses.

Sehr gut, höre ich; ich höre, der junge Mann soll so hübsch, so liebenswürdig, so gebildet sein, als wäre er in Paris aufgewachsen.

Ich sage dem jungen Persönchen einen großen Erfolg voraus, sagte eine wenig hübsche junge Dame. Alle diese Damen aus Sibirien haben etwas so angenehm Triviales, das sehr gefällt.

Ja, ja, antwortete eine andere junge Dame.

Es gibt also eine reiche Heiratskandidatin mehr, sagte eine dritte junge Dame.

Ein reicher Oberst von deutscher Abkunft, der vor drei Jahren nach Moskau gekommen war, um ein reiches Mädchen zu heiraten, faßte den Entschluß, sich ihr sobald als möglich vorzustellen, ehe noch die junge Welt sie kennt, und seinen Antrag zu machen. Die jungen Mädchen und die Frauen hatten fast denselben Gedanken in bezug auf den jungen Mann aus Sibirien. „Wer weiß, vielleicht ist das der mir vom Schicksal Bestimmte," dachte ein junges Mädchen, das bereits das achte Jahr vergeblich die Gesellschaften mitmachte. „Vielleicht war es mein Glück, daß der junge Garde-Kavallerist mir keinen Antrag gemacht hat; ich wäre gewiß unglücklich geworden mit ihm." „Sie werden wieder alle grün und gelb werden vor Ärger, wenn sich auch der noch in mich verliebt," dachte ein junges schönes Mädchen. Man spricht von der kleinstädtischen Art der Provinzstädte – es gibt kein schlimmeres Kleinstädtertum als die Kreise der höheren Gesellschaft. Dort gibt es keine neuen Erscheinungen, die Gesellschaft aber ist bereit, jede neue Erscheinung aufzunehmen, wenn sie nur auftauchten; hier aber werden sie selten, sehr selten, wie jetzt die Labasows, als zur Gesellschaft gehörig anerkannt und von ihr ausgenommen. Und die Sensation, die diese neuen Erscheinungen hervorrufen, ist größer als in der mittleren Provinzstadt.

III. |

Moskau, Moskau, weißtürmiges Mütterchen Moskau! sagte Peter Iwanowitsch, als er sich des Morgens die Augen rieb und auf den Ton der Glocken horchte, der über der Zeitungsgasse hinschwebte. Nichts läßt die Vergangenheit so lebhaft vor uns auferstehen, als Töne; und diese Töne der Glocken Moskaus im Verein mit dem Anblick der weißen Mauern und dem Gerassel der Räder rief in ihm lebhaft nicht nur das Moskau vor die Seele zurück, das er vor 35 Jahren gekannt hatte, sondern auch das Moskau mit dem Kreml, den Frauengemächern, den Glockentürmen usw., das er in seinem Herzen trug, so daß er kindliche Freude darüber empfand, daß er ein Russe und daß er in Moskau war.

Da erschien der bucharische Chalat, der über der breiten Brust im Kattunhemd auseinandergefaltet lag, die Tabakspfeife mit dem Bernsteinmundstück, der Diener mit dem unhörbaren Auftreten, der Tee, der Tabaksduft; eine laute kräftige Männerstimme wurde vernehmbar in den Zimmern des Herrn Chevalier, die Küsse zum Morgengruß, die Stimme der Tochter und des Sohnes, und der Dekabrist fühlte sich so heimisch wie in Irkurtsk, und wie er es gewesen wäre in Neuyork und Paris. So sehr ich auch den Wunsch hätte, meinen Lesern den Helden der Dekabristentage über alle Schwächen erhaben zu schildern, so muß ich doch um der Wahrheit willen bekennen, daß Peter Iwanowitsch sich mit besonderer Sorgfalt rasierte, kämmte und im Spiegel betrachtete. Mit seinem Anzug, der in Sibirien, nicht besonders schön, gemacht worden war, war er unzufrieden und knöpfte ein über das andere Mal den Überrock auf und zu. Natalia Nikolajewna aber trat in das Gastzimmer unter lautem Rauschen ihres schwarzen Moirékleides und mit Manschetten und Haubenbändern aus gleichem Stoff. Obwohl all dies nicht nach der neuesten Mode gemacht war, war es doch so angeordnet, daß es nicht nur nicht *ridicule*, sondern im Gegenteil *distingué* aussah. Dafür haben die Damen einen eigenen sechsten Sinn und einen Scharfblick, der unvergleichlich ist. Auch Ssonja war so schön gekleidet, daß nichts auszusetzen war, obwohl alles um zwei Jahre in der Mode zurücklag. Die Mutter dunkel und einfach, die Tochter licht und heiter. Sergjej war eben erst aufgewacht, und so fuhren sie ohne ihn zum Gottesdienst. Vater und Mutter saßen im Vordersitz, die Tochter ihnen gegenüber. Wassilis stieg auf den Bock, und die Mietskutsche brachte sie nach dem Kreml. Als sie eintraten, ordneten die Damen ihre Kleider, Peter Iwanowitsch nahm seine Natalia Iwanowna unter den Arm, warf den Kopf zurück und schritt auf die Kirchentür zu. Viele – Kaufleute, Offiziere und allerlei Volk – wußten nicht recht, was das für Leute sein mochten. Dieser offenbar seit vielen, vielen Jahren sonnverbrannte alte Herr, mit den kräftigen, geraden Arbeitsfurchen von eigentümlicher Art – von einer Art, die nichts zu tun hat mit den Furchen, die man im Englischen Klub bekommt –, mit dem schneeweißen Haar und Bart, mit dem guten und stolzen Blick und den energischen Bewegungen? Diese hochgewachsene Dame mit der vornehmen Haltung und den müden, trübblickenden, großen, schönen Augen? Dieses frische, schmucke, kräftige, nicht modisch gekleidete und doch nicht schüchterne Mädchen? Sind es Kaufleute, sind es Deutsche, sind es Herrenleute? So sehen sie nicht aus, und doch sind es Leute von Stande. So dachten die, die sie in der Kirche sahen, und darum machten sie ihnen schneller und lieber den Weg und einen Platz frei, als den Männern mit den dicken Epaulettes. Peter Iwanowitsch hielt sich ganz so majestätisch wie bei seinem Eintritt und betete still, beherrscht, ohne Verzückung. Natalia Nikolajewna ließ sich geschickt auf die Knie nieder, zog ihr Taschentuch heraus und weinte viel während des Cherubim-Gebets. Ssonja schien sich zum Beten zwingen zu müssen; die Andacht wollte sie nicht umfangen, aber sie sah sich nicht um und schlug fleißig das Kreuz. Sergjej war zu Hause geblieben, teils weil er es verschlafen hatte, teils weil er nicht gern beim Gottesdienst stand; ihm schwollen dabei die Füße an, und er konnte gar nicht begreifen, wieso es ihm so leicht wurde, 40 Werst auf Schlittschuhen zurückzulegen, während es ihm die größte körperliche Qual war, zwölf Evangelien hindurch zu stehen; hauptsächlich aber, weil er fühlte, er müsse vor allem andern einen neuen Anzug haben. Er kleidete sich an und ging nach der Schmiedebrücke. Geld hatte er zur Genüge. Der Vater hatte es sich von der Stunde an, da der Sohn das 21. Jahr zurückgelegt hatte, zur Regel gemacht, ihm soviel Geld zu geben, als er wollte; von ihm hing es ab, Vater und Mutter vollständig mittellos zu machen.

Wie leid ist es mir um die 250 Rubel, die unnütz in dem Laden des Herrn Kunz ausgegeben wurden, mit seinen fertigen Anzügen! Jeder der Herren, denen Sergjej begegnet war, hätte ihm gern geraten und hätte es für ein Glück angesehen, ihn zu begleiten und mit ihm einen Anzug zu bestellen; aber wie es zu geschehen pflegt – er war einsam inmitten der Menschenmenge, und wie er in seiner Mütze über die Schmiedebrücke dahinging, ohne die Läden zu beachten, war er ans Ende gekommen, hatte die Tür geöffnet und kam nun in einem braunen, enganliegenden Frack (man trug jetzt gerade weite), in schwarzen breiten Beinkleidern (und man trug enge) und in einer geblümten Atlasweste heraus. Keiner der Herren, die bei Chevalier in dem besonderen Zimmer saßen, hätte erlaubt, daß sein Diener solche trug. Und noch vielerlei hatte Sergjej gekauft. Dafür aber hatte Kunz die schlanke Taille des jungen Mannes angestaunt und ihm erklärt, wie er allen Leuten zu sagen pflegte, er hätte eine ähnliche noch nie gesehen. Sergjej wußte, daß er eine hübsche Taille habe, das Lob eines fremden Menschen, wie es Kunz war, schmeichelte ihm aber doch sehr. Er ging aus dem Laden um 250 Rubel leichter, war aber sehr schlecht gekleidet, so schlecht, daß der Anzug zwei Tage später in den Besitz von Wassilij kam und für Sergjej stets eine unangenehme Erinnerung blieb. Zu Hause ging er hinunter und setzte sich im großen Zimmer hin, warf auch wohl einen Blick in das Heiligtum und bestellte sich zum Frühstück so sonderbare Speisen, daß sogar der Diener in der Küche darüber lachte. Er bat sogar auch um eine Zeitung und tat, als ob er lese; als aber der Kellner, ermutigt durch die Unerfahrenheit des jungen Mannes, ihn auszufragen begann, sagte Sergjej: „Scher' dich, wo du hingehörst," und errötete dabei. Er sagte das in so stolzem Tone, daß der Mensch gehorchte. Als Mutter, Vater und Tochter nach Hause kamen, fanden auch sie seinen Anzug vortrefflich.

Kennst du noch das freudige Gefühl der Kindheit, wenn man dich an deinem Geburtstage in Feierkleider gesteckt und zur Vesper in die Kirche geführt hat, und wenn du dann mit dem Feiertag in Kleidung und Miene und im Gemüt wieder heim kamst und zu Hause Gäste und Spiele vorfandest? Du weißt, heut' gibt es keine Unterschiede, auch die Großen feiern mit. Heut' ist für das ganze Haus ein Tag besonderer Art, ein Tag des Vergnügens; du weißt, du allein bist die Ursache dieser Feierlichkeit, und was du auch tun magst, man findet alles gut; und du wunderst dich nur, daß die Leute in den Straßen nicht ebenso feiern wie deine Hausleute, und die Klänge sind voller und die Farben sind tiefer – mit einem Wort: Geburtstagsstimmung ! Eine solche Stimmung empfand Peter Iwanowitsch, als er aus der Kirche nach Hause kam.

Pachtins Bemühungen von gestern waren nicht vergeblich gewesen: anstatt des Spielzeugs fand Peter Iwanowitsch zu Hause schon einige Visitenkarten hervorragender Moskauer Persönlichkeiten, die es im Jahre 1856 für ihre unabweisbare Pflicht hielten, dem berühmten Verbannten, den sie drei Jahre vorher um keinen Preis der Welt hätten besuchen mögen, jede mögliche Aufmerksamkeit zu erweisen. In den Augen Chevaliers, des Schweizers und der Leute im Gasthause hatte das Erscheinen der Wagen, deren Insassen nach Peter Iwanowitsch fragten, an dem einen Morgen die Schätzung und den Diensteifer verzehnfacht. All das waren Geburtstagsgeschenke für Peter Iwanowitsch. Soviel der Mensch auch im Leben erfahren hat, so gescheit er auch sein mag – Achtungsbezeugungen von Menschen, die von der Mehrzahl der Menschen geachtet sind, sind immer angenehm. Peter Iwanowitsch war in heiterer Stimmung, als Chevalier mit vielen Knixen ihm vorschlug, die Räume zu wechseln, ihn bat, nur alles zu fordern, was er wünsche, und ihm versicherte, er betrachte Peter Iwanowitschs Besuch als ein Glück. Und als er bei der Durchsicht der Visitenkarten, und während er sie in die Vase zurücklegte, die Namen des Grafen S. und des Fürsten D. nannte, sagte Natalia Nikolajewna, sie würde niemanden mehr empfangen und bald Marja Iwanowna besuchen. Peter Iwanowitsch stimmte zu, obwohl er gern mit vielen seiner Besucher geplaudert hätte. Nur einem der Besucher glückte es vorzukommen. Das war Pachtin. Hätte man diesen Menschen gefragt, warum er von der Pretschistjenka nach der Zeitungs-Gasse gekommen war, er hätte keinen andern Vorwand nennen können als den, daß er alles Neue und Interessante gern habe und darum gekommen sei, um Peter Iwanowitsch wie eine Sehenswürdigkeit zu betrachten. Man sollte meinen, eine gewisse Scheu sollte verbieten, ausschließlich aus einem solchen Grunde zu einem unbekannten Menschen zu kommen. Das Gegenteil war der Fall. Peter Iwanowitsch und sein Sohn und Sofia Petrowna waren verlegen, Natalia Nikolajewna war zu sehr *grande dame*, als daß sie irgend etwas hätte in Verlegenheit setzen können. Der müde Blick ihrer schönen schwarzen Augen ruhte still auf Pachtin. Pachtin aber war lebhaft, selbstsicher und heiter, liebenswürdig wie immer. Er war ein Freund von Marja Iwanowna.

Ah! sagte Natalia Nikolajewna.

Freund ist nicht das richtige Wort, bei unserm Alter, aber sie war mir immer wohlgesinnt. – Pachtin war ein alter Verehrer Peter Iwanowitschs; er hatte seine Genossen gekannt. – Er hoffe, er könnte den Neuankömmlingen nützlich sein; er wäre gern schon gestern gekommen, aber es wäre nicht möglich gewesen und er bitte deshalb um Entschuldigung. – Er nahm Platz und sprach lange.

Ja, ich muß sagen, ich habe in Rußland vieles verändert gefunden seit jener Zeit, sagte Peter Iwanowitsch, als Antwort auf eine Frage.

Sobald Peter Iwanowitsch sprach, mußte man nur sehen, mit welch verehrungsvoller Aufmerksamkeit Pachtin jedes Wort aufnahm, das den Lippen des bedeutenden alten Herrn entsprang, und wie Pachtin bei jedem Satze, ja bei jedem Wort durch ein Nicken, ein Lächeln oder ein Augenzwinkern zu verstehen gab, daß er den denkwürdigen Satz oder das denkwürdige Wort aufgenommen und sich zu eigen gemacht habe. Ein müder Blick stimmte diesem Manöver beifällig zu. Sergjej Petrowitsch schien zu fürchten, die Rede seines Vaters möchte nicht bedeutend genug sein für diese Aufmerksamkeit des Zuhörers; über Sofia Petrownas Züge dagegen ging ein kaum merkliches selbstgefälliges Lächeln, wie man es bei Leuten findet, die die lächerliche Seite eines Menschen erspäht haben. Sie hatte den Eindruck, als sei von dem nicht viel zu holen, als sei das eine „Null" –, so pflegten sie und ihr Bruder eine gewisse Sorte von Menschen zu nennen. Peter Iwanowitsch erklärte, er hätte auf seiner

Reise außerordentliche Veränderungen wahrgenommen, die ihn erfreut hätten.

Es ist gar nicht zu sagen, wie sich das Volk – der Bauer – gehoben hat, wie das Bewußtsein der Menschenwürde in ihnen gestiegen ist – sagte er, alte Phrasen gewissermaßen nachsprechend. – Und ich muß sagen, das Volk interessiert mich mehr, als alles andere und hat mich immer mehr interessiert; ich bin der Meinung, die Kraft Rußlands liegt nicht in uns, sondern im Volke. – Peter Iwanowitsch entwickelte mit dem ihm eigenen Feuereifer seine mehr oder weniger originellen Gedanken über viele wichtige Gegenstände; wir werden sie noch in voller Ausführlichkeit kennen lernen. Pachtin schwamm in Wonne und stimmte allem vollkommen zu.

Sie müssen unbedingt mit den Aksakows bekannt werden; Sie werden mir doch gestatten, Fürst, daß ich sie Ihnen vorstelle? Wissen Sie schon, er hat jetzt die Erlaubnis bekommen zu seiner Zeitschrift? Morgen, heißt es, soll die erste Nummer erscheinen. Ich habe auch seinen wundervollen Artikel über die Folgerichtigkeit der wissenschaftlichen Theorien in der Sphäre des Abstrakten gelesen. Ungemein interessant. Noch ein anderer Aufsatz – die Geschichte Serbiens im 11. Jahrhundert, von dem berühmten Wojewoden Karbawonjez. Auch hochinteressant. Überhaupt ein kolossaler Schritt vorwärts.

O ja … sagte Peter Iwanowitsch. Aber alle diese Mitteilungen interessierten ihn offenbar nicht; er kannte nicht einmal den Namen und die Verdienste dieser Menschen, die Pachtin als allgemein bekannt erwähnte. Natalia Nikolajewna, die wohl zugab, daß man alle diese Menschen und Verhältnisse kennen müsse, bemerkte zur Entschuldigung für ihren Mann, Pierre habe immer sehr spät die Zeitschriften bekommen, er lese aber sehr viel.

Papa, werden wir die Tante besuchen? sagte Ssonja, die ins Zimmer trat.

Ja, aber erst müssen wir frühstücken. Ist Ihnen nicht etwas gefällig?

Pachtin lehnte natürlich ab, aber Peter Iwanowitsch bestand mit der den Russen im allgemeinen und ihm im besonderen eigenen Gastfreundschaft darauf, daß Pachtin einen Imbiß nehme und ein Glas trinke. Er selbst trank ein Gläschen Branntwein und ein Glas Bordeaux. Pachtin bemerkte, daß Natalia Nikolajewna in dem Augenblick, wo er den Wein eingoß, sich plötzlich von dem Glas wegwandte, und der Sohn eigentümlich die Hände seines Vaters betrachtete. Nachdem sie getrunken hatten, antwortete Peter Iwanowitsch auf Pachtins Frage nach seiner Meinung über die neue Literatur, über den Krieg und den Frieden (Pachtin konnte die verschiedenartigsten Dinge zu einem inhaltlosen, aber fließenden Gespräch zusammenbringen). – Auf alle diese Fragen antwortete Peter Iwanowitsch mit einer allgemeinen *profession de foi* und – war es der Wein oder der Gegenstand ihrer Unterhaltung – er geriet so in Feuer, daß ihm Tränen in die Augen traten, daß Pachtin in Entzücken geriet und ebenfalls Tränen weinte und ohne alle Zurückhaltung seine Überzeugung aussprach, Peter Iwanowitsch überrage jetzt alle hervorragenden Persönlichkeiten und müsse das Haupt aller Parteien werden. Peter Jwanowitschs Augen glänzten – er glaubte, was Pachtin sagte – und er hätte noch lange gesprochen, wenn nicht Sofia Petrowna Natalia Nikolajewna hinterrücks angestiftet hätte, die Mantille anzuziehen, und wenn sie nicht selbst gekommen wäre, um Peter Iwanowitsch zum Aufbruch zu drängen. Er hatte sich den letzten Rest Wein eingeschenkt, Sofia Petrowna aber trank ihn aus.

Was machst du?

Ich habe noch nichts getrunken, Papa. Pardon. – Er lächelte.

So, nun laßt uns zu Maria Iwanowna gehen. Sie werden uns entschuldigen, Monsieur Pachtin. – Und Peter Iwanowitsch ging hocherhobenen Hauptes hinaus. Im Flur begegnete man noch einem General, der zu den alten Bekannten zu Besuch gekommen war. 35 Jahre hatte er sie nicht gesehen! Der General war zahnlos und kahlköpfig.

Wie bist du noch frisch! sagte er. Sibirien scheint besser zu tun als Petersburg. Sind das die Deinigen? … Stelle mich vor. Dein Sohn, was für ein prächtiger junger Mann … Also morgen zu Tisch?

Ja, ja, gewiß.

Auf der Haupttreppe begegnete er dem berühmten Tschichajew, der ebenfalls ein alter Bekannter war.

Wie haben Sie denn erfahren, daß ich angekommen bin ?

Eine Schande wär's für Moskau, wenn es das nicht wissen sollte, eine Schande ist's, daß man Sie nicht bei dem Schlagbaum empfangen hat. Wo speisen Sie ? Wahrscheinlich doch bei der Schwester Maria Iwanowna? Vortrefflich, ich komme auch hin.

Peter Iwanowitsch machte auf alle Menschen, die durch die äußere Erscheinung hindurch den Ausdruck unsagbarer Güte und tiefer Empfindung nicht sehen konnten, den Eindruck eines stolzen Menschen; jetzt aber hatte sogar Natalia Iwanowna ihre Freude an seiner ungewöhnlichen Vornehmheit, und Sofia Petrowna lächelte mit den Augen, wenn sie ihn ansah. Sie waren bei Maria Iwanowna angekommen. Maria war die Taufpatin von Peter Iwanowitsch und zehn Jahre älter als er. Sie war eine alte Jungfer.

Ihre Geschichte, warum sie nicht geheiratet hatte und wie sie ihre Jugend verlebt hat, werde ich weiter unten einmal erzählen.

Seit 40 Jahren hatte sie Moskau nicht verlassen; sie hatte weder großen Verstand noch großen Reichtum und legte keinen Wert auf vornehme Beziehungen – im Gegenteil; und doch gab es keinen Menschen, der sie nicht hochschätzte. Sie war so davon überzeugt, daß alle Welt sie schätzen müsse, daß alle Welt sie schätzte. An der Universität gab es liberale junge Leute, die ihr diese Macht nicht zuerkannten; aber diese Herren frondierten nur in ihrer Abwesenheit. Sie brauchte nur mit ihrer fürstlichen Haltung in den Salon zu treten, in ihrer ruhigen Art das erste Wort zu sprechen und mit ihrem freundlichen Lächeln um sich zu blicken – und schon waren sie überwunden. Ihr Verkehr waren Alle. Sie betrachtete ganz Moskau wie Angehörige und verkehrte auch so mit allen. Ihren freundschaftlichen Verkehr suchte sie meist bei der Jugend und bei gescheiten Männern; Frauen mochte sie nicht. Es gab in ihrem Hause auch männliche und weibliche Kostgänger von der Art, die unsere Literatur, Gott weiß warum, mit gleicher Mißachtung zu behandeln pflegt wie die Ungarka und die Generale; Maria Iwanowna aber war der Meinung, Skopin, der sich im Spital ruiniert, und Frau Bjeschewa, die ihr Mann fortgeschickt hatte, sei wohler, wenn sie in ihrem Hause leben konnten, als in der äußersten Armut. Und so behielt sie sie bei sich. Die zwei stärksten Empfindungen aber in Maria Iwanownas jetzigem Leben waren ihre beiden Brüder: Peter Iwanowitsch war ihr Abgott, Fürst Iwan ihr Haß! Sie wußte nicht, daß Peter Iwanowitsch angekommen war; sie war zur Vesper gewesen und hatte eben erst ihren Kaffee getrunken. Ein Moskauer Vikar, Frau Bjeschewa und Skopin saßen um ihren Tisch. Maria Iwanowna erzählte ihnen von dem jungen Grafen W., dem Sohn von P. S., der aus Sewastopol zurückgekommen war und in den sie verliebt war (sie hatte immer irgendeine Passion). Heut' sollte er bei ihr speisen. Der Vikar erhob sich und nahm Abschied. Maria Iwanowna hielt ihn nicht zurück – sie war in dieser Beziehung ein Freigeist; sie war fromm, aber sie hatte die Mönche nicht gern. Sie lachte über die Damen, die den Mönchen nachliefen, und sprach es kühn aus, daß die Mönche nach ihrer Meinung ebensolche Menschen seien, wie wir Sündige, und daß man im weltlichen Leben besser selig werden könne, als im Kloster.

Geben Sie Auftrag, niemanden zu empfangen, mein Lieber – sagte sie – ich will Pierre schreiben; ich weiß nicht, warum er nicht kommt. Wahrscheinlich ist Natalia Nikolajewna nicht gesund.

Maria Iwanowna hatte die Überzeugung, daß Natalia Nikolajewna sie nicht gern hatte und ihr unfreundlich gesinnt war. Sie konnte ihr nicht verzeihen, daß nicht sie, die Schwester, ihm sein Vermögen gegeben habe und mit ihm nach Sibirien gegangen war, sondern Natalia Nikolajewna, und daß ihr Bruder es so entschieden abgelehnt hatte, als sie erklärte, mit ihm reisen zu wollen. Nach 35 Jahren fing sie an, allmählich dem Bruder zu glauben, daß Natalia Nikolajewna die beste Frau in der Welt und sein Schutzengel sei; aber sie war neidisch auf sie und glaubte noch immer, sie sei eine schlechte Frau.

Sie erhob sich, ging im Zimmer auf und nieder und wollte eben in das Kabinett eintreten, als sich die Tür öffnete und das runzelige, fahle Gesicht der Bjeschewa mit dem Ausdruck freudigen Schreckens durch die Tür guckte.

Maria Iwanowna, fassen Sie sich! sagte sie.

Ein Brief ?

Nein, mehr … Aber sie hatte noch nicht weiter zu sprechen vermocht, als im Vorzimmer eine kräftige Männerstimme sich hören ließ:

Wo ist sie denn? Komm doch Natascha.

Er! – sagte Maria Iwanowna und schritt mit großen kräftigen Schritten auf den Bruder zu. Sie kam ihnen entgegen, als hätten sie sich gestern zum letzten Male gesehen.

Wann bist du angekommen? Wo bist du abgestiegen? Wie bist du hergekommen? Im Wagen? – das waren die Fragen, die Maria Iwanowna stellte, als sie mit ihnen in den Salon ging; sie hörte gar nicht auf ihre Antworten und sah mit großen Augen bald den einen, bald den andern an. Bjeschewa staunte über diese Ruhe, ja Gleichgültigkeit, und billigte sie nicht. Alle lächelten. Das Gespräch verstummte. Maria Iwanowna betrachtete schweigend, ernst ihren Bruder.

Wie geht es? fragte Peter Iwanowitsch, ergriff ihre Hand und lächelte. – Peter Iwanowitsch sagte „Sie" und sie sagte zu ihm „Du". Maria Iwanowna betrachtete noch einmal seinen grauen Bart, seinen Kahlkopf, seine Zähne, seine Runzeln, seine Augen, sein verbranntes Gesicht – und alles kam ihr bekannt vor.

Das ist meine Ssonja!

Sie sah sich aber nicht um.

Was bist du für ein dumm … sie unterbrach sich und griff mit ihren weißen Händen nach seinem kahlen Kopf. Was bist du für ein dummer Kerl, hatte sie sagen wollen, daß du mich nicht ein wenig vorbereitet hast – aber ihre Schultern und ihre Brust erbebten, ihr greisenhaftes Gesicht verzerrte sich und sie schluchzte, während sie ein über das andere Mal seinen kahlen Kopf an ihre Brust drückte und wiederholte: Was bist du für ein dumm … dummer Kerl, daß du mir nichts gemeldet hast …

Peter Iwanowitsch kam sich nicht mehr als ein so großer Mann vor, nicht mehr als eine so bedeutende Persönlichkeit, wie auf der Treppe bei Chevalier. Mit dem Unterkörper saß er in dem Lehnstuhl, aber seinen Kopf hielt die Schwester in ihren Händen, seine Nase berührte ihr Korsett; er fühlte ein Kitzeln in der Nase, sein Haar war zerzaust und in seinen Augen standen Tränen. Aber er fühlte sich wohl. – Als dieser Ausbruch der Freudentränen vorübergegangen war, begriff Maria Iwanowna, was vorgegangen war; jetzt erst war ihr alles glaubhaft, und nun betrachtete sie alle. Aber noch mehrere Male im Verlaufe des Tages, wenn sie sich zurückerinnerte, wie er einst gewesen war, wie sie damals gewesen war und wie sie beide jetzt sind, und wenn dies alles wieder lebhaft in ihrer Einbildung stand: das Unglück, die Freuden, die Liebe aus alter Zeit, dann übermannte es sie und dann erhob sie sich immer wieder und wiederholte:

Was bist du für ein dummer Kerl, Petruscha, was für ein schlechter Mensch, daß du mich nicht vorbereitet hast! Warum seid ihr nicht geradeswegs zu mir gekommen? Ich hätte euch untergebracht, sagte Maria Iwanowna. Ihr werdet doch wenigstens bei mir speisen?

Dir wird es doch nicht zu langweilig bei mir sein, Sergjej? Bei mir ist ein junger Krieger aus Sewastopol zu Tisch. Und kennst du den Sohn von Nikolaj Michajlowitsch nicht? Er ist Schriftsteller, er hat etwas Ausgezeichnetes geschrieben; ich hab's nicht gelesen, aber es wird sehr gerühmt. Er ist ein reizender Mensch, den lade ich auch ein. Tschichajew will auch kommen. Na, das ist ein Schwätzer, ich mag ihn nicht sehr. Ist er schon bei dir gewesen? Und hast du Nikita schon gesehen? Na, das ist ja alles Unsinn. Was gedenkst du denn zu tun? Und Sie, Natalia, wie geht es mit Ihrer Gesundheit? Was denken Sie mit diesem stattlichen jungen Mann und mit dieser schönen Dame anzufangen?

Aber das Gespräch wollte immer noch nicht recht in Gang kommen.

Vor dem Mittagsessen machte Natalia Nikolajewna mit den Kindern einen Besuch bei einer alten Dame. Bruder und Schwester blieben zu Haus, und er begann nun seine Pläne darzulegen.

Ssonja ist erwachsen, sie muß in die Gesellschaft eingeführt werden; wir müssen also in Moskau leben, sagte Peter Iwanowitsch.

Um alles in der Welt nicht!

Sergjej muß dienen.

Um alles in der Welt nicht! Du bist immer noch so verrückt! … sie hatte aber den Verrückten doch gern.

Wir müssen hier sitzen, dann aufs Land gehen und den Kindern alles zeigen.

Ich habe das Prinzip, mich nicht in Familienangelegenheiten zu mischen, – sagte Maria Iwanowna, die sich nun von der Aufregung schon beruhigt hatte, – und keine Ratschläge zu geben. Ein junger Mann muß dienen, das war stets meine Meinung und ist sie auch jetzt; und in unserer Zeit mehr als je. Du weißt nicht, Petruscha, wie die heutige Jugend ist. Ich kenne sie. Denke, der Sohn des Fürsten Dimitrij ist ganz untergegangen; und sie sind selbst daran schuld! Ich scheue mich ja doch vor niemandem, ich bin eine alte Frau. Aber es ist schlimm! – Und nun sprach sie von der Regierung. Sie war mit ihr nicht zufrieden wegen der übermäßigen Freiheit, die sie in allen Dingen gewährte.

Das einzige Gute, was sie gemacht haben, ist, daß sie euch freigegeben haben. Das war gut.

Petruscha wollte sie verteidigen, aber mit Maria Iwanowna ging das nicht so wie mit Pachtin – mit ihr konnte er nicht fertig werden; sie geriet in Aufregung.

Na, du wirst sie in Schutz nehmen? Du, du in Schutz nehmen? Ich sehe schon, du bist immer noch so unvernünftig, wie du warst.

Peter Iwanowitsch schwieg, aber mit einem Lächeln, das etwa sagte, nicht daß er sich ergeben, sondern daß er mit Maria Iwanowna nicht streiten wolle.

Du lächelst? Das kennen wir. Du willst mit mir, mit einem Weibe, nicht streiten, sagte sie heiter und liebenswürdig und sah dabei den Bruder so fein und so verständnisvoll an, wie man es von ihrem greisenhaften Gesicht mit den kräftigen Zügen gar nicht erwartet hätte. – Ja, mit mir wirst du nicht fertig, Freundchen! Bin ja selbst an die 70 ! Habe auch nicht in den Tag hineingelebt, habe manches gesehen und verstanden. Eure Bücher habe ich nicht gelesen, werde sie auch nicht lesen. Was in den Büchern steht, ist Unsinn!

Na, wie gefallen Ihnen meine Kinder … Sergjej ? sagte Peter Iwanowitsch mit demselben Lächeln.

Na, na! antwortete die Schwester und drohte ihm. – Lenke nur nicht ab auf die Kinder. Darüber sprechen wir schon noch. Was ich dir aber sagen wollte. Du warst ja doch immer ein unvernünftiger Mensch – so bist du auch geblieben, ich sehe es dir an den Augen an. Jetzt werden dich die Leute auf den Händen tragen. Das ist so Mode. Ihr seid jetzt alle Mode. Ja, ja, ich sehe dir's an den Augen an, du bist noch ganz so unvernünftig wie du warst, fügte sie hinzu als Antwort auf sein Lächeln. – Um Christi willen bitt' ich dich, halte dich fern von all den heutigen Liberalen! Gott weiß, was die treiben. Das nimmt kein gutes Ende. Und unsere Regierung ist jetzt zu allem still, aber es wird eine Zeit kommen, da wird sie ihre Krallen zeigen, du wirst noch an meine Worte denken. Ich habe Sorge, du mischst dich wieder hinein. Laß das – ist alles dummes Zeug. Du hast Kinder.

Sie kennen mich offenbar jetzt nicht, Maria Iwanowna, sagte der Bruder.

Nun gut, gut, wird sich schon zeigen, ob ich dich nicht kenne oder ob du dich selber nicht kennst. Ich habe nur gesagt, was ich auf dem Herzen habe. Folgst du mir, desto besser. Und jetzt laß uns auch von Sergjej sprechen. Wie bist du mit ihm zufrieden? Er hat mir nicht besonders gefallen, wollte sie sagen; sie sagte aber nur: Er gleicht der Mutter wie ein Tropfen Wasser dem andern. Deine Ssonja hat mir sehr gut gefallen, sehr gut … sie hat so etwas Liebes, Offenes. Ein liebes Mädchen! … Wo ist sie, Ssonjuschka? … Ach, ich habe vergessen …

Was soll ich Ihnen sagen? … Ssonja wird eine gute Frau und eine gute Mutter werden. Aber mein Sergjej ist gescheit, sehr gescheit. Das muß ihm jeder lassen. Er war ein vortrefflicher Schüler, wenn er auch ein bißchen faul ist. Zu den Naturwissenschaften hatte er große Neigung. Er hat Lust, hier die Universität zu besuchen … Vorlesungen über Naturwissenschaften, Chemie zu hören … Maria Iwanowna hörte kaum zu, als der Bruder von den Naturwissenschaften zu sprechen begann; sie schien plötzlich traurig geworden zu sein, besonders als von der Chemie die Rede war. Sie seufzte tief auf und antwortete unmittelbar auf die Gedankenreihe, die die Naturwissenschaften in ihr angeregt hatten …

Wenn du wüßtest, wie leid sie mir tun, Petruscha! – sagte sie mit aufrichtiger, ruhiger, ergebener Trauer. – So leid, so leid! Das ganze Leben liegt vor ihnen, was werden sie noch alles zu leiden haben!

Nicht doch, wir müssen hoffen, ihr Leben wird glücklicher sein als das unsere.

Geb's Gott, geb's Gott! Aber das Leben ist schwer, Petruscha! Folge mir nur in einem, mein Liebster, philosophiere nicht! Was bist du für ein Tor, Petruscha! Ach, was bist du für ein Tor! Aber ich muß nun nach dem Rechten sehen. Ich habe viele Leute eingeladen. Was werde ich ihnen denn zu essen geben? – Sie seufzte auf, wandte sich ab und klingelte.

Tarasz soll kommen.

Ist der Alte noch immer bei Ihnen? fragte der Bruder.

Immer noch. Aber was denkst du, er ist ja ein Kind im Vergleich zu mir.

Tarasz war sauber gekleidet, er ärgerte sich, machte sich aber doch an die Arbeit. Bald darauf traten Natalia Nikolajewna und Ssonja ein. Sie atmeten laut vor Kälte und Glücksgefühl, und ihre Kleider rauschten; Sergjej blieb zurück bei den eingekauften Sachen.

Laßt mich sie betrachten! – Maria Iwanowna nahm Ssonjas Gesicht in ihre beiden Hände. Natalia Nikolajewna erzählte.

Erste Variante |

Der Rechtsstreit „über die unrechtmäßige Aneignung von 4000 den benachbarten Kronsbauern des Dorfes Islegoschtschi gehörigen Morgen Landes durch Iwan Apychtin, Hauptmann der Garde, Gutsbesitzer im Gouvernement Pensa, Kreis Krasnoslobodsk", war in der ersten Instanz beim Kreisgericht auf Antrag des Bauerndeputierten Iwan Mironow zugunsten der Bauern entschieden, und das ungeheure Gebiet, teils Wald, teils Ackerland, das die leibeigenen Bauern Apychtins ausgerodet hatten, war im Jahr 1815 in den Besitz der Bauern gekommen, und die Bauern hatten im Jahre 1816 den Grund und Boden bearbeitet und seinen Ertrag für sich genommen. Der für die Bauern günstige Ausgang dieses ungewöhnlichen Prozesses hatte alle Nachbarn, ja sogar die Bauern selbst in Erstaunen gesetzt. Der Erfolg der Bauern ließ sich nur dadurch erklären, daß Iwan Petrowitsch Apychtin, der liebenswürdigste, friedlichste Mensch, der kein Freund von Prozessen war, in der festen Überzeugung von der Gerechtigkeit seiner Ansprüche keinerlei Maßregeln gegen das Vorgehen der Bauern ergriffen hatte. Iwan Mironow aber, der Sachwalter der Bauern, ein hagerer, des Lesens und Schreibens kundiger Bauer, mit einer Habichtsnase, der früher Schulze und Steuererheber gewesen war, hatte von den Bauern je fünfzig Kopeken auf den Kopf erhoben, dieses Geld in Form von Geschenken klug verteilt und den ganzen Prozeß mit großem Geschick geführt. Gleich nach der Entscheidung des Kreisgerichts aber gab Apychtin, der die Gefahr erkannte, einem geschickten Sachwalter, dem freigelassenen Ilija Mitrofanow, eine Vollmacht, und dieser legte bei dem Landgericht die Berufung gegen die Entscheidung des Kreisgerichts ein. Ilija Mitrofanow führte die Sache so geschickt, daß trotz aller Ränke des Sachwalters der Bauern Iwan Mironows, trotz der bedeutenden Geldgeschenke, die er den Mitgliedern des Gerichtshofs machte, von dem Obergericht das Erkenntnis der ersten Instanz aufgehoben und der Prozeß zugunsten des Gutsbesitzers entschieden wurde. Das Land wurde den Bauern von neuem abgesprochen und ihrem Sachwalter davon Mitteilung gemacht. Der Sachwalter Iwan Mironow erklärte den Bauern in der Versammlung, die Herren vom

Obergericht hätten mit dem Gutsbesitzer Händedrücke gewechselt und „gründliche Konfusion" in den Prozeß gebracht, so daß man jetzt das Land den Bauern wieder nehmen will. Aber aus dem Mehl des Gutsbesitzers solle kein Brot werden. Er habe bereits die Klageschrift an den Senat aufgesetzt, und er wisse einen Mann, der zuversichtlich versprochen habe, die ganze Sache im Senat wieder einzurenken und das Land ein für allemal in den sichern Besitz der Bauern zu bringen; nur müßten sie jetzt noch einen Rubel auf den Kopf zusammenbringen. Die Bauern versprachen, das Geld zu sammeln und wieder die ganze Angelegenheit in die Hände Iwan Mironows zu legen. Als das Geld beisammen war, reiste Mironow nach Petersburg.

Als im Jahre 1817 die Zeit der Aussaat kam – Pfingsten fiel diesmal spät – überlegten die Bauern von Islegoschtschi in ihrer Versammlung, ob sie in diesem Jahre den strittigen Grund und Boden beackern sollten. Obgleich der Verwalter Apychtins schon um die Fastenzeit zu ihnen gekommen war, mit der Weisung, sie sollten das Land nicht beackern und mit ihm ein friedliches Abkommen treffen wegen des Getreides, das sie auf dem Grund und Boden gesät hatten, der früher strittig gewesen und der jetzt Apychtin gehörte, beschlossen die Bauern, weil sie Wintersaat auf dem strittigen Lande hatten, und weil Apychtin, der sie nicht kränken wollte, den Wunsch hatte, sich gütlich mit ihnen zu einigen, doch, den strittigen Grund und Boden zu beackern und vor jedem anderen Ackerland in Angriff zu nehmen.

Genau an dem Tage, an dem die Bauern auf das Vorwerk von Berestow zum Ackern auszogen, am Gründonnerstag, wollte Iwan Petrowitsch Apychtin, der in der Karwoche gefastet hatte, das Abendmahl nehmen und fuhr am frühen Morgen in die Kirche des Dorfes Islegoschtschi, dessen Pfarrkind er war, und plauderte hier, da er von alledem nichts wußte, in freundlichster Weise mit dem Kirchenältesten. Iwan Petrowitsch hatte den Abend vorher gebeichtet und zu Hause die Abendmesse besucht; am anderen Morgen las er selbst die Regeln, und um 8 Uhr verließ er sein Haus. Zum Mittagsgottesdienst wurde er zurückerwartet. Iwan Petrowitsch stand am Altar, wo sein Platz immer war, er dachte mehr als er betete und war ärgerlich über sich selbst, daß es so war. Er fühlte sich, wie viele Menschen jener Zeit, ja aller Zeiten, im unklaren in bezug auf den

Glauben. Er war schon fünfzig geworden, er hatte nie die Erfüllung
der Zeremonien versäumt, besuchte regelmäßig die Kirche und fastete einmal im Jahre. Seine einzige Tochter erzog er in den Grundsätzen des Glaubens. Wenn man ihn aber gefragt hätte, ob er wirklich glaube, so hätte er nicht gewußt, was er antworten solle. Und
heute ganz besonders, heute fühlte er sich gerührt, und stand doch,
statt zu beten, in Gedanken versunken am Altar und dachte darüber
nach, wie sonderbar alles in der Welt eingerichtet ist: er zum Beispiel, ein Mann, den man fast alt nennen konnte, er fastete vielleicht
das vierzigste Mal im Leben, und er wußte, daß alle Menschen, seine
Angehörigen und Hausleute, und alle die Menschen in der Kirche,
ihn als ein Muster betrachteten, sich ein Beispiel an ihm nahmen,
und er fühlte sich verpflichtet, dieses Beispiel auch im religiösen Leben zu geben; und doch wisse er gar nichts, und eines Tages
kommt's zum Sterben und – man schlage ihn tot! – er weiß nicht, ob
das Wahrheit ist, worin er den anderen ein Beispiel gibt. Und auch
das war ihm verwunderlich, wie alle Menschen glauben können –
er hatte das beobachtet – daß alte Leute bestimmte Anschauungen
haben und wissen, was recht und was unrecht ist (so hatte er immer
von den alten Leuten gedacht). Und nun ist er selbst so ein Alter und
weiß ganz und gar nichts und ist ebenso leichtsinnig, wie er mit
zwanzig Jahren war, nur mit dem Unterschied, daß er das früher
nicht verborgen habe, und daß er es jetzt verberge. Wie ihm in seinen Kinderjahren während des Gottesdienstes einmal der Einfall
kam, wie ein Hahn zu krähen, so kamen ihm auch jetzt solche
Dummheiten in den Sinn, und er, der Mann in reifen Jahren, ver-
beugt sich gemessen, berührt mit den Knochen seiner alten Hände
die Fliesen des Fußbodens, und Pater Wassilij scheut sich förmlich,
in seiner Gegenwart den Priesterdienst auszuüben und wird durch
seinen Eifer selbst zum Eifer angeregt. „Und wenn sie wüßten, was
für Dummheiten mir durch den Kopf gehen? O Sünde, Sünde; ich
muß beten," sagte er zu sich selber, als der Gottesdienst begann; er
horchte auf den Sinn der Bibelstelle und begann zu beten. Und wirklich, es währte nicht lang, da war er ganz in der Stimmung des Gebetes und gedachte seiner Sünden und alles dessen, was er zu bereuen hatte.

Ein stattlicher Greis, mit dichtem, grauen Haar, in einem Pelz mit
neuem, weißen Kragen bis zur Hälfte des Rückens, trat mit gleich-

mäßigen Schritten in den Altar, machte eine tiefe Verbeugung vor ihm, schüttelte sein Haar und trat zum Allerheiligsten, um Kerzen hinzustellen. Es war der Kirchenälteste Iwan Fjedotow, einer der besten Bauern des Dorfes Islegoschtschi. Iwan Petrowitsch kannte ihn. Der Anblick dieses ernsten männlichen Gesichts brachte Iwan Petrowitsch auf eine neue Reihe von Gedanken. Er war einer von den Dorfleuten, die den Grund und Boden von ihm haben wollten, und einer von den besten reichsten verheirateten Dorfleuten, die den Grund und Boden brauchten, die ihn auszunützen wußten und die Mittel dazu hatten. Sein ernstes Aussehen, seine gemessene Verbeugung, sein gleichmäßiger Gang, die Sauberkeit seiner Kleidung: die Fußlappen lagen wie Strümpfe fest um seine Beine, und die Bastschuhe legten sich symmetrisch um den einen Fuß ganz wie um den anderen – sein ganzes Aussehen schien Vorwurf, Feindseligkeit wegen des Grund und Bodens auszudrücken.

„Da habe ich nun meine Frau, meine Manja (die Tochter), unsere Kinderfrau, meinen Kammerdiener Wolodja um Verzeihung gebeten, und hier steht einer, der um Verzeihung zu bitten wäre, und dem zu verzeihen wäre," dachte Iwan Petrowitsch und beschloß, Iwan Fjedotow nach der Frühmesse um Verzeihung zu bitten.

Und so tat er auch.

In der Kirche waren wenig Menschen. Die große Menge hatte nach hergebrachter Gewohnheit schon am ersten und vierten Sonntag gefastet. Jetzt waren nur etwa vierzig Menschen da, Männer und Frauen, die nicht früher dazu gekommen waren, etliche alte Bauern, Beamte und Hofleute der Apychtins und der reichen Nachbarn der Tschernyschews. Da war auch eine alte Frau, eine Verwandte der Tschernyschews, die bei ihnen im Hause lebte, und eine Diakonissin, eine Witwe, deren Sohn die Tschernyschews in ihrer Güte erzogen und zu einem Menschen gemacht hatten. Zwischen der Frühmesse und dem Mittagsgottesdienst blieben noch weniger Menschen in der Kirche. Männer und Frauen waren hinausgegangen; nur zwei Bettlerinnen waren in einem Winkel sitzen geblieben, sie plauderten miteinander und betrachteten Iwan Petrowitsch mit dem sichtlichen Wunsche, ihn zu begrüßen und mit ihm zu sprechen, und zwei Lakaien: sein livrierter Lakai und einer von den Tschernyschews, der die alte Dame hergebracht hatte. Auch diese beiden führten in dem Augenblick, in dem Iwan Petrowitsch aus dem Altar heraustrat, leise eine lebhafte Unterhaltung und verstummten sofort, als sie ihn sahen. Dann war noch eine Frau da in einem hohen Kopfputz mit Perlenbesatz und einem weißen Pelz, mit diesem deckte sie ihr schreiendes, krankes Kind zu und gab sich Mühe, es zu beruhigen, und noch ein anderes, gebeugtes Mütterchen. Auch sie trug den gleichen Kopfputz, aber mit Wollbesatz, ein weißes Tuch, das sie nach Art der alten Frauen gebunden hatte, und einen grauen Faltenrock, im Rücken schön verziert. Sie lag auf den Knien in der Mitte der Kirche, das Gesicht einem alten Bilde zwischen den Giebelfenstern zugewandt, auf dem ein neues Tuch mit roten Ecken hing, und betete so inbrünstig, feierlich und leidenschaftlich, daß sie die Aufmerksamkeit der Menschen auf sich ziehen mußte. Iwan Petrowitsch blieb auf seinem Wege zu dem Kirchenältesten, der am Schränkchen stand und aus den Resten der Kerzen kleine Wachsklumpen machte, stehen und betrachtete die betende alte Frau. Sie betete sehr gut. Sie stand so gerade aufrecht auf ihren Knien, wie man nur gerade aufrecht stehen kann, wenn man dem Heiligenbilde zugewandt ist. Alle ihre Glieder waren von einer mathematischen Symmetrie. Beide Füße stützten sich mit den Spitzen der Fußlappen auf den Steinfußboden unter einem und demselben Winkel. Der Körper war zurückgebogen und soweit der Buckel auf dem Rücken dies gestattete, die Arme mit vollkommener Symmetrie auf dem Leib zusammengeschlagen, der Kopf zurückgeworfen, das runzlige Gesicht, in dem sich Scham und Mitleid malte, mit dem stumpfen Blick gerade auf das Bild mit dem Tuche gerichtet. In dieser Stellung verharrte sie unbeweglich eine Minute oder weniger, aber doch eine bestimmte Zeit, dann seufzte sie schwer, nahm die rechte Hand vom Leibe, brachte sie mit einem Schwunge bis hoch über den Kopfputz, berührte mit zusammengelegten Fingern ihren Scheitel und schlug so, breit ausholend, ein Kreuz auf dem Leib und auf den Schultern. Dann schwang sie die Arme zurück, senkte das Haupt auf ihre Hände, die sie ganz nach Vorschrift auf die Erde legte, erhob sich wieder und machte wieder die gleichen Bewegungen.

Die betet, dachte Iwan Petrowitsch bei ihrem Anblick, ganz anders, als wir Sündigen. Das nenn' ich einen Glauben! Weiß ich auch, daß sie zu ihrem Heiligen betet oder zu ihrem Tuch, oder zu dem Schmuck, den sie für das Bild gestiftet hat, wie die anderen alle auch

– sie betet doch gut. Nun ja, sagte er zu sich selber, jeder hat seinen Glauben: sie betet zu dem Bilde, und ich halte es für nötig, die Bauern um Verzeihung zu bitten.

Und er ging auf den Ältesten zu. Unwillkürlich aber sah er sich in der ganzen Kirche um, um zu erfahren, wer die Ausführung seiner Absicht sehen könnte, die ihm zugleich Befriedigung und Scham bereitete. Es war ihm peinlich, daß die alten Kirchenvetteln, wie er sie zu nennen pflegte, es sehen würden. Ganz besonders peinlich aber war es ihm, daß sein Diener Mischka es sehen würde. Er fühlte sogar, daß in Gegenwart Mischkas, dessen lebhaften, schnell fassenden Geist er kannte, ihm die Kraft fehlen würde, auf Iwan Fjedotow zuzutreten, und er winkte mit dem Finger Mischka zu sich heran.

Was befehlen Erlaucht?

Komm mal her, bitte, Freundchen, bringe mir den kleinen Teppich aus dem Wagen. Es ist hier etwas feucht für die Füße.

Zu Befehl, Erlaucht.

In dem Augenblick, in dem Mischka sich entfernte, trat Iwan Petrowitsch auf Iwan Fjedotow zu. Iwan Fjedotow erschrak bei der Annäherung des Herrn, wie jemand, der sich schuldig fühlt. Die Schüchternheit und Verlegenheit seiner Bewegungen stand in einem eigentümlichen Widerspruch zu den strengen Zügen und dem krausen weißgrauen Haar und Bart.

Wünschen Sie eine Zehn-Kopeken-Kerze? begann er. Dabei hob er den Pultdeckel hoch und warf nur von Zeit zu Zeit mit seinen großen, schönen Augen einen Blick auf den Herrn.

Nein, ich brauche kein Licht, Iwan. Ich will dich nur bitten, mir zu verzeihen um Christi willen, wenn ich dich gekränkt habe. Verzeih um Christi willen! wiederholte Iwan Petrowitsch und verneigte sich tief.

Iwan Fjedotow erschrak heftig und wurde sehr verlegen.

Endlich aber begriff er und lächelte zärtlich:

Gott verzeiht, sagte er. Eine Kränkung, meine ich, habe ich von dir nie erfahren. Gott verzeiht, eine Kränkung habe ich nie erfahren, wiederholte er verlegen.

Trotzdem …

Gott verzeiht, Iwan Petrowitsch … Zwei Kerzen zu zehn Kopeken?

Ja. Zwei.

Ein wahrer Engel, wahrhaftig, ein Engel. Einen niedrigen Bauern bittet er um Verzeihung. O Gott im Himmel, wahrhaftige Engel, sagte die Diakonissin in der schwarzen, alten Kapuze und dem schwarzen Mantel. Ja, ja, das sollten wir lernen.

Ei, Paramonowna, wandte sich Iwan Petrowitsch an sie, sag’, fastest du auch? Verzeihe auch du um Christi willen.

Gott wird verzeihen, Väterchen, du mein Engel, du mein gütiger Wohltäter; laß mich deine Hand küssen.

Nicht doch, nicht doch, du weißt, ich hab’ das nicht gern, sagte Iwan Petrowitsch lächelnd und ging in den Altar.

Die Vesper, wie sie gewöhnlich in der Pfarre von Islegoschtschi abgehalten wurde, ging schnell zu Ende, um so mehr, als wenig Menschen das Abendmahl nahmen. In dem Augenblick, wo sich nach dem Vaterunser die heilige Pforte schloß, sah Iwan Petrowetsch zur nördlichen Tür heraus, um Mischka herauszurufen, damit er ihm den Pelz abnehme. Als der Priester diese Bewegung sah, winkte er ärgerlich den Diakon heran, und der Diakon ging fast mit Laufschritten, um Michaels Diener heranzurufen. Iwan Petrowitsch war in recht guter Stimmung, aber diese Dienstfertigkeit und dieser Ausdruck der Hochschätzung bei dem Priester, der die Vesper hielt, verstimmten ihn wieder. Seine zarten, geschweiften, glattrasierten Lippen wölbten sich noch mehr, in seinen gutmütigen Augen schimmerte ein Lächeln. „Als ob ich sein General wäre,“ dachte er, und sofort fielen ihm die Worte eines deutschen Gouverneurs ein, den er einmal in den Altar mitgenommen hatte, damit er den russischen Gottesdienst mitansehe. Wie dieser Deutsche ihn belustigt und seine Frau geärgert hatte mit den Worten: *„Der Pop’ war ganz böse, daß ich ihm alles nachgesehen hatte.“*[2] Es fiel ihm auch ein, wie einmal ein junger Türke geantwortet hätte, jetzt gäbe es keinen Gott mehr, denn er habe das letzte Stückchen aufgegessen. „Und ich nehme das Abendmahl,“ dachte er, runzelte die Stirn und machte eine tiefe Verbeugung, dann legte er den Bärenpelz ab und behielt nur den blauen Frack an mit den glänzenden Knöpfen, das weiße hohe Halstuch, die Weste und die engen Pantalons, die Stiefel ohne Absätze mit den scharfen Spitzen und ging mit seinen leisen, bescheidenen und leichten Schritten zu den Ortsheiligen, um vor ihnen zu knien. Und

---

[2] Diese Worte stehen deutsch im Original.

auch hier stieß er wieder auf dieselbe Zuvorkommenheit der anderen Kommunikanten, die ihm den Platz räumten.

„Als wenn sie sagten: *Apres vous s'il en reste*," dachte er und machte nach der Seite Verbeugungen bis zur Erde mit der Ungeschicklichkeit, die daher kam, daß er eine Art Mittelding suchen mußte zwischen der Vermeidung der Geringschätzung und dem Vornehmtum. Endlich öffnete sich die Tür. Der Priester las mit ihm das Gebet, und er wiederholte die Worte „wie die Räuber". Dann band man ihm die Kelchdecke vor und er nahm das Abendmahl und das warme Wasser aus dem alten Löffel und legte ein neues Zwanzigkopekenstück auf die alten Tellerchen; dann hörte er noch die letzten Gebete, legte sich an das Kreuz, zog den Pelz wieder an und verließ die Kirche unter den Glückwünschen der Anwesenden und erfüllt von dem angenehmen Gefühl der Erledigung der Sache. Als er aus der Kirche heraustrat, traf er wieder mit Iwan Fjedotow zusammen.

Ich danke, ich danke, antwortete er auf dessen Glückwunsch. Nun, beginnt die Feldarbeit bald?

Die Kinder sind schon draußen, sind schon draußen die Kinder, antwortete Iwan Fjedotow noch schüchterner als gewöhnlich. Er nahm an, Iwan Petrowitsch wisse, wohin die Leute von Islegoschtschi zur Feldarbeit gegangen waren. – Es wird feucht. Feucht wird's. 'S ist noch früh an der Zeit, noch recht früh an der Zeit.

Iwan Petrowitsch ging zum Grabmal seines Vaters und seiner Mutter und verneigte sich vor ihm, dann stieg er, vom Diener unterstützt, in seinen Wagen und fuhr mit Sechsen und seinem Vorreiter nach Hause.

„Nun, Gott sei Dank," sagte er zu sich selber, indem er auf den weichen, runden Federn hin und her schaukelte und die Welt um sich her betrachtete, den Frühlingshimmel mit den leichten Wolken, die freigewordene Erde und die weißen Flecken noch nicht gelösten Schnees, den stark zusammengebogenen Schweif des Seitenpferdes, und in dem er die frische Frühlingsluft einatmete, die doppelt angenehm war nach der Luft in der Kirche.

„Gott sei Dank, daß ich das Abendmahl hinter mir habe, und Gott sei Dank, daß ich meinen Tabak schnupfen kann." Und er zog seine Dose hervor, hielt lange seine Prise lächelnd zwischen den Fingern und lüpfte mit der Hand, in der er den Tabak festhielt, seine

Mütze zur Antwort auf die tiefen Grüße der vorüberkommenden Leute, vor allem der Frauen, die die Stühle und Bänke vor den Türen wuschen, während der Wagen mit dem kräftigen Sechsgespann in schnellem Trabe durch den Schmutz der Dorfstraße von Islegosch-tschi dahinfuhr.

Iwan Petrowitsch hielt die Prise lange fest, um die Vorfreude von dem Vergnügen des Schnupfens zu haben. Er hielt sie nicht nur das ganze Dorf entlang, sondern bis zur Einfahrt, bis zu der schlechten Brücke am Berge, über die der Kutscher sichtlich nicht ohne Sorge fuhr; er zog die Zügel an, setzte sich besser und rief dem Vorreiter zu, er möchte auf das Eis zu lenken. Als man über die Brücke hin-über und aus dem brechenden Eis und aus dem Schmutz herausge-kommen war, beobachtete Iwan Petrowitsch zwei Wildenten, die aus dem Sumpfe auftauchten; er schnupfte mit großem Wohlbeha-gen, dann zog er einen Handschuh an, hüllte sich in seinen Mantel, versenkte sein Kinn in das hohe Halstuch und sagte zu sich selber beinahe laut: „Famos!" ein Wort, das er heimlich oft vor sich hin sagte, wenn er in guter Stimmung war.

In der Nacht hatte es Schnee gegeben; am Morgen, als Iwan Pet-rowitsch in die Kirche fuhr, war der Schnee noch nicht aufgetaut, aber er war weich gewesen. Jetzt war der Schnee, obwohl in der gan-zen Zeit keine Sonne geschienen hatte, schon ganz von der Feuch-tigkeit aufgelöst, und auf der großen Landstraße, über die man drei Werst bis zum Kreuzweg nach Tschirakowo fahren mußte, war nur auf dem vorjährigen Grase, das in gleicher Richtung mit den Wa-genfurchen wuchs, weiß schimmernder Schnee sichtbar. Auf dem Landwege aber mußten die Pferde durch den klebrigen Schmutz waten. Aber den guten, wohlgepflegten, kräftigen Pferden eigener Zucht machte es keine Mühe, den Wagen durchzuschleppen. Wie von selbst schien er dahinzujagen über das Gras, auf dem er schwarze Spuren zurückließ, und über den Schmutz, ohne auch nur einen Augenblick den Gang zu verlangsamen. Iwan Petrowitschs Kopf durchzogen freundliche Gedanken. Er dachte an sein Haus, an seine Frau, an seine Tochter. „Mascha wird mich auf der großen Treppe erwarten und wird entzückt sein. Sie wird mir gleich die Heiligkeit ansehen. Ein merkwürdiges, liebes Mädchen. Sie nimmt sich nur alles zu sehr zu Herzen. Und die Rolle der Wichtigkeit und der Allwissenheit, die ich vor ihr spielen muß, wird mir schon zu

ernst und zu komisch. Wenn sie wüßte, daß ich vor ihr Angst habe,"
dachte er. „Na, und Cato (meine Frau) wird heute sicherlich bei guter Laune sein – gerade heut wird sie bei guter Laune sein – und das
wird einen schönen Tag geben! So wie in voriger Woche, wo die
Weiber aus Proschkin da waren. Ein merkwürdiges Wesen! Und wie
ich mich vor ihr fürchte! Aber was soll man tun? Sie hat selbst keine
Freude daran." Und ihm fiel die berühmte Anekdote von dem Kalb
ein, wie der Gutsbesitzer, der sich mit seiner Frau gezankt hatte, sich
an das Fenster setzt und draußen das hüpfende Kälbchen sieht: „Ich
möchte dich verheiraten!" sagte der Gutsbesitzer. Und wieder lächelte er. Jede Schwierigkeit, jedes Mißverständnis pflegte er so mit
einem Scherz zu lösen, meist mit einem, der sich auf ihn selber be-
zog.

Auf der dritten Werst am Turm wandte der Vorreiter nach links
um, auf das Vorwerk zu. Und der Kutscher schrie ihn an, weil er so
scharf umgewandt hatte, daß die Deichselpferde einen Schlag mit
der Deichsel bekamen und der Wagen fast den ganzen Weg bergauf
holperte. Nicht weit von einem Hause sah der Vorreiter zurück nach
dem Kutscher und zeigte auf etwas hin. Der Kutscher sah zurück
zum Diener und zeigte dem etwas. Und alle sahen nun nach einer
Richtung.

Was seht ihr denn da? sagte Iwan Petrowitsch.

Gänse, sagte Michael.

Wo? … So sehr er auch die Augen zusammenkniff, er sah nichts.

Da sind sie ja! Da ist der Wald und dort der See. Mitten durch
müssen Sie sehen.

Iwan Petrowitsch sah nichts.

Na, es ist hohe Zeit! Sonst kommen wir – wie sagt man doch? –
zu Pfingsten noch nicht heim.

Schön, zu Befehl.

Also vorwärts.

Bei dem Sumpf stieg Mischka vom Bock herunter und betastete
den Weg, dann stieg er wieder herauf, und der Wagen fuhr glücklich über das Brückchen des Teiches im Garten, fuhr die Allee hinauf, vorüber am Keller, an der Waschküche, von der das Wasser her-
untertroff, lenkte gewandt um und hielt vor der Freitreppe. Eben
fuhr Tschernyschews Britschke aus dem Hofe heraus. Sogleich kamen die Leute aus dem Hause gestürzt: der finstere alte Danilytsch

mit dem großen Backenbart, Nikolai, der Bruder Michaels, und das kleine Paulchen, und ihnen folgte ein Mädchen mit schwarzen, großen Augen und mit schönen, bis zum Ellbogen bloßen Armen und bloßem Halse.

Marja Iwanowna – Marja Iwanowna! ... Wohin ? Mamachen sind schon unruhig, nicht so hastig, sagte hinter dem Kinde die Stimme der dicken Katharina.

Aber das Mädchen hörte nicht. Wie der Vater erwartet hatte, faßte es ihn bei der Hand, sah ihn mit einem sonderbaren Blick an und fragte scheu: Nun, Papachen, hast du gebeichtet?

Ich habe gebeichtet. Du hast wohl Furcht, ich sei ein so großer Sünder, daß man mir das Abendmahl nicht geben wird.

Das Mädchen war offenbar ärgerlich über den Scherz des Vaters in diesem feierlichen Augenblicke. Sie seufzte, ging mit ihm und hielt seine Hand fest und küßte sie.

Wer ist denn da?

Der junge Tschernyschew. Er ist im Salon.

Ist Mama aufgestanden? Wie geht's ihr?

Mama ist heut besser. Sie sitzt unten.

Im Durchgangszimmer begegnete Iwan Petrowitsch der Amme Eupraxia, dem Verwalter Andrej Iwanowitsch und dem Feldmesser, der hier war, um die Schätzung des abgetretenen Landes festzustellen. Alle beglückwünschten Iwan Petrowitsch. Im Salon saßen Luisa Karlowa Trugoni, seit zehn Jahren die Freundin des Hauses, eine Gouvernante, die nach Rußland emigriert war, und ein Jüngling von sechzehn Jahren, Tschernyschew, mit seinem französischen Hauslehrer.

Am 2. August 1817 wurde in der sechsten Abteilung des obersten Senats der Rechtsstreit der Ökonomiebauern des Kirchdorfs Islegoschtschi wider Tschernyschew, wegen des Grund und Bodens, zugunsten der Bauern und gegen Tschernyschew entschieden. Diese Entscheidung war für Tschernyschew ein unerwarteter und überaus harter Schlag. Der Rechtsstreit hatte schon fünf Jahre gedauert. Der Bevollmächtigte des reichen Kirchdorfs Islegoschtschi, das dreitausend Seelen zählte, hatte ihn anhängig gemacht. Im Kreisgericht hatten die Bauern gewonnen. Als aber Fürst Tschernyschew auf den Rat eines Hofknechts, des Sachwalters Ilija Mitrofanow, den er von dem Fürsten Saltykow gekauft hatte, gegen die Entscheidung bei dem Gouvernementsgericht Berufung einlegte, gewann er ihn, und die Bauern von Islegoschtschi wurden außerdem noch damit bestraft, daß sechs von ihnen, die den Feldmesser beschimpft hatten, ins Gefängnis gesteckt wurden. Nun war Fürst Tschernyschew in der ihm eigenen gutmütigen Sorglosigkeit vollkommen beruhigt, um so mehr, als er sich ehrlich dessen bewußt war, daß er sich nie ein Stück Land widerrechtlich zugeeignet habe, wie die Bauern in ihrer Bittschrift gesagt hatten. War überhaupt je Land widerrechtlich genommen worden, so war das zur Zeit seines Vaters geschehen, und darüber waren vierzig Jahre vergangen. Er wußte, daß es den Bauern des Dorfes Islegoschtschi auch ohne dieses Stück Land recht gut geht, daß sie es nicht brauchen und mit ihm in guter Nachbarschaft lebten, und konnte gar nicht begreifen, warum sie auf einmal so gegen ihn in Wut geraten waren. Er wußte, daß er niemandem Unrecht getan habe und niemandem Unrecht tun wollte, lebte immer mit aller Welt in Frieden und wünschte auch gar nichts anderes. Darum konnte er auch nicht glauben, daß ihn jemand kränken wolle. Er haßte alle und ging deshalb nicht in den Senat, trotz der Ratschläge und Vorstellungen seines Sachwalters Ilisa Mitrofanow. Er ließ die Berufungsfrist verstreichen und verlor den Prozeß bei dem Senat. Die Entscheidung fiel so aus, daß ihm der Ruin drohte. Nach der Entscheidung des Senats wurden nicht nur fünftausend Morgen Landes von seinem Besitz abgetrennt, er mußte auch noch für die unrechtmäßige Einhaltung dieses Landes hundertsiebentausend Morgen an die Bauern als Entschädigung abgeben. Fürst Tschernyschew hatte achttausend Seelen, aber alle seine Güter waren belastet. Er hatte viele Schulden, und diese Senatsentscheidung ruinierte ihn und seine ganze große Familie. Er hatte einen Sohn und fünf Töchter. Er *raffte* sich erst auf, als es schon zu spät war für die Verhandlung mit dem Senat. Nach Ilija Mitrofanows Ansicht gab es nur eine Rettung – die Einreichung einer Bittschrift an allerhöchster Stelle und die Berufung an den Reichsrat. Zu diesem Zwecke mußte man bei einem der Minister oder der Senatsmitglieder persönlich vorstellig werden oder, was noch besser war, bei dem

Kaiser selbst. Fürst Grigoris Iwanowitsch erwog den Rat seines Sachwalters und brach im Herbst 1817 aus seinem geliebten Studjenjetz, wo er ununterbrochen gewohnt hatte, mit seiner ganzen Familie nach Moskau auf. Er ging nach Moskau und nicht nach Petersburg, weil in diesem Jahre in der Herbstzeit der Kaiser und der ganze Hof und alle hohen Würdenträger und ein Teil der Garde, bei der auch der Sohn Grigoris Iwanowitschs stand, nach Moskau kommen sollten, um den Grundstein zu legen zu der Erlöserkirche, die zum Andenken an die Befreiung Rußlands von dem Einfalle der Franzosen errichtet werden sollte.

Es war im August. Sofort nach dem Empfange der schrecklichen Nachricht von der Entscheidung des Senats brach Fürst Grigorij Iwanowitsch auf. Einer seiner Hofknechte wurde vorausgeschickt, um das Haus des Fürsten auf dem Arbat herzurichten, und ein ganzes Lager von Möbeln, Menschen, Pferden, Wagen und Vorräten. Im September reiste der Fürst mit seiner ganzen Familie in sieben Wagen, die ihm gehörten, nach Moskau und nahm Wohnung in seinem eigenen Hause. Seine Verwandten und Bekannten kamen aus der Provinz und aus Petersburg angereist und nahmen im September in Moskau Wohnung. Das Moskauer Leben aber mit seinen Vergnügungen, die Ankunft des Sohnes, der Verkehr der Töchter und die Erfolge der ältesten Tochter Alexandra, der einzigen Blondine unter all den dunklen Tschernyschews, nahmen den Fürsten so in Anspruch und erheiterten ihn so sehr, daß er, – unbekümmert darum, daß er hier in Moskau so viel verbrauchte, daß er möglicherweise nicht viel übrig haben würde, wenn er all seinen Verpflichtungen nachkäme, – den Prozeß völlig vergaß und sich unangenehm berührt und gelangweilt fühlte, wenn Ilija Mitrofanow von dem Prozeß sprach, und auch gar nichts tat, um den Erfolg seines Rechtsstreits zu fördern. Iwan Mironowitsch Bauschkin, der Hauptsachwalter der Bauern, der den Prozeß gegen den Fürsten im Senat mit soviel Eifer geführt hatte, der alle Wege und Umwege, die zu den Sekretären und Kanzleivorstehern führen, kannte, und der so geschickt in Petersburg die zehntausend Rubel der Bauern in der Form von Geschenken zu verteilen gewußt, hatte jetzt seine Tätigkeit aufgegeben und war in sein Dorf zurückgekehrt. Er hatte sich hier für das zu seiner Entlohnung gesammelte Geld und für den Rest, der von den Geschenken übrig geblieben war, von einem benachbarten

Besitzer einen Wald gekauft und ein Verkaufshaus darin errichtet. Der Prozeß war nun in der höheren Instanz zu Ende geführt und mußte nun seinen Gang gehen. Von all den Bauern, die in den Prozeß verwickelt waren, konnten nur die sechs ihn nicht vergessen, die bereits seit sechs Monaten im Gefängnis saßen, und ihre Familien, die ohne den Hausherrn verblieben waren. Aber was war da zu tun? Sie saßen im Gefängnis in Krasnoslobodsk, und ihre Familien mußten sehen, wie sie ohne sie fertig wurden. Helfen konnte ihnen niemand, selbst Iwan Mironowitsch sagte, er könne sich dieser Sache nicht annehmen, es handle sich um einen Fall, der weder vor den Friedensrichter, noch vor das Zivilgericht gehört, es handle sich um einen Kriminalfall. Die Bauern saßen, und niemand tat etwas für sie, und die eine Familie, die des Michael Gerassimowitsch, namentlich sein Weib, die Tichonowna, konnte sich nicht bei dem Gedanken beruhigen, daß ihr Kleinod, der alte Gerassimowitsch mit geschorenem Kopf im Gefängnis sitze. Die Tichonowna konnte sich nicht beruhigen, sie bat Mironowitsch, die Sache in die Hand zu nehmen, Mironowitsch schlug es ab. Da entschloß sie sich, selbst für den Alten eine Wallfahrt zu unternehmen. Schon vor einem Jahre hatte sie gelobt, einen Heiligen aufzusuchen, und hatte das immer wieder auf das nächste Jahr verschoben, weil sie keine Zeit hatte, und weil sie die Wirtschaft nicht gern den jungen Frauen überlassen wollte. Jetzt, wo sie das Unglück getroffen hatte, daß man Gerassimowitsch ins Gefängnis gesperrt, erinnerte sie sich ihres Gelübdes; sie ließ die Wirtschaft Wirtschaft sein und begab sich mit der Frau des Küsters aus ihrem Dorfe auf die Wallfahrt. Zunächst kehrten sie in der Kreisstadt ein, wo der Alte im Gefängnis saß, und brachten ihm Hemden; dann wanderten sie über die Hauptstadt des Gouvernements nach Moskau. Unterwegs erzählte die Tichonowna ihrer Begleiterin ihr Leid, und die Küstersfrau riet ihr, dem Zaren, der, wie es hieß, die Stadt Pensa besuchen wollte, eine Bittschrift einzureichen, und erzählte ihr von allerlei Fällen der Begnadigung. Als die Pilgerinnen nach Pensa kamen, erfuhren sie, daß in Pensa nicht der Zar, wohl aber sein Bruder, der Großfürst Nikolas Pawlowitsch angekommen sei. Als der Großfürst aus der Kathedrale in Pensa heraustrat, drängte sich die Tichonowna zu ihm durch, fiel auf die Knie und fing an, für ihren Mann zu bitten; der Großfürst war verwundert, der Statthalter war wütend, und man führte die Alte auf die Polizei.

Nach vierundzwanzig Stunden ließ man sie frei, und sie wanderte weiter nach dem Dreifaltigkeitskloster. Im Dreifaltigkeitskloster fastete die Tichonowna und beichtete dem Pater Paisius. Sie erzählte ihm ihr Leid und bereute, dem Bruder des Zaren eine Bittschrift übergeben zu haben. Pater Paisius sagte ihr, das sei keine Sünde; sich in einer großen Sache mit einer Bitte selbst an den Zaren zu wenden, sei kein Unrecht, und gab ihr Absolution. In Chotjkow war sie bei der wundertätigen Mutter Gottes. Die Wundertätige hieß sie, ihre Bitte dem Zaren selbst vorzubringen. Auf dem Rückwege besuchte die Tichonowna mit der Küstersfrau die heiligen Märtyrer in Moskau. Hier erfuhr sie nun, daß der Zar in Moskau sei, und die Tichonowna dachte, das sei ein Zeichen, daß Gott ihr befehle, den Zaren zu bitten. Nun war es nötig, die Bittschrift aufzusetzen.

In Moskau kehrten die Pilgerinnen in einem Gasthause ein. Sie baten, man möchte ihnen ein Nachtlager geben, und bekamen es auch. Nach dem Abendbrot legte sich die Küstersfrau auf den Ofen, und die Tichonowna schob ihr Bündel unter den Kopf, legte sich auf eine Bank und schlief ein. Am anderen Morgen – es war noch nicht Tag – erhob sich die Tichonowna, weckte die Küstersfrau, und nur der Hauswart antwortete auf ihren Morgengruß, als sie auf den Hof heraus kamen.

Bist früh aufgestanden, Mütterchen! sprach er sie an.

Ehe wir hinkommen, lieber Freund, hat die Frühmesse begonnen, antwortete die Tichonowna.

Führ' dich Gott, Mütterchen.

Christus gebe dir die ewige Seligkeit, sagte die Tichonowna, und die Pilgerinnen schritten auf den Kreml zu.

Die beiden Frauen blieben über die Frühmesse und die Vesper und beteten vor den Heiligenbildern, dann kamen sie, nachdem sie mit Mühe den Weg gefunden hatten, zu dem Hause der Tschernyschews. Die Küstersfrau meinte, die alte Frau Tschernyschew habe ihr streng angesagt, sie solle sie besuchen, und sie empfange alle Pilger und Pilgerinnen. Dort finden wir auch jemanden, der uns die Bittschrift aufsetzt, hatte die Küstersfrau gesagt, und so gingen die Pilgerinnen, schweiften durch alle Straßen und fragten nach dem Weg. Die Küstersfrau war einmal hier gewesen, aber sie konnte sich nicht erinnern. Ein paarmal wären sie fast erdrückt worden, die Leute hatten sie angeschrien und geschimpft; einmal packte ein Polizeimann die Küstersfrau bei den Schultern und stieß sie und verbot ihr, die Straße zu gehen, die sie gingen, und schickte sie in einen Wald von kleinen Gassen. Die Tichonowna wußte nicht, daß man sie von der Hauptstraße gerade darum fortgeschickt hatte, weil der Zar diesen Weg kommen mußte, eben der Zar, mit dem ihre Gedanken unaufhörlich beschäftigt waren, und an den sie eine Bittschrift zu richten und zu überreichen die Absicht hatte.

Die Küstersfrau ging, wie sie immer gewohnt war, schwerfällig und betrübt, die Tichonowna, wie immer, leicht und munter mit dem Gange eines jungen Weibes. Am Tor machten die Pilgerinnen Halt. Die Küstersfrau erkannte das Haus nicht wieder: ein neues Leutehaus stand da, das früher nicht vorhanden war; als sie aber den Brunnen mit der Pumpe in der einen Ecke des Hofes näher betrachtet hatte, erkannte sie den Hof wieder. Die Hunde schlugen an und sie stürzten sich auf die Alten, die mit ihren Pilgerstäben hineinkamen.

Sie tun nichts, Gevatterinnen, sie rühren euch nicht an … oh, ihr Bestien! schrie der Hauswart die Hunde an und fuchtelte mit dem Besen durch die Luft. Sieh einer, ihr seid doch selbst vom Lande, und geht so wütig los auf die Leute vom Lande … hier, komm, kusch dich, hol' euch der Teufel.

Die Küstersfrau aber fürchtete sich vor den Hunden, fing an zu jammern, setzte sich auf die Bank am Tor und bat den Hauswart sie zu begleiten. Die Tichonowna machte vor dem Hauswart aus Gewohnheit eine Verbeugung, stützte sich auf ihren Stab, stellte sich fest auf ihre Beine, sah, wie immer, ruhig vor sich hin und ließ den Hauswart an sich herankommen.

Zu wem wollen Sie? fragte der Hauswart.

Erkennst du mich denn nicht, guter Freund? Du heißt ja wohl Jegor? … sagte die Küstersfrau, wir kommen von den Heiligen Gräbern und wollen zur Frau Fürstin.

Aus Islegoschtschi seid Ihr? sagte der Hauswart, vom alten Küster die Frau? Schön, gut, gut! Geht in die Stube hinein. Bei uns weist man niemanden ab, und wer ist wohl die Frau?

Er zeigte auf die Tichonowna.

Auch aus Islegoschtschi. Die Frau von Gerassimowitsch, früher Fadjejews, kennst mich ja wohl, sagte die Tichonowna. Ich bin auch aus Islegoschtschi.

Ei gewiß! aber sag' mir, ist es wahr, daß sie deinen Mann ins Gefängnis gesperrt haben?

Die Tichonowna sprach kein Wort. Sie seufzte nur und schob mit kräftiger Bewegung ihr Bündel und ihren Pelz auf den Rücken.

Die Küstersfrau fragte, ob die alte Fürstin zu Hause sei, und als sie hörte, daß sie da wäre, bat sie, man möge sie anmelden. Dann fragte sie nach dem Sohn, der die Beamtenlaufbahn eingeschlagen hatte und auf Befürwortung des Fürsten in Petersburg eine Stellung bekommen hatte. Der Hauswart konnte ihr nichts sagen und schickte sie in das Gesindehaus, nach dem ein gepflasterter Weg durch den Hof führte. Die beiden Frauen traten in die Stube – sie war voll von Menschen, Frauen, Kindern, alten und jungen Hofleuten – und verrichteten ihr Gebet in der Ecke, wo das Heiligenbild hing. Die Küstersfrau wurde sofort von der Waschfrau und dem Stubenmädchen der alten Fürstin erkannt; sie umringten sie, bestürmten sie mit Fragen, nahmen ihr das Bündel ab, gaben ihr einen Platz am Tisch und boten ihr einen Imbiß an. Die Tichonowna hatte sich unterdessen vor den Heiligenbildern bekreuzt und alle begrüßt. Nun stand sie an der Tür und wartete darauf, daß man sie an den Tisch bitte. Dicht an der Tür, am ersten Fenster, saß ein alter Mann und machte Stiefel. Setz' dich, Mütterchen, warum stehst du? Da setz' dich hin. Leg' dein Bündel ab, sagte er.

Man kann sich kaum umdrehen, wo soll sie denn sitzen … bring sie doch in die Hinterstube! ließ sich eine Frau vernehmen.

Ei sieh, die Madame von Chalmay, sagte ein junger Lakai und zeigte auf den Kleiderbesatz auf Tichonownas Rücken, und die feinen Strümpfe und die feinen Schuhe.

Er wies mit dem Finger auf ihre Bastschuhe und Fußlappen hin, die sie für Moskau neu angeschafft hatte.

Du möchtest wohl solche haben, Parascha?

Also ins Hinterzimmer, wenn's sein muß! Komm, Mütterchen, ich bringe dich hin. Und der Alte legte die Pfrieme beiseite und erhob sich; da fiel ihm ein kleines Mädchen in die Augen. Er rief sie heran und sagte ihr, sie möchte die Frau in das Hinterzimmer führen.

Die Tichonowna kümmerte sich nicht um das, was um sie herum und über sie gesprochen wurde, ja, sie sah und hörte gar nichts. Seit dem Augenblick, wo sie das Haus verlassen hatte, war sie durchdrungen von dem Gefühl der Notwendigkeit, sich für Gott zu opfern, und noch von einem anderen Gefühl, von dem sie selbst nicht wußte, wann es in ihre Seele gefallen war, dem Gefühl der Notwendigkeit, eine Bittschrift einzureichen. In dem Augenblick, wo sie aus der guten Leutestube herausging, trat sie an die Küstersfrau heran und sagte mit einer Verbeugung:

Vergiß um Gottes willen meine Sache nicht, Mütterchen Paramonowna! Frage doch, ob hier nicht jemand …

Was sucht denn die Alte?

Sie ist in großer Not, und da haben ihr die Leute geraten, dem Zaren eine Bittschrift einzureichen.

Man führe sie sofort zum Zaren! sagte ein witziger Lakai.

Ach, du Narr, du ungehobelter Narr! sagte der alte Schuhmacher, krieg' ich dich mal in meine Hände, ich hoble dich schon glatt, dein Frack soll mich wenig kümmern; sollst mir schon lernen, was es heißt, an alten Leuten den Schnabel wetzen …

Der Lakai fing an zu schimpfen, aber der Alte kümmerte sich nicht darum und führte die Tichonowna in das Hinterzimmer.

Die Tichonowna war froh, daß man sie aus dem Leutezimmer herausgetrieben und in die hintere, die Kutscherstube, gebracht hatte. Im Vorderzimmer war alles gar so sauber, und die Leute waren so sauber; die Tichonowna hatte sich gar nicht wohl gefühlt. In der Kutscherstube sah es so aus, wie im Bauernhäuschen, und die Tichonowna fühlte sich hier behaglicher. Es war eine dunkle Stube aus Erlenholz, acht Ellen groß, mit einem großen Ofen, mit Pritschen und Schlafstellen und einer neuen Decke und mit einem neuen Fußboden, der aber tüchtig beschmutzt war. In dem Augenblick, wo die Tichonowna in die Stube kam, war die Köchin drin, ein wohlbeleibtes Weib mit frischen roten Backen. Sie stand da, die Ärmel ihres Kattunkleides zurückgestreift, und schob mühsam mit einer Küchengabel einen Topf im Ofen hin und her. Dann ein junger Bursche, ein Kutscher, der sich im Balalajkaspicl übte, und ein alter Mann mit einem unrasierten, weichen, weißen Bart. Er saß auf der Pritsche mit seinen nackten Füßen, hielt Seidenzwirn im Munde und nähte etwas Zartes und Feines. Dann ein zerlumpter, schwarzer, junger Mensch mit einem dicken Gesicht. Er saß im Hemd und blauen Hosen auf der Ofenbank, die Ellbogen auf die Knie gestützt, den Kopf in beide Hände gelehnt und kaute Brot.

Die kleine Nastja mit den leuchtenden Äuglein lief mit ihren leichten, nackten Füßen vor der Alten her, riß die Tür auf, die vom Dunst festgequollen war, und piepste mit ihrem zarten Stimmchen:

Tante Marina, Ssimonytsch schickt dir diese Frau, du sollst ihr zu essen geben. Sie ist aus unserer Gegend, sie besucht mit der Paramonowna die Heiligengräber. Der Paramonowna haben sie Tee gegeben, die Wlassjewna hat sie rufen lassen …

Das kleine Plaudertäschchen hätte noch lange so fortgesprochen – die Worte flössen ihr nur so vom Munde, und sie hatte offenbar Freude daran, sich selber zu hören – aber Marina schrie sie ärgerlich an. Sie stand schwitzend am Ofen und hatte Mühe, den Topf mit der Kohlsuppe, der an der Platte festklebte, loszulösen.

Laß mich zufrieden, hör' auf zu schwatzen! Wem soll ich noch zu essen geben? Es reicht kaum für die eigenen Leute … Platz' meinetwegen! schrie sie den Topf an, der beinahe umgefallen wäre, als sie ihn von der Stelle fortrückte, an der er festklebte.

Als ihr aber der Topf keine Sorge mehr machte, sah sie sich um, und als sie die stattliche Tichonowna mit ihrem Bündel und in der echten Dorfkleidung sah, wie sie dastand und sich vor den Heiligenbildern bekreuzte und *tief* verneigte, schämte sie sich ihrer Worte; sie schien die Arbeit, die sie plagte, gewissermaßen abzuschütteln, griff mit der Hand nach der Brust an die Stelle, wo unter dem Schlüsselbein ihr Kleid durch Knöpfe geschlossen wurde, stellte fest, daß es nicht offen war, griff sich an den Kopf, zog von hinten den Knoten des Tuches fest, das sie um den geölten Kopf geschlungen hatte, und stand da, auf die Ofengabel gestützt, der Begrüßung der stattlichen Alten harrend. Die Tichonowna verbeugte sich zum letztenmal tief vor den Bildern, wandte sich um und verneigte sich nach drei Seiten.

Grüß Gott, guten Tag! sagte sie.

Sei mir willkommen, Tantchen, sagte der Schneider.

Dank, Mütterchen. Leg' dein Bündel ab, hierhin, hier! sagte die Köchin und zeigte auf die Bank, auf der der zerlumpte Mensch saß. Rück' dich doch! Sitzt da, als ob er erfroren wäre, wahrhaftig!

Der Zerlumpte runzelte noch zorniger die Stirn, dann erhob er sich und rückte ab. Er verwandte kein Auge von der Alten und hörte nicht auf zu kauen. Der junge Kutscher verneigte sich, hörte auf zu spielen und schraubte die Saiten seiner Balalajka fest. Er sah bald die

Alte, bald den Schneider an und wußte nicht, wie er sich zu der Alten verhalten sollte: ob respektvoll, wie er für nötig hielt, weil die Alte ganz so gekleidet war, wie die Großmutter und die Mutter bei ihm zu Hause (er stammte von Bauern und war jetzt Vorreiter), oder spöttelnd, wozu er Neigung hatte, und was auch seiner augenblicklichen Stellung, seiner blauen Jacke und seinen Stiefeln zu entsprechen schien. Der Schneider blinzelte mit einem Auge und schien zu lächeln, während er einen Seidenfaden zwischen den Lippen nach einer Seite zog, und sah auch die Alte an. Marina ging daran, einen zweiten Topf aufzustellen, aber auch während der Arbeit betrachtete sie die Alte, wie sie frisch und geschickt ihr Bündel herunternahm und vorsichtig darauf achtete, niemanden zu stoßen, und es unter die Bank legte. Nastja kam herangelaufen, um ihr zu helfen: sie zog die Stiefel unter der Bank hervor, die dem Bündel im Wege waren.

Onkelchen Pankraz, wandte sie sich an den mürrischen Menschen, ich stell' die Stiefel hierher. Tut doch nichts?

Der Teufel mag sie holen, wirf sie meinetwegen in den Ofen! sagte der Mürrische jetzt und warf sie in den anderen Winkel.

Ein kluges Kind, die Nastja, sagte der Schneider, einem Menschen, der auf der Wanderung ist, muß man Ruhe geben, verstehst du!

Christus gebe dir die Seligkeit. So ist's hübsch, sagte die Tichonowna. Wir haben dich beunruhigt, guter Mann …, wandte sie sich an Pankraz.

Tut nichts, sagte Pankraz.

Die Tichonowna setzte sich auf die Bank, zog ihren Pelz aus, legte ihn sorgfältig zusammen und begann, ihr Schuhwerk abzulegen. Zuerst band sie den Besatz los, den sie selbst, nur für ihre Pilgerfahrt, fein sauber gestrickt hatte, dann löste sie sorgfältig die weißen Fußlappen aus Lammwolle, glättete sie sorgfältig und legte sie auf ihr Bündel. Während sie das Schuhwerk von dem zweiten Fuße nahm, war der ungeschickten Marina wieder ein Topf kleben geblieben und übergelaufen. Und wieder begann sie zu schimpfen und ihn mit der Ofengabel hin und her zu zerren.

Die Platte muß ausgebrannt sein, Mädchen, sagte die Tichonowna, man muß sie wieder schmieren.

Wann soll man hier schmieren! Der Schornstein hört nicht auf zu rauchen … Zweierlei Essen kocht man Tag für Tag. Ist das eine fertig, fängt das andere an.

Weil nun Marina sich beklagte über das Essen und die ausgebrannte Platte, trat der Schneider für die Ordnung im Hause der Tschernyschews ein und erzählte, sie seien unerwartet nach Moskau gekommen, und im Laufe von drei Wochen habe man das ganze Gesindehaus erbaut und den Ofen gesetzt, und es seien doch an hundert Leute im Haus, die ja alle essen müßten.

Das ist ja wahr, da gibt's viel Arbeit, der Haushalt ist groß, bestätigte die Tichonowna.

Wo führt dich Gott her, Großmütterchen? fragte jetzt der Schneider.

Die Tichonowna begann sofort, während sie sich weiter auszog, zu erzählen, wo sie herkomme, wo sie hinwolle und wie sie wieder nach Hause wollte. Von der Bittschrift sagte sie kein Wort. Die Unterhaltung brach gar nicht ab. Die Alte erzählte dem Schneider alles, was ihre Verhältnisse betraf, und erfuhr von ihm alles über die ungeschickte, hübsche Marina: daß ihr Mann Soldat sei und sie dann Köchin geworden war; daß der Schneider die feinen Anzüge mache für die Kutscher, die die Herrschaft bei der Ausfahrt begleiten, daß das Mädchen, das der Haushälterin Botengänge mache, ein Waisenkind sei, und daß der verlumpte, mürrische Pankraz bei dem Verwalter Iwan Wassiljewitsch im Dienst stehe. Pankraz ging aus der Stube heraus und warf die Tür zu. Der Schneider erzählte, er sei schon immer ein grober Kerl gewesen, heute sei er ganz besonders grob, weil er gestern beim Verwalter Fensterscheiben zerbrochen und heute dafür im Stalle Prügel bekommen solle. „Iwan Wassiljewitsch wird gleich kommen, dann bringen sie ihn hin, und er bekommt seine Prügel. Er war Kutschergehilfe, er ist von Leuten aus dem Dorf und wurde erst Vorreiter, jetzt, wo er größer ist, hat er nichts zu tun, als die Pferde zu putzen und die Balalajka zu kratzen. Er ist kein großer Künstler …“

———

Die Dekabristen

Drei Kapitel eines Romanfragments[1]

Deutsch von Hanny Brentano

Tolstoj plante einen großen Roman, in dem die „Dekabristen" eine Rolle spielen sollten, die „Dezembermänner", die Führer des Aufstandes, der bald nach dem Tode Alexanders I. in Rußland ausgebrochen war. Bei den Vorarbeiten zu diesem Roman kam er auf den Gedanken, zuerst ein großes Werk über die Zeit der Napoleonischen Kriege zu verfassen; so entstand *„Krieg und Frieden"*; der Roman *„Die Dekabristen"* aber blieb unvollendet, wenngleich Tolstoj auch später wieder einige Kapitel davon niederschrieb. Wir geben hier die ersten drei Kapitel in der allerersten Fassung wieder. (Anmerkung der Übersetzerin.)

I. |

Es war vor nicht langer Zeit, während der Regierung Alexanders II., in unserer Zeit der Zivilisation, des Fortschritts, der „Probleme", der Wiedergeburt Rußlands und so weiter und so weiter, zu der Zeit, als das siegreiche russische Heer zurückkehrte aus Sewastopol, das dem Feinde übergeben werden mußte, zu der Zeit, als ganz Rußland die Vernichtung der Schwarzmeerflotte feierte und das weißsteinige Moskau die Überbleibsel der Mannschaft dieser Flotte begrüßte und zu diesem glücklichen Ereignis beglückwünschte, ihnen nach guter russischer Sitte ein Glas Branntwein und Salz und Brot überreichte und sich tief vor ihnen verbeugte; zu der Zeit, als Rußland in der Person weitsichtiger Neulinge in der Politik die Zerstörung seines Traumes von einem Gottesdienste in der Sophienkathedrale beweinte und den für das Vaterland sehr empfindlichen Verlust zweier großer Männer beklagte, die im Kriege gefallen waren (der

---

[1] Textquelle | Leo TOLSTOJ: *Der Morgen eines Gutsherrn / Die Dekabristen / Kriegsbilder*. Deutsch von Hanny Brentano. Mit Bildschmuck von Professor A. Brentano. Regensburg: J. Habbel [1912]. [Digitalausgabe: projekt-gutenberg.org].

eine, beseelt von dem Wunsche, so schnell als möglich den erwähnten Gottesdienst zu feiern, war auf den Feldern der Walachei gefallen, hatte aber dort zwei Schwadronen Husaren zurückgelassen; der andere, ein unschätzbarer Mann, hatte Tee, fremdes Geld und Leintücher an die Verwundeten verteilt und doch weder das eine, noch das andere gestohlen); zu der Zeit, als von allen Seiten, auf allen Gebieten menschlicher Tätigkeit in Rußland die großen Männer wie Pilze aus der Erde schossen – Feldherren, Verwaltungsräte, Volkswirtschaftler, Schriftsteller, Redner und große Männer ohne besonderen Beruf und ohne besonderes Ziel; zu der Zeit, da ein Toast beim Jubiläum eines Moskauer Schauspielers eine öffentliche Meinung hervorbrachte, die alle Verbrecher verurteilte; als gefürchtete Kommissionen aus Petersburg nach dem Süden eilten, um die Kommissariatsverbrecher zu verhaften und hinzurichten; als in allen Städten zu Ehren der Helden von Sewastopol Festessen gegeben und Reden gehalten wurden, und als man ihnen, denen Hände und Füße im Kriege zerschmettert worden waren, auf allen Brücken und an allen Wegen Almosen verabreichte; zu der Zeit, als die Rednertalente sich so schnell im Volke entwickelten, daß ein Beamter überall und bei jeder Gelegenheit so kräftige Reden schrieb, druckte und bei den Festessen auswendig hersagte, daß die Hüter der Ordnung gezwungen waren, Einschränkungsmaßregeln gegen seine Beredsamkeit zu ergreifen; als man im Englischen Klub ein Extrazimmer zur Besprechung der öffentlichen Angelegenheiten einrichtete; als Zeitschriften unter den verschiedensten Flaggen erschienen, – Zeitschriften, die europäische Ideen auf europäischer Grundlage, aber mit russischer Weltanschauung, und Zeitschriften, die ausschließlich russische Ideen auf russischer Grundlage, aber mit europäischer Weltanschauung entwickelten; als plötzlich so viele Zeitschriften auftauchten, daß alle Namen erschöpft zu sein schienen: „Der Bote“, „Das Wort“, „Die Laube“, „Der Beobachter“, „Der Stern“, „Der Adler“ und noch viele andere – und trotzdem noch immer wieder und wieder neue zum Vorschein kamen; zu der Zeit, als Plejaden von Schriftstellern und Philosophen auftauchten, die beweisen wollten, daß die Wissenschaft national sei oder daß sie nicht national sei und so weiter, und Plejaden von Schriftsteller-Künstlern, die einen Hain und einen Sonnenaufgang und ein Gewitter und die Liebe der russischen Jungfrau und die Faulheit eines Beamten und die schlechte

Aufführung vieler Beamten schilderten; zu der Zeit, als von allen Seiten „Fragen" auftauchten (wie man im Jahre 1856 alle die Komplexe von Umständen nannte, aus denen niemand klug werden konnte): die Fragen der Kadettenschulen, der Universitäten, der Zensur, des mündlichen Gerichtsverfahrens, der Finanzen, Bank-, Polizei- und Emanzipationsfragen und viele andere; als alle sich bemühten, noch neue Fragen zu finden, und als alle sie zu lösen suchten; als alles schrieb, las, redete, Pläne machte, als alles verändert, verbessert oder vernichtet werden sollte und als alle Russen wie ein Mann von unbeschreiblicher Begeisterung ergriffen waren. Ein Zustand, der für Rußland im neunzehnten Jahrhundert zweimal eintrat: das erstemal, als wir im Jahre 1812 Napoleon I. besiegten, und das zweitemal, als im Jahre 1856 Napoleon III. uns besiegte. Große, unvergeßliche Zeit der Wiedergeburt des russischen Volkes! – Wie jener Franzose gesagt: Wer nicht zur Zeit der großen französischen Revolution gelebt hat, hat überhaupt nicht gelebt, so wage ich zu sagen: Wer nicht im Jahre 1856 in Rußland gelebt hat, der weiß nicht, was leben heißt. Schreiber dieses hat nicht nur in jener Zeit gelebt, er war auch einer der mitwirkenden Männer jener Zeit. Nicht nur, daß er selbst einige Wochen in einer der Blindagen Sewastopols gesessen hat, er hat auch über den Krimkrieg ein Werk geschrieben, das ihm großen Ruhm erworben hat, in welchem er klar und ausführlich erzählt, wie die Soldaten von den Bastionen herabfeuerten, wie auf dem Verbandplatz die Verwundeten verbunden und auf dem Friedhof die Toten bestattet wurden. Nach diesen Heldentaten kehrte der Schreiber dieser Zeilen in den Mittelpunkt des Reiches zurück, in das Feuerwerkerinstitut, wo er die Lorbeeren seiner Taten erntete. Er sah die Begeisterung der beiden Hauptstädte und des ganzen Volkes und lernte aus eigener Erfahrung kennen, wie Rußland wahre Verdienste zu belohnen weiß. Alle die Großen dieser Erde suchten seine Bekanntschaft, drückten ihm die Hand, luden ihn zum Diner ein, baten ihn, sie zu besuchen, und erzählten ihm von ihren Empfindungen, um von ihm Einzelheiten über den Krieg zu hören. Daher weiß der Schreiber dieser Zeilen jene große, unvergeßliche Zeit zu schätzen. Aber nicht darum handelt es sich hier!

Eben zu jener Zeit hielten zwei Schlitten vor der Einfahrt eines der besseren Gasthäuser in Moskau. Ein junger Mann lief ins Haus, um nach Zimmern zu fragen. Ein alter Herr saß mit zwei Damen in dem einen Schlitten und sprach davon, wie die Schmiedebrücke zur Franzosenzeit ausgesehen hätte. Es war die Fortsetzung eines Gespräches, das bei der Einfahrt in Moskau begonnen hatte, und das der alte, weißbärtige Herr in dem offenen Pelz jetzt ruhig fortsetzte, als beabsichtige er im Schlitten zu übernachten. Frau und Tochter hörten ihm zu, blickten aber von Zeit zu Zeit ungeduldig nach der Tür. Der junge Mann trat aus der Tür heraus, gefolgt von dem Portier und dem Zimmerkellner.

„Nun, Ssergej, was ist?" fragte die Mutter, indem sie ihr müdes Gesicht in den Schein der Laterne vorstreckte.

Ob aus Gewohnheit oder aber, damit der Portier ihn wegen seines einfachen Pelzrockes nicht am Ende für einen Diener halte, – Ssergej antwortete in französischer Sprache, es seien Zimmer zu haben, und öffnete den Wagenschlag. Der alte Herr sah den Sohn einen Augenblick an und wandte sich dann wieder zurück in das dunkle Innere des Wagens, als ginge alles andere ihn gar nichts an.

„Das Theater stand damals noch nicht."

„Pierre," sagte seine Frau, indem sie ihren Mantel raffte, er aber fuhr fort:

„Madame Chalmé wohnte in der Twerstraße –"

Aus dem Innern des Wagens erklang ein junges, frisches Lachen.

„Papa, steig' doch aus, du bist so ins Gespräch gekommen!"

Der alte Herr schien erst jetzt zu bemerken, daß sie am Ziel waren, und sah sich um.

„Steig' doch aus!"

Er drückte die Mütze fest in die Stirn und stieg gehorsam aus. Der Portier faßte ihn unter dem Arm, doch sobald er sich überzeugt hatte, daß der alte Herr noch sehr rüstig war, bot er seine Dienste sofort der Dame an. Natalia Nikolajewna, die Gemahlin des alten Herrn, erschien ihm als eine sehr vornehme Dame, sowohl wegen ihres Zobelpelzes als auch wegen der Art, wie sie langsam ausstieg, sich schwer auf seinen Arm stützte und dann, ohne sich umzuschauen, auf den Arm ihres Sohnes gestützt, geradewegs auf den Eingang zuging. Das Fräulein konnte er kaum von den Dienstmädchen unterscheiden, die aus dem zweiten Schlitten stiegen; sie trug ebenso wie diese ein Bündelchen und eine Pfeife und ging hinterdrein; nur an dem Lachen und daran, daß sie den alten Herrn „Vater" nannte, erkannte er sie.

„Nicht dorthin, Papa, nach rechts," sagte sie, ihn am Ärmel des Pelzes zurückhaltend, „nach rechts!"

Und auf der Treppe ertönte mitten im Lärm der Schritte und Türen und durch das schwere Atmen der alten Dame dasselbe Lachen, das schon im Wagen erklungen war und bei dem jeder, der es hörte, sich denken mußte: Die lacht prächtig, gradezu beneidenswert.

Ssergej, der Sohn, hatte während der Reise die Sorge für das materielle Wohl übernommen und tat seine Pflicht zwar ohne Sachkenntnis, aber mit der Energie und der selbstzufriedenen Geschäftigkeit, die den Fünfundzwanzigjährigen eigen zu sein pflegt. Wenigstens zwanzigmal lief er ohne besonders wichtigen Grund im einfachen Überzieher, zitternd vor Kälte, hinunter zu den Schlitten und wieder hinauf, mit seinen jungen, langen Beinen zwei oder drei Stufen auf einmal nehmend. Natalia Nikolajewna bat ihn, er solle sich doch nicht erkälten, aber er beteuerte, es mache ihm nichts, erteilte beständig Befehle, schlug mit den Türen, ging hin und her, und als mit der Dienerschaft und den Hausknechten alles geordnet war, ging er mehrmals durch alle Zimmer, verschwand durch eine Tür und kam zur andern wieder herein und suchte nach immer neuer Tätigkeit.

„Papa, willst du ein Bad nehmen? Soll ich mich erkundigen?" fragte er.

Der Papa war in Gedanken versunken und schien sich noch gar nicht klar darüber zu sein, wo er sich befand. Er antwortete nicht gleich. Er hörte die Worte, verstand sie aber nicht. Plötzlich hatte er begriffen.

„Ja, ja, ja, erkundige dich, bitte. An der Steinernen Brücke ist ein Badehaus."

Das Familienhaupt durchschritt eilig und aufgeregt die Zimmer und nahm dann in einem Lehnstuhl Platz.

„Na, jetzt müssen wir uns entscheiden, was geschehen soll, wie wir uns einrichten wollen," sagte er, „helft, Kinder, geschwind! Schnell alles hereingebracht und aufgestellt! Und morgen schicken wir Ssergej mit einem Briefchen zu meiner Schwester Maria Iwanowna, zu Nikitins, oder wir fahren selbst hin. Nicht wahr, Natascha? Jetzt aber müssen wir uns einrichten."

„Morgen ist Sonntag; ich hoffe, du wirst vor allem zur Messe fahren, Pierre," sagte die Frau, die vor einem Koffer kniete und ihn aufschloß.

„Ja so, Sonntag! Selbstverständlich fahren wir alle in die Uspenskische Kathedrale. Damit wollen wir unsere Rückkehr beginnen. Mein Gott, wenn ich an den Tag zurückdenke, an dem ich zum letztenmal in der Kathedrale war! Weißt du noch, Natascha? Aber es handelt sich jetzt nicht darum."

Und das Familienhaupt erhob sich schnell von dem Lehnstuhl, in den es sich eben erst gesetzt hatte.

„Jetzt müssen wir uns einrichten."

Und ohne etwas zu tun, wanderte er aus einem Zimmer ins andere.

„Sag', sollen wir Tee trinken? Oder bist du müde, willst du ruhen?"

„Ja, ja," erwiderte die Frau, und zog etwas aus dem Koffer; „du willst doch ins Bad."

„Ja, zu meiner Zeit war ein Bad an der Steinernen Brücke. Ssergej, geh doch und frage einmal, ob es noch besteht. Dieses Zimmer nehme ich für mich und Ssergej. Ssergej, wird es dir hier gefallen?" Ssergej war aber schon fort, um sich nach dem Bade zu erkundigen.

„Nein, das alles ist mir noch nicht recht," fuhr der alte Herr fort, „du hast keinen direkten Eingang zum Salon. Was meinst du, Natascha?"

„Beruhige dich, Pierre, wir werden schon alles machen," erwiderte Natascha aus dem andern Zimmer, in welches die Hausknechte eben das Gepäck trugen. Aber Pierre befand sich in der begeisterten Stimmung, in welche ihn die Ankunft am Ziele versetzt hatte.

„Paß auf, bring Ssergejs Sachen nicht in Unordnung. Da, seine Schneeschuhe haben sie in den Salon geworfen!"

Und er hob sie selbst auf und lehnte sie mit besonderer Vorsicht, als hänge davon die ganze künftige Ordnung der Wohnung ab, an den Türrahmen. Aber die Schneeschuhe wollten nicht stehen, und kaum war Pierre zurückgetreten, als sie polternd quer vor die Tür fielen. Natalia Nikolajewna zuckte zusammen und runzelte die Stirn. Doch als sie die Ursache des Lärms erkannte, sagte sie nur:

„Ssonja, heb' sie auf, mein Liebling."

„Heb' sie auf, mein Liebling," wiederholte der Mann, „ich gehe inzwischen zum Wirt, wir werden sonst nie fertig; es muß doch alles mit ihm besprochen werden."

„Man kann ihn doch holen lassen, Pierre; warum willst du dich bemühen?"

Pierre willigte ein.

„Ssonja, rufe doch den – wie heißt er doch? – Den Monsieur Cavalier, bitte; sag' ihm, daß wir alles besprechen möchten."

„Chevalier, Papa," sagte Ssonja und wollte hinausgehen.

Natalia Nikolajewna, die mit leiser Stimme Befehle gab und mit leisen Schritten aus einem Zimmer ins andere ging, bald eine Schachtel, bald eine Pfeife, bald ein Polster tragend, nahm geräuschlos aus dem Gepäcksberge ein Stück nach dem andern und stellte alles an den rechten Platz; sie flüsterte Ssonja im Vorübergehen zu:

„Geh nicht selbst, schick' den Diener."

Während der Diener den Wirt holte, benützte Pierre die Wartezeit, um unter dem Vorwande, seiner Frau zu helfen, eines ihrer Kleider zu zerknittern und über einen leeren Koffer zu stolpern. Sich mit der Hand an der Wand festhaltend, sah der Dekabrist sich lächelnd um. Seine Gattin schien so beschäftigt, daß sie nichts bemerkt hatte; Ssonja aber sah ihn mit so lachenden Augen an, als erwarte sie nur die Erlaubnis zum Loslachen. Er gab ihr gerne diese Erlaubnis, indem er selbst so gutmütig auflachte, daß alle, die im Zimmer waren, von seiner Gattin bis zum Hausknecht und Dienstmädchen, herzlich mitlachten. Dieses Gelächter belebte den alten Herrn noch mehr; er fand, daß der Divan im Zimmer der Damen unbequem stehe, obgleich sie das Gegenteil behaupteten und ihn baten, sich nicht zu beunruhigen. Grade als er eigenhändig mit Hilfe des Hausknechts den Divan umstellen wollte, trat der Wirt, ein Franzose, ins Zimmer.

„Sie wünschen mich zu sprechen," sagte der Wirt streng und zog zum Zeichen seiner Gleichmütigkeit, wenn nicht gar Geringschätzung, langsam sein Taschentuch, faltete es langsam auseinander und schneuzte sich langsam.

„Ja, mein lieber Freund," sagte Peter Iwanowitsch, indem er ihm entgegenging, „sehen Sie, wir wissen selbst noch nicht, wie lange wir hier bleiben, meine Frau und ich –". Peter Iwanowitsch, der die Schwäche hatte, in jedem Menschen seinen Nächsten zu sehen, begann seine Verhältnisse und Pläne darzulegen.

Herr Chevalier stand den Menschen gegenüber auf einem andern Standpunkt und interessierte sich gar nicht für die Mitteilungen, die Peter Iwanowitsch ihm machte; aber das gute Französisch, das Peter Iwanowitsch sprach (die Kenntnis des Französischen bedeutet in Rußland bekanntlich so etwas wie einen höheren Rang), und sein vornehmes Wesen brachten ihm eine hohe Meinung von den Ankömmlingen bei.

„Womit kann ich dienen?" fragte er.

Peter Iwanowitsch war um die Antwort nicht verlegen. Er wünschte Zimmer, Tee, einen Ssamowar, Nachtmahl, Mittagessen, Kost für seine Dienerschaft, mit einem Wort alles das, um dessentwillen die Gasthäuser da sind. Und als Herr Chevalier, verwundert über die Naivität des alten Herrn, der zu glauben schien, daß er sich in der turkmenischen Steppe befinde oder daß ihm alle diese Sachen umsonst geliefert werden würden, erklärte, daß alles das zu haben sei, geriet Peter Iwanowitsch in Entzücken.

„Das ist ja wundervoll, sehr gut! So wollen wir es machen! Dann also bitte –"; plötzlich wurde es ihm peinlich, immer nur von sich zu sprechen, und er begann Herrn Chevalier nach seiner Familie und seinen Geschäften auszufragen. Ssergej Petrowitsch, der eben wieder in das Zimmer trat, schien mit diesem Benehmen seines Vaters nicht zufrieden zu sein; er bemerkte das Mißbehagen des Wirts und erinnerte den Vater an das Bad. Aber Peter Iwanowitsch interessierte sich jetzt nur noch dafür, wie ein französisches Gasthaus im Jahre 1856 in Moskau gehen konnte und womit Madame Chevalier ihre Zeit verbringe. Endlich verbeugte sich der Wirt und fragte, ob der Herr etwas befehle.

„Wir wollen Tee trinken, Natascha, nicht? Also bitte Tee. Und wir sprechen noch miteinander, mein lieber Monsieur, – welch ein prächtiger Mensch!"

„Und das Bad, Papa?"

„Ach ja, dann also keinen Tee!"

So ging das einzige Resultat der Unterredung mit den neuen Ankömmlingen dem Wirt wieder verloren. Dafür aber war Peter Iwanowitsch jetzt stolz und glücklich über seine Anordnungen. Die Fuhrknechte, die heraufkamen, um ein Trinkgeld zu bitten, hätten ihn beinahe verstimmt, weil Ssergej kein Kleingeld hatte, und er war schon wieder im Begriff, den Wirt holen zu lassen; aber der gute

Einfall, daß nicht er allein an diesem Abend glücklich zu sein das Recht habe, brachte ihn aus der Verlegenheit. Er nahm zwei Dreirubelscheine, drückte den einen Schein einem der Kutscher in die Hand und sagte: „Da nehmen Sie!" (Peter Iwanowitsch hatte die Gewohnheit, alle Menschen, mit Ausnahme seiner Familienangehörigen, mit „Sie" anzusprechen) „und das nehmen Sie," sagte er, indem er dem andern Fuhrknecht den zweiten Schein mit einem Händedruck übergab, etwa so, wie man es macht, wenn man einem Arzt das Honorar für einen Krankenbesuch gibt. Nachdem alles das erledigt war, ließ er sich ins Bad führen.

Ssonja, die auf dem Divan saß, stützte den Kopf in die Hand und lachte auf.

„Ach, wie schön, Mama, ach, wie schön!" Dann zog sie die Beine auf den Divan, streckte sich aus, legte sich zurecht und versank sofort in den festen, ruhigen Schlaf eines gesunden, achtzehnjährigen Mädchens, das eine Reise von anderthalb Monaten hinter sich hatte. Natalia Nikolajewna, die immer noch in ihrem Schlafzimmer beschäftigt war, bemerkte mit dem feinen Gehör der Mutter, daß Ssonja sich nicht rührte, und trat ins Zimmer, um nach ihr zu sehen. Sie nahm ein Kissen, hob mit ihrer großen, weißen Hand den zerzausten, erhitzten Kopf des Mädchens in die Höhe und bettete ihn auf das Kissen. Ssonja seufzte tief, tief auf, bewegte die Schultern und legte den Kopf auf das Kissen, ohne zu danken, als wäre das alles von selbst geschehen.

„Nicht dorthin, nicht dorthin, Gawrilowna, Katja," sagte Natalia Nikolajewna gleich darauf zu den Dienstmädchen, die das Bett herrichteten, und strich dabei wie im Vorübergehen über die zerzausten Haare der Tochter. Ohne sich zu übereilen, aber auch ohne zu ruhen, räumte Natalia Nikolajewna auf, und als Mann und Sohn zurückkehrten, war alles fertig: die Koffer waren aus den Zimmern entfernt, in Pierres Schlafzimmer war alles so, wie es Jahrzehnte lang in Irkutsk gewesen war: Schlafrock, Tabakspfeife, Tabaksdose, Zuckerwasser, das Evangelium, in welchem er vor dem Einschlafen zu lesen pflegte, und selbst ein kleines Heiligenbildchen hing wie angeklebt über dem Bette an der prächtigen Tapete des Zimmers. Chevalier pflegte diesen Zimmerschmuck sonst nicht zu verwenden. An diesem Abend aber tauchten solche Bildchen in allen Zimmern der dritten Abteilung des Gasthauses auf.

Als Natalia Nikolajewna Ordnung gemacht hatte, zupfte sie ihre trotz der langen Reise sauberen Stulpen und den Kragen zurecht, frisierte sich und setzte sich an den Tisch. Ihre schönen, schwarzen Augen waren in die Ferne gerichtet. Sie sah vor sich hin und ruhte aus. Sie schien nicht nur von dem Auspacken auszuruhen, nicht nur von der langen Reise, nicht nur von den schweren Jahren, – sondern von dem ganzen Leben, und die Ferne, in welche sie blickte und in welcher vor ihrem geistigen Auge lebende, geliebte Personen auftauchten, war eben die Ruhe, die sie wünschte. War es die Liebestat, die sie für ihren Mann vollbracht hatte, war es die Liebe, die sie für ihre Kinder durchlebt hatte, als sie noch klein waren, war es ein schwerer Verlust oder war es eine Eigentümlichkeit ihres Charakters, – jeder, der diese Frau ansah, mußte verstehen, daß sie nichts mehr zu geben hatte, daß sie schon längst ihr ganzes Ich hingeopfert hatte, und daß von diesem Ich nichts mehr zurückgeblieben war. Nur etwas Schönes und Schwermütiges, das der Verehrung würdig war, schien zurückgeblieben, wie eine Erinnerung, wie der Schein des Mondes. Man konnte sie sich nicht anders vorstellen, als von Achtung und allen Bequemlichkeiten des Daseins umgeben. Daß sie hungrig wäre und gierig äße, oder daß sie unsaubere Wäsche trüge, oder daß sie stolperte oder vergessen hätte, sich zu schneuzen, – so etwas konnte man sich nicht vorstellen. Es war physisch unmöglich. Warum es so war, weiß ich nicht, aber jede ihrer Bewegungen war Hoheit, Anmut, Liebe zu allen, die sich ihres Anblickes erfreuen durften.

Sie flechten und weben
Himmlische Rosen ins irdische Leben.

Sie kannte diesen Vers und liebte ihn, ohne sich besonders nach ihm zu richten, denn ihre ganze Natur war der Ausdruck dieses Gedankens, ihr ganzes Leben war nichts als das unbewußte Einflechten unsichtbarer Rosen in das Leben aller Menschen, denen sie begegnete. Sie hatte ihren Mann nach Sibirien begleitet, nur weil sie ihn liebte; sie dachte nicht an das, was sie für ihn tun könnte, sie tat es unwillkürlich, als müsse es so sein. Sie machte ihm sein Bett, ordnete seine Sachen, bereitete das Mittagessen und den Tee und vor allem, sie war immer dort, wo er war, und keine Frau hätte ihren Mann reicher beglücken können, als sie es tat.

Im Salon brodelte der Ssamowar auf dem runden Tisch, und davor saß Natalia Nikolajewna. Ssonja verzog das Gesicht und lächelte unter der Hand der Mutter, die sie kitzelte, als der Gatte und der Sohn ins Zimmer traten; ihre Fingerspitzen waren runzelig, Wangen und Stirn glänzten (ganz besonders glänzte die Glatze des Vaters), die weißen wie die schwarzen Haare waren verwühlt, und die Gesichter strahlten.

„Es ist heller geworden, da ihr hereinkamt," sagte Natalia Nikolajewna, „Väterchen, wie weiß du bist!" So sprach sie seit Jahrzehnten an jedem Samstag, und an jedem Samstag empfand Pierre dabei eine gewisse Verlegenheit und zugleich Befriedigung. Sie setzten sich an den Tisch; bald duftete es nach Tee und nach der Tabakspfeife; die Stimmen der Eltern, der Kinder und der Dienerschaft, die in demselben Zimmer ihren Tee bekam, wurden laut. Man erinnerte sich an alles Komische, was man unterwegs erlebt hatte, amüsierte sich über Ssonjas Frisur und lachte. Geographisch waren sie alle um fünftausend Werst in eine ganz andere, fremde Umwelt versetzt, dem Geiste nach aber waren sie an diesem Abend noch zu Hause, noch ganz die Menschen, zu denen sie ihr eigentümliches, langes, einsames Familienleben gemacht hatte. Morgen mußte das alles anders werden. – Peter Iwanowitsch setzte sich an den Ssamowar und zündete seine Pfeife an. Er war wehmütig gestimmt.

„So wären wir denn also angekommen," sagte er, „und ich bin froh, daß wir heute niemand mehr sehen werden; diesen letzten Abend wollen wir noch unter uns verbringen." Und er spülte diese Worte mit einem großen Schluck Tee hinunter.

„Warum letzten Abend, Pierre?"

„Warum? Weil die jungen Adler flügge geworden sind; sie müssen nun selbst ihr Nest bauen und werden von hier davonfliegen, jeder nach seiner Seite."

„So ein Unsinn," sagte Ssonja, indem sie sein Glas nahm und lächelte, wie sie immer zu lächeln pflegte, „das alte Nest ist vortrefflich."

„Das alte Nest ist ein trauriges Nest; der Alte hat nicht verstanden, es zu bauen, – er ist in den Käfig geraten, im Käfig hat er seine Jungen erzogen. Und als man ihn befreite, da hatten seine Schwingen ihre Kraft verloren. Nein, die jungen Adler müssen ihr Nest höher und glücklicher bauen, näher zur Sonne; sie sind ja seine Kinder, um an seinem Beispiel zu lernen. Und der Alte wird ihnen zuschauen, solange er das Augenlicht hat; wenn er aber erblindet, wird er ihnen zuhören. – Gieß mir Rum ein, noch, noch, – genug."

„Wir wollen sehen, wer den andern verläßt," erwiderte Ssonja mit einem flüchtigen Blick auf die Mutter, als schäme sie sich, in ihrer Gegenwart zu sprechen, „wollen sehen, wer den andern verläßt," wiederholte sie, „meiner selbst bin ich sicher und Ssergejs auch." (Ssergej ging im Zimmer auf und nieder und überlegte, wie er sich morgen einen Anzug bestellen sollte: ob er selbst hingehen oder den Schneider holen lassen sollte; Ssonjas Gespräch mit dem Vater interessierte ihn nicht.) Ssonja lachte.

„Was hast du, was?" fragte der Vater.

„Du bist jünger als wir, Papa, wirklich viel jünger," sagte sie und lachte wieder.

„Oho," entgegnete der Greis, und seine strengen Falten zogen sich zu einem zärtlichen und zugleich geringschätzigen Lächeln zusammen.

Natalia Nikolajewna beugte sich hinter dem Ssamowar vor, der sie hinderte, ihren Mann zu sehen.

„Ssonja hat recht, du bist noch immer wie ein Sechzehnjähriger, Pierre. Ssergej ist jünger an Gefühlen, aber deine Seele ist jünger als seine. Was er tun wird, kann ich vorhersehen: du aber kannst mich noch in Erstaunen setzen."

Ob der alte Herr die Richtigkeit dieser Behauptung zugab oder ob er sich geschmeichelt fühlte und keine Antwort fand, – er rauchte schweigend weiter und trank seinen Tee, seine Augen aber glänzten. Ssergej, der mit dem Egoismus der Jugend jetzt erst Interesse fand an dem, was man von ihm sagte, mischte sich nun auch in das Gespräch und behauptete, er sei tatsächlich alt. Die Ankunft in Moskau und das neue Leben, das sich vor ihm auftat, freue ihn nicht im geringsten. Er überlege ruhig die Zukunft.

„Und es ist doch der letzte Abend," wiederholte Peter Iwanowitsch, „morgen wird alles anders sein."

Er schüttete noch Rum in seinen Tee. Und lange noch saß er am Teetisch mit einer Miene, als wollte er noch vieles sagen, als fehlte es ihm aber an Zuhörern. Er hatte die Rumflasche näher zu sich gezogen, aber die Tochter trug sie still beiseite.

Als Herr Chevalier von oben zurückkam und seiner Lebensgefährtin, die im spitzenbesetzten Seidenkleide nach Pariser Art an der
Kasse saß, seine Beobachtungen über die neuen Gäste mitteilte, saßen im selben Zimmer einige Stammgäste des Gasthauses. Ssergej
hatte, als er unten gewesen war, dieses Zimmer und diese Stammgäste bemerkt. Wenn Sie schon öfter in Moskau waren, so kennen
Sie das Zimmer wahrscheinlich auch.

Wenn Sie ein bescheidener Mensch sind, der Moskau nicht
kennt, und wenn Sie sich zu einem Diner, zu dem Sie geladen waren, verspätet haben, oder wenn Sie darauf gerechnet haben, daß die
gastfreundlichen Moskauer Sie einladen werden und das nicht geschehen ist, oder aber, wenn Sie auch nur in einem besseren Gasthause speisen wollen, so treten Sie in das Vorzimmer dieses Gasthauses ein. Drei oder vier Bediente springen auf; einer von ihnen
nimmt Ihnen den Pelz ab und gratuliert Ihnen zum neuen Jahr, zur
Fastnacht, zur Ankunft, oder er macht nur die Bemerkung, daß Sie
lange nicht dagewesen seien, wenn Sie auch noch nie in diesem Lo-
kal waren. Sie treten ein, und das erste, was Ihnen in die Augen fällt,
ist ein gedeckter Tisch, der – wie Sie im ersten Moment glauben –
mit einer Menge appetitlicher Speisen bedeckt ist. Aber das ist nur
optische Täuschung, denn den größten Raum auf diesem Tische
nehmen gefiederte Fasanen, ungekochte Seekrebse, Körbchen mit
Parfüms und Pomaden und Glasbüchschen mit Schönheitsmitteln
oder Konfekt ein. Nur ganz am Tischrande finden Sie bei aufmerk-
samem Suchen ein Schnäpschen und mit Fisch belegte Butterbrote,
durch eine Drahtglocke vor Fliegen geschützt, – eine Vorsichtsmaß-
regel, die in Moskau im Dezember gar keinen Zweck hat, aber dafür
ist diese Drahtglocke genau so, wie man sie in Paris zu haben pflegt.
Jenseits des Tisches erblicken Sie ein zweites Zimmer, in dem eine
Französin von großer Häßlichkeit, aber in den saubersten Stulpenär-
meln und in wunderschönem, modernem Kleide an der Kasse sitzt.
Neben der Französin bemerken Sie gewiß einen Offizier in aufgeknöpfter Uniform, der einen Schnaps und einen Imbiß nimmt, einen
Zivilisten, der die Zeitung liest, und ein paar Offiziers- oder Zivilis-
tenbeine, die auf einem Sammetsessel liegen, Sie hören französi-
sches Geplauder und mehr oder weniger natürliches, lautes Lachen.
Wenn Sie erfahren wollen, was in dem Zimmer vorgeht, so rate ich

Ihnen, nicht hineinzugehen, sondern nur hineinzublicken, – so im Vorübergehen, als ob Sie nur ein Butterbrötchen nehmen wollten. Sonst würden Sie dem fragenden Schweigen und den erstaunten Blicken der Stammgäste dieses Zimmers nicht ausweichen können und müßten wohl verlegen zu einem der Tische im großen Saal oder im Wintergarten fliehen. Niemand wird Sie daran hindern. Diese Tische dürfen von jedem benützt werden, und dort in der Einsamkeit dürfen Sie den Jean getrost Kellner nennen und so viel Trüffeln bestellen, als Sie nur wollen. Das Zimmer mit der Französin aber existiert nur für die auserlesene „goldene“ Jugend Moskaus, und es ist nicht so leicht, wie Sie vielleicht glauben, in die Zahl dieser Auserwählten aufgenommen zu werden.

Als Herr Chevalier also in dieses Zimmer zurückkehrte, sagte er zu seiner Gattin, der alte Herr aus Sibirien sei langweilig, sein Sohn und seine Tochter aber seien so prächtige Menschenkinder, wie sie nur in Sibirien gedeihen.

„Wenn Sie die Tochter sehen würden, – ein Rosenknöspchen!“

„O, darin ist er Kenner, dieser Alte!“ sagte einer der Gäste. (Das Gespräch wurde natürlich französisch geführt, ich gebe es aber in unserer Sprache wieder, wie ich's im Verlauf dieser Geschichte immer machen werde.)

„O gewiß!“ antwortete Chevalier, „die Frauen sind meine Leidenschaft. Wollen Sie mir's glauben?“

„Hören Sie doch, Madame Chevalier!“ schrie ein dicker Kosakenoffizier, der dem Wirt viel Geld schuldig war und gern mit ihm plauderte; „und ist diese Sibirierin wirklich so schön?“

Chevalier legte seine Fingerspitzen aneinander und küßte sie.

Dann entspann sich ein vertrauliches, sehr lustiges Gespräch, das den Dicken betraf; er hörte lächelnd zu, was man von ihm sagte. Obwohl Madame Clarisse nicht jeden Witz verstand, brach sie hinter ihrem Pult in so silbernes Lachen aus, als ihre schlechten Zähne und ihr vorgerücktes Alter es ihr erlaubten.

„Wer sind diese Sibirier eigentlich? Bergwerksbesitzer oder Kaufleute?“

„Nikita, frage die Herrschaften, die angekommen find, nach ihrem Reisepaß,“ sagte Monsieur Chevalier.

„Wir, Alexander, Selbstherrscher –“ begann Chevalier den Paß, der ihm gebracht wurde, vorzulesen, aber der Kosakenoffizier riß ihm das Papier aus der Hand, und sein Gesicht nahm plötzlich den Ausdruck des Erstaunens an.

„Nun raten Sie, wer es ist," sagte er, „Sie kennen ihn alle, wenn auch nur vom Hörensagen."

„Wie soll man das erraten? Zeig doch her! Vielleicht Abd el Kader – hahaha – oder Kagliostro – oder Peter III. – hahaha!"

„Nun, so lies doch."

Der Kosakenoffizier entfaltete das Papier und las: Der ehemalige Fürst Peter Iwanowitsch – dann kam einer jener russischen Familiennamen, die jeder kennt und mit einer gewissen Achtung und Befriedigung ausspricht, wenn er von einer Persönlichkeit spricht, die diesen Namen trägt. Wir wollen ihn Labasow nennen. Der Kosakenoffizier erinnerte sich dunkel, daß dieser Peter Labasow im Jahre 1825 durch irgend etwas berühmt geworden und zur Zwangsarbeit verurteilt worden war; wodurch er sich aber berühmt gemacht hatte, wußte er nicht recht. Die andern aber wußten nicht einmal das und antworteten: „Aha, ja, der bekannte," – so wie sie gesagt hätten: „Natürlich, der bekannte Shakespeare, der die Äneïde geschrieben hat." Genaueres erfuhren sie erst dann, als der Dicke ihnen erklärte, er sei der Bruder des Fürsten Iwan, der Onkel der Tschikins, der Gräfin Pruck, kurz der bekannte – !

„Er muß sehr reich sein, wenn er der Bruder des Fürsten Iwan ist," bemerkte einer der jungen Herren, „falls man ihm sein Vermögen zurückgegeben hat. Einigen hat man es ja zurückgegeben."

„Wie viele von diesen Verschickten jetzt zurückkommen," bemerkte ein anderer; „ich glaube wirklich, es sind weniger verbannt worden als jetzt zurückkehren. Du, Schikinskij, erzähl' doch die Geschichte vom 18.," wandte er sich an einen Offizier des Schützenregiments, der als Meister im Erzählen bekannt war.

„Nun, erzähl' doch!"

„Es ist eine wahre Begebenheit, die hier im großen Saal bei Chevalier passiert ist. Drei Dekabristen kommen herein, um zu speisen. Sie setzen sich an einen Tisch, essen, trinken, plaudern. Ihnen gegenüber nimmt ein Herr von würdigem Aussehen Platz, ungefähr im selben Alter wie sie, und hört aufmerksam zu, als sie von Sibirien sprechen. Er stellt eine Frage, ein Wort gibt das andere, sie geraten in ein Gespräch, und es stellt sich heraus, daß er ebenfalls aus Sibirien kommt. – ‚Kennen Sie auch Nertschinsk?' – ‚Gewiß, dort hab' ich gewohnt.' – ‚Kennen Sie auch Tatjana Iwanowna?' – ‚Wie sollte ich die nicht kennen!' – ‚Gestatten Sie die Frage, waren Sie auch verschickt?' – ‚Ja, ich hatte das Unglück, und Sie?' – ‚Wir alle sind Verbannte vom 14. Dezember. Merkwürdig, daß wir Sie nicht kennen, wenn Sie ebenfalls wegen des 14. verbannt wurden. Wie ist der werte Name?' – ‚Feodorow.' – ‚Auch wegen des 14.?' – ‚Nein, wegen des 18.' – ‚Wieso wegen des 18.?' – ‚Wegen des 18. September, wegen einer goldenen Uhr. Ich war verleumdet worden, als hätte ich die Uhr gestohlen, und habe unschuldig gelitten'.“

Alle schüttelten sich vor Lachen, mit Ausnahme des Erzählers, der mit der ernstesten Miene im Kreise umhersah und beteuerte, es sei eine wahre Geschichte.

Bald nach der Erzählung erhob sich ein junger Mann der *jeunesse dorée* und fuhr in den Klub. Er ging durch die Säle, in welchen alte Herren an den Spieltischen saßen, schritt weiter in das Zimmer, wo der schon berühmte „Putschin“ eine Partie gegen eine „Kompagnie“ begonnen hatte, stand einige Zeit an einem Billard, an welchem ein vornehmer, alter Herr, auf den Rand gestützt, sich bemühte, seinen Ball zu treffen, blickte in das Bibliothekszimmer, wo ein General, würdevoll über die Brille hinwegsehend, eine Zeitung las, die er weit von sich hielt, und ein neues Mitglied, ein Jüngling, unter Vermeidung jedes Geräusches alle Zeitschriften der Reihe nach durchblätterte; dann setzte er sich im Billardzimmer auf einen Divan zu anderen „vergoldeten“ jungen Leuten seiner Art. Es war der Tag des gemeinsamen Diners und viele Herren, die den Klub regelmäßig besuchten, waren da, darunter auch Iwan Pawlowitsch Pachtin, ein Mann in den Vierzigern, mittelgroß, weiß, voll, mit breiten Schultern, kahlköpfig und mit einem glänzenden, glücklichen, rasierten Gesicht. Er spielte nicht, sondern saß untätig neben dem Fürsten D., zu dem er *du* sagte, und hatte das Glas Champagner, das dieser ihm anbot, nicht abgelehnt. Er hatte sich so bequem zurechtgesetzt, nachdem er unbemerkt die Hosenschnalle im Rücken gelockert hatte, daß es schien, als wolle er eine Ewigkeit so sitzen bleiben, die Zigarre im Munde, das Champagnerglas vor sich, und in nächster Nähe von Fürsten, Grafen und Ministerssöhnen. Die Nachricht von der Rückkehr der Labasows störte seine Ruhe.

„Wohin willst du, Pachtin?“ fragte einer der Ministerssöhne, als er während des Spiels bemerkte, daß Pachtin sich erhob, seine Weste

zurecht zupfte und mit einem langen Zuge sein Champagnerglas
leerte.

„Ssewernikow hat mich gerufen," antwortete Pachtin, der eine
gewisse Unruhe in seinen Beinen verspürte.

Lächelnd ging er in den Glassaal zu Ssewernikow, der ihn gar
nicht gerufen hatte, dem er aber vor allen andern die Nachricht von
der Rückkehr Labasows mitzuteilen für nötig hielt. Ssewernikow
war in die Ereignisse des 14. Dezembers ein wenig verwickelt gewesen und mit allen Dekabristen befreundet.

„Wie geht es der Gräfin?"

Das Befinden der Gräfin hatte sich gebessert, und Pachtin äußerte seine Freude darüber.

„Wissen Sie schon, die Labasows sind heute angekommen und
bei Chevalier abgestiegen."

„Was Sie sagen! Wir sind ja alte Freunde. Wie mich das freut! Der
Arme wird wohl recht alt geworden sein, denke ich. Seine Frau hat
meiner Frau geschrieben –".

Aber Ssewernikow konnte nicht zu Ende sprechen, denn seine
Partner, die eine Partie ohne Trumpf spielten, hatten irgend einen
Fehler gemacht. Während er mit Iwan Pawlowitsch sprach, schielte
er immer zu ihnen hinüber; jetzt warf er sich plötzlich mit dem ganzen Oberkörper auf den Tisch, schlug mit der Faust darauf und bewies ihnen, daß sie die Sieben hätten ausspielen müssen. Iwan
Pawlowitsch erhob sich, trat an einen andern Tisch und verkündete
im Gespräch einem andern würdevollen Herrn seine Neuigkeit,
dann ging er weiter und tat dasselbe an einem dritten Tisch. Alle die
würdevollen Männer waren sehr erfreut über Labasows Rückkehr,
so daß Iwan Pawlowitsch, der anfangs nicht recht gewußt hatte, ob
man sich über diese Rückkehr freuen müsse oder nicht, bei seinem
Zurückkommen in das Billardzimmer sein Gespräch nicht mehr mit
dem Ball oder dem Leitartikel des „Boten", den Phrasen über das
Befinden oder das Wetter einleitete, sondern ohne weiteres voller
Begeisterung allen von der glücklichen Rückkehr des berühmten
Dekabristen Mitteilung machte.

Der alte Herr, der sich immer noch vergeblich bemühte, mit seinem Queue die weiße Kugel zu treffen, mußte nach Pachtins Ansicht ganz besonders erfreut über diese Mitteilung sein. Er trat an
ihn heran.

„Spielen Sie mit Glück, Exzellenz?" fragte er grade, als der alte Herr mit seinem Queue an die rote Weste des Markeurs tippte, wodurch er den Wunsch nach Ankreidung ausdrücken wollte.

„Exzellenz" sagte er nicht etwa aus Liebedienerei, wie der Leser vielleicht glaubt (nein, das war im Jahre 1856 nicht Mode). Iwan Pawlowitsch pflegte den alten Herrn einfach mit Namen und Vatersnamen anzureden und gebrauchte den Titel teils, um sich über die lustig zu machen, die so zu sagen pflegten, teils um anzudeuten, er wisse, mit wem er spreche, und wage trotzdem einen Scherz; kurz, es war sehr witzig von ihm.

„Ich habe soeben erfahren, daß Peter Labasow zurückgekehrt ist. Er ist mit seiner ganzen Familie direkt aus Sibirien gekommen." Pachtin sagte das gerade in dem Moment, als der alte Herr wieder einen Fehlstoß tat, und das war sein Unglück.

„Wenn er als derselbe Tollkopf zurückkehrt, als der er hingefahren ist, so liegt kein Grund vor, sich zu freuen", entgegnete der alte Herr mürrisch, aufgeregt über sein unbegreifliches Mißgeschick.

Diese Antwort verwirrte Iwan Pawlowitsch, der nun wieder nicht wußte, ob man sich über Labasows Rückkehr freuen sollte oder nicht, und um seine Zweifel endgültig zu lösen, lenkte er seine Schritte in das Zimmer, wo die gescheiten Leute, die die Bedeutung und den Wert jedes Dinges kannten, kurz, die alles wußten, sich zu versammeln pflegten. Iwan Pawlowitsch stand mit diesen gescheiten Leuten in demselben angenehmen Verkehr wie mit der goldenen Jugend und den würdevollen Standespersonen. Er hatte zwar in dem Zimmer der Gescheiten keinen eigenen Platz, aber niemand verwunderte sich, als er eintrat und sich auf den Divan setzte. Es war grade die Rede davon, in welchem Jahr und aus welchem Grunde ein gewisser Streit zwischen zwei russischen Journalisten ausgebrochen war. Während einer kleinen Pause im Gespräch teilte Iwan Pawlowitsch seine Neuigkeit mit, weder als Freudenbotschaft, noch als unbedeutendes Ereignis, sondern gleichsam so nebenbei im Gespräch. Aber schon daraus, wie die Gescheiten die Neuigkeit aufnahmen und beurteilten, schloß Iwan Pawlowitsch, daß diese Neuigkeit eben hierher gehörte und nur hier die Fassung bekommen konnte, in der man sie weiter verbreiten mußte, und wo man erfahren konnte, *à quoi s'en tenir.*

„Nur Labasow fehlte noch," sagte einer der Gescheiten; „jetzt sind von den noch lebenden Dekabristen alle wieder nach Rußland zurückgekehrt."

„Er war ein Mann aus der berühmten Schar," sagte Pachtin noch ein wenig vorsichtig, bereit, dieses Zitat entweder als Scherz oder als Ernst gelten zu lassen.

„Gewiß, Labasow war einer der bedeutendsten Männer jener Zeit," begann ein Gescheiter, „im Jahre 1819 war er Fähnrich im Ssemjonowschen Regiment und wurde mit Depeschen an den Herzog S. ins Ausland geschickt. Dann kam er zurück und wurde 1824 in die erste Freimaurerloge aufgenommen. Alle Freimaurer jener Zeit versammelten sich bei D. oder bei ihm. Er war ja sehr reich. Fürst S., Feodor D., Iwan P. waren seine nächsten Freunde. Sein Onkel aber, der Fürst Wissarion, versetzte ihn nach Moskau, um ihn aus dieser Gesellschaft zu reißen."

„Entschuldigen Sie, Nikolaj Stepanowitsch," unterbrach ihn ein anderer der Gescheiten, „mir scheint, das war im Jahre 23, denn Wissarion Labasow wurde im Jahre 24 zum Kommandierenden des dritten Korps ernannt und war in Warschau. Er wollte seinen Neffen zu seinem Adjutanten machen, und erst nach dessen Weigerung versetzte er ihn. Übrigens entschuldigen Sie, bitte, daß ich Sie unterbrochen habe."

„Ach nein, bitte sehr!"

„Nein, bitte."

„Nein, haben Sie die Güte, Sie müssen das ja besser wissen als ich, und außerdem haben sich Ihre Kenntnisse und Ihr Gedächtnis hier oft genug bewährt."

„In Moskau nahm er gegen den Wunsch des Onkels seinen Abschied," erzählte der, dessen Kenntnisse und Gedächtnis sich bewährt hatten, nun weiter; „und da bildete sich um ihn eine andere Gesellschaft, deren Häuptling und Seele er war, wenn man sich so ausdrücken darf. Er war reich, von angenehmem Äußern, klug, gebildet und, wie man sagt, von erstaunlicher Liebenswürdigkeit. Meine Tante hat mir oft erzählt, sie habe nie einen Mann gekannt, der bezaubernder gewesen wäre. Wenige Monate vor der Verschwörung heiratete er hier eine Krinskij."

„Die Tochter von Nikolaj Krinskij, von dem, der bei Borodino – natürlich, der bekannte!" rief jemand dazwischen.

„Nun ja. Ihr großes Vermögen ist ihm zugefallen, sein eigenes ging auf den jüngeren Bruder, den Fürsten Iwan, über, der jetzt Oberhofkammermeister (er sagte so etwas Ähnliches) ist und früher Minister war."

„Sehr schön war sein Verhalten gegen seinen Bruder," fuhr der Erzähler fort; „als man ihn verhaftete, konnte er nur noch eines vernichten: die Briefe und Papiere seines Bruders."

„War denn der Bruder mit verwickelt?"

Der Erzähler sagte nicht ja, preßte aber die Lippen zusammen und blinzelte bedeutungsvoll mit den Augen.

„Bei allen Verhören leugnete Peter Labasow hartnäckig alles, was den Bruder betraf, und mußte dafür mehr leiden als die andern. Das Gelungenste aber ist, daß Fürst Iwan das ganze Vermögen erhielt und dem Bruder auch nicht einen Groschen schickte."

„Man sagte damals, Peter Labasow habe selbst verzichtet," bemerkte einer der Zuhörer.

„Ja, aber er verzichtete nur, weil Fürst Iwan ihm vor der Krönung schrieb und sich entschuldigte, daß er das Vermögen nur deshalb genommen habe, weil es sonst konfisziert worden wäre; er habe Kinder und Schulden und sei jetzt nicht imstande, etwas zurückzugeben. Peter Labasow antwortete in zwei Zeilen: Weder ich noch meine Erben haben den geringsten Anspruch auf das Vermögen, das Ihnen durch das Gesetz zugesprochen wurde, und wir wollen auch keinen Anspruch darauf haben. – Kein Wort mehr. Wie finden Sie das? Und Fürst Iwan schluckte das hinunter, schloß dieses Dokument voller Freude zu den Wechseln in seine Schatulle und zeigte es niemand."

Es war eine der Eigentümlichkeiten der Gescheiten, daß sie, wenn sie nur wollten, alles wußten, was in der Welt geschah, mochte es noch so heimlich geschehen.

„Es ist übrigens noch die Frage," sagte ein neuer Sprecher, „ob es gerecht wäre, den Kindern des Fürsten Iwan das Vermögen zu nehmen, mit dem sie aufgewachsen und erzogen sind, und auf das sie ein Anrecht zu haben glaubten."

So wurde das Gespräch in abstrakte Gebiete hinübergeleitet, die für Pachtin kein Interesse hatten.

Er empfand das Bedürfnis, wieder anderen Leuten die Neuigkeit zu überbringen, erhob sich und schritt langsam, bald rechts, bald links ein paar Worte wechselnd, durch die Säle. Einer seiner Kollegen hielt ihn an, um ihm von der Ankunft der Labasows Mitteilung zu machen.

„Wer wüßte das nicht!" antwortete Iwan Pawlowitsch mit ruhigem Lächeln und wandte sich dem Ausgange zu. Die Neuigkeit hatte schon die Runde gemacht und war wieder zu ihm zurückgekehrt. Er hatte also im Klub nichts mehr zu tun und ging zu einer Abendgesellschaft.

Es war keine geladene Gesellschaft, sondern ein Salon, in dem man täglich empfing. Es waren acht Damen und ein alter Oberst da, und man langweilte sich furchtbar. Doch schon das sichere Auftreten und das lächelnde Gesicht Pachtins wirkten erheiternd auf die Damen. Und die Neuigkeit, die er brachte, kam um so mehr zu rechter Zeit, als die alte Gräfin Fuchs nebst Tochter da waren. Als Pachtin fast wörtlich erzählte, was er im Zimmer der Gescheiten gehört hatte, begann die Gräfin kopfschüttelnd und sich über ihr Alter wundernd ihre Erinnerungen auszukramen: wie sie mit Natascha Krinskij, der jetzigen Frau Labasow, in die Welt geführt worden war.

„Ihre Heirat ist eine sehr romantische Geschichte, und all das hat sich vor meinen Augen abgespielt. Natascha war schon so gut wie verlobt mit Mjatlin, der später im Duell mit Deber gefallen ist. Da kommt Fürst Peter nach Moskau, verliebt sich in sie und hält um sie an. Aber ihr Vater, der Mjatlin sehr gern zum Schwiegersohn gehabt hätte – übrigens fürchtete man sich allgemein vor Labasow, weil er Freimaurer war, – ihr Vater also wies ihn ab. Der junge Mann aber trifft sie immer wieder auf Bällen und überall, befreundet sich mit Mjatlin und bittet ihn, zu verzichten. Mjatlin geht darauf ein, und nun überredet er sie, mit ihm zu fliehen. Sie willigt ein, aber eine letzte Anwandlung von Reue zwingt sie, zum Vater zu gehen und ihm zu sagen, alles sei zur Flucht bereit, sie könne ihn verlassen, sie hoffe aber auf seine Großmut. Und der Vater verzeiht in der Tat – alle baten für sie – und gibt seine Einwilligung. So kam die Hochzeit zustande, und es war eine fröhliche Hochzeit! Wer von uns hätte damals gedacht, daß sie ein Jahr später ihm nach Sibirien folgen würde! Sie, die einzige Tochter, das reichste und schönste Mädchen jener Zeit? Kaiser Alexander hatte sie stets auf den Bällen ausgezeichnet und oft mit ihr getanzt. Bei Gräfin G. war ein Kostümball – ich weiß es noch, als wärs heute erst gewesen! – und sie erschien als

Neapolitanerin; ganz entzückend! Wenn er später nach Moskau kam, fragte er jedesmal: *Que fait la belle Napolitaine?* Und diese Frau – noch gar in dieser Lage (sie wurde unterwegs entbunden) – bedachte sich keinen Augenblick, machte keinerlei Vorbereitungen, packte nicht einmal ihre Sachen, sondern fuhr so, wie sie war, als man ihn verhaftete, fünftausend Werst weit hinter ihm her!"

„O, eine bewundernswerte Frau!" rief die Dame des Hauses.

„Sowohl sie als er waren seltene Menschen," sagte eine andere Dame; „man hat mir erzählt, – ich weiß nicht, ob es wahr ist, – daß sie in Sibirien überall, wo sie in den Minen oder wie man das nennt, arbeiteten, auf die Sträflinge, die dort waren, veredelnd eingewirkt haben."

„Sie hat aber nie in den Minen gearbeitet," korrigierte Pachtin.

Was das Jahr 1856 doch bedeutete! Noch vor drei Jahren dachte kein Mensch an die Labasows, und wenn man sich ihrer erinnerte, so geschah es mit jenem unwillkürlichen Bangigkeitsgefühl, mit dem man von kürzlich Verstorbenen spricht. Und wie lebhaft erinnerte man sich jetzt aller früheren Beziehungen, aller schönen Eigenschaften der Zurückgekehrten! Jede der Damen schmiedete schon Pläne, wie sie das Monopol über die Labasows bekommen und diese den anderen Gästen vorsetzen könnte.

„Sohn und Tochter sind mit ihnen gekommen," sagte Pachtin.

„Wenn sie nur auch so hübsch sind, wie die Mutter war," meinte die Gräfin Fuchs, „übrigens, auch der Vater war sehr, sehr hübsch."

„Wie haben sie wohl dort ihre Kinder erziehen können?" fragte die Dame des Hauses.

„Ausgezeichnet, sagt man. Es heißt, der junge Mann soll so nett, liebenswürdig und gebildet sein, als wäre er in Paris aufgewachsen."

„Ich prophezeie dem jungen Mädchen einen großen Erfolg," sagte eine häßliche junge Dame; „alle diese Sibirierinnen haben so etwas angenehm Triviales, und das gefällt."

„Ja, ja," bestätigte eine andere junge Dame.

„Also eine reiche Heiratskandidatin mehr," sagte eine dritte.

Der alte Oberst, der deutscher Abkunft und vor drei Jahren nach Moskau gekommen war, um eine reiche Braut zu suchen, beschloß, daß er sich sobald als möglich, solange die jungen Leute noch nichts erfahren hatten, ihr vorstellen und einen Antrag machen werde. Die jungen Mädchen ihrerseits dachten etwas ganz Ähnliches in Bezug auf den jungen Mann. „Gewiß ist das der, den mir das Schicksal bestimmt hat!" dachte ein Fräulein, das bereits seit acht Jahren vergebens alle Gesellschaften mitmachte. „Es war vielleicht zu meinem Besten, daß dieser dumme Gardekavallerist nicht um mich angehalten hat; er hätte mich gewiß unglücklich gemacht." – „Na, sie werden sich wieder alle die Gelbsucht anärgern, wenn sich auch der noch in mich verliebt!" dachte eine hübsche junge Dame. – Man spricht von dem Kleinstädtertum der Provinzstädte, aber es gibt kein ärgeres Kleinstädtertum als das der höheren Gesellschaftskreise. In der Provinzstadt gibt es keine neuen Erscheinungen, aber die Gesellschaft ist gern bereit, sie aufzunehmen, wenn sie sich nur zeigen wollten; hier aber werden die neuen Erscheinungen selten, sehr selten, wie jetzt die Labasows, als zur Gesellschaft gehörig anerkannt, und die Sensation, die sie erregen, ist größer als in der Provinzstadt.

III. |

„Moskau, o Moskau! weißsteiniges Mütterchen Moskau!" sagte Peter Iwanowitsch, als er sich am andern Morgen die Augen wach rieb und dem Geläute der Glocken lauschte. Nichts läßt die Vergangenheit so deutlich vor uns auferstehen als Töne; und diese Moskauer Glocken im Verein mit dem Anblick der weißen Mauer vor dem Fenster und dem Gerassel der Räder auf den Straßen erinnerten ihn so lebhaft nicht nur an das Moskau, das er vor fünfunddreißig Jahren gekannt hatte, sondern auch an das Moskau mit dem Kreml, den Glockentürmen, Mauern und so weiter, das er in seinem Herzen trug, und er empfand eine gradezu kindische Freude darüber, daß er ein Russe und daß er in Moskau war.

Da war der bucharische Schlafrock, der die breite Brust im Kattunhemd unbedeckt ließ, da die Pfeife mit dem Bernsteinmundstück, der Diener mit den geräuschlosen Bewegungen, der Tee, der Tabaksduft; dann ertönte eine laute, heftige Männerstimme in den Zimmern Chevaliers: die Stimmen des Sohnes und der Tochter und frische Morgenküsse klangen von nebenan, und der Dekabrist fühlte sich ebenso zu Hause, wie er sich in Irkutsk zu Hause gefühlt hatte, und wie er es auch in Neuyork oder Paris getan hätte.

So gern ich meinen Lesern den alten Helden aus der Dekabristenzeit über alle Schwächen erhaben schildern möchte, so muß ich doch der Wahrheit zuliebe gestehen, daß Peter Iwanowitsch sich heute mit besonderer Sorgfalt rasierte, kämmte und im Spiegel betrachtete. Er war unzufrieden mit seinem Anzuge, der in Sibirien nicht allzu schön gemacht worden war, und knöpfte den Rock ein paarmal zu und wieder auf. Natalia Nikolajewna aber rauschte in einem schwarzen Moirékleide in den Salon, die Stulpenärmel und die Haubenbänder waren zwar nicht ganz nach der neuesten Mode, aber so geschmackvoll geordnet, daß es nicht nur nicht *ridicule*, sondern im Gegenteil *distingué* wirkte. Für so etwas haben die Frauen einen sechsten Sinn und einen mit nichts zu vergleichenden Scharfblick. Auch Ssonja war so gekleidet, daß nichts an ihrer Toilette auszusetzen war, obgleich sie um zwei Jahre hinter der Mode zurückstand. Die Mutter dunkel und schlicht, die Tochter hell und heiter. – Ssergej war eben erst aufgewacht, und sie fuhren ohne ihn zur Kirche: Vater und Mutter im Fond, die Tochter ihnen gegenüber, Wassilij auf dem Bock; so brachte die Mietskutsche sie zum Kreml. Als sie aus der Kutsche stiegen, zupften die Damen ihre Kleider zurecht, dann reichte Peter Iwanowitsch seiner Natalia Nikolajewna den Arm, warf den Kopf in den Nacken und schritt auf die Kirchentür zu. Viele der Anwesenden – Kaufleute, Offiziere und allerlei Volk – wußten nicht recht, welcher Art Menschen das sein konnten. Wer war dieser offenbar seit vielen, vielen Jahren sonngebräunte alte Herr mit den eigentümlichen, derben, geraden Furchen im Gesicht, die nichts gemein hatten mit den Furchen, die man im Englischen Klub bekam, mit dem schneeweißen Haar und Bart, dem gütigen und doch stolzen Blick und den energischen Bewegungen? Wer war diese hochgewachsene Frau mit der vornehmen Haltung und den müden, gleichsam erloschenen, großen und schönen Augen? Wer war dieses frische, schlanke, kräftige junge Mädchen, das trotz der unmodernen Kleidung durchaus nicht schüchtern auftrat. Sie glichen nicht gerade Kaufleuten, auch nicht Deutschen; waren es vornehme Herrschaften? Auch darnach sahen sie nicht eigentlich aus, jedenfalls aber waren es Leute von Stand. So dachten alle, die sie in der Kirche sahen, und machten ihnen unwillkürlich bereitwilliger Platz als den Herren mit dicken Epaulettes. Peter Iwanowitsch hielt sich die ganze Zeit so hoheitsvoll wie beim Eintritt und betete still, ernst, ohne die Haltung zu verlieren. Natalia Nikolajewna kniete voller Würde nieder, zog ihr Taschentuch und weinte viel während des Gottesdienstes. Ssonja schien sich zum Beten zwingen zu müssen. Die Andacht wollte nicht kommen, aber sie sah sich nicht um und machte fleißig das Kreuzeszeichen.

Ssergej war daheim geblieben, teils weil er sich verschlafen hatte, teils weil ihm das Stehen in der Kirche schwer fiel; seine Füße starben ab, und er begriff nie, warum es für ihn eine Kleinigkeit war, vierzig Werst auf Schneeschuhen zurückzulegen, während es ihm die größte körperliche Qual bedeutete, ein Evangelium lang zu stehen; der Hauptgrund für sein Zurückbleiben aber war der, daß er vor allem andern einen neuen Anzug haben wollte. Er zog sich an und ging zur Schmiedebrücke. An Geld fehlte es ihm nicht. Der Vater hatte es sich zur Regel gemacht, dem Sohn von dessen einundzwanzigstem Jahre an soviel Geld zu geben, als er haben wollte. Es stand in der Macht des jungen Mannes, Vater und Mutter völlig mittellos zu machen.

Wie schade um die zweihundertfünfzig Rubel, die in dem Kleiderladen Kunz unnütz verausgabt wurden! Jeder der Herren, denen Ssergej begegnete, hätte ihm gern einen Rat erteilt und sich glücklich geschätzt, ihm bei der Bestellung eines Anzuges behilflich zu sein; aber wie das immer zu sein pflegt: er war einsam inmitten der Menschenmenge, und wie er so über die Schmiedebrücke dahinschlenderte, ohne die Läden zu beachten, gelangte er bis ans Ende, öffnete eine Tür – und kam in einem braunen, enganliegenden Frack heraus (und man trug jetzt weite Fracks), in schwarzen, weiten Beinkleidern (und man trug jetzt enganliegende) und in einer geblümten Atlasweste, die keiner der Herren, die bei Chevalier im Extrazimmer saßen, auch nur seinem Diener zu tragen erlaubt hätte. Noch vieles andere hatte Ssergej gekauft; dafür aber war Kunz über die schlanke Taille des jungen Mannes in Entzücken geraten und hatte ihm – wie er das jedem Käufer zu sagen pflegte – erklärt, daß er eine ähnliche noch nie gesehen. Ssergej wußte selbst, daß er eine hübsche Taille habe, aber das Lob eines fremden Menschen, wie Kunz es war, schmeichelte ihm sehr. Er trat um zweihundertfünfzig Rubel ärmer aus dem Laden und war dabei miserabel gekleidet, so miserabel, daß der Anzug nach zwei Tagen in Wassilijs Besitz überging und für Ssergej auf immer eine peinliche Erinnerung blieb.

Zu Hause angelangt, ging Ssergej nach unten, setzte sich ins große Zimmer, warf einen Blick ins Heiligtum und bestellte sich zum Frühstück so merkwürdige Speisen, daß der Kellner in der Küche lachen mußte. Er verlangte auch eine Zeitung und tat, als lese er. Als aber der Kellner, ermutigt durch die Unerfahrenheit des Jünglings, ihn auszufragen begann, sagte Ssergej: „Geh auf deinen Platz!" und errötete. Aber er sagte es in so stolzem Tone, daß der Kellner gehorchte. – Als Mutter, Vater und Schwester heimkehrten, fanden sie seinen Anzug ebenfalls wunderschön.

Erinnert ihr euch noch des frohen Gefühls aus der Kinderzeit, wenn man euch am Namenstage schön angezogen und in die Kirche geführt hatte, und ihr dann bei der Heimkehr – festlich gekleidet, festlich aussehend und festlich gestimmt – zu Hause Gäste und Spielsachen vorfandet? Ihr wußtet, heut' gab's keine Unterrichtsstunden, selbst die Großen feierten, fürs ganze Haus war's ein Ausnahmetag, ein Tag des Vergnügens; ihr wußtet, daß ihr allein die Ursache dieser Festlichkeit seid, und daß man alles verzeihen würde, was ihr heute auch anstelltet, und ihr wundertet euch nur, daß die Leute auf der Straße nicht ebenso feierten wie eure Hausgenossen; alle Klänge waren voller, alle Farben heller, mit einem Wort: Namenstagsstimmung! In solcher Stimmung war Peter Iwanowitsch, als er aus der Kirche heimkehrte.

Pachtins gestrige Bemühungen waren nicht umsonst gewesen: statt der Spielsachen fand Peter Iwanowitsch zu Hause schon ein paar Visitenkarten vornehmer Moskauer, die es im Jahre 1856 für ihre unabweisbare Pflicht hielten, dem berühmten Verbannten, den sie noch vor drei Jahren um keinen Preis der Welt hätten empfangen mögen, jede mögliche Aufmerksamkeit zu erweisen.

In den Augen Chevaliers, des Portiers und der Dienstboten im Gasthause hatte das Erscheinen der vielen Kutschen, deren Insassen nach Peter Iwanowitsch fragten, an dem einen Morgen die Hochachtung und Dienstwilligkeit für die Ankömmlinge verzehnfacht.

Alles das waren Namenstagsgeschenke für Peter Iwanowitsch. Soviel der Mensch auch erlebt hat, so klug er auch sein mag, Achtungsbezeigungen von Personen, die von den meisten Menschen geachtet werden, sind immer angenehm. Peter Iwanowitsch war in bester Laune, als Chevalier ihm unter Verbeugungen vorschlug, die

Räume zu wechseln, und ihn bat, nur zu befehlen, sobald er etwas wünsche; er versicherte, daß er Peter Iwanowitschs Besuch als ein Glück betrachte. Als Peter Iwanowitsch die Visitenkarten durchsah und, während er sie in die Schale zurückwarf, die Namen des Grafen S., des Fürsten D. und so weiter nannte, sagte Natalia Nikolajewna, sie wolle niemand empfangen und gleich zu Maria Iwanowna fahren. Peter Iwanowitsch war damit einverstanden, obgleich er gern mit vielen der Besucher geplaudert hätte. Nur einem Gast glückte es, vorzukommen, bevor der Befehl der Abweisung erteilt worden war. Das war Pachtin. Wenn man diesen Mann gefragt hätte, warum er gekommen sei, so hätte er keinen andern Vorwand nennen können außer dem, daß er alles Neue und Interessante liebe, und daher gekommen sei, um Peter Iwanowitsch wie eine Kuriosität zu betrachten. Man sollte meinen, daß ein solcher Grund, einen fremden Menschen zu besuchen, den Gast verlegen machen müsse. Aber das Gegenteil stellte sich heraus: Peter Iwanowitsch und sein Sohn und Sophia Petrowna waren verlegen; Natalia Nikolajewna war zu sehr *grande dame*, als daß sie durch irgend etwas in Verlegenheit zu setzen wäre. Der müde Blick ihrer schönen, schwarzen Augen richtete sich ruhig auf Pachtin. Pachtin aber war frisch, selbstzufrieden und von heiterer Liebenswürdigkeit wie immer. Er war ein Freund von Maria Iwanowna.

„Ah," sagte Natalia Nikolajewna.

„Nicht grade Freund – das ist bei unserem Alter nicht das rechte Wort –, aber sie war immer sehr gütig gegen mich."

Pachtin war ferner ein alter Verehrer von Peter Iwanowitsch, er hatte seine Genossen gekannt. Er hoffte, den Ankömmlingen nützlich sein zu können. Er wäre schon gestern abend gekommen, habe aber nicht die Zeit dazu gehabt und bitte deshalb um Entschuldigung. Und er setzte sich und plauderte lange.

„Ja, ich muß Ihnen gestehen, ich habe in Rußland vieles verändert gefunden seit jener Zeit," sagte Peter Iwanowitsch als Antwort auf eine Frage. Man muß gesehen haben, mit welch ehrfurchtsvoller Aufmerksamkeit Pachtin jedes Wort aufnahm, das aus dem Munde des vornehmen Greises kam, und wie er nach jedem Satz oder gar nach jedem Wort durch ein Kopfnicken, ein Lächeln oder einen Blick zu verstehen gab, daß er den denkwürdigen Satz oder das denkwürdige Wort verstanden habe und zu schätzen wisse. Der müde Blick ermunterte ihn noch zu diesem Manöver. Ssergej Petrowitsch schien zu fürchten, die Worte seines Vaters könnten zu unbedeutend sein für diesen aufmerksamen Zuhörer. Sophia Petrowna dagegen lächelte jenes kaum merkliche, selbstgefällige Lächeln, das Leuten eigen ist, welche die lächerliche Seite eines Menschen entdeckt haben. Es schien ihr, daß man von dem nicht viel zu erwarten habe, daß er ein „Nichts" sei, wie sie und der Bruder eine gewisse Sorte von Menschen zu bezeichnen pflegten.

Peter Iwanowitsch erklärte, er habe unterwegs große Veränderungen bemerkt, die ihn erfreut hätten.

„Das Volk, der Bauer hat sich unvergleichlich gehoben, hat viel mehr Bewußtsein der eigenen Würde bekommen," sagte er, gleichsam alte Phrasen wiederholend, „und ich muß sagen, das Volk ist es, das mich vor allem andern interessiert hat und noch interessiert; ich bin der Meinung, die Kraft Rußlands liegt nicht in uns, sondern im Volk," und so weiter. Peter Iwanowitsch entwickelte mit dem ihm eigenen Feuer seine mehr oder weniger originellen Gedanken über verschiedene wichtige Angelegenheiten. Wir werden sie später noch in allen Einzelheiten kennen lernen. Pachtin verging vor Entzücken und stimmte allem vollkommen bei.

„Sie müssen unbedingt mit Akßatows bekannt werden! Sie werden mir doch gestatten, Fürst, sie Ihnen vorzustellen? Sie wissen, er hat jetzt die Erlaubnis zu seiner Publikation erhalten; es heißt, morgen soll die erste Nummer erscheinen. Ich habe auch seinen bewundernswerten Artikel über die Folgerichtigkeit der wissenschaftlichen Theorie in der Abstraktion gelesen. Ungemein interessant! Dann ist da noch ein Aufsatz: *Die Geschichte Serbiens im elften Jahrhundert* von dem berühmten Wojwoden Karbowanez; auch sehr interessant. Überhaupt ein Riesenschritt vorwärts!"

„Ah so," sagte Peter Iwanowitsch; aber alle diese Nachrichten interessierten ihn offenbar nicht. Er kannte nicht einmal die Namen und die Verdienste dieser Menschen, welche Pachtin als allgemein bekannt erwähnte. Natalia Nikolajewna, welche die Notwendigkeit, diese Menschen und Verhältnisse zu kennen, nicht leugnete, bemerkte zur Entschuldigung ihres Mannes, Pierre habe die Zeitschriften immer sehr spät bekommen; er lese aber sehr viel.

„Papa, werden wir zur Tante fahren?" fragte Ssonja, ins Zimmer tretend.

„Gewiß, aber zuerst müssen wir frühstücken. Ist Ihnen nicht etwas gefällig?“

Pachtin lehnte natürlich ab, aber Peter Iwanowitsch bestand mit
der jedem Russen im allgemeinen und ihm selbst im besonderen eigenen Gastfreundschaft darauf, daß Pachtin etwas esse und trinke.
Er selbst trank ein Gläschen Schnaps und ein Glas Bordeaux. Pachtin
bemerkte, daß Natalia Nikolajewna in dem Augenblick, als er den
Wein einschenkte, sich abwandte, während der Sohn aufmerksam
die Hände des Vaters betrachtete. Nachdem er getrunken hatte, antwortete Peter Iwanowitsch auf Pachtins Fragen nach seinen Ansichten über die neue Literatur, die neue Richtung, über Krieg und Frieden (Pachtin verstand es, die verschiedenartigsten Dinge zu einem
nicht grade geistreichen, aber fließenden Geplauder zu vereinigen).
Auf alle diese Fragen antwortete Peter Iwanowitsch mit einer allgemeinen *profession de foi*, – war es der Wein oder das Gesprächsthema
– er geriet so in Eifer, daß ihm die Tränen in die Augen traten und
daß Pachtin in Entzücken geriet, ebenfalls zu weinen begann und
ohne jede Zurückhaltung seine Überzeugung aussprach, daß Peter
Iwanowitsch jetzt alle führenden Persönlichkeiten überrage und an
die Spitze aller Parteien treten müsse. Pierres Augen glänzten, denn
er glaubte, was Pachtin ihm sagte. Und er hätte noch lange weiter
gesprochen, wenn Sophia Petrowna die Mutter nicht angestiftet
hätte, ihre Mantille umzunehmen, und wenn sie nicht selbst gekommen wäre, um Peter Iwanowitsch zum Aufbruch zu veranlassen. Er
schüttete sich den letzten Wein ins Glas, aber Sophia Petrowna trank
ihn aus.

„Was machst du?“

„Ich hatte noch nichts getrunken, Papa, verzeih.“

Er lächelte. „Nun wollen wir zu Maria Iwanowna fahren. Entschuldigen Sie, Monsieur Pachtin.“

Und stolz erhobenen Hauptes schritt Peter Iwanowitsch hinaus.
Im Flur begegnete er einem General, der den alten Bekannten hatte
besuchen wollen. Sie hatten sich fünfunddreißig Jahre nicht gesehen. Der General war schon zahnlos und kahlköpfig.

„Aber du, wie du noch frisch bist,“ sagte er, „man sieht, Sibirien
ist bekömmlicher als Petersburg. Das sind die Deinen? Stell’ mich
vor. Was für ein prächtiger Bursche, dein Sohn! Also morgen zum
Diner?“

„Ja, ja, unbedingt."

Auf der Stiege kam ihm der berühmte Tschichajew entgegen, ebenfalls ein alter Bekannter.

„Wie haben Sie denn erfahren, daß ich angekommen bin?"

„Eine Schande wär's für Moskau, wenn es das nicht wissen sollte; eine Schande ist's, daß man Sie nicht schon beim Schlagbaum empfangen hat. Wo speisen Sie? Wahrscheinlich bei Ihrer Schwester Maria Iwanowna? Ausgezeichnet, ich werde auch hinkommen."

Peter Iwanowitsch machte stets einen stolzen Eindruck auf diejenigen, die hinter der äußeren Erscheinung die unaussprechliche Güte und den Gefühlsreichtum nicht sehen konnten. Jetzt aber hatte sogar Natalia Nikolajewna ihre Freude an seiner ungewöhnlichen Hoheit, und Sophia Petrownas Augen lachten, wenn sie ihn ansah.

Sie kamen zu Maria Iwanowna, die Pierres Taufpatin und zehn Jahre älter als er war. Sie war ein altes Fräulein. Warum sie nicht geheiratet hatte, und wie sie ihre Jugend verlebt hatte, werde ich später einmal erzählen.

Seit vierzig Jahren lebte sie in Moskau, ohne es zu verlassen. Sie war weder sehr klug, noch sehr reich. An vornehmen Verbindungen lag ihr nichts, im Gegenteil. Und doch gab es keinen Menschen, der sie nicht hochschätzte. Sie war so überzeugt von der allgemeinen Hochschätzung, daß man gar nicht anders konnte, als eben sie hochschätzen. Es gab zwar einige junge Liberale, die eben erst von der Universität kamen und ihre Macht nicht anerkennen wollten, aber diese Herren frondierten nur in ihrer Abwesenheit. Sie brauchte nur mit ihrer königlichen Haltung ins Zimmer zu treten, in ihrer ruhigen Art ein Gespräch zu beginnen, sich mit ihrem freundlichen Lächeln umzuschauen, und sie unterwarfen sich. Ihr Gesellschaftskreis bestand aus – allen. Sie betrachtete und behandelte alle Moskauer wie ihre Hausgenossen. Am häufigsten besuchten sie junge Leute und geistreiche Männer; Frauen liebte sie nicht. Es gab in ihrem Haus auch männliche und weibliche Schmarotzer, welche unsere Literatur mit gleicher Verachtung zu behandeln pflegt wie die Wengerka und die Generale; aber Maria Iwanowna war der Ansicht, Skopin, der sein Vermögen im Spiel verloren hatte, und Frau Beschew, die von ihrem Manne fortgeschickt worden war, hätten es bei ihr besser als in Armut und Not, und daher behielt sie sie in ihrem Haus. Aber die zwei stärksten Gefühle in Maria Iwanownas jetzigem Leben gehörten ihren beiden Brüdern: Peter Iwanowitsch war ihr Abgott, Iwan Iwanowitsch ihr Haß. –

Sie wußte nicht, daß Peter Iwanowitsch angekommen war; sie war in der Messe gewesen und hatte eben erst gefrühstückt. Ein Moskauer Vikar, Frau Beschew und Skopin saßen um ihren Tisch. Maria Iwanowna erzählte ihnen von dem jungen Grafen W., der eben aus Sewastopol zurückgekehrt war und für den sie schwärmte. (Sie hatte beständig irgend eine Schwärmerei.) Heute sollte er bei ihr zu Mittag speisen. Der Vikar erhob sich und verabschiedete sich, und Maria Iwanowna hielt ihn nicht zurück.

„Geben Sie, bitte, den Auftrag, lieber Freund, niemand vorzulassen," sagte sie, „ich will an Pierre schreiben; ich weiß gar nicht, warum er noch nicht kommt. Wahrscheinlich ist Natalia Nikolajewna krank."

Maria Iwanowna lebte in der Überzeugung, daß Natalia Nikolajewna sie nicht liebte und ihr feindlich gesinnt war. Sie konnte es nicht verzeihen, daß nicht sie, die Schwester, ihm ihr Vermögen geopfert und nach Sibirien gefolgt war, sondern daß Natalia Nikolajewna das getan hatte, und daß ihr Bruder entschieden dagegen gewesen war, als auch sie hinreisen wollte. Jetzt nach fünfunddreißig Jahren begann sie ihrem Bruder zu glauben, daß Natalia Nikolajewna die beste Frau der Welt und sein Schutzengel sei; aber sie beneidete die Schwägerin, und es wollte ihr immer wieder scheinen, als sei sie eine schlechte Frau.

Sie erhob sich, durchschritt den Saal und wollte sich in ihr Schreibzimmer begeben, als sich die Tür öffnete und das runzelige, alte Gesicht der Frau Beschew mit dem Ausdruck freudigen Schreckens in der Tür erschien.

„Maria Iwanowna, machen Sie sich gefaßt –" sagte sie.

„Ein Brief?"

„Nein, mehr – Aber sie hatte noch nicht zu Ende gesprochen, als im Vorzimmer eine laute Männerstimme ertönte:

„Wo ist sie denn? Geh du, Natascha."

„Er!" rief Maria Iwanowna und ging mit großen, festen Schritten dem Bruder entgegen. Sie begrüßte die Verwandten, als hätten sie sich erst gestern zum letztenmal gesehen.

„Wann bist du angekommen? Wo seid ihr abgestiegen? Seid ihr in einer Kutsche hergefahren?" Das waren die Fragen, welche Maria

Iwanowna stellte, während sie mit ihnen in den Salon ging; sie wartete die Antworten gar nicht ab und blickte mit großen Augen bald den einen, bald den andern an. Frau Beschew wunderte sich über diese Ruhe oder gar Gleichgültigkeit und billigte sie nicht. Alle lächelten, das Gespräch verstummte, schweigend und ernst betrachtete Maria Iwanowna ihren Bruder.

„Wie geht es Ihnen?" fragte Peter Iwanowitsch, indem er lächelnd ihre Hand ergriff. Er sagte zu ihr *Sie* und sie zu ihm *du*. Maria Iwanowna blickte noch einmal auf seinen grauen Bart, die Glatze, die Zähne, die Runzeln, die Augen, das sonnverbrannte Gesicht – und sie erkannte alles.

„Das ist meine Ssonja."

Aber sie sah sich nicht um.

„Was bist du für ein Dumm –", ihre Stimme versagte, sie faßte mit ihren großen, weißen Händen den kahlen Kopf des Bruders. „Was bist du für ein Dummkopf," hatte sie sagen wollen, „daß du mich nicht vorbereitet hast." Aber ihre Schultern und ihre Brust begannen zu zittern, das alte Gesicht verzog sich, und sie schluchzte auf, während sie immer wieder seinen Kopf an ihre Brust drückte und wiederholte: „Was bist du für ein Dummkopf, daß du mich nicht vorbereitet hast!"

Peter Iwanowitsch kam sich nicht mehr als ein so großer Mann, als eine so wichtige Persönlichkeit vor, wie auf Chevaliers Stiege. Er saß auf dem Lehnstuhl, seinen Kopf aber hielt die Schwester in ihren Händen, es kitzelte ihn in der Nase, seine Haare waren verwühlt, und in seinen Augen standen Tränen. Aber er fühlte sich wohl. – Als dieser Ausbruch von Freudentränen vorüber war, begann Maria Iwanowna zu verstehen und zu glauben, was geschehen war. Sie betrachtete alle. Aber noch mehrmals im Laufe des Tages, sobald sie daran dachte, wie er einst gewesen und wie sie damals gewesen war und wie sie beide jetzt waren, und sobald dies alles wieder lebhaft in ihre Erinnerung trat: das Unglück, die Freude und die Liebe von damals, so übermannte es sie, sie erhob sich und sagte wieder: „Was bist du für ein Dummkopf, Petruscha, was für ein Dummkopf, daß du mich nicht vorbereitet hast!"

„Warum seid ihr nicht direkt zu mir gekommen? Ich hätte euch untergebracht," sagte Maria Iwanowna, „jetzt werdet ihr doch wenigstens bei mir Mittag essen? Du wirst dich bei mir nicht langweilen, Ssergej, bei mir speist ein junger Held von Sewastopol. Und kennst du Nikolaj Michailowitsch den Sohn? Er ist Schriftsteller, soll irgend etwas Gutes geschrieben haben. Ich hab's nicht gelesen, aber man lobt es sehr, und er ist ein lieber Bursche; ich werde auch ihn einladen. Auch Tschichajew wollte kommen. Na, das ist ein Schwätzer, den mag ich nicht. War er schon bei dir? Und hast du Nikita schon gesehen? Na, das ist ja alles Unsinn. Was beabsichtigst du zu unternehmen? Und Sie. Natalia, wie steht es mit Ihrem Befinden? Was werden wir mit diesem jungen Mann und dieser jungen Schönheit anfangen?"

Aber das Gespräch wollte immer noch nicht recht in Gang kommen.

Vor dem Diner fuhren Natalia Nikolajewna und die Kinder zu einer alten Tante, und Bruder und Schwester blieben allein; nun begann er von seinen Plänen zu sprechen.

„Ssonja ist erwachsen und muß in die Gesellschaft eingeführt werden, folglich werden wir in Moskau wohnen," sagte Maria Iwanowna.

„Auf keinen Fall."

„Ssergej muß dienen."

„Auf keinen Fall."

„Du bist noch immer so verrückt wie früher!" Aber trotzdem liebte sie diesen Verrückten.

„Wir müssen hier bleiben, dann aufs Land fahren und den Kindern alles zeigen."

„Mein Grundsatz ist, mich nicht in Familienangelegenheiten zu mischen," sagte Maria Iwanowna, als sie sich von der Aufregung etwas erholt hatte, „und keine Ratschläge zu erteilen. Ein junger Mann muß dienen, das habe ich stets gedacht und denke es auch heute. Und heutzutage mehr als je. Du weißt nicht, wie die Jugend heute ist, Petruscha. Ich kenne sie. Der Sohn des Fürsten Dmitrij zum Beispiel ist ganz zugrunde gegangen. Und sie sind selbst daran schuld. Ich fürchte ja niemand, ich bin eine alte Frau. Aber es ist schlimm." Und sie begann von der Regierung zu sprechen. Sie war mit ihr unzufrieden, da sie allen zu viel Freiheit gab. „Nur ein Gutes hat sie gemacht, daß sie euch freigelassen hat. Das ist gut."

Petruscha wollte die Regierung verteidigen, aber mit Maria Iwanowna ging es ihm nicht so wie mit Pachtin; sie ließ ihn gar nicht zu Ende sprechen und rief ärgerlich:

„Was verteidigst du sie? Hast du Grund, sie zu verteidigen? Ich sehe, du bist immer noch so unvernünftig."

Peter Iwanowitsch schwieg und lächelte fein, als wolle er sagen, daß er sich nicht ergebe, aber mit Maria Iwanowna nicht streiten wolle.

„Du lächelst. Ich kenne das. Du willst mit einem Weibe nicht streiten," sagte sie heiter und freundlich und sah den Bruder dabei so fein und klug an, wie man es von ihrem alten Gesicht mit den derben Zügen gar nicht erwartet hätte. „Mit mir wirst du nicht fertig, Freundchen! Vergiß nicht, daß ich mein siebentes Jahrzehnt bald beendet habe. Ich habe auch nicht in den Tag hinein gelebt, hab' manches gesehen und begriffen. Neue Bücher habe ich zwar nicht gelesen und werde sie auch nicht lesen. Die Bücher enthalten nichts als Unsinn."

„Nun, wie gefallen Ihnen meine Kinder? Ssergej?" fragte Peter Iwanowitsch mit demselben Lächeln.

„Na, na," antwortete sie, mit dem Finger drohend; „lenk' nicht ab auf deine Kinder, von denen sprechen wir schon noch. Aber ich wollte dir folgendes sagen: du warst und bist ein unvernünftiger Mensch, ich seh's dir an den Augen an. Man wird dich jetzt auf den Händen tragen. Das ist so Mode. Ihr seid jetzt alle in Mode. Ja, ja, ich seh's dir an den Augen an, du bist noch ebenso unvernünftig, wie du warst!" fügte sie hinzu, als Antwort auf sein Lächeln; „um Christi willen, halte dich fern von all den heutigen Liberalen! Weiß der liebe Himmel, was die treiben. Aber ein gutes Ende wird das nicht nehmen. Und unsere Regierung schweigt vorläufig, dann aber wird sie die Krallen zeigen müssen. Denk an meine Worte! Ich fürchte, daß du wieder hineinverwickelt wirst. Laß das, es ist ja dummes Zeug! Du hast Kinder."

„Man sieht, daß Sie mich nicht kennen, Maria Iwanowna," sagte der Bruder.

„Na, gut, gut, wir werden schon sehen, ob ich dich nicht kenne, oder ob du selbst dich nicht kennst. Ich habe ausgesprochen, was ich auf dem Herzen hatte; folgst du mir – gut. Jetzt können wir auch von Ssergej sprechen. Wie ist er denn?" – Er hat mir nicht sehr gefallen, wollte sie sagen, aber sie sagte nur: „Er gleicht der Mutter sehr, wie ein Tropfen Wasser dem andern. Deine Ssonja hat mir sehr gefallen, sehr. Sie hat so etwas Liebes, Offenes. Ein liebes Ding. Wo ist sie? Ja so, ich habe vergessen."

„Was soll ich Ihnen sagen? Ssonja wird eine gute Frau und Mutter werden, mein Ssergej aber ist gescheit, sehr gescheit. Das wird ihm niemand nehmen. Er hat ausgezeichnet gelernt, wenn er auch ein wenig faul war. Er hat eine besondere Neigung für die Naturwissenschaften. Wir waren so glücklich, einen prächtigen Lehrer zu finden. Hier möchte er die Universität besuchen und Vorlesungen über Naturgeschichte und Chemie hören."

Maria Iwanowna hörte kaum zu, als der Bruder von den Naturwissenschaften zu sprechen anfing. Sie schien plötzlich traurig zu werden, besonders als von der Chemie die Rede war. Sie seufzte tief auf und antwortete unmittelbar auf die Gedankenreihe, welche die Naturwissenschaften in ihr angeregt hatten:

„Wenn du wüßtest, wie sie mir leid tun, Petruscha!" sagte sie mit aufrichtiger, stiller, ergebungsvoller Trauer; „so leid, so leid! Das ganze Leben liegt noch vor ihnen! Was werden sie alles noch zu erdulden haben!"

„Nun, wir wollen hoffen, daß ihr Leben sich glücklicher gestalten wird als das unsere."

„Gott geb's, Gott geb's! Aber das Leben ist schwer, Petruscha. Folge mir nur in einem, mein Lieber: philosophiere nicht. Was bist du für ein Dummkopf, Petruscha, ach, was für ein Dummkopf! Aber ich muß meine Anordnungen treffen. Ich habe die Leute eingeladen, aber womit werd' ich sie denn füttern?" Sie wandte sich ab und läutete. „Taraß soll kommen."

„Ist der Alte noch immer im Haus?" fragte der Bruder.

„Gewiß, und warum auch nicht? Er ist ja noch ein Knabe im Vergleich zu mir."

Taraß war ein wenig ärgerlich, machte sich aber gleich an die Arbeit.

Bald darauf traten, strahlend vor Glück und vor Kälte und mit den Kleidern rauschend, Natalia Nikolajewna und Ssonja ins Zimmer; Ssergej war noch zurückgeblieben, um Einkäufe zu machen.

„Laßt mich sie betrachten!" Und Maria Iwanowna nahm Ssonjas Köpfchen zwischen ihre beiden Hände. Natalia Nikolajewna begann zu erzählen.

Fünf weitere Texte über Soldaten

Leo N. Tolstoi als ‚Fähnrich‘ im Jahr 1854
(Daguerreotypie | commons.wikimedia.org)

Wie russische Soldaten sterben

(1854)

Übertragen von Vera v. Mitrofanov[1]

Im Jahre 1853 verbrachte ich einige Tage in der Festung Tschachgir, einer der malerischesten und unruhigsten Ortschaften des Kaukasus. Am Tage nach meiner Ankunft saß ich mit einem Bekannten, bei dem ich abgestiegen war, gegen Abend auf der Mauerbank vor seiner Hütte und wir harrten des Tees. Ein guter Bekannter von uns beiden, Kapitän N., trat auf uns zu.

Es war Sommer; die Hitze hatte nachgelassen; weiße, sommerliche Wolken zerstoben auf dem Horizont, die Berge traten klarer hervor und flinke Schwalben kreisten munter in der Luft. Zwei Kirschenbäume und einige eintönige Sonnenblumen standen unbeweglich vor uns und warfen ihre Schatten weit hinaus auf die Straße. Es war still und behaglich in dem zwei Arschin messenden, kleinen Garten.

Plötzlich ertönte in der Luft das ferne Getöse eines Kanonenschusses.

„Was bedeutet das?" fragte ich.

„Ich weiß nicht. Scheint vom Turm zu kommen," antwortete mein Bekannter, „sollte es ein Alarmschuß sein?"

Ein Kosak sprengte über die Straße, ein Soldat lief, mit seinen großen Stiefeln stampfend, über den Weg, im Nachbarhause hörten wir Geräusch und Gespräch. Wir näherten uns dem Zaun.

„Was ist los?" fragten wir einen Offiziersdiener, der in gestreiften Hosen, die an einem halben Hosenträger hingen, seinen Rücken kratzend, über die Straße rannte.

---

[1] Textquelle | Leo TOLSTOI: Wie russische Soldaten sterben. Übertragen von Vera v. Mitrofanoff[-Demelič]. In: Der neue Pflug, 2. Jahrgang (1927), Heft 3, S. 66-69. – Ebd., S. 66 einleitend: „Kürzlich veröffentlichte die Sowjetpresse eine literarische Sensation: eine bisher unbekannte Skizze von Leo Tolstoi aus dem Tolstoi-Archiv. Der Dichter hat diese Skizze, die sich auf seinen Aufenthalt im Kaukasus bezieht, wahrscheinlich erst später, in Sebastopol, niedergeschrieben."

„Alarm", warf er hin, ohne stehen zu bleiben. „Ich suche meinen Herrn."

Kapitän N. packte seine Pelzmütze und eilte heim, im Laufe seinen Mantel zuknöpfend. Seine Kompagnie hatte Dienst. Ein zweiter, ein dritter Schuß ertönte vom Wachturm her.

„Gehen wir zum Abhang, schauen wir. Wahrscheinlich bei der Tränke was passiert", sagte mein Bekannten „Lösche den Samowar nicht aus, wir kommen gleich", wandte er sich an den Diener.

In den Straßen rannten Leute; hier ein Kosak, dort ein Offizier zu Pferd, wieder dort ein Soldat mit dem Gewehr in der einen und mit der Montur in der anderen Hand. Erschreckte Juden- und Weibergesichter zeigten sich bei den Toren und in den geöffneten Türen und Fenstern. Alles war in Bewegung. „Wo ist etwas geschehen, Brüderchen, wo?" fragte eine keuchende Stimme. „Hinter der Artilleriebrücke nehmen sie uns die Pferde weg," antwortete eine zweite Stimme, „eine so große Schar, Brüderchen, daß es schrecklich ist." „Ach, du lieber Himmel, und wenn sie in die Festung eindringen, oh weh, oh weh!" sprach ein Weib in weinerlichem Ton. „Hättest du nicht Lust, Tantchen, Schamils[2] Frau zu werden?" erwiderte augenzwinkernd ein junger Soldat in blauen Pluderhosen und mit schief aufgesetzter Papascha.

Kaum waren wir beim Abhang, als uns die diensttuende Kompagnie mit Tornistern und schußbereiten Gewehren überholte und den Berg hinabstürmte. Der Kompagniekommandant, Kapitän N., ritt an der Spitze.

„Pjotr Iwanowitsch," rief ihm mein Bekannter nach, „geben Sie's ihnen tüchtig!"

Aber Kapitän N. schaute sich nicht um; er blickte mit besorgter Miene vor sich und seine Augen glänzten mehr als gewöhnlich. Ganz rückwärts schritt der Feldscher mit seinem Ledersack, ihm nach wurden Bahren getragen. Ich begriff den Gesichtsausdruck des Kompagniekommandanten.

Es tut wohl, einen·Menschen zu sehen, der dem Tod kühn ins Auge blickt; und hier sind Hunderte von Menschen jede Stunde, jeden Augenblick bereit, den Tod nicht nur ohne Furcht zu empfangen, sondern, was viel wichtiger ist, ohne Prahlerei, ohne den

---

[2] *Schamil* – der berühmte Partisanenführer.

Wunsch sich in Nebel zu hüllen: sie gehen ihm ruhig und schlicht entgegen.

Als die Kompagnie bereits bis zu der Mitte des Berges hinabgestiegen war, lief ein blatternarbiger Soldat mit sonnverbranntem Gesicht, weißem Nacken und einem Ohrring in dem einen Ohr, keuchend auf den Abhang zu. In der einen Hand trug er das Gewehr, mit der anderen stützte er den Tornister. An uns vorbeilaufend, stolperte er und fiel nieder. In der Menge erscholl Gelächter.

„Geben Sie acht, Antonitsch, Fallen bedeutet Schlimmes", sagte der vorlaute Soldat in den blauen Hosen.

Der andere blieb stehen; sein müdes besorgtes Gesicht nahm einen Ausdruck voll heftigsten Ärgers und voll Strenge an.

„Wenn du nur nicht so ein Tropf wärst, aber du bist eben einer," sagte er verächtlich, „dumm über alle Maßen, so ist's." Und er rannte der Kompagnie nach.

Der Abend war ruhig und klar, in den Schluchten schwebten, wie immer, Wolken, aber der Himmel war rein; zwei schwarze Adler zeichneten hoch oben ihre schwungvollen Kreise. Aus der gegenüberliegenden Seite des silbrig schimmernden Arguns wurde der einsame Ziegelturm deutlich sichtbar – unser einziger Besitz in der großen Tschetschnja. In einiger Entfernung vom Turm jagte eine Schar berittener Tschetschenzen die geraubten Pferde das steile Ufer hinauf und wechselte Schüsse mit den Soldaten im Turm.

Als die Kompagnie die Brücke überquert hatte, waren die Tschetschenzen bereits außer Schußweite, aber nichtsdestoweniger zeigte sich bei den Unserigen ein Rauchwölkchen, ein zweites, ein drittes und endlich ein Lauffeuer entlang der ganzen Kompagniefront. Das Knattern der Schüsse gelangte, zur allgemeinen Freude der Zuschauermenge, nach etwa fünfzig Sekunden bis zu unseren Ohren.

„Bravo! Die rennen, rennen, wie sie davonrennen!" hörte man die Menge lachen und Beifall spenden. „Wenn man ihnen schön langsam den Weg in die Berge abgeschnitten hätte, so wären sie ohne Rückzugsmöglichkeit geblieben", sagte der Schwätzer in den blauen Hosen, dessen Gespräche die Aufmerksamkeit aller Zuschauer auf sich zogen.

Die Tschetschenzen sprengten wirklich nach der Salve rascher den Berg hinan; nur einige Dschigiten blieben aus Übermut zurück und wechselten Schüsse mit der Kompagnie. Besonders einer in einer schwarzen Tscherkessenpelerine tummelte sein weißes Roß, scheinbar etwa fünfzig Schritte von den Unseren entfernt, so daß es ärgerlich war, ihm zuzusehen. Ungeachtet des ununterbrochenen Schießens ritt er im Schritt vor der Kompagnie umher; nur hie und da zeigte sich ein Rauchwölkchen neben ihm, und wir vernahmen den kurzen Knall eines Gewehrschusses. Gleich nach dem Schuß ließ er sein Roß einige Sprünge tun und blieb neuerdings stehen.

„Hat wieder geschossen, der Schuft," sprachen die Leute neben uns, „seht nur den Lumpen, fürchtet sich gar nicht." – „Er kennt so ein Wort", bemerkte der Schwätzer. „Getroffen, getroffen, Brüderchen", ertönten freudige Ausrufe, „bei Gott, einer ist getroffen! Das ist fein. Ei, fein! Die Pferde haben wir zwar nicht zurückbekommen, aber wenigstens einen von den Teufeln haben sie umgebracht! Da hast du nun deine Possenreißerei!"

Bei den Tschetschenzen zeigte sich plötzlich eine besonders rege Bewegung, als würden sie einen Verwundeten aufheben, und ein Pferd ohne Reiter rannte vor ihnen her. Die Begeisterung der Menge erreichte bei diesem Anblick die äußersten Grenzen. Die Leute lachten und klatschten. Hinter dem letzten Vorsprung verschwanden die Tschetschenzen endgültig und die Kompagnie blieb stehen.

„Nun, das Schauspiel ist zu Ende", sprach mein Bekannter zu mir. „Gehen wir Tee trinken."

„He Brüder, mir scheint, sie haben einen von den Unseren getroffen," sagte ein alter Mann in diesem Augenblick, der, die Augen mit der Hand beschirmend, die zurückkehrende Kompagnie beobachtete. „Sie tragen jemanden."

Wir beschlossen, die Rückkehr der Kompagnie abzuwarten.

Der Kompagniekommandant ritt voraus, nach ihm gingen die Sänger und sangen eines der lustigsten, übermütigsten kaukasischen Lieder. Auf den Gesichtern der Soldaten und des Offiziers fiel mir ein besonderer Ausdruck von Selbstbewußtsein und Stolz auf.

„Haben Sie eine Zigarette, meine Herren?" sagte N., der auf uns zuritt. „Ich möchte schrecklich gern rauchen."

„Nun, wie war's?" fragten wir ihn.

„Der Teufel hol' sie mitsamt ihren Pferden", erwiderte er, indem er die Zigarette anzündete. „Sie haben Bondartschuk verwundet."

„Was für einen Bondartschuk?"

„Den Riemer, den ich zu Ihnen geschickt habe, um den Sattel zu richten.“

„Ich weiß schon, der Blonde.“

„Ein braver Soldat war das. Er war die Stütze der ganzen Kompagnie.“

„Ist er denn schwer verwundet?“

„Hier, ein Durchschuß“, und er zeigte auf den Bauch.

Hierauf erschien hinter der Kompagnie eine Gruppe Soldaten, die den Verwundeten auf einer Bahre trugen. „Halte nur das eine Ende, Filippitsch,“ sagte einer der Träger, „ich gehe trinken.“ Der Verwundete bat gleichfalls um Wasser. Die Bahre blieb stehen. Hinter ihren Rändern sah man nur in die Höhe gezogene Knie und eine weiße Stirn unter einer alten Mütze.

Zwei Weiber begannen plötzlich, Gott weiß warum, zu heulen, und in der Menge ließen sich undeutliche Ausrufe des Mitleids vernehmen, die im Verein mit dem Stöhnen des Verwundeten einen schweren, traurigen Eindruck hervorriefen. „So ist das Leben von unsereinem“, sagte zungenschnalzend der redegewandte Soldat mit den blauen Hosen.

Wir traten herbei, um den Verwundeten zu sehen. Das war eben jener blonde Soldat mit dem Ohrring, der der Kompagnie nachgelaufen und dabei gestolpert war. Er schien magerer und um einige Jahre älter geworden zu sein; im Ausdruck seiner Augen und in der Falte seiner Lippen lag etwas Besonderes. Der Gedanke an die Nähe des Todes hatte schon seine schönen, ruhig erhabenen Züge in dieses einfache Gesicht geprägt.

„Wie fühlst du dich?“ wurde er gefragt.
„Schlimm, Euer Wohlgeboren!“ sagte er und bewegte mit Anstrengung seine schwer gewordenen, jedoch hell glänzenden Augen.

„Mit Gottes Hilfe wirst du dich erholen!“

„Einmal muß man ja doch sterben“, erwiderte er, die Augen schließend.

Die Bahre setzte sich in Bewegung, der Sterbende wollte aber noch etwas hinzufügen. Wir traten neuerdings zu ihm hin.

„Euer Wohlgeboren,“ sagte er zu meinem Bekannten, „ich habe Steigbügel gekauft, sie liegen bei mir unter der Pritsche; von Ihrem Geld ist nichts mehr zurückgeblieben!“

Am nächsten Morgen gingen wir in das Spital, um den Verwundeten zu besuchen.

„Wo ist der Soldat der achten Kompagnie?" fragten wir.

„Was für einer, Euer Wohlgeboren?" fragte seinerseits ein bleicher, abgezehrter Soldat, mit verbundenem Arm, der an der Tür stand.

„Sie fragen wahrscheinlich nach dem, der gestern von dem Rummel gebracht worden ist", sagte eine schwache Stimme von einem Krankenbett her.

„Ist fortgetragen worden."

„Hat er etwas vor dem Tode gesprochen?" erkundigten wir uns.

„Nichts, Euer Wohlgeboren, nur schwer geatmet hat er", antwortete die Stimme auf dem Krankenbett. „Er ist neben mir gelegen, hat so schlecht gerochen, Euer Wohlgeboren, schrecklich."

— —

Groß sind die Schicksale des slawischen Volkes. Nicht umsonst ist ihm diese ruhige Seelenstärke verliehen, diese große Einfachheit und die Unbewußtheit der Kraft.

Onkelchen Shdanow
und der Kavalier Tschernow
(1854)

Arbeitsübersetzung
für die Tolstoi-Friedensbibliothek[1]

Erste Fassung[2] |

Im Jahre 1828 wurden 25 Rekruten in eine der Artilleriekompanien an der kaukasischen Linie gebracht. Es waren allesamt junge Männer – fleischig, unbeholfen, mit weißen kahlgeschorenen Köpfen und stumpfen, fetten Gesichtern. Unter ihnen fiel nur Tschernow auf, ein großer Mann mit rostrotem Schnurrbart und geschickten, selbstbewussten Bewegungen. Tschernow trug ein rosa Hemd, spielte Balalaika, tanzte und scherzte und lachte ständig. Die Gefährten erlagen unwillkürlich seinem Einfluss, sie gehorchten ihm und versuchten, ihn zu imitieren, aber die Fröhlichkeit der anderen Rekruten war irgendwie unbeholfen und kläglich. – Es gab nur einen Rekruten, der nie versuchte, sich mit Wein, Balalaika und Lachen zu betäuben; er verbarg seinen Kummer nicht, sondern gab sich ihm aufrichtig hin. Er war ein kleiner, blonder Kerl mit großen blauen Augen; er näherte sich nie seinen Kameraden, trank nie, redete nie, hörte nie zu, sondern setzte sich mit ewig gesenktem Kopf hin, holte ein Klappmesser, seinen einzigen Besitz, hervor, nahm einen Stock, schnitzte daran und weinte. – Woran hat er gedacht, worüber hat er geweint? Gott weiß es.

Seine Kameraden quälten ihn und brachten ihn zum Trinken. Er wurde betrunken und weinte noch mehr und redete vor sich hin. Sie wollten, dass er auch eine Runde gibt. Er weigerte sich. Sie bedrängten ihn, und er gab die letzten zwei Rubel und weinte wieder. Als die Rekruten in die Kompanie gebracht wurden, sagte der Unter-

---

[1] Textquelle | Nach der Sowjetischen Tolstoi-Gesamtausgabe (‚PSS Band 3, S. 271-273') übertragen ins Deutsche mit dem Programm deepL.com/de/translator; vom TFb-Herausgeber redigiert unter vergleichender Heranziehung der im bibliographischen Anhang ausgewiesenen Übersetzung von Georg Schwarz.
[2] [Von Tolstoi ist diese erste Fassung durchgestrichen worden.]

offizier zum Feldwebel, dass die Rekruten starke Soldaten sein würden.

Zweite Fassung |
Ich möchte eine einfache Geschichte von zwei Menschen erzählen,
die ich lange Zeit kannte und die mir so nahe standen, wie man nur
Kameraden kennt. Einen von ihnen habe ich sehr geliebt, und über
das Schicksal des anderen habe ich oft bitterlich nachgedacht. – Sie
waren zwei Soldaten in der Batterie, in der ich als Junker im Kaukasus diente, und beide sind nicht mehr in dieser Welt. Im Jahre 1828
wurden sie mit einer Gruppe von Rekruten an die Front gebracht.

Einer von ihnen, Tschernow, [stammte ab von Hofgesinde und]
kam aus dem Gouvernement Saratow, war ein großer, schlanker
Mann mit einem schwarzen Schnurrbart und keck umherschauen-
den Augen. Tschernow trug ein rosa Hemd – er spielte Balalaika,
tanzte, trank Wodka und sorgte für die Unterhaltung seiner Kameraden.

Ein anderer Rekrut, Shdanow, aus der Bauernschaft derselben
Provinz, war ein kleiner, fleischiger Kerl von etwa neunzehn Jahren,
mit großen, runden, blauen Augen und einem weißblonden gescho-
renen Hinterkopf.

Shdanow besaß vier Hemden, ein Klappmesser und zwanzig
Kopeken. Er konnte seine Gefährten nicht bewirten, aber wie sie versuchte er, sich mit Wein und Fröhlichkeit zu betäuben. Seine Fröhlichkeit war jedoch irgendwie unbeholfen [gehemmt] und erbärm-
lich. Einmal machten sie ihn betrunken, und er tanzte auf den Ze-
henspitzen wie ein Soldat, doch plötzlich weinte er, warf sich
Tschernow an den Hals und begann ein Liedchen zu singen, so dass
alle lachten. Am nächsten Tag gab er einen [Achtelstof] aus und
weinte wieder. Die meiste Zeit schlief er, und wenn er nicht schlief,
kam er zu Tschernow und hörte sich mit offenem Mund seine Geschichten und Witze an und lachte dabei unentwegt.

Der Unteroffizier, der die Gruppe führte und den Shdanow mehr
fürchtete als das Feuer, sagte zu dem Feldwebel in der Kompanie:
„Tschernow und die anderen sind gut, aber Shdanow ist ein Narr
und wird viel Prügel beziehen. Und in der Tat bekam Shdanow viele

Schläge. Er wurde in der Ausbildung geschlagen, bei der Arbeit geschlagen, in der Kaserne geschlagen. Seine Sanftmut und sein Mangel an Redegewandtheit vermittelten seinen Vorgesetzten einen sehr ungünstigen Eindruck von ihm; und Rekruten haben viele Vorgesetzte: jeder Soldat, der ein Jahr älter ist als er, jeder Soldat gängelt ihn, wohin und wie es ihm gefällt.

Der Übergang von der schwachen Überwachung der Rekruten zur Strenge und sogar Ungerechtigkeit in der Behandlung der jungen Soldaten im Feld verwirrte den armen Shdanow zunächst völlig. Er stellte sich vor, dass er sehr schlecht sei und versuchen müsse, besser zu werden; also begann er, sich anzustrengen. Er wurde eifrig bis zur Dummheit, was seine Situation jedoch nur noch mehr verschlimmerte. Er hatte keinen einzigen Augenblick Ruhe: Jeder Soldat herrschte über ihn wie über einen dummen Jungen und glaubte, das Recht zu haben, von ihm zu verlangen, was er schon aus freien Stücken tat, und ihn gegebenenfalls zu belangen. Als er schließlich begriff, dass sein Fleiß nur seiner Stellung schadete, war er verzweifelt. „Was ist es denn nun wirklich!“, dachte er. „Was kann ich tun? Das ist also Soldatentum!“ – Und der Arme konnte keine Lösung finden und weinte bitterlich des Nachts auf seiner Pritsche.

Dieser Gemütszustand hielt nicht lange an – es gab wirklich keinen Ausweg. Das Einzige, was blieb, war: zu ertragen. Und er ertrug nicht nur klaglos, sondern auch mit der Überzeugung, dass es seine Pflicht war, auszuhalten und durchzuhalten.

Man trieb ihn zum Training hinaus – er ging hin; sie gaben ihm einen Beilsäbel in die Hand und befahlen ihm, mit diesem auf ganz bestimmte Weise zu hantieren – er tat es, so gut er konnte; er wurde geschlagen – er duldete standhaft. Sie schlugen ihn nicht etwa, damit er es besser machte, sondern weil er ein Soldat war, und ein Soldat muss geschlagen werden. Sie schickten ihn zur Arbeit, er ging hin und arbeitete, und er wurde geschlagen; abermals wurde er nicht deshalb geschlagen, damit er mehr oder besser arbeitete, sondern weil es eben Usus war. Er verstand dies. Wenn die Arbeit oder das Exerzieren beendet waren, ging er zum Kessel, nahm ein Stück Brot, setzte sich in einiger Entfernung hin und biss in sein Stück, ohne an etwas zu denken. Sobald ein Gedanke in seinem Kopf auftauchte, erschrak er, als handele es sich um eine unreine Besessenheit, und versuchte zu schlafen.

Wenn ein älterer Soldat sich ihm näherte, nahm er seine Mütze ab, stand schnurgerade und war bereit, mit voller Geschwindigkeit dorthin zu eilen, wohin es ihm befohlen würde; und wenn ein Soldat die Hand erhob, um sich am Hinterkopf zu kratzen, erwartete er bereits Schläge, kniff die Augen zu und zuckte im Gesicht.

Jermak und die Eroberung Sibiriens

Ермак | Jermak:
Nacherzählung für Kinder, 1862/1872[1]

Unter der Regierung des Zaren Iwan Wassiljewitsch des Grausamen lebten in der Stadt Permj am Flusse Kama die reichen Kaufherren Stroganow. Sie hörten, daß es am Flusse Kama hundertvierzig Werst im Umkreise gutes Land gäbe: Äcker, die noch kein Mensch gepflügt hatte, dichte Wälder, in denen noch kein Baum abgeholzt worden war. In den Wäldern gäbe es viel Wild und längs des Flusses fischreiche Seen; in diesem Lande wohne aber niemand, nur die Tataren kämen ab und zu hin.

Die Stroganows schrieben dem Zaren einen Brief: „Gib uns dieses Land, wir wollen da Städte bauen, Menschen ansammeln, das Land besiedeln und den Tataren den Weg versperren."

Der Zar ging darauf ein und gab ihnen das Land. Die Stroganows sandten ihre Bevollmächtigten aus, um Volk zu sammeln. Und es kamen zu ihnen viele Landstreicher. Einem jeden, der kam, wiesen die Stroganows ein Stück Land und Wald zu, gaben ihm auch Vieh, erhoben aber keinerlei Steuern: leb', wie du willst, wenn es aber nötig ist, mußt du mit den anderen gegen die Tataren ziehen. Und so wurde dieses Land von Russen besiedelt.

Es vergingen an die zwanzig Jahre. Die Kaufherren Stroganow waren noch reicher geworden, und das Land von hundertvierzig Werst im Umkreise genügte ihnen nicht mehr. Sie wollten noch mehr Land haben. Hundert Werst weiter erhob sich das mächtige Uralgebirge, und hinter diesem Gebirge gab es, wie sie hörten, gutes Land, das gar keine Grenzen hatte. Dieses Land gehörte aber dem

---

[1] Textquelle | Leo TOLSTOI: *Jermak und die Eroberung Sibiriens.* In: Leo TOLSTOI: Ausgewählte Erzählungen für die Jugend (enthält noch: Wovon die Menschen leben. Die Wallfahrer. Meine Hunde. Die Bärenjagd. Der Gefangene im Kaukasus). Mit Illustrationen von W. Masjutin. = ‚Rechts Jugendbücher' Band 3. München: O. C. Recht Verlag 1922. [122 Seiten] [Online-Ausgabe des Buches: projekt-gutenberg.org].

sibirischen Fürsten Kutschum. Kutschum hatte sich einst dem russischen Zaren unterworfen, sich aber dann gegen ihn aufgelehnt und drohte die Stroganowschen Städte zu zerstören.

Nun schrieben die Stroganows dem Zaren: „Du hast uns das Land gegeben, und wir haben es für Dich erobert. Jetzt lehnt sich aber der falsche Zar Kutschum gegen Dich auf, er will uns das Land wegnehmen und uns zugrunde richten. Befiehl uns, das Land hinter dem Uralgebirge zu besetzen; wir werden den Kutschum bekriegen und sein ganzes Land für Dich erobern.“ Der Zar ging darauf ein und antwortete: „Wenn Ihr die Macht habt, so nehmt Kutschum das Land weg! Daß Ihr mir aber nicht zu viel Volk aus Rußland zu Euch herüberlockt!“

Als die Stroganows vom Zaren den Brief erhielten, sandten sie ihre Bevollmächtigten aus, um noch mehr Volk zu sammeln. Sie befahlen ihnen, hauptsächlich Kosaken von der Wolga und vom Don anzuwerben. Um jene Zeit trieben sich aber an der Wolga und am Don viele Kosaken herum. Sie sammelten sich zu Banden zu zweihundert, dreihundert, sechshundert Mann, wählten sich einen Hauptmann, fuhren in Barken auf den Flüssen herum und plünderten; im Winter schlugen sie aber Lager an den Ufern auf.

Die Bevollmächtigten kamen an die Wolga und fragten herum, was für Kosaken es hier gäbe. Man sagte ihnen: „Es gibt viel Kosaken. Sie setzen uns furchtbar zu. Es gibt einen Mischka Tscherkaschenin, es gibt einen Sary-Asman … Aber am schlimmsten ist der Hauptmann Jermak Timofejewitsch. Er hat tausend Mann unter sich, und nicht nur das Volk und die Kaufleute fürchten ihn, sondern auch das Heer des Zaren wagt nicht, ihm nahe zu kommen.“

So fuhren die Bevollmächtigten zum Hauptmann Jermak und begannen, ihn zu überreden, zu den Stroganows zu ziehen. Jermak empfing die Bevollmächtigten, hörte ihre Reden an und versprach, um Mariä Himmelfahrt mit seinem Volke zu kommen.

Um Mariä Himmelfahrt kamen zu den Stroganows die Kosaken, sechshundert Mann, mit dem Hauptmann Jermak Timofejewitsch. Stroganow ließ sie gegen die nächsten Tataren los. Die Kosaken schlugen sie. Als sie dann nichts mehr zu tun hatten, fingen sie an, sich in der Gegend herumzutreiben und zu plündern.

Stroganow ließ Jermak zu sich kommen und sagte: „Ich kann euch nicht länger behalten, wenn ihr euch so benehmen werdet.“

Und Jermak antwortete: „Ich bin dessen selbst nicht froh, aber meine Leute lassen sich nicht im Zaume halten, sie sind außer Rand und Band. Gib uns eine Arbeit!" Da sagte Stroganow: „Geht hinter den Ural, bekriegt den Kutschum und erobert sein Land! Euch wird auch der Zar belohnen." Und er zeigte Jermak den Brief des Zaren. Jermak freute sich darüber. Er versammelte die Kosaken und sagte:

„Ihr tut mir vor dem Kaufherrn Schande an, denn ihr plündert ohne jeden Sinn. Wenn ihr nicht aufhört, jagt er euch davon; was werdet ihr dann anfangen? An der Wolga stehen viele Regimenter des Zaren, man wird uns alle abfangen und auch für die früheren Taten bestrafen. Wenn ihr euch aber langweilt, so gibt es Arbeit für euch."

Und er zeigte ihnen den Brief, mit dem der Zar den Stroganows erlaubte, das Land hinter dem Ural zu erobern. Die Kosaken überlegten und willigten ein. Nun ging Jermak zu Stroganow und beriet sich mit ihm, wie sie ziehen sollten.

Sie besprachen, wieviel Barken man brauchte, wieviel Brot, Vieh, Gewehre, Pulver, Blei, wieviel gefangene Tataren als Dolmetscher und wieviel deutsche Büchsenmeister.

Stroganow denkt sich: „Es kommt mir zwar nicht billig zu stehen, aber ich muß ihm das alles geben, denn wenn sie hier bleiben, richten sie mich zugrunde." Stroganow ging auf alles ein, schaffte alles an und rüstete Jermak und die Kosaken aus.

Am 1. September 1579 zogen die Kosaken mit Jermak an der Spitze auf zweiunddreißig Barken den Fluß Tschussowaja hinauf; in jeder Barke waren zwanzig Mann. Sie ruderten vier Tage die Tschussowaja hinauf und kamen in den Silbernen Fluß. Weiter konnten sie nicht mehr rudern. Sie fragten die Führer aus und erfuhren, daß sie hier über die Berge ziehen und dann noch zweihundert Werst auf dem Landwege gehen mußten; dann würden wieder Flüsse kommen. Die Kosaken machten hier halt, schlugen ein Lager auf und luden ihre ganze Ausrüstung aus; sie ließen ihre Barken stehen, bauten sich Wagen, packten alles ein und zogen auf dem Landwege über die Berge. Die Gegend war waldreich, und es wohnten gar keine Menschen da. Sie gingen an die zehn Tage auf dem Landwege und gerieten an den Fluß Scharownja. Hier machten sie wieder halt und begannen Barken zu bauen. Sie bauten sich Barken und fuhren den Fluß hinunter. Sie fuhren fünf Tage, die Gegend wurde noch schöner: Wiesen, Wälder, Seen. Es gab da viel Fische und Wild, und die Tiere fürchteten die Menschen noch nicht. Sie fuhren noch einen Tag und kamen in den Fluß Tura. Hier, längs dieses Flusses stießen sie auf Menschen und auf Tatarenstädte.

Jermak sandte seine Kosaken aus, um eine der Städte anzuschauen, was es für eine Stadt sei und ob viele Bewaffnete in ihr wären. An die zwanzig Kosaken gingen hin, scheuchten die Tataren auf, eroberten die Stadt und erbeuteten das ganze Vieh. Einen Teil der Tataren erschlugen sie, und einen Teil brachten sie gefangen mit.

Jermak befragte die Tataren durch die Dolmetscher: was sie für Menschen seien und unter wessen Gewalt sie lebten? Die Tataren antworteten, daß sie zum Zarenreich Sibirien gehörten und daß Kutschum ihr Zar sei.

Jermak ließ die Tataren laufen und nahm nur drei von ihnen, die klüger als die anderen schienen, mit, damit sie ihm den Weg zeigten.

Sie fuhren mit ihren Barken weiter. Je weiter sie kamen, um so breiter wurde der Fluß und um so schöner die Gegend.

Sie stießen auf immer mehr Volk. Das Volk war aber schwach. Und die Kosaken eroberten alle Städte, die am Flusse lagen.

In einer der Städte nahmen sie viele Tataren gefangen, darunter auch einen alten, geachteten Mann. Sie fingen an, diesen Tataren auszufragen, was er für ein Mensch sei, und er sagte: „Ich heiße Tausik, ich bin ein Knecht meines Herrn Kutschum und von ihm als Befehlshaber dieser Stadt eingesetzt."

Jermak befragte Tausik über seinen Zaren. Ob es nach dessen Stadt Sibirj noch weit sei? Ob Kutschum ein starkes Heer und viele Reichtümer habe? Tausik erzählte ihm alles. Er sagte: „Kutschum ist der erste Zar in der Welt. Seine Stadt Sibirj ist die größte Stadt in der Welt. In dieser Stadt gibt es soviel Menschen und Vieh wie Sterne am Himmel. Und das Heer des Zaren Kutschum ist ohne Zahl: alle Zaren zusammen werden ihn nicht besiegen können."

Jermak aber sagte: „Wir Russen sind hergekommen, um deinen Zaren zu besiegen und seine Stadt zu erobern und dem russischen Zaren zu unterwerfen. Wir haben ein großes Heer. Die mit mir gekommen sind, sind nur die Vorhut, hinten kommen aber noch mehr in Barken nach, und alle haben Gewehre. Unsere Gewehre schlagen aber einen Baum durch, ganz anders als eure Bogen und Pfeile. Da, schau!"

Und Jermak feuerte auf einen Baum, der Baum spaltete sich, und die Kosaken fingen an, von allen Seiten zu feuern. Tausik fiel vor Schreck in die Kniee. Und Jermak sagte zu ihm: „Geh' nun zu deinem Zaren Kutschum und sage ihm, was du gesehen hast. Soll er sich unterwerfen, und wenn er sich nicht unterwirft, so machen wir auch ihm den Garaus." Und er ließ Tausik frei.

Die Kosaken fuhren in ihren Barken weiter. Sie kamen in den großen Strom Tobol und näherten sich immer mehr der Stadt Sibirj. Wie sie zum Flüßchen Babassan kamen, sahen sie am Ufer eine kleine Stadt stehen und um die Stadt herum viele Tataren lagern.

Sie schickten einen Dolmetsch zu den Tataren, um zu erfahren, was es für Menschen seien. Der Dolmetsch kam zurück und sagte: „Hier hat sich das Heer Kutschums versammelt. Der Befehlshaber ist aber der Schwiegersohn Kutschums, Mametkul selbst. Er sprach mit mir und ließ euch sagen, ihr solltet umkehren, sonst werde er euch alle umbringen."

Jermak versammelte die Kosaken, stieg ans Ufer und fing an, auf die Tataren zu feuern. Als die Tataren die Schüsse hörten, ergriffen sie sofort die Flucht. Die Kosaken setzten ihnen nach, erschlugen einen Teil und nahmen einen Teil gefangen. Mametkul selbst entkam mit knapper Not.

Die Kosaken ruderten weiter. So kamen sie in den breiten und schnellen Strom Irtysch. Sie ruderten einen Tag auf diesem Strom, erreichten eine hübsche Stadt und machten halt. Die Kosaken gingen auf diese Stadt zu. Sobald sie näher kamen, fingen die Tataren an, mit Pfeilen zu schießen, und verwundeten drei Kosaken. Jermak schickte einen Dolmetsch zu den Tataren, um ihnen zu sagen, sie möchten ihm die Stadt übergeben, sonst würden sie alle umkommen. Der Dolmetsch ging hin, kehrte zurück und sagte: „Hier wohnt der Knecht Kutschums, Atik-Mursa-Katschara. Er hat ein großes Heer und sagt, er werde die Stadt nicht übergeben."

Jermak versammelte die Kosaken und sagte:

„Nun, Kinder, wenn wir diese Stadt nicht nehmen, werden die Tataren frohlocken. Und sie werden uns nicht weiterziehen lassen. Je mehr Angst wir ihnen aber einjagen, um so leichter werden wir es haben. Steigt alle aus und stürmt alle auf einmal vorwärts!" So machten sie es auch. Es waren hier aber viele Tataren versammelt, und diese Tataren waren tapfer.

Als die Kosaken vorwärts stürmten, fingen die Tataren an, mit ihren Bogen zu schießen. Sie überschütteten die Kosaken mit Pfeilen. Einen Teil töteten sie, einen Teil verwundeten sie.

Nun wurden auch die Kosaken wütend. Sie rückten näher heran und erschlugen alle Tataren, die ihnen in den Weg kamen.

In dieser Stadt fanden die Kosaken große Reichtümer: Vieh, Teppiche, Felle und viel Honig. Sie beerdigten ihre Toten, ruhten aus, nahmen die Beute mit und ruderten weiter. Sie sind noch gar nicht weit gekommen, da sehen sie: am Ufer steht etwas wie eine Stadt, es lagert ein Heer ohne Zahl und Ende, das Lager ist von einem Graben umgeben, und der Graben ist mit umgehauenen Bäumen angefüllt. Die Kosaken machten halt und überlegten. Jermak versammelte die Kosaken in einem Kreise um sich und fragte: „Na, Kinder, was sollen wir machen?"

Die Kosaken hatten Angst. Die einen sagten: wir müssen vorbeirudern; die anderen sagten: umkehren.

Und sie fingen an, zu murren und auf Jermak zu schimpfen. Sie sagten: „Wozu hast du uns hergeführt? Da hat man schon so viele von uns erschlagen und so viele verwundet, wir werden hier alle umkommen." Und sie fingen zu weinen an.

Jermak sagte nun zu seinem Gehilfen, Iwan Kolzo: „Nun, Wanja, was meinst du?" Und Kolzo antwortete: „Was ich meine? Wenn wir heute nicht umkommen, so morgen, und wenn nicht morgen, so sterben wir unnütz daheim. Ich meine, wir müssen ans Ufer steigen, gegen die Tataren losstürmen und auf Gott bauen."

Und Jermak sagte: „Du bist ein kühner Bursch, Wanja! Ja, so soll man es machen. Hört, Kinder! Ihr seid keine Kosaken, sondern Weiber. Ihr versteht wohl nur Fische zu fangen und die Tatarenweiber zu schrecken. Seht ihr es denn nicht selbst? Wenn wir umkehren, machen sie uns den Garaus; wenn wir vorbeirudern, machen sie uns den Garaus; auch wenn wir hier stehen bleiben, machen sie uns den Garaus. Wo sollen wir nun hin? Wenn man sich einmal ordentlich anstrengt, hat man es später leichter. So ist es, Kinder: mein Väterchen hat einmal eine kräftige Stute gehabt. Bergab fuhr sie gut, auf ebener Erde fuhr sie gut; wenn es aber galt, bergauf zu fahren, wurde sie störrisch und machte kehrt: sie glaubte, so werde sie es leichter haben. Da nahm Väterchen eine dicke Stange und schlug ihr mit der Stange den Buckel voll. Sie wand sich und drehte sich und zerschlug den ganzen Wagen. Väterchen spannte sie aus und schindete ihr die Haut herunter. Hätte sie aber den Wagen gezogen, so wäre ihr diese Qual erspart geblieben. So ist es auch mit uns, Kinder. Es bleibt uns nur das eine übrig: auf die Tataren loszustürmen.“

Die Kosaken fingen zu lachen an und sagten: „Du bist wohl klüger als wir, Timofejewitsch. Uns Narren braucht man gar nicht zu fragen. Führe uns, wohin du willst. Zwei Tode gibt es nicht, und einem Tod kann man nicht entrinnen.“ Und Jermak sagte: „Also hört, Kinder! So wollen wir es machen. Sie haben uns noch nicht alle gesehen. Wollen wir uns in drei Haufen teilen. Der eine Haufe wird gerade auf sie losstürmen, und die beiden anderen sollen nach rechts und links marschieren. Wenn sie den mittleren Haufen erblicken, werden sie glauben, es seien alle, und werden gegen ihn losziehen. Da werden wir sie aber an den Flanken angreifen. So ist es, Kinder. Wenn wir mit diesen fertig werden, haben wir niemand mehr zu fürchten, dann werden wir selbst Zaren sein.“

So machten sie es auch. Als der mittlere Haufe mit Jermak näher kam, erhoben die Tataren ein Geschrei und zogen los; nun schlug von rechts Iwan Kolzo drein und von links – der Hauptmann Meschtscherjak. Die Tataren erschraken und ergriffen die Flucht. Die Kosaken metzelten alle nieder. Niemand wagte nun Jermak zu widerstehen. So zog er in die Stadt Sibirj ein. Und Jermak setzte sich in dieser Stadt fest wie ein Zar.

Die kleineren Fürsten kamen alle zu Jermak, um ihm ihre Ergebenheit zu bezeigen. Andere Tataren kamen herbei und siedelten sich in Sibirien an; aber Kutschum und sein Schwiegersohn Mametkul fürchteten, gegen Jermak zu ziehen; sie gingen immer im Kreise herum und überlegten sich, wie ihm den Garaus zu machen.

Im Frühjahr, zur Überschwemmungszeit, kamen die Tataren zu Jermak gelaufen und sagten: „Mametkul zieht wieder gegen dich, er hat ein großes Heer angesammelt und steht am Flusse Wagai.“

Jermak zog durch die Flüsse, Sümpfe, Bäche und Wälder, schlich sich mit den Kosaken heran, stürzte sich gegen Mametkuls Heer, tötete viele Tataren, nahm Mametkul selbst gefangen und brachte ihn lebend nach Sibirj. Nun waren schon fast alle Tataren unterworfen, und gegen die, die sich noch nicht unterwerfen wollten, zog Jermak im Sommer; längs der Flüsse Irtysch und Obj eroberte er so viel Land, daß man es in zwei Monaten nicht umgehen kann.

Als Jermak dieses ganze Land erobert hatte, schickte er einen Boten zu den Stroganows mit einem Brief: „Ich habe die Stadt Kutschums erobert und Mametkul gefangen genommen und mir das ganze hiesige Volk unterworfen. Aber ich habe viele Kosaken verloren. Schickt uns noch mehr Leute, damit wir es lustiger haben. Der Reichtum dieses Landes ist aber unermeßlich."

Und er schickte ihnen teures Pelzwerk: Füchse, Marder und Zobel.

Es vergingen zwei Jahre. Jermak hielt immer noch Sibirj besetzt, aber aus Rußland kam keine Hilfe, und Jermak hatte nur noch wenig Russen bei sich.

Einmal schickte der Tatare Karatscha einen Boten und ließ ihm sagen: „Wir haben uns dir unterworfen, uns bedrängen aber die Nogajer. Schicke uns deine tapferen Leute zur Hilfe! Wir werden zusammen die Nogajer bekriegen. Daß wir aber deinen Leuten kein Haar krümmen, das wollen wir dir beschwören."

Jermak glaubte ihrem Schwur und schickte vierzig Mann mit Iwan Kolzo. Wie diese vierzig Mann hinkamen, fielen die Tataren über sie her und töteten sie; nun hatte Jermak noch weniger Kosaken.

Ein anderes Mal schickten Bucharer Kaufleute Jermak die Botschaft, daß sie zu ihm nach Sibirj mit Waren kommen wollten; unterwegs stehe aber Kutschum mit seinem Heer und lasse sie nicht passieren.

Jermak nahm fünfzig Mann und zog aus, um den Bucharern den Weg zu säubern. Er kam zum Flusse Irtysch, traf aber die Bucharer nicht an. Er schlug ein Nachtlager auf. Die Nacht war finster, und es regnete. Kaum hatten sich die Kosaken schlafen gelegt, als plötzlich die Tataren erschienen, sich über die Schlafenden stürzten und auf sie einschlugen. Jermak sprang auf und fing an, sich zu wehren. Man verwundete ihn mit einem Messer an der Hand. Er stürzte sich zum Fluß. Die Tataren setzten ihm nach. Er sprang in den Fluß und ward nicht mehr gesehen. Man fand auch seinen Leichnam nicht, und niemand erfuhr, wie er umgekommen war.

Im nächsten Jahr kam aber das Heer des Zaren, und die Tataren unterwarfen sich.

Der Gefangene im Kaukasus
(1872)

Aus dem Russischen
übersetzt von L. A. Hauff[1]

I. |

Im Kaukasus diente ein Offizier namens Schilin.

Eines Tages erhielt er einen Brief von Hause. Seine alte Mutter schrieb ihm:

„Ich bin jetzt schon sehr alt und schwach geworden und möchte vor meinem Tode noch einmal meinen lieben Sohn wiedersehen. Komm also, von mir Abschied zu nehmen und mich zu begraben, und dann magst Du in Gottes Namen wieder zu Deinem Regiment zurückkehren. Doch habe ich auch eine Braut für Dich ausgesucht, ein sehr kluges und hübsches Mädchen, auch nicht ohne Vermögen. Vielleicht wird sie Dir gefallen und Du wirst sie heiraten, Deinen Abschied nehmen und ganz zu Hause bleiben." –

Schilin bedachte sich nicht lange.

„Wirklich, mit der alten Frau kann es bald zu Ende gehen. – Vielleicht werde ich sie gar nicht wiedersehen. – Also auf jeden Fall muß ich nach Hause! – Und ist die Braut hübsch, die sie mir ausgesucht hat, so kann ich ja am Ende auch heiraten!" –

Er ging zum Oberst, verschaffte sich einen Urlaub, nahm Abschied von den Kameraden und beschenkte seine Mannschaft mit vier Eimern Schnaps zum Lebewohl. Dann traf er rasch seine Vorbereitungen zur Reise.

Damals wütete der Krieg im Kaukasus und die Wege waren weder bei Nacht noch bei Tage sicher. Wenn jemand allein die Festung verließ, sei es zu Fuß oder im Wagen, so wurde er von den Tataren unterwegs überfallen und entweder getötet oder als Gefangener in

---

[1] Textquelle | | Leo N. TOLSTOI: *Der Gefangene im Kaukasus* und andere russische Soldatengeschichten. Aus dem Russischen übersetzt von L. A[lbert]. Hauff. Zweite Auflage. Berlin: Verlag von Otto Janke 1911. [Online-Ausgabe: projekt-gutenberg.org] – Andere Version in: TFb_C010, S. 9-32 (Übersetzer: E. Boehme).

die Berge entführt. Deshalb zogen zweimal wöchentlich von einer Festung zur anderen größere Heeresabteilungen, welche die Reisenden begleiteten.

Es war Sommer. Beim Morgengrauen sammelten sich die Wagen vor der Festung. Die zum Marsche kommandierten Soldaten rückten aus dem Tor, nahmen die Reisenden in ihre Mitte und machten sich auf den Weg.

Schilin war zu Pferde; sein Gepäck wurde im Wagenzug mitbefördert.

Bis zur nächsten Station waren es fünfundzwanzig Werst. Nur langsam bewegte sich der Wagenzug dahin. Bald machten die Soldaten halt, bald ging von einem der Wagen ein Rad los oder wurde ein Pferd störrisch, und jedesmal mußte der ganze Zug deshalb anhalten und warten.

Schon stand die Sonne hoch am Horizont; es war Mittag und kaum die Hälfte des Weges war vom Zug zurückgelegt. Hitze und Staub wurden sehr lästig, die Sonne brannte vom Himmel herab und nirgends war auf der baumlosen kahlen Steppe Schutz gegen ihre Strahlen zu finden. Kein Strauch war am Wege zu sehen.

Schilin ritt voraus und hielt dann und wann an, um den nachfolgenden Zug zu erwarten; aber wieder und wieder gab es neuen Aufenthalt. Voller Ungeduld sagte Schilin endlich zu sich selbst: „Könnte ich denn nicht allein weiterreiten ohne die Soldatenbegleitung? – Das Pferd unter mir ist flink; wenn ich Tataren begegnen sollte, werde ich ihnen leicht entkommen! – Oder soll ich doch lieber nicht allein weiterreiten?“

Er hielt an, um ruhig zu überlegen, als sich ein anderer Offizier zu Pferde und mit einem Gewehr bewaffnet, namens Kostylin, ihm näherte und zurief: „Komm, Schilin, wir reiten voraus! Ich komme hier um vor Hitze und Hunger!“

Kostylin war ein großer, starker Mann mit rotem Gesicht, das in diesem Moment ganz in Schweiß gebadet schien.

Nach kurzer Überlegung fragte Schilin: „Ist Dein Gewehr geladen?“

„Gewiß!“

„Nun, dann vorwärts! – Aber eine Bedingung: Wir trennen uns nicht, keiner verläßt den andern.“

Beide ritten also voraus über die Steppe, unterhielten sich miteinander und spähten dabei aufmerksam nach allen Seiten aus. Sie hatten einen weiten, freien Gesichtskreis vor sich; doch schließlich hörte die Steppe auf und der Weg führte sie zwischen zwei Bergen durch eine Schlucht weiter.

Schilin meinte: „Es ist nötig, auf den Berg hinaufzureiten, um Umschau zu halten; sonst können wir unversehens in der Schlucht überfallen werden!"

Doch Kostylin suchte seine Bedenken zu widerlegen: „Wozu Umschau halten? – Reiten wir nur immer vorwärts!"

Schilin aber wollte nichts davon hören.

„Nein," entgegnete er. „warte hier unten; ich muß hinauf, um zu rekognoszieren!"

Und damit lenkte er sein Pferd links ab den Berg hinauf.

Schilins Stute war ein sogenanntes „Jagdpferd", er hatte es vor kurzem für hundert Rubel vom Pferdezüchter gekauft; es war mutig und feurig. In kurzer Zeit hatte es den Berg erklommen. Kaum war der Reiter auf dem Gipfel angelangt und warf einen flüchtigen Blick in die Runde, so sah er in kurzer Entfernung vor sich tatarische Reiter – es mochten gegen dreißig sein. Schleunigst wandte er sein Pferd; doch schon hatten ihn auch die Tataren entdeckt und verfolgten ihn, indem sie im vollen Jagen die Gewehre aus den Futteralen nahmen.

Schilin galoppierte bergab, so schnell es sein Pferd nur vermochte, und rief Kostylin zu: „Mach Dein Gewehr schußfertig!"

Mit Schrecken dachte er an sein Pferd und ermahnte es: „Mütterchen, tummle dich und mache nur keinen Fehltritt! Wenn du stolperst, bin ich verloren! Wenn ich erst das Gewehr habe, werde ich mich nicht ergeben!"

Kostylin aber hatte nicht sobald die Tataren erblickt, als er, statt zu warten, davonsprengte, so schnell sein Pferd es nur vermochte, der Festung zu. Er hieb mit der Peitsche auf sein Pferd ein, bald auf die eine, bald auf die andere Seite. Durch den feinen Staub sah man, wie sein Pferd mit dem Schweife schlug.

Schilin sah, daß die Sache für ihn schlimm stand. Das Gewehr konnte er nicht mehr erreichen und mit dem Säbel allein ließ sich gegen den Feind nichts ausrichten. Er wandte sein Pferd nach dem Wagenzug, in der Hoffnung, auf diese Weise den Tataren zu entgehen. Doch bald bemerkte er, daß etwa sechs der feindlichen Reiter ihn überholten. Wohl hatte er ein prächtiges Pferd, aber die Gegner waren noch flinker und suchten ihm den Weg abzuschneiden. Er wollte ausweichen, doch war das Pferd schon in vollem Laufe und konnte dem Zügel nicht mehr gehorchen; es flog gerade auf die Tataren zu. Er sah einen derselben mit rotem Barte, auf einem grauen Pferde ihm immer näher kommen. Mit lautem Geschrei zeigte jener die Zähne und hielt sein Gewehr zum Schuß bereit.

„Nun," dachte Schilin, „euch Teufel kenne ich. Wen ihr lebendig fangt, den werft ihr in eine Grube und peitscht ihn mit Knuten. Lebend werde ich mich euch nicht ergeben."

Schilin war nicht von großem Wuchs, aber tapfer. Er zog seinen Säbel und wandte das Pferd gerade dem Tataren entgegen, indem er sich sagte: Entweder werde ich ihn überreiten oder mit dem Säbel vom Pferde herunterhauen!

Aber das Pferd brachte Schilin nicht mehr weiter. In seinem Rücken fielen Schüsse, sein Pferd wurde getroffen, stürzte nieder und Schilin lag mit einem Fuß unter dem Pferd.

Bevor er sich erheben konnte, hatten ihn schon zwei Tataren ergriffen und hielten ihm die Hände auf den Rücken. Er raffte sich auf und warf die beiden zurück. Inzwischen aber waren noch drei der Feinde herangekommen, welche ihn mit Kolbenstößen auf den Kopf niederschlugen. Es wurde ihm dunkel vor den Augen und er taumelte. Jene nahmen von ihren Sätteln Stricke, mit denen sie ihm die Hände auf den Rücken mit einem tatarischen Knoten banden. Die Stricke befestigten sie dann an einem Sattel. Seine Mütze wurde ihm vom Kopf gerissen, die Stiefel ausgezogen, alle Taschen durchsucht, Geld und Uhr ihm abgenommen und die Kleider zerrissen. Schilin sah sich nach seinem Pferde um. Dasselbe war vergeblich bemüht, sich aufzurichten; es fiel auf die Seite und blieb liegen. Die Stirn zeigte eine Wunde, aus der sich ein Strom von Blut ergoß; eine Arschina im Umkreis war der Staub des Weges von dem Blut gerötet.

Einer der Tataren ging zu dem gefallenen Pferde und machte sich daran, den Sattel abzunehmen. Das Pferd schlug noch immer um sich. Da ergriff er seinen Dolch und stieß ihn dem Tier in die Kehle. Keuchend streckte das Pferd die Beine von sich und lag regungslos da.

Sattel und Riemenzeug nahmen die Tataren mit sich. Der Rotbärtige bestieg wieder sein Pferd, die anderen hoben Schilin hinter jenem in den Sattel und banden ihn an demselben fest, damit er nicht herabfallen konnte. Dann ging's fort in die Berge.

Während Schilin hinter dem Tataren saß, fiel sein Gesicht jeden Augenblick auf dessen breiten Rücken. Er vermochte nur diesen und den kräftigen glattrasierten bläulichen Nacken des Feindes zu sehen unter einer braunen Mütze von Lammfell. Schilin war am Kopfe verwundet, das Blut floß ihm über die Augen herab; er vermochte weder seinen Sitz zu verändern noch das Blut abzuwischen, so fest waren ihm die Hände gebunden, daß ihn die Gelenke schmerzten.

Lange währte dieser Ritt von Berg zu Berg. Sie passierten ein angeschwollenes Flüßchen und gelangten dann auf eine Straße, welche zwischen zwei Hügeln dahinführte. Schilin versuchte, sich den Weg zu merken, auf welchem er entführt wurde; doch seine Augen waren mit Blut überschwemmt und er vermochte nicht, sich zu rühren. Schon begann es zu dunkeln; wieder setzten sie über einen Fluß, dann ging es einen steinigen Berg hinan, und Rauch stieg auf, Hunde bellten, sie hatten einen Tatarenaul erreicht.

Man hob Schilin vom Pferde herab; ein Haufen von Kindern sammelte sich und umringte neugierig den Gefangenen, den sie unter Triumphgeschrei mit Steinen bewarfen. Der rotbärtige Krieger jagte die Kinder fort und rief nach einem Knecht. Ein Nogajer mit hervortretenden Backenknochen zeigte sich in blauem Hemde, welches zerrissen war und seine ganze Brust entblößt ließ. Auf einen Befehl seines Herrn brachte der Nogajer einen Fußblock herbei, einen Holzklotz mit zwei eisernen Ringen, an deren einem ein Schloß angebracht war.

Schilin wurden die Hände losgebunden, dafür aber der Fußblock angelegt und er danach in eine Scheune gebracht, deren Tür man hinter ihm verschloß. Er fiel auf Pferdedünger. Eine Zeitlang lag er unbeweglich wie besinnungslos, dann suchte er, in der Dunkelheit umhertastend, sich einen besseren Platz, auf dem er sich ausstreckte.

II

Fast während der ganzen Nacht fand Schilin keinen Schlaf. Die Nacht war kurz in dieser Jahreszeit. Durch eine Ritze gewahrte er, wie der Tag anbrach; er stand auf, stellte sich dicht an die Spalte und blickte hinaus. Er entdeckte einen Weg, der längs des Berges hinführte, an demselben eine tatarische Saklja (Hütte), neben welcher zwei Bäume hervorragten. Ein schwarzer Hund lag auf dem Wege und eine Ziege sprang mit ihren beiden Jungen schweifwedelnd vorüber. Weiterhin sah er eine junge Tatarin den Berg herabsteigen. Sie trug ein buntes Hemd, mit Gürtel, Beinkleider und Stiefel und auf dem Kopf ein großes, blechernes Wassergefäß. Mit raschen tänzelnden Schritten kam sie näher und führte an der Hand einen kleinen Knaben in rotem Hemd, mit geschorenem Kopf. Sie trug das Wasser in die Hütte, aus welcher gleich darauf der von gestern her bekannte rotbärtige Tatar trat. Dieser trug jetzt einen seidenen Halbrock und an einem Riemen einen silbernen Dolch, Schuhe an den bloßen Füßen, auf dem Kopf eine hohe schwarze Lammfellmütze, welche sich nach hinten zurückbog. Er gähnte, strich sich den roten Bart, gab seinem Diener verschiedene Aufträge und entfernte sich. Dann ritten zwei Knaben auf Pferden vorbei in die Schwemme. Noch einige Knaben liefen vorbei mit geschorenem Kopfhaar und nur mit einem Hemd bekleidet. Der ganze Trupp näherte sich der Scheune, dann nahmen sie eine Stange und stießen diese durch die in der Wand befindliche Ritze. Schilin antwortete mit einem drohenden Brummen, worauf sie eiligst davonliefen und dabei ihre glänzenden nackten Knie zeigten.

Schilin empfand heftigen Durst; seine Kehle war wie ausgetrocknet, und mit Ungeduld wartete er, daß jemand käme, um nach ihm zu sehen. Endlich vernahm er, wie die Scheune aufgeschlossen wurde. Der rotbärtige Tatar erschien in der Tür und neben ihm ein anderer von kleinerer Gestalt und dunkler Gesichtsfarbe. Er hatte glänzende schwarze Augen, einen schwarzen kurzgeschorenen Bart und ein heiter lachendes Gesicht. Der Dunkle war auch besser gekleidet, er trug einen blauseidenen Halbrock mit Goldborten verziert; im Gürtel führte er einen großen silbernen Dolch, die Füße waren mit roten silbergestickten Saffianschuhen bekleidet, über welche andere dickere Schuhe gezogen waren, und der Kopf war mit einer hohen weißen Lammfellmütze bedeckt.

Der Rotbärtige trat ein, sprach einige Worte, die wie Schimpfworte lauteten, und blieb stehen; auf einen Querbalken gestützt und mit seinem Dolche spielend, sah er mit bösem Wolfsblick nach dem Gefangenen.

Der Dunkle aber, welcher sich beständig lebhaft und so beweglich zeigte, als wenn er Sprungfedern in sich hätte, trat auf Schilin zu, ließ sich neben ihm auf die Fersen nieder und klopfte ihm unter breitem Lachen auf die Schulter, indem er einige Worte in seiner Sprache wiederholte. Er kniff die Augen zu, schnalzte mit der Zunge und sagte: „Gut Uruß, gut Uruß!"

Schilin, der nichts davon verstand, entgegnete nur: „Trinken! Gebt mir Wasser zu trinken!"

Der Schwarzäugige lachte und wiederholte sein „Gut Uruß!"

Schilin versuchte durch Bewegung von Lippen und Händen anzudeuten, man möge ihm zu trinken geben. Jetzt verstand ihn der Schwarze, er sah zur Tür hinaus und rief laut: „Dina!"

Ein Mädchen kam auf diesen Ruf herbeigelaufen, es war noch kindlich, zart und schwächlich, etwa dreizehn Jahre alt, und seine Gesichtszüge glichen außerordentlich denen des Schwarzen; man sah, es war seine Tochter. Auch sie hatte glänzende schwarze Augen und ein sehr hübsches Gesicht. Ihre Kleidung bestand aus einem langen blauen Hemd mit breiten Ärmeln, aber ohne Gürtel, Bruststück und Ärmel desselben waren mit roter Stickerei verziert; außerdem trug sie Beinkleider und Schuhe und über den letzteren Überschuhe mit hohen Absätzen, um den Hals einen ganz aus russischen Silberrubelstücken gebildeten Schmuck. Ihr Kopf war unbedeckt, die schwarzen Zöpfe waren mit einem Band umwunden, an welchem Verzierungen aus Metallblech und ein russischer Silberrubel befestigt waren.

Der Vater richtete einige Worte an sie; sie eilte hinaus, erschien aber bald wieder mit einem Blechgefäß, aus dem sie Schilin zu trinken gab, indem sie sich gleichfalls neben ihn auf die Erde hockte, so daß ihre Knie die Schultern überragten. So saß sie regungslos und riß verwundert die Augen weit auf, mit denen sie Schilin, während er trank, wie ein fremdartiges Tier anstarrte.

Als ihr Schilin das Gefäß zurückreichte, tat sie einen Sprung zur Seite wie eine wilde Ziege. Der Vater brach in ein unbändiges Lachen aus und sprach dann einige Worte zu ihr. Sie nahm das Blechgefäß, lief damit hinaus und brachte ungesäuertes Brot auf einem Holzteller herbei. Dann kauerte sie sich wieder hin und verwandte kein Auge von Schilin.

Endlich entfernten sich die Tataren, indem sie die Tür hinter sich verschlossen. Einige Zeit danach kam der Nogajskische Diener zu Schilin und sprach ihn an: „Ei da, Mann, ei da!"

Auch dieser sprach nicht Russisch; doch begriff Schilin, daß er ihm folgen sollte.

Er gehorchte; doch verhinderte ihn der Fußblock gerade zu gehen. Indem er dem Diener folgte, sah er ein Tatarendorf von etwa zehn Häusern und in deren Mitte eine Moschee mit einem Türmchen. Vor einem Hause standen gesattelte Pferde, welche ein Knabe an den Zügeln hielt.

Aus diesem Hause trat der dunkelhaarige Tatar heraus und winkte Schilin zu, näher zu kommen. Lachend äußerte er einige Worte in seiner Sprache und kehrte in das Haus zurück. Schilin folgte ihm und trat in ein großes Wohngemach, dessen Wände mit Lehm glatt gestrichen waren. An der ihm gegenüberliegenden Wand lagen bunte Federkissen, an der Seitenwand hingen wertvolle Teppiche und auf diesen Geweihe, Pistolen, Säbel, alles mit Silber ausgelegt. An der anderen Seitenwand stand auf dem Erdboden ein kleiner Ofen, der Fußboden bestand aus festgestampfter Erde und war außerordentlich rein gehalten. Die eine Ecke war mit Filzdecken belegt, auf diesen lagen Teppiche und auf den Teppichen Federkissen.

Dort saßen Tataren in dünnen Schuhen; neben dem Roten und dem Dunklen drei fremde Gäste, den Rücken an die Federkissen gelehnt. Vor ihnen standen auf runden Brettchen Pfannkuchen und zerlassene Butter in einer Tasse, sowie auch in Trinkgeschirren ihr tatarisches Bier, „Busa" genannt. Sie aßen mit den Händen, die schon ganz mit Butter beschmiert waren.

Der Dunkelbraune sprang auf, befahl Schilin, sich zur Seite zu setzen, nicht auf den Teppich, sondern auf den kahlen Fußboden; dann nahm er selbst wieder seinen früheren Platz auf dem Teppich ein und bewirtete seine Gäste mit den Pfannkuchen und Busa. Der Diener wies Schilin seinen Platz an, zog selbst seine Überschuhe aus, die er neben die andern an die Tür stellte und setzte sich auf die Pelzdecke in der Nähe der Gäste, denen er mit wässerigem Munde beim Essen zuschaute. Als die Fladen verzehrt waren, kam eine Tatarin herein, bekleidet mit einem ebensolchen Hemde wie jenes Mädchen, und in Beinkleidern, den Kopf mit einem Tuch umwunden. Sie nahm Brot und Butter fort und brachte ein niedliches, kleines Waschbecken nebst einer Kanne mit kleiner Ausgußröhre.

Die Tataren wuschen sich die Hände, dann falteten sie sie, ließen sich auf die Knie nieder, bliesen nach allen Seiten und sprachen Gebete.

Sie berieten sich einige Zeit, dann wandte sich einer von ihnen an Schilin und redete ihn russisch an: „Dich hat Kasi Muhamed gefangengenommen," sagte er, auf den rotbärtigen Tataren deutend, „und hat Dich an Abdul Murad abgetreten." Dabei zeigte er mit einer Handbewegung auf den dunkelbraunen Tataren. „Abdul Murad ist jetzt Dein Herr!"

Schilin schwieg.

Abdul Murad sprach etwas, indem er auf Schilin deutete und lachend hinzufügte: „Soldat Uruß, gut Uruß."

Der Dolmetscher übertrug das eben Gehörte.

„Er befiehlt Dir, nach Hause zu schreiben, daß man ein Lösegeld für Dich einsende. Sobald das Geld ankommt, wird man Dich freilassen."

Nach einigem Nachdenken fragte Schilin: „Verlangt er viel Lösegeld?"

Die Tataren besprachen sich untereinander und der Dolmetscher sagte dann: „Dreitausend Rubel."

„Nein," erwiderte Schilin, „so viel kann ich nicht zahlen."

Abdul sprang auf, nachdem ihm diese Erklärung übersetzt war, und focht mit den Armen in die Luft, indem er zu Schilin sprach, als wenn dieser ihn verstehen könnte.

„Wieviel gibst Du?" fragte der Dolmetscher. Schilin dachte nach und erklärte dann: „Fünfhundert Rubel."

Darauf sprachen die Tataren wieder eifrig miteinander, alle auf einmal. Abdul begann den Rotbärtigen anzuschreien und wurde dabei so erregt, daß ihm der Speichel aus dem Munde floß.

Gleichmütig aber schloß der Rote die Augen und schnalzte mit der Zunge. Endlich schwiegen sie und der Dolmetscher sagte zu Schilin: „Fünfhundert Rubel sind zu wenig. Dein Herr hat selbst zweihundert Rubel für Dich bezahlt. Kasi Muhamed war ihm schuldig, und für diese Schuld hat Abdul Dich übernommen. Er kann Dich nicht um weniger als dreitausend Rubel freigeben, und willst Du nicht um diese Summe schreiben, so wird man Dich in eine Grube werfen und mit Knuten peitschen."

„Oho," dachte Schilin, „läßt man sich von diesen einschüchtern, so wird es nur noch schlimmer." Laut erwiderte er dem Dolmetscher: „Sag ihm, wenn er mich schrecken will, so werde ich ihm keinen Kopeken geben und auch nicht darum schreiben. Ich habe mich vor euch nie gefürchtet und werde euch auch niemals fürchten."

Der Dolmetscher teilte den Tataren diese Worte mit, worauf sie wieder eifrig miteinander verhandelten. Nach langem Reden in ihrer für Schilin unverständlichen Sprache sprang der Dunkelbraune auf, trat an Schilin heran und redete ihn an: „Uruß dschigit, dschigit Uruß."

„Dschigit" bedeutet in ihrer Sprache „tapfer". Dabei lachte er und richtete an den Dolmetscher einige Worte, welcher zu Schilin sagte: „Gib tausend Rubel."

Schilin aber blieb hartnäckig.

„Mehr als fünfhundert Rubel werde ich auf keinen Fall geben. Schlagt mich tot, dann bekommt ihr gar nichts!"

Wieder traten die Tataren in Beratung, schickten den Diener mit einem Auftrag fort und sahen erwartungsvoll bald nach der Tür, bald nach Schilin. Der Diener trat wieder ein und ihm folgte ein ziemlich dicker Mann, barfuß und zerlumpt, gleichfalls mit einem Fußblock an den Beinen.

Schilin konnte einen Ausruf der Überraschung nicht unterdrücken, als er Kostylin erkannte. Also auch ihn hatten die Tataren gefangengenommen.

Beide wurden nebeneinander gesetzt und teilten sich ihre letzten Erlebnisse mit, während die Tataren schweigend nach ihnen hinüberblickten. Schilin erzählte, wie es ihm ergangen, und dann teilte Kostylin dem Genossen mit, wie sein Pferd störrisch geworden und sein Gewehr versagt habe, und daß dieser selbe Abdul auch ihn eingeholt und gefangengenommen habe.

Abdul erhob sich nun und wendete sich mit einigen Worten an den Dolmetscher, welcher den Russen ankündigte, daß sie jetzt beide Abdul gehörten, und daß derjenige von ihnen zuerst freigelassen werde, für den zuerst das Lösegeld eingesandt werde.

„Siehst Du," fügte er, zu Schilin gewendet, hinzu, „Du bist gleich so auffahrend; Dein Kamerad ist viel vernünftiger. Er hat in einem Brief nach Hause geschrieben, man soll ihm fünftausend Rubel schicken. Darum wird man ihn auch gut ernähren und niemals schlecht behandeln."

Schilin erwiderte kurz: „Mein Kamerad mag tun, was er will. Vielleicht ist er reich; ich aber bin nicht reich, und was ich gesagt habe, dabei bleibt es. Schlagt mich meinetwegen tot; ihr werdet keinen Vorteil davon haben; aber um mehr als fünfhundert Rubel schreibe ich nicht!"

Alle schwiegen. Erst nach längerer Pause griff Abdul nach einem kleinen Köfferchen, nahm daraus Feder, ein Stück Papier und Tinte, reichte alles Schilin, und indem er ihm auf die Schulter klopfte, deutete er ihm durch Zeichen an, er solle schreiben.

Er war mit dem Lösegeld von fünfhundert Rubeln zufrieden.

„Warte noch ein wenig," wandte sich Schilin an den Dolmetscher, „sag' ihm, er soll uns gut nähren und kleiden, und daß wir beide zusammen zu bleiben wünschen; denn so ist es kurzweiliger – endlich auch, daß er uns die Fußblöcke abnehmen solle."

Während er diesen Auftrag erteilte, blickte er selbst lachend den Tataren an. Auch dieser brach in Lachen aus, als ihm Schilins Antwort übersetzt wurde, und ließ ihm antworten: „Ich werde euch die beste Kleidung geben, auch eine Tscherkeska und Stiefel wie zur Hochzeit; ich will euch beköstigen wie Fürsten, und wenn ihr beisammen bleiben wollt, könnt ihr meinetwegen beide in der Scheune wohnen; aber die Fußblöcke kann ich euch nicht abnehmen; sonst lauft ihr mir davon! Nur in der Nacht sollt ihr davon befreit werden."

Er näherte sich Schilin und klopfte ihm freundlich die Schultern.

„Du bist gut, schreibe! Ich auch gut!"

Schilin schrieb den Brief, wie er von ihm verlangt wurde. Dann führte man ihn zugleich mit Kostylin in die Scheune zurück, brachte ihnen dann Kukurusstroh, ein Gefäß mit Wasser, Brot, zwei abgetragene Tscherkesken und Soldatenstiefel, welche sie wahrscheinlich gefallenen Russen nach einem Gefecht abgezogen hatten. Während der Nacht nahm man ihnen die Fußblöcke ab, schloß sie dann aber in die Scheune ein.

III.

So verlebte Schilin mit seinem Kameraden einen vollen Monat. Sein Gebieter lachte stets, wenn er ihn ansah, und sagte: „Du bist gut, Iwan, ich, Abdul, bin auch gut." Aber die Nahrung war schlecht, sie bestand nur aus ungesäuertem Brot von Hirsemehl, welches in Fladen oder Pfannkuchen gebacken und ungenügend ausgebacken war.

Kostylin schrieb noch einmal nach Hause und wartete auf die Einsendung des Lösegeldes mit Ungeduld und Langeweile. Acht Tage lang saß er in der Scheune und zählte die Tage, bis wann der Brief ankommen könne, manchmal schlief er den ganzen Tag durch.

„Wie wird meine Mutter so viel Geld für mich zusammenbringen," fragte sich Schilin, „da sie doch lediglich von dem gelebt hat, was ich ihr schickte? Wenn sie auch wirklich fünfhundert Rubel auftreiben könnte, so wäre sie vollständig ruiniert. Gott wird mir helfen, daß ich mich selbst befreien kann." Müßig ging er im Dorfe spazieren, indem er sich etwas vorpfiff, oder er saß irgendwo, mit einer Handarbeit beschäftigt; entweder formte er Puppen aus Ton oder flocht Körbe aus Zweigen, denn in allen solchen Kunstfertigkeiten war Schilin Meister.

Einmal hatte er wieder eine Puppe aus Ton modelliert mit einer Nase, mit Händen und Beinen in tatarischem Hemd. Diese Puppe stellte er aufs Dach.

Als die Tatarinnen zum Wasserholen kamen, sah Dina, die Tochter des Hausherrn, die Puppe und rief ihre Freundinnen herbei. Alle stellten ihre Eimer beiseite und beguckten lachend die Puppe. Schilin nahm sie herab und reichte sie ihnen. Die Mädchen lachten und freuten sich über die Puppe, wagten aber nicht, sie anzunehmen; deshalb stellte er sein Machwerk am Hause auf, zog sich in die Scheune zurück und wartete dort ab, was nun weiter erfolgen werde.

Nach kurzer Zeit kam Dina wieder herbei, blickte sich scheu nach allen Seiten um, ergriff rasch die Puppe und lief mit derselben davon.

Als Schilin am nächsten Morgen durch die Spalte der Scheunenwand blickte, sah er, wie um die Morgenröte Dina aus dem Hause trat, mit der Puppe im Arm, die sie mit bunten Lappen geschmückt hatte. Sie wiegte dieselbe wie ein Kind, das eingeschläfert wird.

Da kam eine alte Frau scheltend aus dem Hause, nahm ihr die Puppe weg, zerschlug sie und schickte Dina an die Arbeit.

Schilin verfertigte eine andere, noch reizendere Puppe und gab sie Dina.

Einmal brachte Dina ein Blechgefäß, stellte es vor Schilin hin, setzte sich daneben und blickte ihn an, lächelnd auf das Gefäß deutend.

„Was macht sie denn so heiter?" fragte sich Schilin, ergriff das Gefäß und trank daraus, in der Meinung, daß es Wasser enthalte: es war aber mit Milch gefüllt. Mit Vergnügen trank er sie vollends aus und sagte: „*Charascho!*" Gut.

Darüber war Dina sehr erfreut. „*Charascho, Ivan, charascho!*" sagte sie und in die Hände klatschend sprang sie auf, entriß ihm das Gefäß und lief davon.

Seit jener Zeit brachte sie jeden Tag ein Kännchen mit Milch, die sie heimlich entwendet hatte.

Die Tataren bereiten aus Ziegenmilch eine Art Käse in Fladen, die sie auf die Dächer in freier Luft trocknen. Auch solche Fladen brachte sie ihm heimlich. Als einmal ein Hammel geschlachtet wurde, brachte sie ihm auch ein Stück von dem Hammelfleisch im Ärmel, warf es ihm hin und lief rasch davon.

Ein anderes Mal erhob sich ein großer Sturm und es regnete den ganzen Tag über wie aus Eimern; alle Flüßchen schwollen an, wo vorher eine Furt gewesen, strömte jetzt das Wasser drei Arschinen tief und riß große Steine mit sich fort, überall strömten reißende Wassermassen dahin und von den Bergen herab hörte man ihr Brausen.

Als endlich das Unwetter vorüber war, rieselten kleine Bäche von allen Seiten durch das Dorf. Schilin erbat sich ein kleines Messer, schnitzte damit eine Walze und ein Brettchen aus und fertigte ein kleines Schiffchen mit einem Rad. An beiden Enden desselben stellte er Püppchen auf und schmückte diese mit bunten Läppchen, welche die Mädchen ihm zutrugen. Die eine der Puppen stellte einen Muschik (russischer Bauer) vor, die andere eine Baba (russische Bäuerin). Er befestigte sie so, daß sie bei jeder Bewegung des Schiffchens zu tanzen schienen.

Das ganze Dorf kam herbeigelaufen, Knaben, Mädchen, Weiber und Männer, mit der Zunge schnalzend: „*Ai, Uruss! – Ai, Iwan!*" –

Abdul besaß eine zerbrochene russische Uhr. Er rief Schilin zu sich und zeigte sie ihm unter Zungenschnalzen.

„Gib sie her," sagte dieser, „ich werde sie zurechtmachen."

Er nahm sie, zerlegte sie mit Hilfe eines kleinen Messers und setzte sie wieder zusammen. Die Uhr ging wieder.

Der Tatar war darüber hoch erfreut; er schenkte dem Künstler seinen alten ganz zerlumpten Beschmet (tatarischer Halbrock). Schilin konnte nichts besseres tun als ihn annehmen. Er war immerhin noch gut genug, um sich damit während der Nacht zuzudecken.

Seit dieser Zeit, wo Schilin sich als Meister erprobt hatte, hatte er bessere Tage. Aus entfernten Dörfern kam man, seine Dienste in Anspruch zu nehmen. Einer brachte ein Schloß von einer Flinte oder Pistole zur Reparatur, ein anderer seine Uhr. Sein Gebieter gab ihm etwas Handwerkszeug, eine kleine Zange, eine Feile, einen Bohrer.

Schilin lernte mit der Zeit ihre Sprache einigermaßen verstehen, und manche von den Tataren gewöhnten sich an ihn und riefen ihn an mit „Iwan!" wenn sie irgendein Anliegen hatten.

Andere aber sahen ihn mit bösen Blicken an wie ein gefährliches Tier. Namentlich der rote Tatar war Schilin feindlich gesinnt. Wenn er ihn sah, so verfinsterte sich sein Gesicht, er wandte sich dann ab und stieß Schimpfworte aus.

Da war auch ein Greis, welcher nicht im Dorfe selbst wohnte, aber häufig von den Bergen herabkam. Schilin sah ihn nur, wenn er vorüberging, um in der Moschee zu beten. Er war von kleinem Wuchs. Seine Mütze war mit einem weißen Tuch umwunden, sein kurz gestutzter Bart war weiß wie Flaum, sein Gesicht ziegelrot und faltig, die Nase hakenförmig gebogen, wie der Schnabel eines Raubvogels zwischen seinen grauen stechenden Augen, der Mund zahnlos. Zuweilen ging er mit seinem Turban, auf einen Krückstock gestützt, vorbei, indem er sich mit bösen Blicken wie ein Wolf umsah. Wenn er Schilin sah, murmelte er Schimpfworte und wandte sich ab.

Einmal stieg Schilin den Berg hinan, um zu sehen, wo der Alte wohnte. Einen schmalen Pfad entlang gehend, stieß er auf einen kleinen Garten von einer Steinmauer umgeben, hinter welcher Kirschen- und Aprikosenbäume sichtbar wurden sowie auch eine kleine Hütte mit flachem Dach. Als er näher trat, entdeckte er einen Bienenkorb aus Strohgeflecht. Die Bienen schwärmten summend umher. Der Alte kauerte davor und war mit dem Bienenstock beschäftigt. Schilin beugte sich etwas vor, um genauer zu sehen und rasselte dabei unwillkürlich mit seinem Fußblock. Der Alte hörte das Geräusch, blickte sich um, schrie erschrocken auf, riß aus dem Gürtel eine Pistole und feuerte sie auf Schilin ab, welcher kaum Zeit hatte, hinter der Mauer Deckung zu suchen.

Der Alte kam zu Schilins Gebieter, um sich über jenen zu beklagen. Abdul rief Schilin und fragte ihn wieder lachend: „Warum gingst Du zu dem Alten hinauf?"

„Ich habe ihm nichts Böses getan," erwiderte Schilin. „Ich wollte nur sehen, wie er lebt."

Der Alte ward darauf noch erboster, zischte und murmelte etwas, fletschte seine Zahnreste und deutete mit der Hand nach Schilin. Dieser verstand nicht alles, aber es ward ihm klar, der Alte verlangte, Abdul sollte den Russen töten und nicht ferner im Aul dulden. Darauf entfernte sich der Alte.

Schilin fragte seinen Gebieter, was das für ein alter Mann sei.

„Das ist ein bedeutender Mann," war dessen Antwort. „Er war der erste Dschigit und hat viele Russen getötet. Er war früher ein reicher Mann und hatte drei Frauen und acht Söhne. Alle lebten in demselben Dorfe beisammen. Dann kamen die Russen, zerstörten das Dorf und töteten sieben seiner Söhne; der achte Sohn hatte sich den Russen ergeben. Der Alte ging selbst, sich den Russen zu unterwerfen. Er verbrachte drei Monate bei ihnen, fand dort seinen Sohn, erschlug ihn selber und lief davon. Seit jener Zeit hörte er auf, zu kämpfen und pilgerte nach Mekka, um zu Allah zu beten. Seitdem trägt er auch einen Turban. Wer in Mekka war, erhält den Titel Ghadshi und hat das Recht, einen Turban zu tragen. Er liebt euch Russen nicht und hat soeben verlangt, ich solle Dich töten. Aber das kann ich nicht tun; denn ich habe Geld für Dich bezahlt und zudem bin ich Dir wohl gewogen, Iwan. Es fällt mir nicht ein, Dich zu töten; ja, ich möchte Dich sogar gern frei lassen, wenn ich nicht mein Wort verpfändet hätte."

Dabei lachte er und wiederholte auf russisch sein: „Du bist gut, Iwan, und ich, Abdul, bin auch gut!"

IV. |

Wieder verging so ein Monat. Des Tags über ging Schilin überall umher, immer mit etwas beschäftigt. Aber wenn die Nacht kam und ringsumher alles Geräusch verstummte, dann grub er den Boden seiner Scheune auf. Die Steine machten ihm das Graben schwer, welche er oft mit seinem kleinen Messer unterhöhlen mußte. Auf diese Weise stellte er unter der Mauer einen Durchgang her, geräumig genug, um bei gelegener Zeit hindurchkriechen zu können.

„Aber jetzt wird es Zeit," sagte er sich, „mich selbst darüber zu orientieren, nach welcher Richtung ich mich zu wenden habe; die Tataren werden es mir schwerlich sagen."

Er nahm die Zeit wahr, als der Hausherr ausgeritten war, und ging nachmittags auf den Berg hinter dem Dorfe. Von dort aus wollte er über die Gegend Umschau halten. Aber Abdul hatte vor der Abreise seinem kleinen Sohn aufgetragen, den Gefangenen überallhin zu folgen und sie nicht aus den Augen zu lassen.

Der Kleine lief auch wirklich hinter Schilin her und rief: „Geh nicht dahin; der Vater hat's verboten. Ich rufe sonst gleich unsere Leute zusammen."

Schilin versuchte ihn zu überreden.

„Ich gehe nicht weit, nur ein wenig den Berg hinan. Komm doch mit mir! Mit dem Fußklotz da kann ich ja nicht davonlaufen. Morgen werde ich Dir einen Bogen und Pfeile machen!"

Der Kleine ließ sich überreden und ging mit. Es war nicht sehr weit bis zum Gipfel, um einen Überblick zu gewinnen, aber mit dem Fußklotz ward es doch sehr mühsam, hinanzuklimmen; kaum konnten sie das Ziel erreichen.

Schilin setzte sich, endlich oben angelangt, und begann die Gegend zu überschauen. Gegen Süden hinter der Scheune lief ein Hohlweg hin, auf dem eben ein Trupp Pferde dahinging, und weiterhin sah er ein anderes Dorf in der Niederung. Hinter diesem Dorfe lag ein anderer noch steilerer Berg und hinter jenem zwei weitere. Zwischen diesen Bergen war ein Wald zu erblicken in blauer Ferne und höher und höher ragten dort die Spitzen des Gebirges. Über die anderen empor ragte ein Berg, weiß wie Zucker, mit Schnee bedeckt, als wenn er eine weiße Kappe trüge. Nach Osten wie nach Westen ebensolche Berge, in den Tälern dazwischen Dörfer, von denen bläulicher Rauch aufstieg.

„Nun," sagte er sich, „das alles ist *ihre* Seite," und wandte sein Auge der anderen, russischen Seite zu. Er sah ein kleines Flüßchen und ein Dorf von Gärten umgeben. Am Fluß sah man, klein wie Puppen, Weiber sitzen und Wäsche waschen, hinter dem Aul einen Hügel, dann weiterhin noch zwei Bergkuppen mit Wald besetzt. Zwischen den beiden Bergen zeigte sich eine Ebene, die sich lang gestreckt in blauer Ferne verlor. Schilin hatte sich klar zu machen gewußt, in welcher Richtung die Sonne auf- und unterging, als er noch in der Festung lebte und kam danach zu dem Schluß, gerade dort in jenem Tal müsse die russische Festung liegen. Dahin, zwischen den beiden Bergen hindurch, mußte er also seine Flucht richten.

Schon neigte sich die Sonne zum Untergang, die weißen Schneeberge wurden mit Purpurlicht übergossen, aus den Tälern stieg ein feiner Dunst auf, und jene Ebene, in der die russische Festung sich befinden mußte, glühte im Hellrot des Sonnenuntergangs. Schilin blickte gespannt gegen Norden, er sah etwas undeutlich in der Ferne schimmern, mit einer wie aus einem Schornstein sich erhebenden Rauchsäule, und er redete sich ein, daß dies wirklich die russische Festung sei. Es war spät geworden, der Mullah hatte schon die Gläubigen zum Nachtgebet gemahnt. Brüllend kehrten die Herden heim. Der Kleine rief mahnend: „Iwan, gehen wir doch nach Hause!" Dieser aber konnte sich noch immer nicht von der Fernsicht losreißen. Nach langem Zögern kehrten endlich beide nach Hause zurück.

„Nun," dachte Schilin, „nun weiß ich, wohin ich meine Flucht zu richten habe; noch diese Nacht muß ich fliehen!"

Die Nacht war dunkel, es war Neumond. Unglücklicherweise kamen noch am Abend die Tataren zurück. Gewöhnlich hatten sie sonst bei der Heimkehr geraubte Viehherden mitgebracht; diesmal führten sie aber nichts mit sich als die Leiche eines getöteten Tataren, einen Bruder des Rotbärtigen. Sie waren daher in sehr böser Stimmung.

Während sie die Vorbereitungen zum Begräbnis trafen, trat Schilin zu ihnen, um zuzuschauen. Sie hatten den Toten in ein großes, weißes Laken gehüllt und ohne Sarg hinter dem Dorfe unter einer Platane ins Gras gelegt. Der Mullah kam. Greise mit Turbanen auf den Häuptern sammelten sich und setzten sich nebeneinander auf die Absätze, der Leiche gegenüber.

Vorn stand der Mullah, hinter diesem drei Greise mit Turbanen und hinter diesen stellten sich die übrigen Tataren auf. Lange saßen sie so regungslos und schweigend. Endlich erhob der Mullah den Kopf und rief: *„Allah!"*

Er sprach nur dieses eine Wort und verstummte wieder. Langes Schweigen erfolgte darauf, alle saßen regungslos da. Wieder erhob der Mullah den Kopf. *„Allah!"* rief er und alle wiederholten: *„Allah!"* und wieder verstummten sie darauf. Unbeweglich, wie der Tote im Grase, saßen auch sie wie Tote da, keiner rührte sich, nur im Gipfel der Platane hörte man die vom Wind bewegten Blätter rauschen. Dann sprach der Mullah ein Gebet. Alle standen auf, erhoben mit ihren Armen den Toten und trugen ihn zum Grabe. Dies war kein gewöhnliches Grab, sondern unter der Erde ausgehöhlt wie ein Keller. Sie faßten den Toten unter den Schultern und an den Beinen, bogen ihn zusammen und ließen ihn langsam hinab, so daß er in sitzender Stellung auf den Boden der Grube gelangte, dann kreuzten sie seine Arme über die Brust.

Der Nogajer brachte grünes Schilf, mit welchem das Grab ausgelegt wurde, danach wurde es rasch mit Erde zugeschüttet, geebnet und über der Stelle, wo der Kopf des Toten sich befand, ein Stein aufgestellt. Dann wurde die Erde festgestampft, alle kauerten sich wieder im Kreise um das Grab, danach wieder tiefes Schweigen.

„Allah! Allah! Allah!" seufzten sie endlich und erhoben sich.

Der rotbärtige Tatar verteilte Geld unter die Greise, ergriff eine Peitsche und schlug sich damit dreimal auf die Stirn, dann ging er nach Hause.

Am nächsten Morgen sah Schilin eine rote Stute hinter das Dorf hinausführen, welcher drei Tataren folgten. Draußen nahm der Rote sein Beschmet ab, streifte die Ärmel auf, so daß seine großen, nervigen Hände sichtbar wurden, nahm den Dolch heraus und schärfte ihn an einem Schleifstein.

Die Tataren hoben der Stute den Kopf in die Höhe, der Rote trat heran und durchschnitt ihr die Kehle. Die Stute stürzte nieder; er begann sie zu zerschneiden und ihr mit seinen großen Fäusten das Fell abzuziehen. Weiber und Mädchen kamen herbei und wuschen die Eingeweide. Dann wurde die Stute in Stücke zerschnitten und diese in das Haus des Roten gebracht. Das ganze Dorf kam dort zusammen, um das Gedächtnis des Verstorbenen zu feiern.

Drei Tage lang aßen sie von dem Pferdefleisch und tranken dazu Busa, zu Ehren des Verstorbenen. Alle Bewohner des Dorfes waren zu Hause. Am vierten Tage bemerkte Schilin gegen Mittag, daß sie Vorbereitungen zu einem Streifzug trafen. Pferde wurden herbeigeführt und etwa zehn Mann ritten davon, worunter sich auch der Rote befand. Abdul blieb zu Hause. Der Mond war im Zunehmen begriffen, die Nächte waren noch dunkel.

„Nun," sagte sich Schilin, „heute werde ich fliehen!" Diesen Entschluß teilte er Kostylin mit; dieser aber war feig.

„Warum sollen wir fliehen? Wir kennen ja den Weg gar nicht!"

„O, ich kenne den Weg."

„Aber eine Nacht genügt nicht, um das Ziel zu erreichen!"

„Wenn wir es nicht erreichen, so übernachten wir im Walde. Ich habe mir einen Vorrat von Fladen aufgespart. Was willst Du hier länger warten? Es ist sehr schön, wenn man das Lösegeld für Dich sendet, aber wie dann, wenn man es nicht auftreiben kann? Die Tataren sind jetzt zornig, weil die Russen einen der Ihrigen getötet haben. Sie sprechen unter sich, ich glaube, sie wollen uns umbringen."

Kostylin besann sich lange; endlich sagte er: „Nun gut, gehen wir!"

V. |

Schilin kroch in den von ihm gegrabenen unterirdischen Gang und erweiterte ihn, damit auch der dicke Kostylin ihn passieren könnte. Danach saßen sie schweigend und warteten ab, bis im Dorfe alles zur Ruhe gegangen war. Sobald im Aul Stille eintrat, kroch Schilin unter der Scheunenwand durch und flüsterte Kostylin zu: „Folge mir nach!" Auch jener kroch nun in die Höhlung hinein, stieß aber dabei mit den Beinen an einen Stein, der geräuschvoll in die Tiefe rollte.

Abdul hatte einen guten Wächter, einen lauten Hofhund, ein bösartiges Tier, „Uljaschin" genannt. Schilin hatte schon früher gesucht, sich mit demselben zu befreunden, indem er ihm zuweilen einen Bissen zuwarf.

Uljaschin hörte das Geräusch und kam unter lautem Gebell hergelaufen, hinter ihm die andern Hunde. Aber Schilin pfiff und warf ihnen ein Stück Fladen zu. Uljaschin erkannte ihn, wedelte mit dem Schweife und hörte auf zu bellen.

Der Hausherr wurde durch das Gebell erweckt und rief von seiner Hütte her: „Hait, hait, Uljaschin!"

Aber Schilin kraute dem Hunde hinter dem Ohr, Uljaschin bellte nicht, sondern rieb sich an seinen Beinen und wedelte mit dem Schweif. Die Gefangenen warteten in einer Ecke bis alles wieder still wurde. Nur die Lämmer hörte man im Stalle blöken und das Rauschen eines Baches in der Tiefe. Über dem Berge neigte sich der Halbmond zum Untergang und in den Tälern lag milchweißer Nebel.

Schilin erhob sich und rief dem Gefährten zu: „Nun, Bruder, Aida!"

Leise machten sie sich auf den Weg, kaum aber waren sie einige Schritte weit gekommen, als sie den Ruf des Mullah vom Dache hörten: *„Allah!, besmilla Ilracham!"* (Das bedeutet, die Gläubigen sollen zur Moschee kommen.)

Wieder setzten sich die Flüchtlinge hinter eine kleine Mauer, um sich zu verbergen. Lange Zeit mußten sie dort ausharren, während die Tataren vorübergingen. Endlich wurde wieder alles still.

„Nun mit Gott vorwärts!"

Sie bekreuzten sich und gingen.

Sie gingen über den Hof und den Abhang hinab, bis zu dem Flüßchen, durchwateten dasselbe und traten in das enge Tal ein. Ein dichter Nebel lag unten, von oben sah man jedoch die Sterne hindurchschimmern. Nach diesen Sternen wählte Schilin die einzuschlagende Richtung. Die Luft war frisch und zu einem Nachtmarsche vortrefflich geeignet. Aber die Stiefel wurden sehr lästig. Schilin zog die seinigen von den Füßen, warf sie fort und ging barfuß weiter, von Stein zu Stein springend und sich aufmerksam nach den Sternen richtend.

Doch bald begann Kostylin zurückzubleiben.

„Langsam," sagte er. „geh' langsam! Diese verdammten Stiefel haben mir die Füße wund gerieben."

„Wirf sie doch weg, dann hast Du leichter zu gehen."

Kostylin befolgte diesen Rat und ging gleichfalls barfuß weiter. Aber nun wurde es noch schlimmer. Die Steine zerrissen seine Füße, und immer weiter blieb er zurück. Schilin suchte ihn zu ermutigen.

„Was schadet das, wenn auch die Füße wund werden, das heilt
wieder. Wenn sie uns aber einholen, werden sie uns töten!“

Kostylin erwiderte nichts und ging seufzend weiter. So gingen
sie lange in der Niederung dahin. Da hörte Schilin von rechts her
Hundegebell und hielt an, blickte sich sorgsam um und klomm, mit
den Händen tastend, den Berg hinan.

„Ach!“ rief er. „Wir haben uns verirrt. Wir sind zu weit nach
rechts gekommen! Da liegt ein fremdes Dorf, ich habe es vom Berge
aus gesehen. Wir müssen zurück und uns mehr nach links wenden
über den Berg hinüber. Dort muß ein Wald liegen!“

Kostylin aber meinte: „Warte wenigstens ein wenig; laß mich erst
ein bißchen zu Atem kommen, meine Füße sind ganz blutig.“

„Ach, die werden schon wieder heilen! Versuch doch zu springen, dann hast Du’s leichter! Sieh mal so!“

Und damit lief Schilin zurück und den Berg zur Linken hinan,
während Kostylin stöhnend immer weiter zurückblieb. Schilin
suchte ihn anzutreiben, ohne jedoch anzuhalten.

Sie erklommen den Berg und fanden auch den Wald. Sie drangen
durch das Dickicht ein. Der Rest ihrer Kleidung wurde in Fetzen
zerrissen. Hierauf aber fanden sie einen Weg durch den Wald, dem
sie folgten.

„Halt! Halt!“

Hufschläge ließen sich auf dem Wege vernehmen. Sie hielten an
und horchten.

Die Hufschläge eines Pferdes kamen näher und hielten plötzlich
an. Sie gingen weiter und wieder hörten sie die Hufschläge, sowie
sie aber stehenblieben, hörten auch jene auf.

Schilin trat aus dem Dickicht heraus und schaute den Weg entlang. Er sah dort etwas stehen, das wie ein Pferd aussah, und auf
diesem Pferde bemerkte er etwas Sonderbares, das jedoch nicht einem Reiter glich. Er hörte ein Schnauben und horchte aufmerksam
hin.

Was für ein Wunder! Schilin pfiff leise, und plötzlich floh mit
Sturmeseile die Gestalt vom Wege fort in das Waldesdickicht. Die
dürren Zweige knisterten unter dem eiligen Laufe.

Kostylin war heftig erschrocken, Schilin aber rief lachend aus:
„Das ist ja ein Hirsch! Hörst Du nicht, wie er mit seinem Geweih die

Zweige abbricht? Vor dem haben *wir uns* gefürchtet, und *er* ist noch mehr erschrocken über uns."

Sie setzten ihren Weg fort. Schon erlosch das Licht der Gestirne, der Morgen konnte nicht mehr fern sein. Mehr als einmal war Schilin im Zweifel, ob sie sich auch noch auf dem rechten Wege befänden. Wohl schien es ihm, als ob er auf dieser selben Straße in die Gefangenschaft geführt worden sei, und daß sie etwa zehn Werst noch zurückzulegen hatten; sichere Anzeichen dafür hatte er aber durchaus nicht, und die Nacht konnte ihn täuschen.

Er trat auf die Ebene hinaus, während Kostylin sich niedersetzte und sagte: „Mach, was Du willst, ich gehe nicht weiter. Meine Füße tragen mich nicht mehr."

Wiederum suchte ihn Schilin zu ermutigen.

„Nein," erwiderte Kostylin, „es geht nicht, ich kann durchaus nicht mehr!"

Schilin wurde zornig, spie aus und sagte ihm heftige Worte. „Nun, dann gehe ich allein. – Leb wohl!" schloß er.

Da sprang Kostylin auf und schleppte sich mühsam weiter. So legten sie vier Werst zurück, und immer dichter wurde der Nebel im Walde. Vor ihnen war nichts zu unterscheiden, und selbst die Sterne waren nicht mehr sichtbar.

Da plötzlich blieb Schilin stehen und horchte. Vor sich hörte er wieder Hufschläge. Deutlich war zu vernehmen, wie die Hufeisen gegen die Steine schlugen. Er legte sich platt auf den Erdboden und horchte.

„Diesmal ist es richtig ein Reiter, er kommt uns entgegen," sagte er.

Sie zogen sich tiefer in das Dickicht zurück und warteten. Dann schlich Schilin wieder zum Wege zurück und sah nach allen Seiten. Bald kam ein Tatar zu Pferde, der eine Kuh vor sich her trieb, indem er ein Lied summte. Langsam ritt er vorbei, und Schilin kehrte erleichtert zu Kostylin zurück.

„Nun, Gott hat ihn vorbeigeführt. – Steh auf; wir müssen weiter!"

Kostylin machte eine Anstrengung, sich zu erheben, fiel aber sogleich wieder nieder.

„Ich kann nicht! Bei Gott, ich kann nicht, ich habe keine Kraft mehr!"

Der große, dicke Mensch schwitzte schrecklich. In dem kalten Nebel im Walde schauerte er vor Kälte; seine Füße waren wund, und er selbst ganz ermattet. Schilin wollte ihn mit Gewalt aufheben, aber Kostylin schrie dabei laut auf: „O weh! O weh!"

Schilin ward starr vor Schreck. „Was schreist Du so! Der Tatar ist ja noch ganz in der Nähe und hört Dich."

Im stillen sagte er sich dabei: „Er ist auch in der Tat ganz schwach geworden. Was soll ich mit ihm anfangen? Einen Kameraden im Stich lassen, das geht nicht an." Laut fügte er deshalb hinzu: „Steh auf und setze Dich auf meinen Rücken, ich werde Dich tragen, wenn Du wirklich nicht mehr gehen kannst!"

Er nahm in der Tat Kostylin auf den Rücken und trat mit seiner schweren Last auf den Weg hinaus.

„Aber würge mich doch nicht mit Deinen Händen am Halse!" sagte er. „Halte Dich an meinen Schultern fest."

Schilin hatte schwer zu schleppen; seine Füße waren wund, und bald war er völlig erschöpft. Er bückte sich und suchte die Last bequemer zu rücken, damit ihm das Tragen etwas erleichtert werde, dann schleppte er sich mühsam weiter.

Allein Kostylins Geschrei mußte der Tatar, welcher vorhin vorbeigeritten war, gehört haben. Schilin hörte ihn zurückkommen und in seiner Sprache rufen. Wiederum eilte er ins Dickicht. Der Tatar ergriff sein Gewehr und schoß auf sie, jedoch ohne zu treffen. Dann ritt er schleunigst davon.

„Jetzt sind wir verloren, Bruder!" rief Schilin verzweifelt aus, „der wird uns alsbald die Tataren zur Verfolgung nachschicken. Wenn wir jetzt nicht mindestens drei Werst weit kommen können, so sind wir unrettbar verloren!"

Dabei sagte er zu sich selbst: „Der Satan hat mich verführt, diesen Fußklotz mit mir zu nehmen; allein wäre ich nun schon längst am Ziel."

Kostylin sagte: „Geh allein! Warum willst Du mit mir zugrunde gehen?"

„Nein, allein gehe ich nicht; es ist nicht ehrenhaft, einen Kameraden im Stich zu lassen."

Wieder nahm er ihn auf die Schulter. So ging es noch eine Werst weit immer durch den Wald, dessen Ende nicht abzusehen war. Doch der Nebel begann sich zu zerteilen und bildete Wolken, so daß die Sterne unsichtbar wurden und Schilin sich nicht mehr danach zu orientieren wußte. Am Wege fanden sie eine kleine Quelle, welche mit einem Stein bedeckt war. Schilin machte dort halt und setzte Kostylin ab.

„Ich muß mich etwas ausruhen und trinken! Wir können nicht mehr weit haben."

Er beugte sich zur Erde nieder, um zu trinken. Plötzlich horchte er; er vernahm deutlich ein Geräusch, das sich in der Richtung, von wo sie gekommen waren, näherte. Wieder eilten sie nach rechts ins Dickicht, den Abhang hinab und verbargen sich darin, aufmerksam horchend. Bald hörten sie tatarische Laute. An derselben Stelle, an der sie vom Wege abgewichen waren, hielten mehrere Tataren. Sie sprachen miteinander und hetzten ihre Hunde auf die Suche. Schilin hörte ein Knistern im Gebüsch; ein fremder Hund stürzte gerade auf sie zu, hielt an und begann zu bellen.

Die Tataren folgten ihm nach. Es waren unbekannte Tataren. Die Flüchtigen wurden ergriffen, gebunden, auf die Pferde gesetzt und in raschem Trab davongeführt.

Nachdem sie auf diese Weise etwa drei Werst zurückgelegt hatten, begegnete ihnen Abdul in Begleitung von zwei anderen Tataren. Die Reiter wechselten einige Worte miteinander. Die Gefangenen wurden auf die Pferde von Abduls Begleitern gesetzt und in den Aul zurückgeführt.

Abdul lachte nicht mehr und sprach auch kein Wort mit ihnen. Gegen Morgen kamen sie im Aul an. Die Gefangenen wurden auf die Straße abgesetzt. Kinder liefen herbei, schlugen mit Peitschen nach ihnen, bewarfen sie mit Steinen und erhoben ein wildes Geschrei.

Die Dorfbewohner bildeten einen Kreis um sie, auch der Alte vom Berge war hinzugekommen. Lebhaft verhandelten sie miteinander. Schilin hörte, daß sie berieten, was mit den Gefangenen geschehen sollte: Die einen rieten, man müsse sie weiter in die Berge führen, der Alte blieb hartnäckig bei seiner Ansicht, man müsse sie töten.

Abdul widersprach. „Ich habe Geld für sie bezahlt," sagte er, „und muß das Lösegeld für sie bekommen."

Der Alte aber wiederholte: „Gar nichts werden sie bezahlen, sondern nur Unheil anrichten! Es ist eine Sünde, Russen zu füttern.

Totgeschlagen müssen sie werden, und damit abgemacht!"

Die Versammlung ging auseinander. Abdul trat zu Schilin und sagte zu ihm: „Wenn man nicht binnen zwei Wochen das Lösegeld für euch schickt, so lasse ich euch zu Tode peitschen, und wenn Du es noch einmal wagst, zu fliehen, so erschlage ich Dich wie einen Hund! Jetzt schreib noch einmal einen Brief, das rate ich Dir."

Man brachte ihm Papier, er schrieb einen zweiten Brief. Danach wurden ihnen wieder Fußblöcke angelegt und beide hinter die Moschee geführt. Dort befand sich eine Grube von etwa zehn Fuß Tiefe; in diese ließ man sie hinab.

VI. |

Von diesem Tage an führten die Gefangenen ein elendes Dasein. Die Fußblöcke wurden ihnen nicht mehr abgenommen, und sie auch nicht mehr aus der Grube hinausgelassen. Wie Hunden warf man ihnen unausgebackenes Brot zu. Wasser ließ man ihnen im Eimer herab. Die Luft in der Grube war schwer und feucht. Kostylin wurde ganz krank und litt an Rheumatismus am ganzen Körper. Den ganzen Tag über stöhnte oder schlief er. Auch Schilin wurde äußerst niedergeschlagen und war nahe daran, den Mut zu verlieren, da er keinen Ausweg mehr sah. Zwar hatte er wieder angefangen zu graben; doch fehlte es ihm an einem Platze, wohin er die ausgegrabene Erde hätte schütten können; auch wurde es Abdul gewahr und drohte ihm mit dem Tode.

So saß er eines Tages, in schwermütige Sehnsucht nach der Freiheit versunken, als plötzlich gerade vor ihm ein Fladen auf seine Knie herabfiel, dann ein zweiter, und danach mehrere Kirschen. Überrascht schaute er nach oben und erblickte Dina, welche lachend über den Grubenrand herabblickte und dann davonlief.

„Könnte nicht vielleicht Dina uns helfen?" dachte Schilin. Er machte sich eine kleine Stelle in der Grube frei, grub Lehm aus und begann, von diesem Material Puppen zu formen; er fabrizierte Menschen, Pferde, Hunde und so weiter. „Wenn sie wiederkommt, werde ich sie ihr zuwerfen," dachte er.

Aber Dina erschien am nächsten Tage nicht. Schilin hörte Hufschläge. Einige Reiter trabten vorüber. Die Tataren versammelten sich bei der Moschee, wo sie schrien und sich zankten unter lautem Schimpfen auf die Russen. Auch die Stimme des Alten war zu vernehmen, und wenn Schilin auch nicht alle einzelnen Worte verstand, so erriet er doch so viel, daß die Russen sich genähert hatten und die Tataren deren Eindringen in ihren Aul befürchteten. Sie berieten deshalb, was mit den Gefangenen geschehen sollte. Nach langem Reden gingen sie auseinander.

Plötzlich vernahm Schilin ein Geräusch über sich. Als er den Blick nach oben richtete, sah er Dina auf den Fersen am Grubenrande sitzen, den Kopf zwischen die Knie gesenkt, so daß ihr Halsband über der offenen Grube hing. Ihre Augen leuchteten wie Sterne. Sie nahm aus ihrem Ärmel zwei Stück Käse und warf sie ihm zu. Schilin nahm sie und fragte dann: „Warum bist Du denn so lange nicht wiedergekommen? Ich habe Spielzeug für Dich gemacht. Hier nimm."

Damit warf er ihr ein Stück nach dem andern hinauf; aber sie schüttelte ablehnend mit dem Kopfe und sah die Puppen nicht einmal an.

„Ich will sie nicht haben," sagte sie. Schweigend saß sie dann noch eine Weile da.

„Iwan, sie wollen Dich umbringen," sagte sie dann und deutete mit der Hand nach der Kehle.

„Wer will mich umbringen?"

„Der Vater. Die Alten haben es ihm befohlen. Aber Du tust mir leid."

„Nun, wenn Du Mitleid mit mir hast," sagte Schilin, „so reiche mir eine Stange herunter!"

Kopfschüttelnd entgegnete sie: „Das geht nicht!"

Er faltete die Hände. „Ich bitte Dich, Dina, bring mir doch eine Stange, Dinuschka!"

„Es geht nicht!" wiederholte sie. „Alle sind jetzt zu Hause; sie würden es sehen." Nach diesen Worten entfernte sie sich.

In trübes Sinnen verloren saß Schilin am Abend desselben Tages. Oft blickte er nach oben. Die Sterne erschienen. Der Mond war jedoch noch nicht aufgegangen. Der Mullah hatte schon zum Gebet gerufen und alles ringsumher war still. Auch Schilin begann zu schlummern. „Dina fürchtet sich," dachte er.

Da plötzlich fühlte er etwas Erde auf sein Haupt fallen. Er blickte hinauf. Das Ende einer Stange wurde am Rande der Grube sichtbar. Dieselbe wurde weitergeschoben und senkte sich langsam herab. Freudig überrascht griff Schilin mit der Hand danach. Es war dieselbe starke Stange, welche er früher auf dem Dache von Abduls Haus bemerkt hatte. Wieder blickte er empor. Hoch am Himmel glänzten die Sterne und über der Grube sah er trotz der Dunkelheit Dinas Augen leuchten. Sie neigte ihr Gesicht über den Rand und flüsterte herab: „Iwan! Iwan!"

Gleichzeitig aber machte sie ihm mit der Hand ein Zeichen, sich still und geräuschlos zu verhalten.

„Was gibt's?" fragte Schilin möglichst leise.

„Alle sind fort, nur zwei sind zu Hause geblieben."

„Nun, dann komm, Kostylin, steh auf! Wir wollen es zum letztenmal versuchen! Ich werde Dich tragen!"

Doch Kostylin wollte nichts davon hören.

„Nein," sagte er, „es ist mir nun einmal vom Schicksal bestimmt, daß ich diesen Ort nicht mehr verlassen soll! Wohin sollte ich auch gehen, da ich nicht einmal die Kraft habe, mich umzudrehen."

„Nun, dann leb wohl und gedenke meiner in Freundschaft."

Sie küßten sich zum Abschiede. Schilin umfaßte die Stange, hieß Dina dieselbe oben festhalten und kletterte hinauf. Zweimal fiel er wieder herunter; der Fußblock hinderte ihn am Klettern. Kostylin half nach und so gelangte Schilin endlich nach oben. Schließlich zog Dina selbst ihn mit allen Kräften ihrer Händchen am Hemdkragen heraus und lachte über das Gelingen freudig auf. Schilin zog hinter sich die Stange herauf und riet ihr: „Bringe sie schnell wieder an ihren früheren Platz, Dina! Wenn sie Dich hier überraschten, würden sie Dich schlagen!"

Sie zog die Stange nach sich, während Schilin den Berg hinabeilte. Als er am Fuße angekommen war, nahm er einen scharfen Stein auf und versuchte damit das Schloß seiner Fessel zu zerschlagen. Das Schloß gab aber nicht nach, er mußte seine Bemühungen einstellen, aus Furcht, sein Hämmern könnte gehört werden.

Da ließen sich leichte Schritte vernehmen, die den Berg herabeilten. „Das ist jedenfalls Dina," dachte er, und hatte sich nicht geirrt. Dina lief herbei, sie nahm einen Stein und sprach: „Gib her, laß mich versuchen."

Damit kniete sie vor ihm und begann mit dem Aufgebot all ihrer kindlichen Kraft auf das Eisen loszuschlagen; indes waren ihre kleinen und feinen Händchen dieser Aufgabe nicht gewachsen. Mutlos warf sie den Stein beiseite und begann zu weinen. Noch einmal machte Schilin selbst einen Versuch, während Dina auf den Fersen neben ihm kauerte.

Er sah sich um und bemerkte, wie sich schon der Horizont erhellte. Der Mond mußte bald aufgehen.

„Vor Aufgang des Mondes," sagte er sich, „muß ich jedenfalls die Schlucht passiert und den schützenden Wald erreicht haben." Er erhob sich und warf den Stein beiseite. „Ich *muß* gehen, wenn auch mit dem Block an den Beinen."

„Leb' wohl, Dinuschka," wandte er sich an diese. „Ich werde ewig an Dich denken!"

Dina umfaßte ihn und suchte nach seiner Tasche, um ihm noch mehr Brot zuzustecken. Er nahm ihr die Fladen ab.

„Ich danke Dir, Dina, Du bist ein kluges Mädchen!" sagte er. „Wer wird Dir aber nun Puppen machen, wenn ich nicht mehr hier bin?"

Dabei streichelte er ihr das Köpfchen. Dina weinte heftig und verbarg ihr Gesicht in den Händen. Dann lief sie wie eine junge Ziege gewandt den Berg hinauf. In der Dunkelheit hörte man nur die Geldstücke an ihrem Halsband klirren.

Schilin bekreuzigte sich, nahm das Schloß der Fesseln in die Hand, um das Klirren derselben zu verhindern, und machte sich eilig auf den Weg. Hinkend, wegen des Fußblocks, schleppte er das eine Bein mühsam nach. Dabei blickte er immer wieder besorgt nach der einen helleren Stelle des Himmels, wo der Mond erscheinen mußte. Er kannte den Weg; etwa acht Werst hatte er in gerader Richtung zurückzulegen. Wenn er nur den Wald erreichen konnte, bevor der Mond ganz aufgegangen war.

Er durchwatete das Flüßchen. Hinter dem Berge ward es nun allmählich heller. Er erreichte die Schlucht und setzte durch dieselbe eifrig seinen Marsch fort, wobei er immer wieder besorgt zum Monde aufblickte. Mehr und mehr rötete sich der Himmel, und die eine Seite der Schlucht ward heller und heller. Der Schatten des Berges wurde schon kleiner und näherte sich ihm immer mehr.

Schilin marschierte im Schatten weiter, sich beeilend, so sehr er es nur vermochte, aber doch noch viel schneller als er legte der

Mond seinen Weg zurück. Schon war der Berggipfel zu seiner Rechten hell beleuchtet. Jetzt hatte er den Wald erreicht, als eben der Mond hinter dem Berge emporstieg. Es wurde hell wie am Tage, und an den Bäumen waren die einzelnen Blätter deutlich erkennbar. Hell wurden nun auch die Berge. Die tiefe Stille der Nacht wurde nur durch das Rauschen des Flüßchens im Grunde der Schlucht unterbrochen.

Ohne jemand zu begegnen, trat Schilin in den Wald ein. Dort suchte er sich eine stark beschattete Stelle aus, um sich niederzusetzen und nach dem beschwerlichen Marsche die Glieder zu ruhen. Er aß etwas von seinem Vorrat und erholte sich. Nachdem er einen Stein gefunden, machte er aufs neue einen verzweifelten Versuch, sich von dem hinderlichen Fußblock zu befreien; aber vergebens schlug er sich dabei die Hände wund. Er erhob sich und setzte seinen Weg in der früheren Weise fort. Eine Werst weit war er so gekommen, indem er sich aus allen Kräften beeilte, dann machte er halt.

„Es ist nicht zu ändern," dachte er; „ich werde mich schleppen, soweit es eben die Kräfte noch zulassen; denn wenn ich mich niedersetze, so komme ich nicht mehr auf. In dieser Nacht werde ich die Festung nicht mehr erreichen. Wenn der Tag anbricht, so verberge ich mich im Wald und gehe erst in der kommenden Nacht weiter!"

So marschierte er die ganze Nacht hindurch. Zwei tatarische Reiter kamen ihm entgegen; doch Schilin hatte sie schon von weitem entdeckt und Zeit gefunden, sich hinter den Bäumen zu verstecken.

Schon begann der Mond zu erblassen, es fiel Tau, der Tagesanbruch stand bevor. Aber noch hatte Schilin nicht den Rand des Waldes erreicht.

„Nun," sagte er sich, „noch dreißig Schritte weiter, und dann werde ich mir irgendwo im Walde eine Stelle zum Rasten suchen." Nachdem er die dreißig Schritte zurückgelegt, sah er, daß der Saum des Waldes dicht vor ihm lag; er trat an den Rand hinaus, als es schon völlig hell geworden war. Wie auf der flachen Hand lag vor ihm die Steppe ausgebreitet und darauf lag die Festung. Nach links hin ganz nahe waren lodernde Wachtfeuer am Berge zu sehen. Er sah den dorther aufsteigenden Rauch und die rings um denselben lagernden Soldaten.

Vorsichtig sah er sich nach allen Seiten um, wobei er die funkelnden Gewehrläufe und die einzelnen Soldaten deutlich zu unterscheiden vermochte. Schilin war außer sich vor Freude. Seine letzten Kräfte zusammenraffend, ging er den Berg hinab. „Gott wolle verhüten,“ dachte er, „daß mich noch auf dem ebenen Felde tatarische Reiter erspähen. Schon so nahe dem Ziel, würde ich es dann doch nicht erreichen!“

Kaum war in ihm dieser Gedanke aufgetaucht, da erblickte er links am Hügel drei Tataren, nicht zwei volle Werst von ihm entfernt. Auch sie hatten ihn bemerkt und begannen, ihn zu verfolgen.

Sein Herz war von Freude und von Furcht erregt. Er winkte mit den Armen nach der Festung zu und rief, so laut er es nur vermochte: „Brüder zu Hilfe, Brüder!“

Man hatte seinen Ruf im Lager gehört. Kosaken sprangen zu ihren Pferden und jagten ihm entgegen, wobei sie zugleich den Tataren den Rückweg abzuschneiden versuchten. Aber noch waren die Kosaken weit entfernt, während die Tataren mit jeder Sekunde dem Flüchtling näher auf die Fersen kamen. Schilin nahm seine letzten Kräfte zusammen, und den Fußblock mit den Händen fassend, eilte er den Kosaken entgegen, außer sich vor Erregung, sich fortwährend bekreuzigend und ausrufend: „Brüder – Brüder – Brüder!“

Es waren etwa fünfzehn Kosaken. Die Tataren bekamen Furcht und wagten es nicht, die Verfolgung noch weiter auszudehnen; sie galoppierten den Bergen zu.

So erreichte denn endlich Schilin die Kosaken. Sie umgaben ihn und überhäuften ihn mit Fragen, wer er sei, was für ein Mensch und woher er komme. Aber Schilin vermochte im Übermaß der Erregung und Erschöpfung nicht zu antworten, er weinte und wiederholte nur immer: „Brüder – Brüder!“

Soldaten liefen herbei und brachten ihm der eine Brot, der andere Grütze, ein dritter Branntwein. Er wurde mit einem wärmenden Mantel bedeckt und der Fußblock zertrümmert. Die inzwischen hinzugekommenen Offiziere erkannten ihn und führten ihn in die Festung, wo er von Offizieren und Soldaten mit Freudenrufen empfangen wurde.

Nachdem er sich erholt, mußte Schilin ihnen alle Erlebnisse seiner Gefangenschaft erzählen, und schloß seinen Bericht mit den

Worten: „Nun, ich wollte nach Hause fahren und heiraten; aber es ist offenbar geworden, das Schicksal will es nicht."

Und so verblieb er im Kaukasus.

Erst einen Monat später wurde Kostylin gegen Zahlung von fünftausend Rubel ausgelöst. Er kam kaum noch lebend heim.

Nikolaj Palkin

(1886)

*Übersetzung im Verlag
„Russische Zustände"*[1]

Wir übernachteten bei einem [95]jährigen* Soldaten, welcher unter Alexander I. und Nicolaus I. gedient hatte.

„Was? Willst Du sterben?"

„Sterben? Wie gern möchte ich das! Früher fürchtete ich den Tod und jetzt ist mein einziges Gebet: Gott möge mir verzeihen und mich das heilige Abendmahl empfangen lassen. Denn ich habe viel Sünden!"

„Was hast Du denn verschuldet, was sind es für Sünden?"

„Was für Sünden? Habe ich doch unter Nicolaus[2] gedient, damals hatten wir einen anderen Dienst, als jetzt! Was war damals? O weh!!! Wenn ich daran denke, schaudert mir. Ich leistete auch noch Alexander I. den Eid. Jener Alexander wurde von den Soldaten als gnädiger Herrscher gelobt."

Ich musste an die letzten Zeiten Alexanders denken, als man aus 100 Leuten 20 zu Tode prügelte. Was ist also Nicolaus gewesen, wenn man Alexander im Vergleich mit ihm als gnädig rühmte!

„Ja, mir war es beschieden, unter Nicolaus zu dienen", sagte der Alte, wurde gleich lebhaft und fing zu erzählen an.

„Wie war es zu jenen Zeiten ? Wegen 50 Hiebe wurden Einem nicht einmal die Hosen heruntergezogen! 150, 200, 300 … wurden aufgezählt, zu Tode wurden die Leute geprügelt ! Mit Stöcken aber, – es verging keine Woche, wo man nicht einen oder zwei Leute aus

---

[1] Textquelle | Leo N. TOLSTOI: Nikolaj Palkin. Zürich: Verlag der „Russischen Zustände" 1895. [16 Seiten] – *Alter des Soldaten dort falsch (65 Jahre) angegeben.
[2] [Zar *Nikolaus I. Pawlowitsch* (1796-1855) aus dem Haus Romanow-Holstein-Gottorp, Sohn von Sophie Dorothee Auguste Luise Prinzessin von Württemberg (1759-1828); verheiratet mit der Hohenzollern-Prinzessin Friederike Luise Charlotte Wilhelmine von Preußen (1798-1860) – folgte als Regent seinem ältesten Bruder Zar Alexander I. (1777-1825); ließ die im Zuge des Herrscherwechsels aufbegehrenden Dekabristen hinrichten oder verbannen.]

dem Regimente zu Tode haute. Heute weiss man ja gar nicht mehr, was ein Stock ist, damals aber war es in aller Munde: Palka ! Palka ! (Stock, Stock)!

„Die Soldaten bei uns nannten den Nicolaus einfach P a l k i n (Stockheld). Anstatt Nicolaus Pawlowitsch sagten sie Nicolaus Palkin. So erhielt er denn diesen Spitznamen."

„Ja wenn ich zurückdenke an jene Zeit," fuhr der Alte fort, „– ein Menschenalter habe ich verlebt, muss sterben, – wenn ich an all' die Greuel denke, wird mir bang.

Ich habe viel Sünden auf meine arme Seele geladen! So brachte es die Subordination mit sich. Wenn Dir so 150 aufgezählt werden für das Vergehen eines Soldaten (der Alte war Unteroffizier und Feldwebel gewesen), so lässt Du dem Soldaten dafür 200 verabreichen. Die Wunden heilen Dir deswegen nicht, Du aber quälst ihn, – das sind meine Sünden.

Die Unteroffiziere schlugen die jungen Soldaten tot. Mit der Faust, mit dem Gewehrkolben, wohin nötig wurde zugeschlagen, auf den Kopf, oder die Brust, so dass er starb. Eine Untersuchung wurde nie eingeleitet. Die Vorgesetzten notierten dann einfach: ‚er starb durch Gottes unabänderlichen Beschluss' – und damit war die Sache erledigt! Damals habe ich das Alles nicht verstanden! Man dachte nur an sich. Jetzt aber wälze ich mich auf dem Ofen herum, kann nachts nicht schlafen, immer denke ich zurück und die schreckliche Vergangenheit zieht an mir vorüber.

Es ist noch gut, wenn ich Zeit finden werde, das heilige Abendmahl zu empfangen, wie es einem Christen geziemt und Ablass zu erhalten, denn sonst graut es mir! Wenn ich daran denke, was ich Alles gelitten habe und was man von mir zu leiden hatte, so braucht man keine Hölle: Das ist schlimmer als alle Höllenqualen."

Ich konnte mir lebhaft vorstellen, was für Bilder dem Greise in seiner Einsamkeit jetzt aus der Erinnerung aufsteigen mussten, diesem sterbenden Manne, und mir wurde unheimlich zu Mute. Ich dachte an alle Schrecken der damaligen Zeit, ausser den Stöcken, an welchen er teilgenommen haben musste: an das Spiessrutenlaufen bis zum Tode, an das Füsilieren, das Morden und Plündern der Städte während des Krieges (der Alte hatte am Polnischen Kriege teilgenommen). Ich begann, ihn darüber ausführlich auszufragen. Ich frug ihn über das Spiessrutenlaufen.

Er erzählte mir ausführlich über diese grausame Züchtigung: Der arme Delinquent wird an ein paar Gewehre festgebunden, dann zwischen zwei lange Reihen Soldaten gezerrt, welche alle mit Spiessruten versehen sind und tüchtig drauflosschlagen müssen. Hinter den beiden Reihen gehen die Offiziere auf und ab und schreien: „Schlage zu, dass es mehr schmerzt!" Hier konnte es sich der Alte nicht versagen, nicht ohne Vergnügen den Ton eines Vorgesetzten anzuschlagen.

Ohne jede Reue erzählte er mir alle Einzelnheiten in einem Tone, als ob es sich um das Schlachten und Zerlegen von Ochsen handle. Er erzählte mir, wie die Unglücklichen zwischen den Reihen hin- und hergeführt werden, wie der zu Tode gequälte sich hinschleppt und endlich auf die Bajonette fällt; wie anfänglich die blutigen Schwielen hervortreten, wie dieselben sich dann kreuzen, allmählich ineinanderfliessen, aufquellen und das Blut hervorspritzt, wie die Fetzen vom blutigen Leibe herunterfliegen, wie die Knochen entblösst werden, wie der Unglückliche anfänglich noch schreit, wie er dann bei jedem Schritt und Schlag nur noch dumpf stöhnt und endlich unfähig ist, einen Laut von sich zu geben; wie der beigeordnete Arzt herbeikommt, den Puls fühlt, besichtigt und dann entscheidet, ob der Unglückliche noch weiter geschlagen werden kann, ohne getötet zu werden, oder ob die Strafe erst dann fortgesetzt worden darf, wenn die Wunden zugeheilt und der Misshandelte genesen ist, damit man ihm dann die von jenen vertierten Menschen, mit Palkin an der Spitze, zugedachten Prügel in der noch fehlenden Zahl verabreichen könne.

Der Arzt benützt seine Kenntnisse dazu, um den Verurteilten nicht eher sterben zu lassen, bis er alle die Qualen durchmache, welche sein Körper auszuhalten vermag. Der Unglückliche wird also, wenn er nicht mehr gehen kann, mit dem Gesichte nach unten auf einen Mantel gelegt und mit einem solchen blutigen, über den ganzen Rücken laufenden Kissen in das Spital zum Kurieren gebracht, um ihm dann, wenn er genesen ist, jenes eine oder paar Tausend Stockhiebe zu verabreichen, welche er das erste Mal nicht vollzählig erhalten und ertragen konnte.

Er erzählte, wie sie den Tod herbeisehnen und man sie doch nicht auf der Stelle töten will, sondern sie heilt, und zum zweiten, manchmal zum dritten Mal schlägt. Und der Unglückliche lebt und wälzt sich im Spital auf seinem Lager in der bangen Erwartung neuer Qualen, welche ihm endlich die Erlösung durch den Tod bringen. Und er wird zwei, dreimal kuriert und dann schon endgültig zu Tode geprügelt.

Und dies alles, weil der Schuldige fahnenflüchtig wird oder genug Mut, Verwegenheit und Selbstverleugnung besitzt, um für seine Kameraden Klage zu erheben über schlechte Kost und über das Bestehlen der Soldaten durch ihre Vorgesetzten.

Dies Alles erzählte er mir. Als ich ihn bewegen wollte, all' den Greuel zu bereuen, war er anfänglich erstaunt, dann entsetzte er sich und sagte: „Nein, was ist denn das, es geschieht alles nach dem Gesetz! Ist das etwa meine Schuld? Es war Beschluss des Gerichtes und Gesetzes!"

Dieselbe Ruhe und Mangel an Reue zeigte er auch, als er der Kriegsgreuel gedachte, an welchen er teilgenommen und welcher er viele in der Türkei und in Polen mitangesehen hatte.

Er erzählte von getöteten Kindern, von den Gefangenen, die des Hungers und vor Kälte sterben mussten, von der Ermordung eines polnischen Knaben, welcher sich an einem Baume versteckt hatte, mit dem Bajonett. Und als ich frag, ob ihn das Gewissen wegen all' dieser Greuel nicht plage, war er ganz erstaunt und konnte meine Frage gar nicht begreifen. „Das ist Krieg, das ist Gesetz; für Kaiser und Vaterland." Diese Thaten hielt er nicht nur für nicht schlecht, sondern noch für ehrenhaft und tugendhaft, hoffte durch sie Vergebung für seine Sünden zu bekommen.

Ihn peinigten blos seine persönlichen Handlungen, nur der Gedanke, dass er selbst als Vorgesetzter die Untergebenen gestraft und gezüchtigt hatte. Die Erinnerung an jene Ungerechtigkeiten, die er eigenmächtig Anderen zufügte, quälen ihn. Aber er kennt einen Weg, um dafür Vergebung zu erhalten – das ist das Abendmahl, welches er noch vor seinem Tode zu empfangen hofft und worum er die Nichte gebeten hat; sie verspricht es, die Wichtigkeit dieser Sache begreifend, und der Alte ist ruhig.

Dass er verwüstete, ganz unschuldige Kinder und Frauen umbrachte, dass er selber beim Spiessruthenlaufen Leute geschunden hat, sie dann in das Spital schleppte und wieder zum Hinschlachten zurückführte, – dies alles quält ihn nicht: als ob es nicht seine eigene That, sondern diejenige eines Andern war.

Was für Höllenqualen müsste wohl der Alte ausstehen, wenn er das verstände, was jetzt, wo er an der Todesschwelle steht, für ihn so klar sein sollte, – dass es am Sterbebett keinen Vermittler zwischen ihm, seinem Gewissen und zwischen Gott giebt; dass es auch in jenen Tagen keinen Vermittler gab, als er auf Geheiss Anderer seine Mitmenschen marterte und tötete.

Was müsste er empfinden, wenn er jetzt verstände, dass es nichts giebt, was das Böse entschuldigen kann, welches er seinen Mitmenschen wissentlich zugefügt hat, als es doch in seiner Macht lag, all' dies Leid zu verhindern. Wenn er verstünde, dass es ein ewiges Gesetz giebt, das er immer kannte und durchaus kennen musste, und das da lautet: liebe und erbarme dich deines Nächsten; dass aber das, was er jetzt Gesetz nennt, ein gottloser, frecher Betrug war, welchen er nicht hätte anerkennen sollen.

Schrecklich ist es, daran zu denken, was er in den schlaflosen Nächten auf seinem Ofen empfinden müsste, wie gross seine Verzweiflung sein würde, wenn er erfassen könnte, dass, als es in seiner Macht lag, den Menschen Gutes und Böses zu thun, er doch nur Böses that; – daran, dass, wenn er einmal begriffen hätte, was Gut und Böse ist, es ihm nur übrig bliebe, sich unnütz zu quälen und zu bereuen. Seine Qualen würden grässlich sein.

Aber warum sollte man ihn denn quälen wollen? Warum das Gewissen eines sterbenden Greises peinigen? Besser, es beruhigen! Warum das Volk aufregen, daran erinnern, was schon vorüber ist?

Vorüber? Was ist vorüber? Kann denn eine böse Krankheit nur deshalb vergehen, weil wir sagen, sie ist nicht mehr vorhanden? Sie vergeht nicht, niemals wird und kann sie verschwinden, bis wir uns nicht krank bekennen. Um eine Krankheit zu heilen, muss man sie zuerst als vorhanden anerkennen ! Das aber thun wir jetzt nicht. Im Gegenteil, wir bemühen uns nach Kräften, sie nicht zu sehen und nicht zu nennen.

Und die Krankheit schwindet nicht, sie wird nur modifiziert und frisst sich immer tiefer in unsern Körper, in unser Blut und unsere Knochen ein.

Worin besteht nun diese Krankheit? Sie besteht darin, dass die als gute und sanfte geborenen Menschen, die Menschen, welche von der christlichen Wahrheit erleuchtet werden und mit Liebe und Erbarmen in ihren Herzen ausgestattet sind, – dass diese Menschen die schrecklichsten Greuelthaten an einander verüben, ohne zu wissen, wofür und wozu.

Unsere guten, sanften, von der Lehre Christi durchdrungenen Russen, welche in tiefster Seele bereuen, wenn sie jemand durch Worte beleidigt, mit dem Armen ihr letztes Stückchen Brod nicht geteilt, oder die Eingekerkerten nicht bemitleidet haben, – diese Leute verbringen die schönsten Lebensjahre mit dem Totschlagen und Quälen ihrer Nächsten; und sie bereuen nicht einmal diese Thaten, sondern halten dieselben dazu noch für gottgefällig, oder doch wenigstens für eben so erforderlich wie Speise und Trank.

Ist dies keine schreckliche Krankheit? Ist es nicht Pflicht eines Jeden, zur Heilung dieser Krankheit nach Kräften mitzuwirken, vor allen Dingen aber auf sie hinzuweisen, sie anzuerkennen und beim rechten Namen zu nennen.

Sein Leben lang hat der alte Soldat Andere gequält und hingeschlachtet. Warum denn solche Erinnerungen wachrufen? fraget Ihr. Der Alte hält sich ja für unschuldig, und die furchtbaren Thaten, – die Stockprügel, das Spiessruthenlaufen und andere sind vorüber; warum nun ans Alte erinnern: dies alles ist ja vorbei.

Nicolaus Palkin ist ja abgethan. Weshalb seiner gedenken ? Nur ein alter Soldat hat ja sich seiner vor dem Tode erinnert. Weshalb das Volk damit erregen ?

Aber eben so sprach man unter Nikolaus I. über Alexander I. So urteilte man unter Alexander I. über Pauls I. Thaten. So dachte man zur Zeit Pauls über Katharina II., alle ihre Ausschweifungen. und die Tollheiten ihrer Buhlen. Und ganz so sprach man unter Katharina über Peter I. u.s.f. u.s.f. Warum daran denken ?

Weshalb daran denken ? Wenn ich von einer bösen oder gefährlichen, schwer zu heilenden Krankheit befallen war, und von ihr doch geheilt worden bin, so werde ich stets mit Vergnügen, daran denken.

Nur dann werde ich nicht daran denken wollen, wenn ich immer kränker und kränker werde, und mich selbst täuschen will. Und weil wir wohl wissen, dass unser Zeitalter am gleichen Übel leidet wie die Vergangenheit, wollen wir nicht daran denken. Weshalb dem Alten weh thun! Wozu das Volk reizen! Stockschläge, Spiessruthen – alle diese Dinge sind ja vorbei.

Sind sie wirklich vorüber? Nein, sie haben nur eine andere Gestalt angenommen. In allen vergangenen Zeiten geschahen Dinge, an welche wir nicht nur mit Grauen, sondern auch mit Unwillen zurückdenken. Wir lesen die Beschreibungen der Exekutionen, der Folterkammern, des Verbrennens wegen Ketzerei, der Verbannungen nach Militärkolonien, der Prügelstrafen und des Ruthenlaufens, und wir entsetzen uns nicht nur über die Grausamkeiten jener Leute, sondern können uns auch den Seelenzustand jener Menschen nicht vorstellen, die dies thun. Was ging im Innern eines Menschen vor, welcher vom Lager aufstand, sich wusch, sein Bojarenkleid anzog, sein Gebet verrichtete und dann zur Folterbank ging, um den Verurteilten die Glieder zu verrenken und Frauen und Kinder mit der Knute zu prügeln; und regelmässig alle Tage 5 Stunden bei solch' einer Beschäftigung verbrachte, wie jetzt ein Beamter im Senat; dann zu seiner Familie zurückkehrte, ruhig sein Mahl einnahm und darauf in der Heiligen Schrift las? Wie sah es im Innern jener Regiments- und Kompagniechefs aus? (Ich kannte Einen, welcher am Abend mit seiner Tochter, einem schönen Mädchen, die Mazurka tanzte und dann den Ball[3] frühzeitig verlies, um für den nächsten Morgen die Vorkehrungen für das Ruthenlaufen eines fahnenflüchtigen Soldaten – Tartaren – zu treffen, diesen Mann zu Tode marterte und dann zu seiner Familie zum Mittagessen heimkehrte.)

Das war alles zu Peters, zu Katharina's, zu Alexanders und zu Nikolaus Zeiten. Es giebt kein Zeitalter, während welchem nicht solche Greuelthaten vollzogen wurden, welche wir jetzt lesen und nicht begreifen können. Wir begreifen nicht, wie jene Menschen alle Greuel, die sie vollbrachten, nicht sehen konnten, wie sie, wenn schon nicht die bestiale Unmenschlichkeit, so doch die volle Sinnlosigkeit all' jener Greuelthaten nicht einsehen konnten.

Zu allen Zeiten war dies so! Ist unsere Zeit denn wirklich so besonders glücklich, dass es jetzt keine solche entsetzlichen Thaten mehr giebt, welche unsren Nachkommen ebenso unverständlich erscheinen werden? Nein – auch jetzt geschehen solche Greuel, wir sehen sie nur nicht, ebenso, wie unsre Vorfahren die Schrecknisse ihrer Zeit nicht bemerkt haben.

Uns ist jetzt nicht nur die Grausamkeit, sondern auch die Sinnlosigkeit des Verbrennens von Ketzern und der zum Zwecke der Er-

---

[3] [Siehe Tolstois Novelle „*Nach dem Ball*" in: TFb_C014, S. 229-239.]

gründung der Wahrheit ausgeübten Gerichtsfolter klar. Ein Kind sieht diese Sinnlosigkeit ein! Aber die Menschen jener Zeit sahen sie nicht. Kluge, gelehrte Leute behaupteten, dass die Folter für das Leben der Menschen ein unentbehrliches Ding sei, dass man ohne sie nicht auskomme, wie schwer es auch sei. Der gleichen Meinung war man über die Prügelstrafe und die Sklaverei. Die Zeiten sind vorüber und wir können uns den Zustand solcher Menschen nicht denken, welche so verblendet waren. Aber das war ja zu allen Zeiten und deshalb muss es auch jetzt so sein und wir müssen ebenso aufgeklärt über unsre Greuel sein.

Wo findet man jetzt noch Foltern, Sklaverei, Prügelstrafe? Es scheint uns, dass dieselben nicht mehr existiren, dass Alles dies früher war. jetzt aber vorbei sei. Wir täuschen uns, weil wir das Alte nicht verstehen wollen und uns sorgfältig bemühen, es nicht zu beachten.

Wenn wir aber in die Vergangenheit zurückblicken, so enthüllt sich uns auch unsre gegenwärtige Lage und die Ursachen derselben. Wenn wir die Scheiterhaufen, die Brandmarkungen, die Foltern, die Blutgerüste, das Anwerben von Rekruten beim richtigen Namen nennen, so werden wir auch die richtige Bezeichnung für die Gefängnisse, für die Kerker, für die Kriege mit allgemeiner Wehrpflicht und für die Gensdarmen finden. Wenn wir die Vergangenheit nicht vergessen und Alles aufmerksam betrachten, was früher geschah, so werden wir auch sehen und richtig erfassen, was jetzt geschieht.

Wenn es uns selbstverständlich erscheint, dass es unsinnig und grausam ist, die Menschen auf dem Schaffot zu töten oder die Wahrheit durch Folterqualen zu erfahren, so wird es uns auch klar, dass es nicht minder, wenn noch nicht mehr grausam und unsinnig ist, die Menschen zu hängen oder einzeln in die Gefängniszellen zu sperren, was ebenso oder noch schlimmer ist als der Tod, – und die Wahrheit durch bezahlte Advokaten und Staatsanwälte zu erfahren.

Wenn es uns klar wird, dass es unsinnig und grausam ist, einen Verirrten zu töten, so werden wir verstehen, dass es noch unsinniger ist, einen solchen Menschen in einen Kerker (zusammen mit Andern) zu stecken, um ihn endgültig zu demoralisieren; wenn es uns klar wird, dass es grausam und sinnlos ist, die Bauern einzufangen, in die Uniform zu stecken und, gleich dem Vieh, zu brandmarken, so ist es aber ebenso sinnlos und grausam, einen jeden 21jährigen

Mann zum Militärdienst zu zwingen. Wenn es uns klar wird, wie
einfältig und grausam die Ursache ist, so werden wir begreifen, wie
absurd die Garde und Ochrana[4] sind.

Wenn wir unsere Augen öffnen und nicht mehr ausrufen: „Wozu
der Vergangenheit gedenken?", so werden wir erkennen, dass auch
in unsrer Zeit solche Schrecken, nur in andrer Form, existieren.

Wir sagen, das ist alles vorbei, es giebt keine Foltern, keine un-
züchtigen Weiber – gleich den Katharina's, mit ihren allmächtigen
Buhlen, es giebt keine Sklaven, kein Zutodeprügeln u.s.w. Aber das
scheint uns ja nur so ! 300.000 zu Kerker und Strafbataillonen verurteilte, an Leib und Seele gebrochene Menschen sterben, eingesperrt
in enge stinkende Räume, eines langsamen Todes. Ihre Frauen und
Kinder sind dem Hungertode preisgegeben, diese Männer aber hält
man eingekerkert in den Brutstätten der Unzucht, in Gefängnissen
und Strafbataillonen, und nur den Aufsehern, den allmächtigen
Herrn dieser Sklaven, ist diese grausame, sinnlose Einkerkerung zu
etwas nötig.

Viele Tausend Menschen mit gefährlichen Ideen verbreiten diese
Ideen, infolge ihres Exils, nach den entfernten Enden des Zarenrei-
ches, werden wahnsinnig und begehen Selbstmord. Tausende sitzen
in den Festungen und werden entweder im Geheimen *von den Ge-
fängnisdirektoren ermordet* oder durch Einzelhaft zum Wahnsinn gebracht. Millionen von Menschen verkümmern physisch und geistig
als Sklaven der Fabrikanten. Hunderttausend junger Leute werden
alle Jahre im Herbst den Angehörigen, den jungen Frauen entzogen,
zum Mord abgerichtet und systematisch demoralisiert.

Der russische Kaiser kann keine Reise antreten, ohne von einer
sichtbaren Kette von Hunderttausenden Soldaten beschützt zu werden, welche an der Fahrstrasse, 90 Schritte von einander, aufgestellt
sind. Und ausserdem folgt ihm auf Schritt und Tritt eine Kette ge-
heimer Beschützer.

Ein König erhebt Steuern und errichtet einen Turm, mit einem
Teiche auf der Zinne desselben; und auf dem mit blauer Farbe ge-
färbten Teiche und mit einer Maschine, die einen Sturm darstellt,

---

[4] O c h r a n a – die speziell zum Schutze des Zaren gegen Attentate geschaffene
offizielle und geheime Polizei. *Anmerkung des Übersetzers.*

vergnügt er sich im Kahn zu fahren. Das Volk stirbt aber in den Fabriken in Irland, Frankreich, Belgien.

Man braucht keinen besonderen Scharfblick zu besitzen, um zu erkennen, dass in unserer Zeit dasselbe geschieht wie früher. Unsere Zeit ist ebenso erfüllt von Greueln, Foltern, welche unseren Nachkommen ebenso grausam und unverständlich erscheinen werden. Es ist dieselbe Krankheit, obgleich Diejenigen, welche sie ausnützen, daran nicht leiden.

So mögen sie es doch thun, 100, 1000 mal schlimmer. Mögen sie Türme, Zelte errichten, Bälle veranstalten, das Volk ausrauben, möge doch Palkin das Volk zu Tode prügeln, Hunderte in den Gefängnissen im Geheimen hinrichten, *aber selbst sollten sie es thun*, nicht aber das Volk demoralisieren, nicht betrügen, es nicht zwingen, daran teilzunehmen, wie den alten Soldaten.

Diese schreckliche Krankheit liegt im Betrug: er besteht darin, dass es für den Menschen noch etwas Heiligeres und ein höheres Gesetz geben kann, als die Heiligkeit und das Gesetz der Nächstenliebe; – im Betrug, der es verbirgt, dass ein Mensch, um die Forderungen der Leute zu erfüllen, vieles thun kann, nur eine Art Handlungen ausgenommen, die er als Mensch niemals ausüben soll: er darf sich durch Niemanden [sic] Befehl bewegen lassen, gegen Gottes Gebot zu handeln, seine Nächsten zu tödten und zu quälen.

Vor 1800 Jahren hat man auf die Frage der Pharisäer, ob dem Kaiser Steuern zu zahlen seien, geantwortet: Dem Kaiser, was des Kaisers ist, und Gott, was Gott gehört.

Wenn die Menschen irgend einen Glauben hätten und nur irgendwelche Pflichten gegen Gott anerkennen wollten, so würden sie vor allem der Worte Gottes gedenken, die da lauten: „Du sollst nicht töten"; „Was Du nicht willst, dass man Dir thue, das füge auch keinem Andern zu"; „Liebe Deinen Nächsten wie Dich selbst"; sowie noch, dass Gott mit unauslöschbaren Zeichen im Herzen jedes Menschen die Liebe und das Erbarmen zum Nächsten hineingeschrieben hat, den man nicht peinigen und töten solle. Dann würden sie die Worte: „Gott was Gott, und dem Kaiser, was dem Kaiser gebühret" klar und genau verstehen. „Dem Kaiser, oder sonst Jemand – Alles, was er will," würde der Gläubige sagen, „nicht aber das, was wider Gottes Gebot ist."

Braucht der Kaiser mein Geld, so nehme er es, ebenso mein Haus und Hof, meine Arbeit, mein Weib und Kind, mein Leben – Alles soll er haben. Alles das gehört nicht Gott. Fordert der Kaiser aber von mir, dass ich die Spiessrute über dem Rücken meines Nächsten erhebe und fallen lasse, – so gilt hier Gottes Gebot. Meine Thaten sind mein Leben, sie sind etwas, worüber ich Gott Rechenschaft abgeben muss; und was mir Gott verboten hat zu thun, – das kann ich dem Kaiser nicht abtreten. Ich kann keinen Menschen zusammenbinden, einkerkern, hetzen oder töten: Alles das ist mein Leben, es gehört dem Allmächtigen, und nur ihm kann ich es geben.

Die Worte „Gott, was Gott gebühret" bedeuten aber für uns nur, dass wir Gott Kopeken-Kerzen opfern, oder Gebete – überhaupt Alles, was Niemand, geschweige denn Gott, gebrauchen kann; Alles andre aber, das ganze Leben, die ganze Heiligkeit unsrer Seele, welche Gott gehört, haben wir dem Kaiser, d. h. (das Wort „Kaiser" – Kessar' – so verstanden, wie bei den Juden) einem Dir fremden, verhassten Menschen geopfert. Das ist ja schrecklich. Besinnt Euch, Ihr Menschen!

ANHANG

Leo N. Tolstoi posiert im Jahr 1856 in Militäruniform

Aufnahme: Sergei Lwowitsch Lewizki, 1819-1898
(commons.wikimedia.org)

Tolstois Militärzeit

Biographische Dokumentation
von Pavel Birjukov[1]
(1906)

DER KAUKASUS

„Der erfolglose Versuch, hauszuhalten, die Unmöglichkeit, gute Beziehungen zu der Bauernschaft herzustellen, und das leidenschaftserfüllte, gefährliche, an allen Arten der Ausschweifung reiche Leben […], bewogen Tolstoi [*im Jahr 1851*], eine Änderung in seiner Lebensweise herbeizuführen.["]

Sein Leben war, seinem eigenen Ausspruche nach, so schal und verlottert, daß ihm jede Änderung willkommen sein mußte. So fuhr zum Beispiel sein Schwager Valerian Petrowitsch Tolstoi, welcher verlobt war, nach Sibirien zurück, um dort vor seiner Heirat einige Geschäftsangelegenheiten zu regeln, und verließ gerade das Haus, als Tolstoi, ohne Hut, nur mit einer Bluse bekleidet, auf seine Tarantas[2] aufsprang – und der einzige Grund, aus dem er die Reise nach Sibirien nicht mitmachte, war vielleicht, daß er keinen Hut auf dem Kopf hatte.

Endlich geschah etwas Ernstes, das in seinem Leben eine Änderung hervorbrachte. Im April 1851 traf Nikolaus, Tolstois ältester Bruder, aus dem Kaukasus ein; er war Offizier der kaukasischen Armee, hatte Urlaub und mußte bald wieder zurück. Tolstoi benützte die Gelegenheit und fuhr im Frühling 1851 mit ihm nach dem Kaukasus.

Sie verließen Jasnaja Poljana am 20. April und verweilten zwei

---

[1] Textquelle | *LEO N. TOLSTOIS BIOGRAPHIE UND MEMOIREN*. Autobiographische Memoiren, Briefe und biographisches Material. Herausgegeben von Paul Birukof und durchgesehen von Leo Tolstoi. I. Band: Kindheit und frühes Mannesalter. Wien/Leipzig: Moritz Perthes (k. u. k. Buchhandlung) 1906, S. 169-317 (,Dritter Teil' des Bandes).
[2] *Russischer Reisewagen.* — Der Übersetzer.

Wochen in Moskau, von wo aus er an seine Tante Tatjana in Jasnaja schrieb:

„Ich war auf der Promenade von Sokolniki, das Wetter war abscheulich und ich habe deshalb keine einzige der Damen der Gesellschaft, die ich zu sehen wünschte, gesehen. Da Du jedoch behauptest, daß ich ein Mann sei, der sich zu helfen wisse, so mischte ich mich unter den Plebs in den Zigeunerzelten. Du vermagst Dir leicht den inneren Kampf vorzustellen, welcher dafür und dagegen auszufechten war. Doch ging ich siegreich daraus hervor, das heißt ich hinterließ den lustigen Abkömmlingen der erhabenen Pharaos nichts als meinen Segen. Nikolaus hat entdeckt, daß ich ohne meinen Reinlichkeitstrieb ein sehr angenehmer Reisegefährte wäre. Er ärgert sich darüber, daß ich meine Wäsche, wie er behauptet, ein dutzendmal im Tage wechsle. Ich meinerseits finde ihn einen sehr angenehmen Reisegenossen, von seiner Unsauberkeit abgesehen. Ich weiß nicht, wer von uns im Rechte ist."

Von Moskau kamen sie durch Kasan, wo sie V. T. Juschkof besuchten, den Gatten jener Tante, unter deren Vormundschaft sie gestanden und bei der sie in Kasan gelebt hatten, und begrüßten auch Frau Sagoskin, eine Freundin dieser Tante, die Leiterin des Kasaner Institutes, eine exzentrische, doch kluge Dame.

In Sagoskins Hause traf Tolstoi eine ehemalige Schülerin des Institutes, Fräulein S. M., und entbrannte für sie in sentimentaler Liebe, die er, zufolge seiner gewohnten Schüchternheit, nicht zu bekennen wagte und mit sich fort nach dem Kaukasus nahm.

In dem Hause der Frau Sagoskin, die stets die elegantesten jungen Männer um sich zu versammeln pflegte, traf er sich auch und wurde fast Freund mit einem jungen Rechtsgelehrten, dem Staatsanwalt Ogolin, und er machte mit diesem einen Landausflug, um V. T. Juschkof einen Besuch abzustatten. Ogolin war der neue Typus des Beamten jener Zeit.

Tolstoi erzählte gerne von der Überraschung Juschkofs, der gewohnt war, einen Staatsanwalt als ernsthafte, würdige und finstere Erscheinung in Uniform, mit einem Kreuz und Stern auf der Brust zu sehen, als er Ogolin erblickte und mit ihm unter ungezwungenen und freien Umständen bekannt wurde.

„Als ich mit Ogolin angekommen war und mich dem Hause näherte, dem gegenüber eine Gruppe junger Birken stand, schlug ich Ogolin vor, während uns der Diener melden würde, miteinander einen Wettkampf auszuführen, wer von uns am besten und höchsten auf diese Birken klettern könnte. Als Juschkof herauskam und den Staatsanwalt auf einem Baume klettern sah, konnte er sich lange nicht von seinem Schreck erholen."

Tolstoi war, wie er mir selbst erzählte, während dieser Reise in seiner törichtesten und weltlichsten Gemütsverfassung. Er berichtete mir, wie ihn sein Bruder in Kasan seiner Torheit überführte. Als sie in der Stadt spazieren gingen, fuhr ein Herr in einer Dolguscha[3] an ihnen vorüber, der mit unbehandschuhten Händen einen Stock vor sich hin hielt.

„Dieser Mensch scheint offenbar irgendein Spitzbube zu sein", rief Leo Tolstoi seinem Bruder zu.

„Warum?" fragte Nikolaus.

„Nun, weil er keine Handschuhe trägt."

„Warum soll er ein Tunichtgut sein, weil er keine Handschuhe trägt?" fragte Nikolaus mit seinem kaum merklichen, gütigen, klugen und spöttischen Lächeln.

Nikolaus dachte und handelte stets nicht, weil andere so dachten und handelten, sondern weil er es selbst für richtig hielt, und er dachte und tat stets, was er für recht hielt. So beschloß er, nach dem Kaukasus nicht über Woronesch zu reisen und durch das Gebiet der Donkosaken, wie es Regel war, sondern zu Pferde nach Saratof, von Saratof die Wolga hinab nach Astrachan und von Astrachan in einem Postwagen nach Stanitsa, und diesen Plan führte er aus.

Sie mieteten ein Fischerboot, legten den Tarantas hinein und fuhren mit Hilfe eines Steuermannes und zweier Ruderer dahin, manchmal rudernd, manchmal vom Strom getragen. Die Fahrt dauerte an drei Wochen, wonach sie Astrachan erreichten. Von dort aus schrieb er seiner Tante:

„Wir sind in Astrachan und stehen im Begriffe, es zu verlassen, so daß wir noch eine Reise von 400 Werst vor uns haben. Ich habe in Kasan eine äußerst angenehme Woche verbracht. Meine Reise

---

[3] Eine Art Britschka.

nach Saratof war unangenehm, hiefür entschädigte uns die Strecke von dort nach Astrachan, die wir in einem kleinen Boote zurücklegten und die hochpoetisch und voll Reiz war, da uns die Gegend und mir persönlich sogar die Art des Reisens neu waren. Gestern schrieb ich einen langen Brief an Marie, in dem ich ihr von meinem Aufenthalte in Kasan erzählte. Ich berichte Dir darüber nichts, da ich mich zu wiederholen fürchte, obschon ich sicher bin, daß Du die beiden Briefe nicht verwechseln wirst. Bisher bin ich mit meiner Reise höchst zufrieden. Viele Dinge regen mich zum Denken an und der Wechsel in der Szenerie allein ist schon unterhaltend. Als ich durch Moskau kam, habe ich mich bei einer Leihbibliothek abonniert, so daß ich mit Lektüre versorgt bin, und ihr sogar in der Tarantas obliege. Auch trägt, wie Du Dir wohl vorzustellen vermagst, Nikolaus' Gesellschaft viel zu meiner frohen Laune bei. Ich denke unaufhörlich an Dich und all die Unseren; oft sogar mache ich es mir zum Vorwurfe, das Leben verlassen zu haben, das Deine Liebe mir so süß machte; doch bedeutet es ja nur einen Aufschub und die Freude, Dich wiederzusehen, wird eine um so größere sein. Mangelte es mir nicht an Zeit, so würde ich Sergius schreiben; ich verschiebe es jedoch, bis ich irgendwo in Ruhe sitze. Umarme ihn für mich und sage ihm, daß ich von Herzen die Kälte bereue, die vor meiner Abreise zwischen ihm und mir platzgriff und für die ich mich allein tadle."

Einige Worte müssen hier über den Kaukasus gesagt werden, um dem Leser sowohl für Tolstois Leben im Kaukasus, als auch für seine Geschichten aus dem Kaukasus das Verständnis zu erleichtern.

Als das Großfürstentum Moskau stark genug geworden war, sich gegen die Tatarenstämme zu erheben, trieb es diese nach und nach dem Südosten zu und, nachdem es die Zarenreiche von Kasan und Astrachan erobert hatte, kam es in Konflikt mit Stämmen wilder Gebirgsbewohner, welche an den nördlichen Abhängen der kaukasischen Berge hausten. Um diese in Schach zu halten, hatte die russische Regierung zu Beginn des neunzehnten Jahrhunderts eine ganze Linie von Kosaken-Vorposten am linken Ufer des Terek und am rechten Ufer des Kuban aufgestellt.

Anderseits war das Königreich Georgien, das am südlichen Abhange der kaukasischen Berge liegt und bis dahin unabhängig gewesen war, mit seinem König Heraklius H. zu Beginn des neunzehnten Jahrhunderts Rußland untertänig geworden. Politische Gründe machten die Unterwerfung der Gebirgsbewohner der Gegenden zwischen Georgien und Rußland unvermeidlich und der Kampf dauerte über fünfzig Jahre lang.

Von den Kosakenposten aus, die an den Ufern des Terek und Kuban standen, drangen die Russen langsam immer näher an den Abhang der Berge heran. Sie beschränkten sich jedoch hauptsächlich auf Raubzüge: militärische Abteilungen griffen Gebirgsdörfer an, zerstörten Weideplätze, trieben Vieh davon, nahmen soviel Einwohner als möglich gefangen und kehrten dann mit dieser Beute zu ihren Standplätzen zurück. Das Gebirgsvolk seinerseits übte Vergeltung: sie verfolgten die Abteilungen auf ihrem Rückwege und fügten ihnen mit ihren gut gezielten Flintenschüssen schwere Verluste zu. Sie versteckten sich hinter Wällen in den Wäldern und in engen Hohlwegen, manchmal erschienen sie sogar plötzlich in den Militärstationen, wo sie viele Menschen niedermetzelten und Männer und Frauen in die Berge wegschleppten. Von Zeit zu Zeit ließ der Kampf nach, wurde aber nur um so wilder, wenn Führer erstanden, die unser Mißgeschick nützten und die mächtigsten und kriegerischesten Stämme unter ihrem Befehl vereinten. Der Fanatismus der letzteren wurde dann noch dadurch angestachelt, daß man ihnen eine heilige Fehde gegen die Ungläubigen predigte. Die Russen hatten mit großen Schwierigkeiten zu kämpfen und erlitten schwere Verluste durch den kriegerischesten der kaukasischen Stämme, die Tschetschentzen, die in den waldbedeckten Niederungen am rechten Ufer des Terek wohnen, wo dessen Nebenflüsse Sunja, Argunj und andere münden, und höher oben in den Bergschluchten von Itschkeria. Unser Unternehmungsgeist erstarkte oder schwand auch je nach dem Talent und der Energie des Führers, der gerade die militärischen Operationen leitete.

Mit der Ernennung des Fürsten Barjatinskij zum Gouverneur des Kaukasus, im Jahre 1856, nahmen die Ereignisse eine entscheidende Wendung. Sich seinen persönlichen Einfluß auf den Kaiser Alexander II. zunutze machend, brachte er eine Armee von 200.000 Mann zusammen, eine größere, als man je zuvor im Kaukasus gesehen. Einen beträchtlichen Teil dieser Armee dirigierte er gegen Tschetschnja, Itschkeria und Daghestan, die damals unter der Herrschaft des berühmten Schamyl standen.

Das Talent und die Energie dieses Führers und der Fanatismus der Gebirgsbewohner, die ihn als ihren Imaum anerkannten, wurden alle unter der Wucht dieser mächtigen Armee zu nichte, die Jewdokimof führte, den nichts aufzuhalten vermochte. 1857 ergab sich Schamyls Residenz, das Dorf Wedeno, das im Herzen Itschkerias liegt, und 1859 Schamyl selbst dem Fürsten Baqatinskiy in Guniba, seiner neuen Daghestan-Festung.

Zu Beginn der Fünfziger-Jahre, vor seiner Ernennung zum Gouverneur des Kaukasus, erschien Fürst Baijatinskij im nördlichen Kaukasus als Befehlshaber des linken Flügels der russischen Armee.

Gerade um diese Zeit traf Tolstoi im Kaukasus ein und die Ereignisse, die er in seinen kaukasischen Erzählungen *„Der Überfall"*, *„Die Kosaken"*, *„Holzhauer"* und *„Das Rendezvous auf dem Kosakenposten"* beschreibt, spielten sich um jene Zeit und in jenen Gegenden ab.

Von Astrachan aus fuhren beide Brüder in einer Postkutsche durch Lisliar in das Dorf Starogladowskij, wo der älteste Bruder einquartiert war. Tolstoi kam als Privatmann in den Kaukasus und ließ sich bei seinem Bruder nieder.

Der erste Eindruck, den der Kaukasus auf ihn machte, war kein tiefer. Kurz nach seiner Ankunft in dem Lande schildert er es folgendermaßen in einem Briefe an seine Tante.

„Ich bin wohl und unbeschädigt angelangt, sitze aber jetzt, gegen Ende Mai, in Starogladowskij. Ich fühle mich ziemlich mißgestimmt. Ich habe nun aus der Nähe das Leben gesehen, welches Nikolaus führt, und die Bekanntschaft der Offiziere gemacht, welche die hiesige Gesellschaft bilden. Das Leben hier scheint mir nach dem, was ich bisher davon gesehen habe, nicht sehr verführerisch zu sein; ist doch die Landschaft, die ich mir sehr schön vorgestellt hatte, durchaus nicht so. Da das Tal im Tieflande liegt, gibt es keine Aussicht; auch ist es um die Wohnungsverhältnisse ebenso schlecht bestellt als um alles, was den Komfort ausmacht. Die Offiziere sind, wie Du Dir vorstellen kannst, Leute ohne Erziehung, gleichzeitig jedoch gute Gesellen und vor allem Nikolaus sehr ergeben.

Alexejef, der Kommandant, ist ein kleiner Kerl mit lichtem, ins Rote spielendem Haare, langem Schnurr- und Backenbarte und einer durchdringenden Stimme, sonst aber ein guter Christ, der mich beinahe an Wolkof erinnert, nur daß er nicht wie dieser kauderwelscht. Dann B…, ein junger, kindischer, gutmütiger Offizier, der mich an Petruscha erinnert. Dann ein alter Kapitän, Bilkowskij, von den Uralkosaken, ein alter Soldat, einfach, aber vornehm, tapfer, aber gut. Ich gestehe Dir, daß mich anfangs vieles in dieser Gesellschaft abstieß, nunmehr habe ich mich jedoch daran gewöhnt, wenn ich auch nicht auf vertrautem Fuße mit den Herren stehe. Ich habe eine glückliche Mittellinie für mein Benehmen gefunden, die von Stolz sowohl als von Familiarität gleich fern ist. Übrigens brauche ich darin nur Nikolays Beispiel zu folgen.“

Gleichwohl hielt er sich nicht lange in Starogladowskij auf. Er und sein Bruder übersiedelten nach Starij Jurt, einem befestigten Lager, das die Kranken in Gorjatschewodsk schützen sollte, wo man kurz vorher heiße Quellen, die starke heilende Eigenschaften besaßen, entdeckt hatte. Wieder führen wir die Schilderung an, die Tolstoi von diesem Orte in einem Briefe an seine Tante entwirft, den er nach seiner Ankunft daselbst im Juli 1851 schrieb.

„Nikolaus reiste eine Woche nach seiner Ankunft ab, und ich folgte ihm, so daß wir seit beinahe drei Wochen hier sind. Wir leben in einem Zelte, da jedoch das Wetter schön ist und ich mich langsam an diese Lebensweise gewöhne, so fühle ich mich dabei sehr wohl. Die Gegend hier ist wundervoll. In erster Linie die Stelle, an der die Quellen sind. Es ist ein ungeheurer Berg sich aufeinander türmender Felsen, von denen sich einige losgelöst haben, die nun eine Art Grotte bilden, während andere in großer Höhe hängen. Sie sind alle von Gießbächen mit warmem Wasser durchschnitten, die an manchen Stellen mit großem Getöse herunterstürzen, und besonders am Morgen, alle hochgelegenen Teile des Berges in weiße Dämpfe hüllen, die beständig aus diesem siedenden Wasser emporsteigen. Das Wasser ist so heiß, daß man Eier in drei Minuten darin hart kochen kann. In der Mitte des Tales, im Hauptstrome, liegen drei Mühlen, eine über die andere in ganz eigentümlicher und höchst malerischer Weise gebaut. Den ganzen Tag über kommen Tatarenfrauen herbei, um ihre Kleider oberhalb dieser Mühlen und zwischen ihnen zu waschen. Ich sollte erwähnen, daß sie sie mit ihren Füßen waschen. Das ist wie ein Ameisenhaufen in beständiger Bewegung. Die Frauen sind zumeist hübsch und gut gewachsen. Das Kostüm der Orientalinnen ist, trotz ihrer Armut, anmutig; die malerischen Gruppen der Frauen geben im Vereine mit der wilden Schönheit der Gegend ein wahrhaft herrliches Bild. Ich stehe oft stundenlang und bewundere die Landschaft. Und noch unendlich schöner und ganz anders geartet ist die Aussicht vom Gipfel des Berges herab, aber ich fürchte, ich langweile Dich bereits mit meinen Schilderungen.

Die Nähe der Quellen ist mir sehr angenehm, da ich aus ihnen Nutzen ziehe. Ich nehme Mineralbäder und fühle in meinen Füßen keine Schmerzen mehr. Rheumatismus habe ich stets, ich fürchte jedoch, daß ich mich während meiner Reise auf dem Wasser erkältet habe. Ich habe mich selten so wohl gefühlt wie jetzt und mache trotz der großen Hitze viel Bewegung.

Der Typus der Offiziere ist hier derselbe wie der, von dem ich Dir bereits gesprochen habe. Es sind ihrer viele hier, ich kenne sie alle und mein Verkehr mit ihnen ist und bleibt der gleiche."

Nach Tolstoi war Jurt ein großes Dorf mit einer Bevölkerung von 1500 Seelen und durch seine schöne Gebirgslage ausgezeichnet. In den Bergen über dem Dorfe quoll eine heiße Schwefelquelle. Ihre Temperatur war so hoch, daß, wie Tolstoi erzählt, der Hund seines Bruders, der in die Quelle fiel, derartige Brandwunden davontrug, daß er an ihren Folgen starb. Die Quelle teilt sich in eine Menge kleiner Bächlein, die am Bergabhange niederrieseln. Diese Bächlein waren so schmal, daß man sie leicht einzudämmen vermochte. Die Bewohner des Dorfes benützten sie zur Errichtung von Wassermühlen. Die heilenden Eigenschaften der Quelle sind bedeutender als jene der Pjatigorsker Wässer.

Von diesem Dorfe aus nahm Tolstoi an einem Ausfalle als Freiwilliger teil. Er verlebte herrliche. Augenblicke jugendlich dichterischer Begeisterung.

Am erinnerungswürdigsten war ihm eine Nacht die er in seinem

Tagebuche in Worten von außerordentlicher geistiger Schönheit geschildert hat.

„Gestern habe ich die ganze Nacht hindurch kaum geschlafen.
Als ich mein Tagebuch schloß, betete ich zu Gott. Ich vermag der
Süßigkeit der Empfindung, die mich während des Gebetes erfüllte, nicht Ausdruck zu geben. Ich wiederholte die Gebete, die
ich gewöhnlich bete; ‚Vater unser‘, ‚Zur Jungfrau Maria‘, ‚Zur
Dreieinigkeit‘, ‚Die Pforte der Barmherzigkeit‘, ‚Das Gebet zum
Schutzengel‘, und betete dann noch weiter. Wenn man Gebet als
Bitten oder Danksagung definiert, dann betete ich nicht. Ich
dürstete nach etwas Erhabenem und Gutem, wonach, vermochte
ich jedoch nicht zu sagen, wenn ich auch klar empfand, daß ich
danach begehrte. Ich wünschte, in der Einheit mit dem allumfas-
senden Wesen aufzugehen. Ich bat Ihn, meine Verbrechen zu
verzeihen; doch nein, ich bat Ihn nicht darum, denn ich fühlte,
daß Er, der mir diesen gesegneten Augenblick geschenkt, mir
auch verziehen hatte. Ich bat und fühlte gleichzeitig, daß ich um
nichts zu bitten hätte, daß ich zu bitten nicht vermochte und
nicht verstand. Ich dankte Ihm, doch nicht in Worten, nicht in
Gedanken. Ich legte alles in ein Gefühl, das zugleich Bitte war
und Dank. Die Empfindung der Furcht schwand völlig. Keine
der Tugenden – Glaube, Hoffnung und Liebe – hätte ich von diesem allgemeinen Gefühle loszulösen vermocht. Nein, das Gefühl, das mich gestern beherrschte, es war ein anderes – es war
die Liebe zu Gott, eine erhabene Liebe, die alles, was da gut ist,
in sich schloß, und alles zurückstieß, was böse ist. Wie fürchterlich war es für mich, auf all das Triviale und Lasterhafte meines
Lebens zu blicken. Ich vermochte nicht zu fassen, wie es mich je
hatte anziehen können. Wie betete ich zu Gott aus reinem Herzen, mich in seinen Schoß zu nehmen. Ich fühlte nicht, daß ich
nur Fleisch war – doch nein … die fleischliche, irdische Seite
machte sich wieder geltend, und es war keine Stunde verstri-
chen, ehe ich schier unbewußt die Stimme des Lasters, der Eitelkeit und der Nichtigkeit wiederum in mir vernahm. Ich wußte,
woher diese Stimme kam, ich wußte, daß sie mein Glück ertötete,
ich kämpfte, doch ich erlag. Ich sank in Schlaf und träumte von
Ruhm und Weibern. Aber es war nicht meine Schuld, ich war

ohnmächtig dagegen. Ewiges Glück hienieden ist unmöglich. Leiden sind nötig. Weshalb? Das weiß ich nicht! Doch wie wagte ich zu sagen, ich weiß es nicht? Wie wagte ich, es für möglich zu achten, die Wege des Schicksals zu kennen? Es ist die Quelle alles Denkens und das Denken möchte es ergründen! …

Die Seele verliert sich in diese Tiefen der Weisheit und Empfindsamkeit und zittert davor, Ihn zu beschimpfen. Ich danke Ihm für den Augenblick des Glückes, der mir gleichzeitig meine Nichtigkeit und meine Größe zeigte. Ich möchte beten, doch ich weiß nicht, wie man betet. Ich möchte zu Erkenntnis gelangen, wage es aber nicht – ich beuge mich deinem Willen.

„Warum habe ich all dies geschrieben? Wie armselig, wie leblos, wie sinnlos beinahe ist der Ausdruck meiner Gefühle geworden; und sie waren doch so erhaben."

Diesen Ausbrüchen religiöser Ergriffenheit folgten oft Perioden der Niedergeschlagenheit und Apathie. So schrieb er am 2. Juli, während er noch in Starij Jurt wohnte, folgende Gedanken nieder:

„Ich gebe mich eben jetzt der Betrachtung hin und rufe mir all die unerquicklichen Stunden des Lebens ins Gedächtnis, die einem nur zu Zeiten der Niedergeschlagenheit sich aufdrängen … Nein, es gibt zu wenig Wonne – der Mensch sehnt sich zu sehr nach Glück und zu oft trifft ihn das Schicksal, so oder so, schmerzlich, bitter schmerzlich, an seiner wundesten Stelle – die für uns die Liebe zum Leben ist. Auch liegt etwas gar besonders Süßes und Großes in der Gleichgültigkeit gegen das Leben und ich freue mich dieser Empfindung. Wie stark ich mich allem gegenüber fühle durch diese feste Überzeugung, daß wir hier nichts zu erwarten haben als den Tod … Nichtsdestoweniger denke ich in diesem selben Augenblicke mit Vergnügen an einen Sattel, den ich mir bestellt habe und auf dem ich in tscherkessischer Tracht reiten will, dann, wie ich mit den Kosakenmädchen schäkern werde, und bin glücklich darüber, daß die linke Seite meines Schnurrbartes höher reicht als die rechte, worüber ich zwei Stunden Zeit verloren habe."

Tolstoi mußte oft seinen Aufenthaltsort wechseln. Das Hauptquartier und die Stabsbatterie, bei der sein Bruder diente, waren in Starogladowskij, er wurde jedoch oft auf Vorposten gesendet, wobei ihn Tolstoi begleitete.

Jenen wilden kosakischen und kaukasischen Dörfern war es bestimmt, historisch zu werden. Hier entstand die Konzeption zu den künstlerischen Formen von Tolstois Werken und hier reiften die ersten Früchte seiner schöpferischen Kraft. Die wundervolle Szenerie des nördlichen Kaukasus, die Berge, der Fluß Terek und die Tapferkeit der Kosaken, die schier primitive Schlichtheit des Lebens, all dies, harmonisch zum Ganzen verschmolzen, war die Wiege seiner frühesten Schöpfungen und hob das Werk des weltumfassenden Genies, das nach dem Ideale ringen sollte, die Wahrheit und Bedeutung des Menschenlebens zu ergründen.

Wir geben hier eine Beschreibung von Tolstois Ankunft in Starij Jurt, die wir seinem Romane „*Die Kosaken*", entnehmen, in welchem er so lebhaft den Eindruck schildert, den die Majestät der kaukasischen Berge auf ihn machte.

„Es war ein sehr klarer Morgen. Plötzlich gewahrte er, einige zwanzig Schritte vor sich, wie er zuerst dachte, schneeigweiße Gebirgsmassen, die sich mit ihren zarten Umrissen und den phantastischen, scharf gezeichneten Linien ihrer Gipfel vom fernen Himmelszelt abhoben. Und als er sich der großen Entfernung, die zwischen ihm und den Bergen und dem Himmel lag, bewußt ward und auch der Unendlichkeit der Berge und das Unermeßliche all dieser Schönheit empfand, überwältigte ihn die Angst; dachte er doch, daß es eine Vision sei, ein Traum. Er schüttelte sich, um sich von seinem Schlaf zu befreien. Die Berge blieben unverändert.

,Was ist das? Was ist das?' fragte er den Kutscher. ,Das Gebirge', antwortete der Nogajer gleichgültig. ,Ich sehe selbst schon geraume Zeit hin', sagte Wanjuscha. ,Es ist wundervoll! Sie würden es daheim nicht glauben !'

Wie das Gefährte in raschem Laufe über die ebene Straße dahinrollte, schienen die Berge mit ihm am Horizonte entlang zu eilen und erglühten mit ihren rosigen Gipfeln in der aufgehenden Sonne. Zuerst versetzten sie Olenin bloß in Erstaunen, später aber bereitete ihm ihr Anblick Freude. Und noch später blickte er unaufhörlich zu dieser Kette schneebedeckter Gipfel empor, die nicht mit anderen, dunkleren zusammenhingen, sondern direkt aus der Steppe emporwuchsen. Langsam begann er ihre ganze Schönheit zu erfassen, ,zu fühlen'.

Von diesem Augenblicke an nahm alles, was er sah, alles, woran er dachte, und alles, was er empfand, für ihn einen neuen, strengen, majestätischen Charakter an, den Charakter der Berge. Alle Moskauer Erinnerungen, seine Schmach und seine Reue, all die kleinlichen Träume, die er vom Kaukasus geträumt, alles verschwand und kehrte nie wieder. ,Nun hat es begonnen', sprach eine feierliche Stimme in ihm. Und die Straße und weit weg die verschwindende Linie des Terek und die Dörfer und die Leute, all dies erschien ihm nicht länger kleinlich.

Er blickte zum Himmel auf und er dachte an die Berge. Er sah sich selber an und dann Wanjuscha – und dann wiederum zurück auf die Berge. Er sah zwei Kosaken nebenher reiten und ihre Gewehre gleichmäßig auf ihrem Rücken schaukeln und ihre Pferde ihre kastanienbraunen und grauen Beine durcheinanderwerfen und sah – die Berge. Hinter dem Terek stieg aus einem Gebirgsdorfe Rauch auf – und die Berge!

Die Sonne ging auf und strahlte über den Terek, weit hinaus über sein Schilf – bis an die Berge. Aus einem Kosakendorfe kam ein kleines Wägelchen und Weiber, wunderschöne, junge Weiber kamen – aus den Bergen. ,Abreks[4] rasen durch die Steppen, ich reise, fürchte sie aber nicht: ich habe ein Gewehr, bin stark und jung' – und in den Bergen."[5]

Im August war er wiederum in Starogladowsk.

Aus der Erzählung *„Die Kosaken"*, die autobiographischen Charakters ist, vermögen wir einen ungefähren Begriff zu gewinnen, wie er seine Zeit im Kosakendorfe verbrachte. Sein Streben, in nähere Berührung mit dem Volke zu kommen – Kosaken, Sport, die Betrachtung der Schönheiten der Natur und der unaufhörliche innere Widerspruch, der diesen Mann niemals verließ und in seinen Werken lebhaften Ausdruck findet, das war Tolstois Leben um jene Zeit.

„Weshalb bin ich glücklich und weshalb habe ich früher gelebt?"

---

[4] Tapfere Gebirgsbewohner.
[5] Graf Tolstois sämtliche Werke. 2. Bd.

dachte er. „Wie anspruchsvoll ich doch sonst war! Wie spann ich Ränke, und wirkte doch nur Schmach und Elend für mich selbst!" Und plötzlich ist es, als öffne sich ihm eine neue Welt. „Das ist das Glück", sprach er. „Das Glück besteht darin, daß man für andere lebt. Das ist klar. Die Sehnsucht nach Glück ist dem Menschen angeboren; daher ist sie berechtigt. Versucht man sie in egoistischer Weise zu befriedigen, das heißt, indem man Reichtum, Ruhm, Lebensbequemlichkeit und Liebe sucht, so gestalten sich die Verhältnisse leicht derart, daß es unmöglich wird, diese Wünsche zu erfüllen. Daher sind diese Wünsche unberechtigt, der Durst nach Glück jedoch ist nicht unberechtigt. Was für Wünsche nun sind jene, die man, äußeren Bedingungen zum Trotze, stets zu befriedigen vermag? Was für Wünsche? – Liebe, Selbstaufopferung!"

So überfroh und erregt war er, als er diese Wahrheit die ihm neu schien, entdeckte, daß er aufsprang und ungeduldig nach einem Menschen Umschau hielt, dem er sich selbst aufopfern, dem er Gutes tun und den er lieben könnte. „Ich will nichts für mich selbst", spann er den Gedanken weiter; „warum sollte ich dann nicht für andere leben?"[6]

Damals bereits machte die Stimme der Liebe eine mächtige Saite in der Seele des jungen Mannes erklingen, der kaum erst sein Leben sozialer Tätigkeit begonnen hatte.

Die äußeren Ereignisse jedoch nahmen ihren Lauf und rissen die starke animalische Natur des Mannes mit auf ihren Alltagspfad.

Das Leben des leidenschaftlichen jungen Mannes im Kosakendorfe entbehrte nicht der Romantik. Die Geschichte seiner Liebe wird in der Erzählung *„Die Kosaken"* beschrieben.

Alle Stadien dieser unerwiderten Neigung sind darin lebendig ausgemalt und noch deutlicher in einem Briefe an seine Moskauer Freunde geschildert. Jener Brief zeigt die Liebe des Schreibers zur wilden Natur, seinen leidenschaftlichen Wunsch, mit ihr in voller Harmonie zu leben, und das Leid, das ihm aus der Unausführbarkeit erstand. Er wußte, daß ihm das Leben in zivilisierter Umgebung die Natur entfremdet und zwischen ihm und ihr einen Abgrund gegraben hatte, der kaum zu überschreiten war. Dies ist der charakteristischeste und wesentlichste Teil seines Briefes:

---

[6] Graf Tolstois gesammelte Werke. 2. Bd.

„Wie verächtlich und bedauernswert erscheint Ihr mir doch alle! Ihr wißt nicht, was Glück noch was Leben ist! Ihr müßtet erst das Leben in seiner ganzen kunstlosen Schönheit kennen lernen; Ihr müßtet vor Euch sehen und verstehen, was ich täglich vor mir sehe, den ewigen, unerreichbaren Schnee der Berge und das Weib, das in seiner ursprünglichen Schönheit so majestätisch einherschreitet wie das erste Weib, da es aus den Händen seines Schöpfers hervorging – und dann wird es klar sein, wer der Verlorne ist und wer in Wahrheit lebt – Ihr oder ich.

Wüßtet Ihr nur, wie verabscheuungswürdig und bemitleidenswert Ihr mir in Eurem Wahn erscheint! Taucht an Stelle meiner Hütte, meines Waldes und meiner Liebe das Bild jener Salons in mir auf, jener Weiber mit pomadisiertem Haar, durch das man die falschen Locken sieht, mit den unnatürlich flüsternden Lippen, den eingeschnürten und verkrümmten Gliedern und das hohle Geschwätz, das sich Konversation nennt, aber kein Recht auf diesen Namen hat – so erfüllt mich unerträglicher Ekel. Ich sehe dann jene öden Gesichter vor mir, jene reichen heiratsfähigen Mädchen, die mit der süßesten Stimme zu sagen scheinen: ‚Schon gut, komm nur –. Komm nur näher, wenn ich auch ein reiches heiratsfähiges Mädchen bin.‘

Das Niedersetzen und Wechseln der Plätze; das schamlose Verkuppeln und der endlose Tratsch, die endlose Heuchelei; diese Regeln – dem die Hand, dem nur ein Nicken, mit jenem ein Geplauder; und schließlich ewige L a n g e w e i l e im Blute, die von Generation auf Generation übergeht (bewußt sogar, als müsse es so sein). – Ihr müßt das verstehen oder es mir glauben. Ihr müßt sehen und erfassen, was Wahrheit und Schönheit sind, und alles, was Ihr sehen oder denken möget, alle Eure Wünsche, für Euer eigenes Glück und meines, werden im Winde zerflattern. Das Glück besteht im Zusammenleben mit der Natur, in ihrem Anblick, ihrer Sprache. ‚Der Herr beschütze ihn, er wird sicher ein Kosakenmädchen heiraten und der Gesellschaft ganz verlorengehen‘ – das höre ich sie mit aufrichtigem Mitleid von mir sagen und dennoch ist es das, was ich wünsche: in Eurem Sinn des Wortes ganz verloren zu gehen und ein einfaches Kosakenmädchen zu heiraten; ich wage nicht, es zu tun, weil es den

Gipfel des Glückes bedeuten würde, dessen ich unwürdig bin."[7]
„Drei Monate sind vergangen, seit ich zum erstenmal das Kosakenmädchen, Marjanka, sah. Die Begriffe und Vorurteile der Gesellschaft, aus der ich hervorgegangen bin, hafteten mir noch frisch an. Ich hielt es damals nicht für möglich, daß ich dies Weib lieben könnte. Ich bewunderte sie, wie ich die Schönheit der Berge und des Firmamentes bewunderte; ich mußte sie bewundern, denn sie ist nicht minder schön als jene. Dann wurde ich mir bewußt, daß die Betrachtung dieser Schönheit eine Notwendigkeit meines Lebens geworden war, und ich begann mich selbst zu fragen, ob ich sie nicht liebe; doch fand ich in mir nichts, was irgendwelche Ähnlichkeit mit dem Gefühle hatte, wie ich mir dieses vorgestellt hatte. Dieses Gefühl hatte nichts mit dem Sehnen nach Einsamkeit gemein, noch mit dem Wunsche nach Ehe, noch mit platonischer Liebe, und weniger noch mit fleischlicher Liebe, die ich bereits kannte. Ich mußte sie sehen, sie hören; wissen, daß sie nahe war, und dies machte mich nicht gerade glücklich, aber ruhig. Nach einer Abendgesellschaft, die ich mit ihr verbracht und bei der ich sie berührt hatte, fühlte ich, daß zwischen diesem Weibe und mir ein unlösliches, wenngleich uneingestandenes Band bestehe, gegen das zu kämpfen nutzlos wäre. Aber ich kämpfte doch. Ich sprach zu mir selbst: ‚Kann ich je ein Weib lieben, das nie imstande sein wird, die geistigen Interessen meines Lebens zu verstehen? Kann ich ein Weib um seiner bloßen Schönheit willen lieben? Kann ich ein Bild eines Weibes lieben?' Ich fragte mich und liebte sie doch die ganze Zeit hindurch, wenn ich auch meinem eigenen Gefühle nicht traute. Nach der Gesellschaft, bei der ich zum erstenmal mit ihr sprach, änderten sich unsere Beziehungen. Vor jenem Abende war sie mir ein fremdes, jedoch majestätisches Geschöpf der äußeren Natur; nach der Gesellschaft wurde sie mir ein menschliches Wesen. Ich habe sie getroffen und mit ihr gesprochen; und ich habe ihren Vater gesehen, wie er bei der Arbeit war, und ich habe ganze Abende in ihrer Nähe verbracht. Und bei diesen nahen Beziehungen ist sie in meinem Denken und Gefühle ebenso rein, unerreichbar und majestätisch geblieben. Auf alle Fragen hat sie

---

[7] Graf Tolstois gesammelte Werke. 2. Bd.

in derselben ruhigen, stolzen, gleichgültig heiteren Weise geantwortet. Manchmal war sie liebenswürdig, zumeist aber drückte
jeder Blick, jedes Wort, jede ihrer Bewegungen die gleiche, nicht
gerade verächtliche, doch zurückweisende und selbstbewußte
Gleichgültigkeit aus.

Jeden Tag suchte ich mich mit einem erlogenen Lächeln auf den
Lippen zu verstellen, und sprach, während Leidenschaft und Begierde mein Herz zerrissen, scherzend zu ihr. Sie aber sah, daß
ich mich verstellte, und sah mich trotzdem heiter und harmlos
an. Dieser Zustand wurde mir unerträglich. Ich wollte sie nicht
belügen, ich wollte ihr alles enthüllen, was ich dachte, was ich
empfand. Ich war sehr aufgeregt. Es war im Weingarten. Ich fing
an, ihr von meiner Liebe zu sprechen, in Worten, an die ich mich
nur mit Scham zu erinnern vermag. Ich schäme mich, daran zu-
rückzudenken, weil ich nie hätte wagen dürfen, ihr solches zu
sagen, und weil sie unermeßlich hoch über den Worten und über
dem Empfinden stand, dem ich Ausdruck zu verleihen
wünschte. Ich verstummte und seit jenem Tage ist die Lage unerträglich geworden. Ich wollte mich nicht selbst erniedrigen, indem ich die früheren scherzhaften Beziehungen wieder aufnahm, und ich wußte, daß ich noch nicht reif für einen ehrlichen,
schlichten Verkehr mit ihr war. Ich fragte mich selbst voll Verzweiflung: ‚Was soll ich tun?‘

In meinen wahnwitzigen Träumen erschien sie mir bald als
meine Geliebte, bald als mein Weib und ich stieß beide Gedanken mit Abscheu von mir. Sie zu meiner Geliebten machen, wäre
fürchterlicher, als sie morden. Und noch schlimmer wäre es, aus
ihr eine Dame zu machen, die Gattin Dmitri Andrejewitsch
Olenins, wie einer unserer Offiziere aus einem Kosakenmädchen
von hier, das er geheiratet hatte, eine Dame machte. Wenn ich
Kosak, ein Lukaschka werden, Pferdeherden stehlen, mich mit
Rotwein besaufen, Lieder trällern, Leute töten und trunken
nachts durch das Fenster zu ihr klettern könnte, um mit ihr die
Nacht zu verbringen, ohne mich selbst zu fragen, wer und warum ich bin – das wäre etwas anderes; dann könnten wir einander verstehen und ich könnte glücklich sein.“[8]

---

[8] Graf Tolstois gesammelte Werke. 2. Bd.

Doch er konnte nicht ein zweiter Lukaschka werden und daher auch nicht das Glück auf diesem Wege finden.

Im September schrieb er seiner Tante einen Brief, in dem sich der künftige Schriftsteller bereits unverkennbar offenbart. Was besonders darin auffallt, ist die peinliche Genauigkeit im Gedankenausdrucke; wahrscheinlich stürmten damals bereits zahllose Gedanken und Bilder auf sein Hirn ein und er wählte nur jene, die sich niederschreiben ließen. Er drückt diese Empfindung folgendermaßen aus:

„Ich habe mir wiederholt gesagt, daß es nicht Deine Gewohnheit ist, Deine Briefe erst zu skizzieren; ich folge Deinem Beispiele, doch ist mir das Gelingen nicht gleich hold wie Dir, denn ich zerreiße oftmals meine Briefe, wenn ich sie zum zweitenmal lese. Nicht aus Eitelkeit – ein orthographischer Fehler, ein Klecks, ein schlecht konstruierter Satz beunruhigen mich nicht, sondern nur der Umstand, daß ich nicht lernen kann, meine Feder und meine Gedanken zu lenken. Ich habe soeben einen Brief an Dich, nachdem ich ihn vollendet hatte, zerrissen, weil ich darin viele Dinge sagte, die ich Dir nicht sagen wollte, und nichts von dem, was ich Dir zu sagen wünschte. Vielleicht glaubst Du, dies beruhe auf Verstellung, und meinst, es sei unrecht, sich gegen jene zu verstellen, die man liebt und von denen man sich geliebt weiß. Ich gebe Dir recht, Du aber wirst mir gleichfalls zugestehen, daß man einem Menschen, der einem gleichgültig ist, leicht alles sagt, daß aber, je größer die Liebe zu einem Menschen ist, um so zahlreicher auch die Dinge werden, die man gerne vor ihm verbergen möchte."

Wenn die Energie der Jugend in ihm auf wallte und keinen Ausweg fand, wagte Tolstoi oft sein Leben, indem er sich an gefährlichen Zügen beteiligte.

So drang er einst in Gesellschaft seines Freundes, des Kosaken Epischka (der in *„Die Kosaken"* als Jeroschka beschrieben ist), in das Dorf Hossaf-Jurt, das in den Bergen liegt. Die Reise war gefährlich, da das Gebirgsvolk oft Reisende angriff.

Nachdem er von diesem Ausfluge heil zurückgekehrt, traf Tolstoi den Oberbefehlshaber des linken Flügels, Fürsten Baijatinskij an, der sich in Begleitung seines eigenen Verwandten, Ilja Tolstoi, befand. Letzterer forderte Tolstoi auf, sich ihrer Gesellschaft anzuschließen, was diesem Gelegenheit gab, mit dem Oberbefehlshaber näher bekannt zu werden. Letzterer drückte gelegentlich seine Zufriedenheit aus und pries Tolstois heiteres und tapferes Benehmen, das er nach einem Raid an ihm beobachtet hatte. Er riet ihm auch, doch unverzüglich in den Militärdienst einzutreten, da Tolstoi wohl Zivilist blieb, nichtsdestoweniger aber damals als Freiwilliger an allen Expeditionen teilnahm. Das schmeichelhafte Urteil des Oberbefehlshabers und der Rat seiner Verwandten bewog Tolstoi endlich, den Entschluß zu fassen und ein Gesuch um Aufnahme in die Armee einzureichen.

Die Monate August und September über blieb er in Starogladowsk. Im September ging er mit seinem Bruder Nikolaus nach Tiflis. Sein Bruder kehrte bald zurück, Tolstoi aber verblieb in Tiflis, um seine Prüfungen abzulegen und den Dienst anzutreten.

„Wir reisten tatsächlich am 25. ab und kamen nach siebentägiger Reise, welche der Mangel an Pferden, der sich in beinahe jeder Poststation fühlbar machte, sehr erschwerte, die jedoch infolge der Schönheit der Gegend, welche wir durchwanderten, angenehm verlief, am 1. dieses hier an.
Tiflis ist eine hochzivilisierte Stadt, die St. Petersburg stark nachahmt und in diesen Nachahmungsversuchen auch erfolgreich ist. Die Gesellschaft ist gewählt und ziemlich zahlreich, es gibt hier ein russisches Theater und eine italienische Oper, die ich mir soviel zunutze mache, als es mir meine beschränkten Geldmittel erlauben. Ich lebe inmitten der deutschen Kolonie. Das ist eine Vorstadt, hat für mich jedoch zwei große Vorzüge, zuerst, daß es ein äußerst hübscher, von Gärten und Weinbergen umrahmter Fleck ist, so daß man daselbst mehr auf dem Lande als in der Stadt zu sein glaubt. (Die Witterung ist noch sehr warm und sehr schön und wir hatten bisher weder Schnee noch Frost.) Der zweite Vorzug besteht darin, daß ich für zwei verhältnismäßig reine Zimmer fünf Rubel monatlich zahle, während man in der Stadt Wohnräume für weniger als vierzig Rubel monatlich nicht finden könnte. Als Zuschuß bekomme ich noch unentgeltlich Übung in der deutschen Sprache, finde Bücher, Beschäftigung und auch Muße, da niemand mich hier stört, so daß ich mich im großen und ganzen wohl fühle.

Erinnerst Du Dich, beste Tante, an den Rat, den Du mir in längstvergangenen Tagen gabst – ich sollte Romane schreiben? Gut denn, ich folge Deinem Rate und die Beschäftigung, von der ich spreche, besteht in literarischer Arbeit. Ich weiß nicht, ob das, was ich schreibe, je das Tageslicht erblicken wird, es ist jedoch eine Arbeit, die mir Freude macht und in der ich bereits zu lange ausgeharrt habe, um sie nunmehr zu verlassen."

Dieser Brief ist interessant, weil er zeigt, mit welcher Bescheidenheit dieses große Talent seine unvorhergesehenen Vorzüge entwickelte. Er war leidend und dokterte selbst an sich zwei Monate hindurch herum; gleichzeitig schrieb er in allen Stunden der Muße und Einsamkeit, die er sich zu verschaffen vermochte, seine erste Erzählung nieder. Einen Teil seiner Zeit nahmen auch seine Bemühungen in Anspruch, sich eine amtliche Stellung zu verschaffen, was keine leichte Sache war, da es ihm an den nötigen Papieren fehlte.

Am 23. Dezember 1851 schrieb er an seinen Bruder Sergius folgenden Brief, der charakteristische Einzelheiten über das Leben in Tiflis und in dem Dorfe enthält:

„In einigen Tagen wird die langersehnte Kundmachung meiner Ernennung zum Freiwilligen in der vierten Batterie in den Zeitungen stehen und ich werde dann die Freude haben, vorübergehende Offiziere und Generale zu salutieren und mit den Blicken zu verfolgen. Selbst hier, wenn ich in meinem eleganten Überzieher und Chapeau claque, die ich für zehn Rubel erstanden habe, durch die Straßen gehe, habe ich mich, trotz all dieser Pracht, so an den Gedanken, einen grauen Soldatenrock zu tragen, gewöhnt, daß meine Hand unwillkürlich den Hut an den Sprungfedern zu packen und niederzudrücken versucht. Wie dem auch sei, sobald meine Ernennung stattgefunden hat, verlasse ich noch am selbigen Tage Starogladowskaja und begebe mich geradenwegs an die Grenze, wo ich im Soldatenrocke oder in einem Sakaschan gehen oder reiten will und ganz nach meinen Kräften mit Hilfe der Kanonen am Niedermetzeln *der wilden, rebellischen Asiaten* teilzunehmen gedenke.

Serjoscha. – Du ersiehst aus meinem Briefe, daß ich in Tiflis bin, wo ich bereits am 9. November eintraf, so daß ich Zeit gefunden hätte, mit den Hunden, die ich dort (in Starogladowskaja) kaufte, zu jagen; die Hunde wurden hierher gesendet, ich habe sie jedoch noch nicht gesehen. Der Sport hier (i. e. im Dorfe Sakaschan) ist großartig: Offene Felder, Sumpfboden, auf dem es von Hasen wimmelt, und kleine Wäldchen, nicht von Bäumen, doch von Sträuchern, in denen die Füchse Deckung finden. Ich war im ganzen neunmal auf der Jagd, gegen zehn oder fünfzehn Werst vom Dorfe entfernt, mit zwei Hunden, von denen der eine ausgezeichnet, der andere nichtsnutzig ist. Ich erlegte zwei Füchse und über sechzig Hasen. Späterhin will ich es mit der Hirschjagd versuchen. Ich habe mehr denn einmal an Jagdzügen auf wilde Eber und Hirsche teilgenommen, aber nichts dabei erlegt. Auch dieser Sport ist außerordentlich unterhaltend; ist man jedoch an das Jagen mit Windhunden gewöhnt, so findet man kein Vergnügen daran. Gerade wie jemand, der daran gewöhnt ist, türkischen Tabak zu rauchen, keinen Gefallen am gemeinen Schukof findet, wenngleich mancher behaupten mag, daß letzterer besser sei.

Ich kenne Deine Schwäche. Wahrscheinlich wünschest Du zu wissen, wer meinen Verkehr hier bildete und bildet und in welchen Beziehungen ich zu den Leuten stehe. Ich muß Dir gestehen, daß mich dieses Thema ganz und gar nicht interessiert, beeile mich aber trotzdem, Dich zufriedenzustellen. Bei der Batterie hier gibt es nicht viele Offiziere; ich kenne sie daher alle, aber nur sehr oberflächlich, wenngleich ich mich allgemeiner Vertrautheit bei ihnen erfreue, da Nikolenka und ich immer Schnaps, Wein und Erfrischungen für Besucher bereit haben. Auf derselben Grundlage habe ich auch Bekanntschaft mit Offizieren anderer Regimenter gemacht und aufrecht erhalten, mit denen ich in Starij Jurt (einem Badeorte, wo ich im Sommer lebte) oder während der Expedition, an der ich teilnahm, zusammentraf. Unter ihnen gibt es mehr oder weniger nette Gesellen; da ich mir jedoch stets anregendere Beschäftigungen weiß als Gespräche mit Offizieren, so trete ich keinem von ihnen besonders nahe. Oberstleutnant Alexejef, Kommandant der Batterie, in die ich eintrat, ist ein sehr gütiger und recht eitler Mensch. Ich gestehe, daß ich mir letzterwähnte Schwäche zunutze machte und ihm etwas Sand in die Augen streute – ich brauche ihn. Ich tue allerdings auch unwillkürlich das Gleiche und bereue es. In Gesellschaft eitler Leute wird man selber eitel.

Hier in Tiflis habe ich drei Bekannte. Mehr habe ich nicht gefunden, erstens, weil ich es nicht wünschte, und zweitens, weil sich keine Gelegenheit bot. – Ich war beinahe immer krank und bin erst seit voriger Woche wieder außer Haus gewesen. Mein erster Bekannter ist Bagration aus St. Petersburg (Fersens Kamerad). Der zweite: Fürst Barjatinskij. Ich machte seine Bekanntschaft im Laufe der Expedition, an der ich unter seinem Kommando teilnahm, und verbrachte später einen Tag auf einer Festung mit ihm und Ilja Tolstoi, den ich hier traf. Diese Bekanntschaft verschaffte mir natürlich nicht viel Unterhaltung, denn Du kannst Dir vorstellen, auf welchem Fuße ein Freiwilliger mit einem General verkehren kann. Mein dritter Bekannter ist *ein Apothekergehilfe*, ein Pole, der degradiert wurde – ein höchst amüsanter Mensch. Ich bin fest überzeugt, daß sich Fürst Barjatinskij niemals träumen ließ, daß er auf irgendeiner erdenklichen Liste neben einem Apothekergehilfen figurieren würde, und doch ist es so geschehen. Nikolenka steht mit allen auf sehr gutem Fuße; die Kommandanten, Offiziere und alle anderen lieben und achten ihn. Er genießt außerdem den Ruf, ein tapferer Offizier zu sein. Ich liebe ihn mehr denn je und fühle mich in seiner Nähe vollkommen glücklich und ferne von ihm ganz traurig.

Wenn Du mit Neuigkeiten aus dem Kaukasus prahlen willst, so kannst Du erzählen, daß die zweite Berühmtheit nach Schamyl, ein gewisser Hadschi-Murat, sich vor wenigen Tagen der russischen Regierung ergeben hat. Er war der beste Reiter und größte Held der Tschetschnja, beging jedoch eine niedrige Handlung. Außerdem magst Du mit Bedauern erzählen, daß unlängst der wohlbekannte, tapfere und tüchtige General Sleptzof getötet wurde. Solltest Du zu wissen wünschen, ob es *ihn getroffen hat*, so kann ich Dir dies nicht sagen."

Am 6. Januar 1852 schreibt Tolstoi aus Tiflis einen bedeutsamen Brief an seine Tante, der voll Zärtlichkeit und Liebe für sie ist.

„Ich habe soeben Deinen Brief vom 24. November erhalten und antworte Dir darauf unverzüglich, wie es meine Gewohnheit ist.

Ich schrieb Dir unlängst, daß ich Tränen über Deinen Brief vergossen, und ich glaubte, daß diese Schwäche eine Folge meiner Krankheit sei. Ich habe mich getäuscht. Seit einiger Zeit rufen alle Deine Briefe dieselbe Wirkung bei mir hervor. Ich bin stets ein Heulpeter gewesen. Früher schämte ich mich dieser Schwäche, doch sind die Tränen, die ich bei dem Gedanken an Dich und Deine Lieben vergieße, so süß, daß ich sie nun ohne Skrupel und falsche Scham fließen lasse. Dein Brief ist der Trauer zu voll, als daß er nicht auch mich in Trauer versetzen müßte. Du bist es, die mir stets geraten hat, und wenn ich unglückseligerweise diesem Rate auch nicht immer folgte, so möchte ich doch mein ganzes Leben lang nur ganz nach Deinem Empfinden leben. Laß mich Dir erst die Wirkung Deines Briefes auf mich erzählen und Dir sagen, welche Gedanken ich mir machte, als ich ihn las. Spreche ich zu frei heraus, so wirst Du es, das weiß ich, verzeihen, um der Liebe willen, die ich für Dich habe, Wenn Du sagst, daß die Reihe nun an Dir sei, uns zu verlassen und zu jenen zu gehen, die nicht mehr sind und die Du so sehr geliebt, wenn Du sagst, daß Du zu Gott betest, er möge Deinem Dasein, das Dir so unerträglich und einsam scheint, ein Ende bereiten, wenn Du dies sagst, dann ist mir, verzeihe mir, teuerste Tante, als beleidigtest Du Gott und mich und uns alle, die Du so liebst. Du bittest Gott um Deinen Tod, das heißt um das größte Unglück, das mich treffen könnte. (Dies ist keine Phrase; Gott ist mein Zeuge, daß die zwei größten Schicksalsschläge, die mich treffen könnten, Dein Tod wäre oder der Nikolaus' – der beiden Menschen, die ich mehr liebe als mich selbst.) Was bliebe für mich übrig, wenn Gott Dein Gebet erhörte? Wem zuliebe sollte ich noch wünschen, besser, tugendhafter zu werden und einen guten Ruf zu erwerben? Wenn ich für mich selbst Pläne des Glückes schmiede, so steht der Gedanke, daß Du mein Glück teilen und genießen wirst, mir stets vor den Augen. Tue ich irgend etwas Gutes, so bin ich mit mir zufrieden, weil ich weiß, daß Du mit mir zufrieden wärest. Handle ich schlecht, so fürchte ich nichts mehr, als Dir Schmerz zu bereiten. Deine Liebe ist mein alles, und Du bittest Gott, daß er uns trenne! Ich kann Dir das Gefühl, das ich für Dich habe, nicht beschreiben, die Sprache vermag es nicht auszudrücken und ich fürchte, daß Du denkst, ich übertreibe, und dennoch

schluchze ich unter heißen Tränen, während ich dies schreibe. Der schmerzlichen Trennung danke ich es, daß ich nunmehr weiß, welche Freundin ich in Dir besitze und wie sehr ich Dich liebe. Aber bin denn ich der einzige, der dieses Gefühl für Dich hat? Und Du bittest Gott um den Tod! Du sagst, daß Du einsam bist. Bin ich auch von Dir getrennt, so müßte doch der Glaube an meine Liebe, wenn Du ihn hast, Deinen Kummer aufwiegen. Ich selbst werde mich nie einsam fühlen, sei ich wo immer, solange ich weiß, daß Du mich liebst.
Freilich bin ich mir bewußt, daß es eine häßliche Empfindung ist, die mir diese Worte diktierte; ich bin eifersüchtig auf Deinen Kummer.“

An anderer Stelle in demselben Briefe erzählt er einen Vorfall, der wegen seiner praktischen und seiner psychologischen Tragweite interessant ist:

„Heute ist mir etwas widerfahren, das mich den Glauben an Gott gelehrt hätte, glaubte ich nicht bereits seit geraumer Zeit fest an Ihn.
Ich war in Starij Jurt. Alle anwesenden Offiziere spielten Karten, und zwar ziemlich hoch. Da es uns, wenn wir im Felde leben, unmöglich ist, einander nicht fortwährend zu sehen, so habe ich recht oft beim Kartenspiele zugesehen und ungeachtet der Ungelegenheiten, denen ich ausgesetzt war, blieb ich einen Monat lang standhaft. Eines Tages jedoch setzte ich zum Scherz eine kleine Summe ein: ich verlor. Ich wiederholte es: und verlor wieder. Das Glück war mir nicht hold; die Leidenschaft für das Spiel war erwacht und binnen zwei Tagen hatte ich mein ganzes Geld und das, welches mir Nikolaus gegeben hatte (gegen 250 Rubel), verloren und obendrein noch 500 Rubel, für die ich einen Wechsel, der im Januar 1852 zahlbar war, ausstellte. Ich muß hier einflechten, daß in der Nähe des Lagers ein Eingeborenendorf liegt, das von Tschetschentzen bewohnt wird. Ein junger Bursch von dort, Sado, kam oft ins Lager, um zu spielen; da er jedoch weder rechnen noch schreiben konnte, fanden sich Lumpen, die ihn betrogen. Aus diesem Grunde wollte ich nie mit Sado spielen und habe es ihm geradeheraus gesagt, daß er nicht spielen solle, da

er betrogen werde, ich habe mich aber auch erbötig gemacht, für ihn zu spielen. Er war mir dafür sehr dankbar und schenkte mir eine Börse nach der Sitte von Leuten, die einander gegenseitig Geschenke machen. Ich gab ihm eine wertlose Flinte, die ich für acht Rubel gekauft hatte. Du mußt wissen, daß es Brauch ist, um einen ‚Kunak‘, das heißt Freund, zu bekommen, sich gegenseitig Geschenke zu machen, worauf man eine Mahlzeit im Hause des ‚Kunak‘ einnimmt. Dadurch wird man nach der alten Sitte jener Leute (einer Sitte, die heute beinahe nur mehr in der Überlieferung besteht) Freund für Leben und Tod, das bedeutet soviel, daß, wenn ich sein Geld oder sein Weib oder seine Waffen oder das Kostbarste, das er besitzt, von ihm verlange, er es mir geben muß und daß auch ich ihm nichts verweigern darf. Sado hatte mich aufgefordert, zu ihm zu kommen und sein ‚Kunak‘ zu werden. Ich kam, und als er mich nach der Sitte der Eingeborenen bewirtet hatte, bot er mir in seinem Hause an, was immer ich wählen würde – seine Waffen, sein Pferd, alles … Ich wollte das wertloseste Ding wählen und nahm einen silbergeschmückten Pferdesattel. Er behauptete jedoch, daß ich ihn dadurch beleidige, und zwang mich, ein Schwert zu wählen, das zumindest hundert Rubel koste. Sein Vater ist ein ziemlich reicher Mann, doch einer, der sein Geld vergraben hält und seinem Sohne keine Kopeke gibt. Wenn der Sohn Geld braucht, geht er hin und stiehlt dem Feinde Pferde oder Kühe. Zuweilen schon hat er sein Leben zwanzigmal daran gesetzt, um etwas zu stehlen, das nicht zehn Rubel wert ist; er tut es jedoch nicht aus Gier, sondern weil es chic ist. Der größte Dieb wird am höchsten geachtet und ‚Dschigit‘ genannt, ‚forscher Kerl‘. Heute hat Sado tausend Rubel, morgen keine Kopeke. Nach meinem Besuche schenkte ich ihm Nikolaus’ silberne Uhr und wir wurden die denkbar besten Freunde. Wiederholt hat er mir seine Ergebenheit bewiesen, indem er sich Gefahren für mich aussetzte; doch er achtet dies gering – es ist ihm zur Gewohnheit und zum Vergnügen geworden. Als ich Starij Jurt verließ und Nikolaus daselbst zurückblieb, kam Sado jeden Tag zu ihm und erzählte ihm, daß er nicht wisse, was er ohne mich anfangen solle, und sich schrecklich einsam fühle. Ich teilte Nikolaus brieflich mit, daß mein Pferd erkrankt wäre, und bat ihn, mir ein anderes in Starij Jurt zu besorgen. Sado hatte dies kaum erfahren, als er mich auch schon aufsuchte und mir sein Pferd trotz aller meiner Weigerungen aufdrängte.

Nach der Torheit, die ich in Starij Jurt beim Kartenspiel begangen, hatte ich die Karten nicht mehr angerührt und hielt Sado, der ein leidenschaftlicher Spieler ist und, obgleich er das Spiel nicht kennt, unglaubliches Glück darin hat, beständig Moralpredigten. Gestern abends beschäftigte ich mich damit, meine Geldangelegenheiten und meine Schulden zu überdenken. Ich sann darüber nach, wie ich sie zahlen sollte. Nachdem ich alles genau überlegt hatte, wurde es mir klar, daß mir meine Schulden keine allzu große Last sein würden, wenn ich jetzt nicht allzu viel verausgabe, und daß ich sie langsam im Laufe von zwei oder drei Jahren werde abzahlen können; nur die 500 Rubel, die ich noch im Laufe dieses Monats zahlen muß, trieben mich zur Verzweiflung. Es war mir unmöglich, sie zu begleichen, und sie brachten mich im Augenblicke in ärgere Verlegenheit als früher die 4000 des Ogoref. Die Torheit, daß ich, kaum daß jene Schulden in Rußland erledigt waren, hierher kam, um neue zu machen, quälte mich unsäglich. Als ich am Abend zu Gott betete, flehte ich ihn an, mir aus dieser unleidlichen Lage herauszuhelfen, und betete voll Inbrunst. ‚Ja, doch wie kann ich da herauskommen?‘ dachte ich, als ich zu Bett ging. Was sich auch ereignen möge, nichts kann mir irgendwie dazu verhelfen, dieser Schuld gerecht zu werden. Ich malte mir bereits alles Ungemach aus, das mir daraus erwachsen würde – wie mein Gläubiger den Wechsel präsentieren, wie mich die Militärbehörde zur Rede stellen würde, weshalb ich nicht zahle usw. ‚Gott helfe mir‘, sagte ich und schlief ein.

Tags darauf erhielt ich einen Brief von Nikolaus, gleichzeitig mit dem Deinen und einigen anderen. Er schrieb: …

‚Neulich kam Sado zu mir. Er hatte Knoring Deine Wechsel abgewonnen und brachte sie mir. Er war so glücklich über diesen Gewinst, so überfroh und fragte mich in einem fort: *Was meinen Sie? Nicht wahr, Ihr Bruder wird sich darüber freuen?*, so daß ich, ihn herzlich liebgewann. Dieser Mensch ist dir wirklich treu ergeben.‘

Ist es nicht überwältigend, wenn man seinen Wunsch am nächsten Tage schon erfüllt sieht, ich meine, gibt es noch etwas so

Überwältigendes wie die göttliche Güte einem Geschöpfe gegenüber, das sie so wenig verdient wie ich? Und ist dieser Zug der Anhänglichkeit bei Sado nicht bewunderungswürdig? Er weiß, daß ich einen Bruder Sergius habe, der die Pferde liebt. Da ich ihm versprach, ihn mit mir nach Rußland zu nehmen, wenn ich dahin zurückkehre, so schwor er mir, er wolle, und wenn es ihm hundertmal das Leben kosten sollte, das beste Pferd, das in den Bergen herumläuft, stehlen und es ihm bringen.
Bitte, kaufe in Tula einen sechsläufigen Revolver und sende ihn mir sowie auch eine kleine Drehorgel, falls dies nicht zu kostspielig ist. Ich glaube, er wird sich mit diesen Sachen freuen."

Diese Geschichte ist deshalb so interessant, weil sie zeigt, welche Strecke Tolstoi in seiner geistigen Entwicklung zurückgelegt hat. Diese reicht, von seinem naiven mystischen Glauben an göttliche Einmischung in seine Spiel- und Geldgeschichten bis zu der vollkommenen religiösen Freiheit, zu der er sich heute bekennt.

Einige Tage, nachdem er diesen Brief geschrieben und seine dienstlichen Angelegenheiten geordnet hatte, kehrte Tolstoi endlich nach Starogladowskaja zurück. Auf seiner Fahrt schrieb er von der Station Mosdok aus, wahrscheinlich, während er auf Pferde warten mußte, einen langen Brief an seine Tante, der wie gewöhnlich voll tiefer religiöser Gedanken ist und von Zärtlichkeit zu seiner geliebten Verwandten überfließt, während er anderseits Pläne und Visionen eines künftigen schlichten Familienglückes enthält.

„Dies sind die Gedanken, die sich mir aufdrängten. Ich will versuchen, sie für Dich in Worte zu fassen, da ich ja an Dich dachte. Ich finde mich selbst moralisch sehr verändert und dem ist bereits häufig so gewesen. Es dürfte das wohl jedermanns Schicksal sein. Je länger man lebt, desto öfter häutet man sich auch: sage Du, die Erfahrung hat, ist das nicht wahr? Die Mängel und die guten Eigenschaften – die Grundlage eines Charakters werden ja, glaube ich, stets dieselben bleiben. Die Stellung zum Leben und zum Glücke jedoch muß sich mit dem Alter ändern. Vor einem Jahre noch dachte ich, daß ich das Glück im Vergnügen, in der Bewegung finden würde; nun ist es vielmehr Ruhe, physische sowohl als moralische, die ich mir wünsche. Sorglose Ruhe, die ruhig die Freuden der Liebe und der Freundschaft genießt, sie erscheint mir jetzt als der Gipfel der Seligkeit! Aber man fühlt den Reiz der Ruhe erst, wenn man erschöpft ist, und den der Liebe erst, wenn man sie entbehren mußte. Hier bin ich für eine Zeitlang sowohl der einen wie der anderen beraubt. Deshalb wohl sehne ich mich auch so sehr nach ihnen. Ich muß ihrer noch lange Zeit hindurch beraubt bleiben – wie lange, weiß Gott allein. Ich könnte keinen Grund anführen, doch ich fühle, daß ich muß. Mein Glaube und die Erfahrung, die mir das Leben beigebracht hat, wie gering sie auch ist, haben mich gelehrt, daß dies Dasein eine Prüfung ist. In meinem Falle ist es mehr als eine Prüfung, es ist auch die Buße für meine Vergehen.

Ein Etwas sagt mir, daß die scheinbar frivole Idee, eine Reise nach dem Kaukasus zu machen, mir von oben eingegeben wurde. Gottes Hand hat mich geleitet – und ich danke es ihm unaufhörlich. Ich fühle, daß ich hier besser geworden bin (was freilich nicht viel besagen will, da ich sehr schlecht war), und ich bin fest überzeugt, daß, was immer mir hier geschehen mag, alles nur zu meinem Besten ist, da Gott selbst es so gewollt hat. Vielleicht ist der Gedanke allzu anmaßend. Nichtsdestoweniger ist dies meine Überzeugung. Deshalb auch trage ich die Beschwerden und Entbehrungen, von denen ich spreche (es sind keine physischen Entbehrungen – physische Entbehrungen gibt es nicht für einen jungen Mann von 23 Jahren, der gesund ist), ohne unter ihnen zu leiden, ja selbst mit einer gewissen Freude, indem ich an das Glück denke, das meiner harrt.

So male ich es mir aus:

Jahre sind vergangen, ich bin weder jung noch alt, lebe in Jasnaja und meine Angelegenheiten sind in Ordnung. Ich habe keinen Kummer, keine Sorgen. Du lebst gleichfalls in Jasnaja. Du bist ein wenig älter geworden, bist aber noch frisch und bei guter Gesundheit. Wir führen das Leben, das wir stets geführt: ich arbeite am Morgen, doch wir sind beinahe den ganzen Tag über beisammen. Wir dinieren. Abends lese ich Dir irgend etwas vor, das Dich nicht ermüdet, dann plaudern wir. – Ich erzähle Dir von meinem Leben im Kaukasus, Du erzählst mir, was Du von meinem Vater und meiner Mutter weißt, erzählst mir jene ‚schauerlichen‘ Geschichten, denen wir mit erschreckten Augen und offenem Munde zu lauschen pflegten. Wir erinnern einander an jene, die uns teuer waren und nicht mehr bei uns sind; Du weinst und ich tue dasselbe, doch werden diese Tränen süß sein; wir werden von meinen Brüdern sprechen, die uns von Zeit zu Zeit besuchen kommen; von der lieben Marie, die gleichfalls einige Monate des Jahres mit ihren Kindern in Jasnaja, das sie so sehr liebt, zubringen wird. Bekanntschaften werden wir keine unterhalten – niemand wird kommen und uns mit Geschwätz langweilen. Es ist ein schöner Traum, aber doch noch nicht der ganze Traum, den ich zu träumen wage. Ich bin verheiratet. Meine Frau ist ein süßes, sanftes, zärtliches Weib; sie liebt Dich ebenso sehr wie ich Dich liebe; wir haben Kinder, die Dich Großmama nennen. Du lebst im oberen Stocke des großen Hauses, in dem Zimmer, das in vergangenen Tagen Großmutter bewohnte. In dem Hause ist jedes Stückchen an dem Platze, an dem es zu Papas Zeiten war, und wir führen dasselbe Leben von neuem wieder, nur mit geänderten Rollen. Du spielst die Rolle Großmamas, nur bist Du noch besser, ich spiele die Rolle Papas, nur fürchte ich, ihr niemals gerecht werden zu können; meine Frau die Rolle Mamas, die Kinder die unseren; Marie die Rolle der Tanten, deren Mißgeschicke ausgenommen; sogar Gascha tritt an die Stelle Praskowja Iljinischnas. Nun sollte freilich auch jemand den Platz ausfüllen, den Du in unserer Familie ausgefüllt hast – doch wird sich wohl nie eine so wundervolle Seele finden, die zu lieben versteht wie Du. Für Dich gibt es keinen Ersatz. Hingegen werden von Zeit zu Zeit drei neue Gestalten auftauchen, die Brüder, besonders der eine, der oft bei Dir sein wird, Nikolas, ein alter, kahler Junggeselle, der den Dienst quittiert hat und stets ebenso gütig als edel ist.

Ich kann mir vorstellen, wie er, ganz wie in den alten Tagen, den Kindern erfundene Geschichten erzählen wird, wie die Kinder seine Hände küssen, die zwar fett (aber doch unendlich würdig sind), wie er mit ihnen spielen wird, wie meine Frau bestrebt ist, seine Lieblingsspeisen für ihn zu bereiten, und wie er und ich unsere gemeinschaftlichen Erinnerungen aus alter Zeit Revue passieren lassen, wie Du in Deiner gewohnten Ecke sitzen und uns gerne zuhören wirst, wie Du uns alte Männer, ganz wie einstens, Leochen und Nikolenka nennst und uns ausschiltst, mich, weil ich mit den Fingern esse, und ihn, weil seine Hände unsauber sind.

Wollte mich wer zum Kaiser von Rußland machen oder mir Peru schenken – mit einem Worte, käme eine Fee mit einer Wünschelrute und fragte mich, was ich mir wünsche, so wollte ich, die Hand auf dem Herzen, ihr zur Antwort geben, ich wünsche nichts, als daß dieser Traum je Wirklichkeit werde. Ich weiß, Du schmiedest nicht gerne Zukunftspläne, doch wem schaden sie? Und mir machen sie große Freude. Ich fürchte, ich war egoistisch und habe Deinen Glücksanteil zu klein bemessen. Ich fürchte, daß Leiden, die wohl vergingen, doch in den allzu zarten Saiten Deines Herzens ewig nachzittern, Dich daran hindern werden, die Zukunft zu genießen, die mein Glück ausmachen würde. Sage, liebste Tante, würdest Du glücklich sein? Alles, was ich da geschildert habe, kann sich ja erfüllen und Hoffnung ist eine so wunderschöne Sache.

Da weine ich wieder. Warum muß ich immer weinen, wenn ich an Dich denke? Meine Tränen sind Tränen der Freude; ich bin glücklich, zu wissen, daß ich Dich liebe. Träfe mich alles Unglück der Welt, ich würde mich nie ganz unglücklich nennen, solange Du lebst. Erinnerst Du Dich an unsern Abschied in der Kapelle zu Uwerskaja, als wir nach Kasan abreisten? Wie durch Eingebung verstand ich da plötzlich im Augenblicke des Abschiedes ganz, was Du mir warst, und, wenngleich noch ein Kind, vermochte ich Dir durch meine Tränen und ein paar unzusammenhängende Worte begreiflich zu machen, was ich empfand. Ich habe niemals aufgehört, Dich zu lieben, doch ist die Empfindung, die mich in jener Kapelle übermannte, von der, die ich jetzt für Dich hege, ganz und gar verschieden – sie ist unendlich stärker, unendlich höher stehend, als irgendeines meiner früheren Gefühle. Ich muß Dir etwas beichten, dessen ich mich schäme, das ich Dir jedoch eingestehen muß, um mein Gewissen zu erleichtern. Wenn ich früher Deine Briefe las, in denen Du von der Liebe sprachst, die Du für uns empfandest, glaubte ich darin eine gewisse Übertreibung zu sehen. Heute erst, wenn ich sie lese, verstehe ich Dich – Deine grenzenlose Liebe zu uns und Deine erhabene Seele. Ich bin fest überzeugt, daß jeder andere als Du beim Lesen dieses Briefes und des vorigen mir denselben Vorwurf gemacht hätte; von Dir fürchte ich derartiges nicht, Du kennst mich zu gut und Du weißt, daß Empfindsamkeit vielleicht meine einzige Tugend ist. Dieser Eigenschaft verdanke ich die seligsten Augenblicke meines Lebens. Jedenfalls ist dies der letzte Brief, in dem ich mir erlauben werde, so hochgespannten Gefühlen Ausdruck zu geben, hochgespannt in den Augen der Gleichgültigen – Du aber wirst sie verstehen."

Im Januar 1852 kehrte Tolstoi bereits als Unteroffizier nach Starogladowsk zurück und nahm im darauffolgenden Februar als Kanonier am Feldzuge feil.

Im März war er in Starogladowsk. Interessant sind einige Gedanken, die er zu jener Zeit in sein Tagebuch einzeichnete.

Er legte sich Rechenschaft darüber ab, daß drei Leidenschaften ihn auf seinem Wege zu dem sittlichen Ideal, das er sich zum Ziele gesteckt, behinderten. Diese Leidenschaften waren: Kartenspiel, Sinnlichkeit oder Wollust und Eitelkeit. Er definiert und charakterisiert diese Leidenschaften folgendermaßen:

„(1) Die Spielwut ist eine schmutzige Leidenschaft, die langsam in eine Begierde nach stärkerer Aufregung übergeht. Es ist jedoch möglich, ihr zu widerstehen.
(2) Der Hang zur Sinnlichkeit entspringt einem physischen Bedürfnis, einem Bedürfnis des Leibes, das von der Phantasie angestachelt wird: Enthaltsamkeit verstärkt das Begehren und macht es sehr schwer, ihm zu widerstehen. Das beste Mittel ist Arbeit und Beschäftigung.
(3) Eitelkeit: Es ist dies die Leidenschaft, durch welche wir anderen den geringsten und uns selbst den größten Schaden zufügen."

Weiterhin folgen nachstehende Betrachtungen: …

„Seit einiger Zeit hat mich die Reue darüber bitter gequält, daß ich die besten Jahre meines Lebens verloren habe. Es wäre nicht uninteressant, den Fortschritt in meiner moralischen Entwicklung von dem Zeitpunkt ab zu schildern, da ich zu fühlen begann, daß ich etwas Gutes hätte tun können; doch ich will keine

Worte mehr verschwenden, sogar der Gedanke selbst ist ungenügend.

Große Gedanken haben keine Grenzen, Schriftsteller jedoch haben längst die absolute Grenze von deren Ausdrucksfähigkeit erreicht ... Es ist etwas in mir, was milden Glauben gibt, daß ich nicht dazu geboren bin, zu sein wie alle andern."

Aus diesen letzten Worten spricht bereits die erste unbestimmte Erkenntnis seiner Berufung. Es muß bemerkt werden, daß er sie schrieb, ehe er *Kindheit* vollendet, also noch, ehe er das Lob und die Glückwünsche anderer über eine erfolgreiche literarische Tat vernommen hatte. Es war gleichsam ein inneres, ganz unabhängiges Bewußtsein jener geheimnisvollen Macht in ihm, die ihn seither als einen der hervorragendsten Repräsentanten des moralischen Gewissens der Menschheit so hoch gestellt hat.

Im Monat Mai erhielt er Urlaub und ging nach Pjatigorsk, um dort die Wasser zu gebrauchen und sich wegen seines Rheumatismus behandeln zu lassen.

Er schreibt von dort aus an seine Tante einen Brief, der für seine geistige Entwicklung charakteristisch ist und auf sein in unaufhörlicher Tätigkeit befindliches inneres Leben hinweist.

„Seit meiner Reise und meinem Aufenthalte in Tiflis hat sich an meiner Lebensweise nichts geändert; ich trachte immer noch, so wenig Bekanntschaften als möglich zu machen und mit jenen, die ich kennen lernte, jede Vertraulichkeit nach Kräften zu vermeiden. Die Leute haben sich langsam an meine Art gewöhnt, sie belästigen mich nicht mehr, und ich bin überzeugt, daß sie mich einen ‚sonderbaren‘ oder ‚hochmütigen‘ Menschen schelten.

Nicht aus Stolz handle ich so; alles ist von selbst so gekommen. Zwischen der Erziehung, den Empfindungen und den Ansichten der Menschen, die ich hier treffe, und meinen eigenen liegt eine zu breite Kluft, als daß mir ihre Gesellschaft Vergnügen gewähren könnte. Nikolaus hat die Begabung, wie himmelhoch verschieden er auch von all diesen Herren ist, sich mit ihnen zu belustigen und bei allen beliebt zu machen. Ich beneide ihn um diese Fähigkeit, fühle jedoch, daß ich sie nicht mit ihm teile. Es ist ja wahr, daß diese Lebensführung nicht geeignet ist, einen zu zerstreuen, und ich habe seit geraumer Zeit nicht mehr an Vergnügungen gedacht. Ich denke nur mehr daran, ruhig und zufrieden zu sein. Seit einiger Zeit gewinne ich dem Studium der Geschichte Geschmack ab. (Es war dies stets ein Gegenstand des Streites zwischen uns, nun bin ich jedoch ganz Deiner Meinung); auch meine literarische Tätigkeit schreitet langsam vorwärts, wenngleich ich noch nicht daran denke, irgend etwas zu veröffentlichen. Ich habe eine Arbeit, die ich schon vor langem angefangen, nun bereits dreimal neu geschrieben und beabsichtige, sie noch einmal umzuschreiben, damit ich davon befriedigt bin. Möglicherweise wird es mir mit der Aufgabe wie Penelopen ergehen, doch das hält mich nicht zurück, ich schreibe nicht aus Ehrgeiz, sondern weil es mir Freude bereitet; die Arbeit schafft mir Vergnügen, und Nutzen und so arbeite ich. Wenngleich ich, wie ich dir sagte, nicht an Belustigungen denke, so bin ich doch auch von Langweile entfernt, da ich Beschäftigung habe; auch genieße ich ganz voll eine Freude, die weitaus süßer und erhabener ist als irgendeine Freude, die mir die Gesellschaft schenken könnte – das Gefühl des Friedens in meinem Innern; ich kenne mich jetzt selbst, verstehe mich besser als früher und fühle, wie sich in mir gute und großmütige Empfindungen regen.

Es hat eine Zeit gegeben, da ich auf meine Intelligenz, auf meine weltliche Stellung und meinen Namen stolz war; heute aber weiß ich, daß, wenn etwas Gutes an mir ist und wenn ich der Vorsehung dafür zu danken habe, es weiter nichts ist als ein gütiges Herz, das empfindsam und der Liebe fähig ist und das mir zu schenken und zu erhalten Gott gefiel.

Diesem nur verdanke ich meine frohesten Stunden und die Tatsache, daß ich, auch außerhalb aller Vergnügungen und aller Gesellschaft stehend, mich nicht nur wohl, sondern oft auch glücklich fühle.“

In einem Briefe an seinen Bruder Sergius vom 24. Juni 1852 führt er bezeichnende Einzelheiten aus seinem Leben in Pjatigorsk an.

„Was soll ich Euch über mein Leben sagen? Ich habe drei Briefe geschrieben und in jedem dasselbe geschildert. Ich möchte Euch den Geist von Pjatigorsk zeigen, doch ist dies ebenso schwierig, als wollte ich einem Fremden auseinandersetzen, worin Tula besteht, was wir ja doch leider sehr gut verstehen. Pjatigorsk ist auch gewissermaßen ein Tula, jedoch ein ganz spezielles – das kaukasische; so sind zum Beispiel die Hauptmerkmale hier Familienhäuser und öffentliche Promenaden. Die Gesellschaft besteht aus Gutsbesitzern (dies ist der technische Ausdruck für alle Besucher des Ortes), die auf die hiesige Zivilisation herabblicken, und aus Offizieren, die in den hiesigen Vergnügungen den Gipfelpunkt der Seligkeit sehen. Zusammen mit mir traf aus dem Hauptquartier ein Offizier unserer Batterie hier ein. Ihr hättet die Wonne und Aufregung sehen sollen, als er die Stadt betrat! Er hatte mir bereits eine Menge über die Zerstreuungen der Badeorte erzählt, wie alle bei den Klängen der Musik die Boulevards auf und ab zu wandeln pflegten und dann, wie er behauptete, alle zum Konditor gingen und daselbst sogar in Familienhäuser eingeführt würden. Es gibt dort Theater, Klubs, jedes Jahr finden einige Eheschließungen statt, Duelle etc. … – *mit einem Worte, es ist das reinste Pariser Leben*. Kaum waren wir aus unserer Reisekutsche gestiegen, legte mein Offizier auch schon blaue Hosen mit fürchterlich engen Reitgamaschen an, Stiefel mit Riesensporen, Epauletten, kurzum, putzte sich heraus und wandelte dann bei den Klängen der Musik den Boulevard entlang, darauf zum Konditor, ins Theater, in den Klub. Soviel ich weiß, machte er freilich anstatt mit Familienhäusern und einer Braut, die tausend Leibeigene besitzt – im Laufe eines ganzen Monats – nur Bekanntschaft mit drei schäbigen Offizieren, die ihm beim Kartenspiel die Tasche bis auf die letzte Kopeke leerten, und einem Familienhause, in dem jedoch zwei Familien dasselbe Zimmer bewohnen und wo der Tee mit kleinen Stückchen Zucker, die man in den Mund steckt, serviert wird. Dieser Offizier gab überdies in einem Monat an zwanzig Rubel für Porter und Kuchen aus und kaufte einen Bronzespiegel zum Schmucke seines Toilettetisches. Nun wandelt er in einer alten Jacke ohne Epauletten, trinkt soviel Schwefelwasser, als er nur vertragen kann, und macht offenbar eine ernstliche Kur durch; er wundert sich jedoch darüber, daß er, obgleich er tagtäglich auf dem Boulevard spazierte und zum Konditor ging und Geld weder für Theater noch für Wagen und Handschuhe sparte, doch nicht mit der Aristokratie bekannt wurde (in jeder kleinen Festung hier gibt es eine Aristokratie), während die Aristokratie, gleichsam ihm zum Trotze, Reitpartien und Picknicks veranstaltete, und er wird nirgends zugelassen. Beinahe alle Offiziere, die hierher kommen, trifft das gleiche Geschick, sie behaupten jedoch, daß sie nur zur ‚Kur‘ kämen, schleppen sich auf Krücken vorwärts, tragen Binden und Bandagen, betrinken sich und erzählen seltsame Geschichten über die Tscherkessen. Im Hauptquartier dafür erzählen sie wieder den Leuten, wie sie in Familienhäuser eingeführt wurden und sich großartig unterhielten; und in jeder Saison suchen sie haufenweise die Badeorte auf, um sich zu vergnügen.“

Wie aus dem Briefe an seine Tante aus Pjatigorsk hervorgeht, schrieb Tolstoi an *„Kindheit“* weiter. Dabei arbeitete er unaufhörlich an seiner Selbstzucht. Am 29. Juni trug er in sein Tagebuch einen Gedanken ein, der eigentlich der kurzgefaßte Ausdruck seiner augenblicklichen Lebensansicht ist:

„Unser bester und sicherster Führer ist das Gewissen. Doch wo sind die Merkmale, die seine Stimme von anderen Stimmen unterscheiden ? … Die Stimme der Eitelkeit spricht nicht weniger mächtig. Zum Beispiel – eine ungerächte Beleidigung.
Der Mensch, dessen Streben sein eigenes Glück ist, ist schlecht; auch jener, dem die gute Meinung der Leute als Endziel erscheint, ist schlecht; er ist schwach. Der, dessen Streben das Glück anderer ist, ist tugendhaft. Jener, dessen Streben Gott ist, ist groß.“

Dann wieder ein anderer Gedanke, den wir in seinen späteren Werken fortentwickelt sehen:

„Gerechtigkeit ist das geringste Maß an Tugend, zu dem jedermann verpflichtet ist. Alles, was die Gerechtigkeit übersteigt, zeigt ein Streben nach Vollkommenheit; was nicht an sie heranreicht, ist (nicht besser als) Laster.“

Am 2. Juli vollendete Tolstoi *„Kindheit“* und sendete wenige Tage darauf das Manuskript an den Herausgeber des *„Zeitgenossen“* in St. Petersburg.

Der Originaltitel seiner ersten literarischen Arbeit war *„Die Geschichte meiner Kindheit"*. Sie war mit den drei Buchstaben L. N. T. unterzeichnet und der Herausgeber kannte längere Zeit hindurch den Namen des Autors nicht.

In Pjatigorsk sah Tolstoi seine Schwester und ihren Gatten. Marie unterzog sich in dem Badeorte der Behandlung wegen Rheumatismus. Ihrer Erzählung nach stand Tolstoi damals ganz unter dem Einfluß spiritistischer Experimente, wie Tischrücken; er trieb dies sogar auf den Boulevards und nahm Stühle aus den Cafes dazu.

Am 5. August verließ Tolstoi Pjatigorsk und kehrte auf seinen Vorposten zurück.

Unterwegs schrieb er folgenden interessanten Gedanken nieder, der einen der wichtigsten Grundsätze seiner augenblicklichen Lebensauffassung bildet:

„Die Zukunft beschäftigt uns mehr als die Gegenwart. An die Zukunft in einer anderen Welt zu denken ist gut. In der Gegenwart zu leben, das heißt dem Besten in der Gegenwart zu leben – ist Weisheit."

Am 7. August langte er in Starogladowsk an und schrieb bei seiner Rückkehr in die geliebte, wohlvertraute, patriarchalische Umgebung des Kosakenlebens folgendes in sein Tagebuch:

„Einfachheit – keine andere Tugend wünsche ich so sehr mir anzueignen wie diese."

Am 28. August erhielt er abends den lang ersehnten Brief von dem Herausgeber des *„Zeitgenossen"*. „Er machte mich ganz dumm vor Freude", schrieb er in sein Tagebuch.

Folgendermaßen lautet der berühmte Brief Nekrassofs, der der Pate des neugeborenen Talentes ward:

„Mein Herr! Ich habe Ihr Manuskript (‚*Kindheit'*) gelesen. Es ist so weit interessant und ich will es drucken. Ich habe die Empfindung, daß der Autor ein Mann von Begabung ist, wenn ich mich auch, ohne die Fortsetzung gesehen zu haben, nicht bestimmt darüber zu äußern vermag. Auf jeden Fall, die Tendenz des

Verfassers, die Schlichtheit und der lebenswahre Charakter der Geschichte sind unleugbare Vorzüge. Wenn den folgenden Kapiteln (wie vorauszusetzen ist) mehr Lebhaftigkeit und Bewegung eigen ist, so dürfte es einen sehr guten Roman abgeben. Bitte senden Sie mir die Fortsetzung.

Ihr Roman und Ihre Begabung interessieren mich. Ich würde Ihnen raten, Ihre Identität nicht hinter Initialen zu verstecken, sondern sofort mit Ihrem vollen Namen aufzutreten, wenn Sie nicht ein vorübergehender Gast auf dem Gebiete der Literatur sind. Ich hoffe, von Ihnen zu hören. — Genehmigen Sie den Ausdruck meiner Hochachtung

N. Nekrassof."[9]

Auf diesen folgte ungefähr einen Monat später ein zweiter Brief.

„St. Petersburg, 5. September 1852.

Mein Herr! Ich schrieb Ihnen über Ihren Roman und halte es nun für meine Pflicht, noch einige Worte hinzuzufügen. Ich habe ihn der Druckerei für die neunte Nummer des *Zeitgenossen* übergeben und kam nach sorgfältiger Prüfung, diesmal nicht des Manuskriptes, sondern der Bürstenabzüge, zu der Überzeugung, daß der Roman viel besser ist, als er mir zuerst erschien. Ich darf ruhig behaupten, daß der Verfasser ein Mann von Begabung ist. Es ist für Sie, wenn Sie ein Anfänger sind, äußerst wichtig, davon überzeugt zu sein. Die Nummer des *Zeitgenossen*, die Ihren Beitrag enthält, wird morgen in St. Petersburg erscheinen. Sie werden sie jedoch erst in drei Wochen und nicht früher erhalten. Ich werde sie Ihnen an Ihre Adresse übermitteln. Ich habe einige Stellen in Ihrem Romane gestrichen, aber nicht viele; doch … habe ich nichts hinzugefügt. Ich werde Ihnen bald ausführlich schreiben, bin augenblicklich jedoch beschäftigt. Ich sehe Ihrer Antwort entgegen und bitte Sie, mir die Fortsetzung, sobald sie druckreif ist, zu senden.

N. Nekrassof.

P. S. Wenngleich ich den Namen des Verfassers erraten zu haben glaube, bitte ich Sie, mir ihn dennoch mitzuteilen. Tatsächlich muß ich ihn wegen der Zensurvorschriften kennen."

---

[9] Literarischer Anhang der Zeitschrift *„Niwa"*, Februar 1898, Seite 337.

Über diesen Brief schrieb Tolstoi in sein Tagebuch: „30. September.
Von Nekrassof einen Brief erhalten, aber kein Geld."

Er war damals in Geldnöten und ersehnte das Honorar für seine
erste literarische Arbeit. Er muß an Nekrassof darüber geschrieben
haben, denn er erhielt von diesem einen dritten Brief folgenden In-
halts:

St. Petersburg, 30. Oktober 1852.

„Werter Herr! Ich bitte Sie, die Verzögerung in der Beantwortung Ihres letzten Briefes zu entschuldigen – ich war stark beschäftigt. Wenn ich die Geldfrage in meinem vorhergehenden
Briefe nicht erwähnte, so geschah dies aus folgendem Grunde.
Unsere besten Zeitschriften haben es sich längst zur Regel gemacht, nie ein Honorar für den ersten Roman eines Verfassers,
der Anfänger ist, zu zahlen, wenn dieser durch die Zeitschrift
dem Lesepublikum zum erstenmal vorgestellt wird. Alle, die
ihre literarische Karriere im *Zeitgenossen* begannen, wie
Gontscharof, Druschinin, Ardejef und andere, mußten sich dieser Regel unterwerfen. Meine erste Arbeit und auch die Panajefs
mußte sich bei ihrem Erscheinen der gleichen Regel unterwerfen.
Ich schlage Ihnen vor, tun Sie dasselbe und machen Sie es dabei
zur Bedingung, daß ich Ihnen für Ihre kommenden Werke das
höchste Honorar auszuzahlen habe, das nur unseren bekanntes-
ten (sehr wenigen) Romanschriftstellern gewährt wird, nämlich
fünfzig Rubel für sechzehn Druckseiten. Ich möchte hinzufügen,
daß ich deshalb solange nicht schrieb, weil ich Ihnen ein derartiges Angebot nicht zu machen vermochte, ehe ich mein Urteil
durch das des lesenden Publikums bestätigt fand. Dieses Urteil
ist äußerst günstig ausgefallen und es ist mir überaus lieb, daß
ich mich in meiner Abschätzung Ihrer ersten Arbeit nicht getäuscht habe. Ich biete Ihnen daher mit Freude obenerwähnte
Zahlungsbedingungen an.
Bitte teilen Sie mir mit, wie Sie sich dazu verhalten. Ich kann
Ihnen auf alle Fälle die Versicherung geben, daß wir in diesem
Punkte zu einer Einigung gelangen werden. Da Ihr Roman soviel
Erfolg gehabt hat, würden wir uns sehr freuen, bald Ihr zweites
Werk zu erhalten. Bitte senden Sie mir, was Sie an Druckfertigem
besitzen.

Ich wollte ihnen die neunte Nummer des ‚*Zeitgenossen*' senden,
vergaß jedoch, Extranummern drucken zu lassen, und die ganze
Auflage ist ausverkauft. Ich kann Ihnen jedoch, falls Sie es wünschen sollten, einen oder zwei Abzüge Ihres Romanes zusenden
– dies kann geschehen, wenn wir die defekten Drucke verwenden.
Gestatten Sie mir, Sie nochmals um einen Roman oder um irgendeine Erzählung zu bitten. – Ich verbleibe, Ihrer Antwort ent-
gegensehend, ergebenst Ihr

N. Nekrassof.

P. S. Wir sind gezwungen, die Namen aller Verfasser, deren
Werke wir veröffentlichen, zu kennen. Ich bitte Sie daher sehr,
mir über diesen Punkt genaue Auskunft zu geben. Wenn Sie es
wünschen, soll außer den Verlegern niemand etwas darüber erfahren."

Dem Briefe Nekrassofs zufolge geschah am 6. September ein Ereignis, das für die Geschichte der russischen Literatur von höchster Bedeutung war: Tolstois Erstlingswerk erschien an jenem Tage im
Druck.

Tolstoi erwähnt die Episode mit seiner gewohnten Bescheidenheit in einem Briefe an seine Tante Tatjana, der vom 28. Oktober 1852
datiert ist.

„Nach meiner Rückkehr aus den Bädern verbrachte ich einen
ziemlich unerquicklichen Monat wegen der Revue, die der General abhalten sollte. Marschieren und verschiedenartige Geschütze abfeuern, ist nicht gerade vergnüglich, besonders da das
Exerzieren mit meinen seßhaften Lebensgewohnheiten in Widerspruch steht. Glücklicherweise dauerte es nicht lange und ich
habe wieder meine alte Lebensweise aufgenommen, die in Sport,
Schreiben, Lesen und Plaudern mit Nikolaus besteht. Ich schieße
jetzt viel, und da ich mich als ein leidlich guter Schütze erwiesen
habe, nimmt diese Beschäftigung zwei bis drei Stunden täglich
in Anspruch. Man ahnt in Rußland nicht, wie viel und welch
prächtiges Wild es hier gibt. Kaum hundert Schritt vom Hause
entfernt gibt es Fasane und ich erbeute deren in einer halben
Stunde zwei, drei oder vier. Vom Vergnügen ganz abgesehen, ist

die Übung meiner Gesundheit zuträglich, die, trotz der Wasser, keine erstklassige ist. Ich bin nicht gerade krank, leide aber öfter an Erkältungen, einmal an Halsschmerzen, dann wieder an Zahnschmerzen, die ich immer noch habe, und öfter an Rheumatismus, so daß ich zumindest zwei Tage in der Woche an das Haus gebunden bin. Du darfst nicht denken, daß ich irgend etwas vor Dir verberge. Meine Konstitution ist heute, wie seit jeher, eine kräftige, nur meine Gesundheit ist schwach. Ich habe vor, den nächsten Sommer im Bade zuzubringen. Wurde ich dort auch nicht geheilt, so hat es mir doch sicher gut getan. ,Es gibt kein Übel, das nicht auch sein Gutes hätte.' Wenn ich unwohl bin, habe ich weniger zu fürchten, daß ich von einem neuen Romane, den ich begonnen habe, abgezogen werde. Der erste, den ich nach St. Petersburg sandte, ist in der Septembernummer des ,Sowremennik' (Jahrgang 1852) unter dem Titel ,Kindheit' gedruckt. Ich habe ihn L. N. gezeichnet und außer Nikolaus weiß niemand, wer der Verfasser ist. Ich möchte nicht gerne, daß es bekannt würde.“

Marie, Tolstois Schwester, erzählte mir von dem Eindrucke, den dies im Familienkreise hervorrief. Sie lebten auf ihrem Gute, nicht weit von dem Spasskoje Turgenjefs. der sie zu besuchen pflegte. Einmal kam Turgenjef in ihr Haus mit der letzten Nummer des „Zeitgenossen“ und las aus dem Romane eines unbekannten Verfassers vor, den er hoch pries. Marie hörte voll Erstaunen die Geschichte ihrer eigenen Familie an und wunderte sich, wer die intimsten Einzelheiten ihres Lebens denn kenne. Wie ferne ihnen der Gedanke lag, daß ihr eigenes Leochen der Verfasser dieses Roman es sein könne, zeigt der Umstand, daß Nikolaus Nikolajewitsch in dem Verdachte stand, ihn geschrieben zu haben; tatsächlich hatte dieser als Kind bereits literarische Neigungen an den Tag gelegt und war ein glänzender Erzähler. Seine geliebte Tante Tatjana wußte offenbar das ihr anvertraute Geheimnis zu wahren und es kam wohl erst an den Tag, als Tolstoi aus dem Kaukasus zurückkehrte.

In ihren Erinnerungen beschreibt Frau Golowatschof-Panajef in interessanter Weise den Eindruck, den Tolstois erster Roman sowohl auf die Leser als auch auf die Schriftsteller machte.

„Von allen Seiten überschüttete das Publikum den neuen Autor
mit Lobpreisungen und jeder wollte seinen Namen wissen. Die
Schriftsteller anderseits behandelten das junge Talent mehr oder
weniger gleichgültig, Panajef ausgenommen, der von ‚Die Geschichte meiner Kindheit‘ so begeistert war, daß er sie allabendlich
einigen seiner Freunde vorlas. Turgenjef lachte Panajef ins Gesicht und erzählte, seine Freunde versteckten sich, wenn sie ihm
auf dem Newskij Prospekt begegneten, aus Angst, daß er ihnen
an Ort und Stelle aus dem neuen Romane vorlesen könnte, den
er bereits fast auswendig gelernt hatte.

Die literarischen Kritiker beeilten sich nicht, von Tolstoi Notiz zu
nehmen. Zum mindesten wird in Selinskijs Sammlung der literarischen Kritiken über Tolstoi – einem sorgfältig geschriebenen
Buche – die erste kritische Besprechung als im Jahre 1854 erschienen erwähnt. Sie stand in der Monatschrift ‚Vaterländische Gedenkblätter‘, im November des genannten Jahres, also zwei Jahre
nach dem Erscheinen von ‚Kindheit‘, Der Artikel war bei Gelegenheit des Erscheinens von ‚Knabenalter‘ geschrieben und beide
Romane wurden darin besprochen.

Wir entnehmen ihm die kurze, aber treffende Kritik über Tolstois
erste Arbeit:

‚K i n d h e i t – eine endlose Kette verschiedener poetischer und
unbewußter Eindrücke gab dem Autor Gelegenheit, das Leben
auf dem Lande in demselben poetischen Lichte zu sehen. Er entnahm diesem Leben alles, was den Geist und die Phantasie des
Kindes anregt, und zeigt es, dank der mächtigen Begabung, die
ihm innewohnt, just so, wie es das Kind sieht. Aus der Umgebung zieht er in die Geschichte alles, was die Phantasie des Kindes anregt, hinein. Dadurch erhalten alle Kapitel des Romanes,
wenn auch auf den ersten Blick kein Zusammenhang zwischen
ihnen zu bestehen scheint, den Charakter vollkommener Einheit.
Sie zeigen den Standpunkt des Kindes der Welt gegenüber. Die
hohe Begabung des Verfassers tritt jedoch auch in folgendem
hervor: Man sollte meinen, daß bei einer Schilderung der Welt
aus den Eindrücken eines Kindes heraus Leben und Menschheit
kaum von anderen als von einem kindischen Gesichtspunkte aus
gezeigt werden könnten. Um so überraschter sind wir, wenn wir
diese Erzählungen gelesen haben, zu finden, daß sie in unserem

Geiste die lebenswahren Bilder des Vaters, der Mutter, der Pflegerin und des Erziehers, kurzum der ganzen Familie, alle in höchst poetischer Färbung erstehen ließen'.[10]."

Im Verhältnisse zu der zunehmenden Verbreitung des *„Zeitgenossen"* wuchs auch das Interesse des Lesepublikums an dem neuerstandenen Talente.

Als die Nummern des *„Zeitgenossen"*, welche die Erzählungen *„Kindheit"* und *„Knabenalter"* enthielten, Dostojewskij in Sibirien erreichten, machten sie auf ihn einen tiefen Eindruck. In einem Briefe an einen seiner Freunde in Semipalatinsk besteht er darauf, zu erfahren, wer dieser geheimnisvolle L. N. T. sei.

Doch der geheimnisvolle L. N. T. weigerte sich wie mit Vorsatz, seine Identität zu enthüllen, und beobachtete still aus seiner Ecke die Sensation, die er hervorrief.

Im Oktober, während er im Dorfe Starogladowsk lebte, entwarf er den Plan für ein Werk *„Der Roman eines russischen Gutsbesitzers"*, dessen Grundidee folgende war: „Der Held sucht die Verwirklichung seiner Ideale von Glück und Gerechtigkeit im Rahmen des Landlebens. Da er sie nicht findet, ist er enttäuscht und sucht sie im Familienleben. Seine Freunde geben ihm zu verstehen, daß das Glück nicht in einem Ideale bestehe, sondern in beständiger Arbeit, welche das Glück anderer zum Gegenstande hat."

Leider wurde dieser Plan nicht ausgeführt; die gleichen Ideen finden sich jedoch in vielen seiner folgenden Werke entwickelt.

Ungeachtet seiner hervorragenden Position entsprach eine militärische Laufbahn nicht seinem Geschmacke. Sie war ihm offenbar zur Last und er wartete nur sein Avancement ab, um die Erlaubnis zum Dienstaustritte zu erlangen.

Diese Beförderung sollte jedoch nicht kommen und es sah aus, als wäre ihre Verzögerung eine absichtliche gewesen. Als er in den Dienst eintrat, rechnete er darauf, nach etwa achtzehn Monaten zu avancieren; nach Ablauf beinahe eines vollen Jahres jedoch erhielt er Ende Oktober eine Mitteilung, die ihn davon verständigte, daß er noch weitere drei Jahre zu dienen habe.

Es stellte sich heraus, daß seine Nachlässigkeit im Beibringen seiner Papiere die Ursache der Verzögerung war.

---

[10] *Vaterländische Gedenkblätter*, 1854, Nr. 11.

In den Memoiren der Gräfin S. A. Tolstoi lesen wir folgendes:

„Tolstois Avancement sowohl als auch sein Dienst waren mit großen Schwierigkeiten und Mißerfolgen verbunden. Vor seiner Abreise nach dem Kaukasus lebte er mit seiner Tante Tatjana in Jasnaja Poljana. Er traf oft mit seinem Bruder Sergius zusammen, der sich damals stark für Zigeuner und ihren Gesang interessierte. Die Zigeuner pflegten nach Jasnaja Poljana zu kommen, zu singen und beiden Brüdern die Köpfe zu verdrehen. Als sich Tolstoi bewußt ward, daß dies zu irgendeiner Dummheit führen könnte, reiste er plötzlich, ohne irgend jemand zu verständigen, nach dem Kaukasus ab und nahm keine Papiere mit sich.“

Diese Sorglosigkeit oder vielmehr dieser Haß gegen jede Art von Geschäftsdokumenten hat Tolstoi mehr denn einmal große Verlegenheit bereitet.

In seiner Ungeduld beklagte er sich bei seiner Tante, P. Juschkof, die an einige hohe Würdenträger schrieb und auf diese Art sein beschleunigtes Avancement zum Offizier durchsetzte.

Am 24. Dezember desselben Jahres beendete er seine Erzählung *„Der feindliche Einfall“* und sandte sie zwei Tage darauf an den Herausgeber des *„Zeitgenossen“*.

Im Januar 1853 marschierte Tolstois Batterie gegen Schamyl.

In der Geschichte der 20. Artilleriebrigade, in der Beschreibung dieses Feldzuges, finden wir folgende Stelle:

„Bei einem der Geschütze der Hauptabteilung bei der Batterie Nr. 4 diente als Kanonier Graf L. Tolstoi, der spätere Verfasser der unsterblichen Werke ‚*Holzfäller*‘, ‚*Die Kosaken*‘, ‚*Krieg und Frieden*‘ usw.“

Das Detachement wurde in der Festung Grosnaja einquartiert, wo, nach Tolstois Erzählung, Kartenspiel und Gelage einander unaufhörlich ablösten.

„Am 18. Januar kehrte, wie die Geschichte der Brigade feststellt, das Detachement von Kurinskoje zurück. Während der letzten drei Tage feuerten die sieben Geschütze der Kolonne an 800 Schüsse ab und von diesen feuerten an 600 die fünf Geschütze der Batterie Nr. 4 der Brigade Nr. 20 ab, die unter dem Komman-

do des Leutnants Makalinskij und der Unterleutnants Sulimow-
skij und Ladischenskij standen, unter denen Graf L. Tolstoi als
Kanonier in der 4. Division diente. Am 19. Januar wurde er mit
einer Haubitze nach der Festung und dem Dorfe Gersel entsandt."[11]

Tolstoi beteiligte sich auch an der Schlacht vom 18. Februar, wobei
ihn große Gefahr bedrohte und er nur knapp dem Tode entging. Als
er an einer Kanone visierte, zerschmetterte ein Geschoß des Feindes
die Lafette und platzte zu seinen Füßen. Glücklicherweise verwundete es ihn nicht.

Am 1. April kehrte er mit seinem Detachement nach Starogladowsk zurück.

Tolstoi war vom Beginne seiner literarischen Tätigkeit an mit der
sinnlosen Grausamkeit jener unverantwortlichen Gewalt in Berührung gekommen, die nun seit mehr als einem Jahrhundert unaufhörlich die freie Entwicklung des russischen Gedankens hemmt. Ich
meine die sogenannte Zensur.

In einem Briefe an seinen Bruder Sergius vom Mai 1853 schreibt
Tolstoi:

„Ich schreibe in Hast. Verzeihe daher, wenn dieser Brief nur kurz
und unordentlich ist. ‚Kindheit' ist von der Zensur verdorben
worden und ‚Die Expedition' ist darunter ganz zugrunde gegangen. Alles, was darin gut war, ist entstellt oder verstümmelt. Ich
habe meinen Abschied eingereicht und hoffe in diesen Tagen,
das heißt in ungefähr sechs Wochen, als freier Mann nach Pjatigorsk und von da aus nach Rußland zu gelangen."

Es war jedoch für ihn nicht so leicht, seinen Abschied zu erlangen,
und im Sommer 1853 befand sich Tolstoi wiederum in einer gefährlichen Lage und entkam nur unter großen Schwierigkeiten der Ge-
fangennahme.

Wir entnehmen die Beschreibung dieses Vorfalles den Memoiren
Poltoratzkis:

---

[11] JANSCHUL, „*Die Geschichte der Artilleriebrigade* Nr. 20."

„Am 13. Juni 1853 stieß ich zu der 5. und 6. Schwadron Kurinskij und einer Kompagnie des Linienbataillons mit zwei Geschützen und wir traten den Marsch[12] nach der Festung Grosnaja an, zu dem wir abkommandiert waren. Nach einem Halte am Jermolof-Hügel setzte sich die Kolonne in Marschordnung in Bewegung. Als ich die Mitte der Kolonne, die die Straße entlang zog, erreichte, gewahrte ich plötzlich unweit der Vorhut, am linken Rande des oberen Plateaus zwischen Khan Kale und dem Turme von Grosnaja eine Schar von 20 bis 25 Tschetschentzenreitern, die wie sinnlos den Abhang herab und quer über die Linie unserer Kolonne sprengten.

Ich eilte zur Vorhut und vernahm Gewehrsalven; bevor ich jedoch noch die 5. Kompagnie erreichte, sah ich in einer Entfernung von ungefähr 40 Schritt das Geschütz abgeprotzt stehen und den Zündstock daran. ‚Zurück damit, zurück damit, das sind unsere Leute!‘ rief ich, so laut ich nur konnte, und es gelang mir glücklicherweise, das Feuern zu verhindern, dessen Ziel ein dichter Knäuel von Reitern war, unter denen sich offenbar einige unserer Leute befanden. Auf meinen Befehl stürzte der dritte Zug vor; sie waren jedoch kaum ein paar Schritte vorgedrungen, als die Tschetschentzen über das Plateau nach Argunj flohen; es wurden ihnen zwei Granaten nachgeschickt. Gleichzeitig ritt von der Stelle, wo sich der Kampf entsponnen hatte, Baron Rosen totenblaß und bebend auf die Kolonne zu. Beinahe unmittelbar hinter ihm her lief ein Pferd ohne Sattel, in dem wir das Tier eines Zugsoffiziers erkannten. In demselben Augenblick tauchte hinter dem niedrigen Gebüsch, das die Straße überwucherte, der Artilleriefähnrich Scherbatschof auf. Dieser junge, blühende, 19jährige Mensch, der erst vor etlichen Monaten die Artillerieschule verlassen hatte und jedem durch seine gesunde, kräftige, große Erscheinung auffiel, flößte uns geradezu Entsetzen ein.

Er kam mit festen, wenngleich zögernden Schritten vorwärts, ohne zu hinken oder zu stöhnen, und erst, als er ganz nahe war,

---

[12] Während des Krieges mit den Gebirgsbewohnern waren militärische Märsche äußerst gefährlich. Sie fanden gewöhnlich nur unter dem Schutze sehr starker Bedeckung statt. Naturgemäß waren mit diesen Bewegungen für die Diensthabenden allerlei Aufträge verbunden, die man daher *„Okkasionen"* zu nennen pflegte.

sahen wir, wie fürchterlich ihn die Tschetschentzen verwundet
hatten. Das Blut sprudelte wie ein Brunnen aus den Schußwun-
den in seiner Brust und seinen beiden Beinen, einer Hackschuß-
wunde im Unterleib, sowie aus einem Säbelhieb im Nacken. Bei
der Kolonne befand sich weder ein Arzt noch ein Sanitätsgehilfe;
so mußten denn die Barbiere der Kompagnie ihr Bestes tun und
einer von ihnen verband die Wunden geschickt und rasch. Inzwischen erzählte uns Rosen, der sich langsam von seinem
Schrecken erholt hatte, daß fünf von ihnen der Kolonne voran-
ritten und im Moment des Angriffes durch die Gebirgsbewohner
Graf Leo Tolstoi, Paul Poltoratzkij und der Tatar Sado wahrscheinlich nach Grosnaja entkamen, während er und Scherbatschof ihre Pferde wandten und zur Kolonne zurück wollten,
die hinter ihnen marschierte. ‚Euer Gnaden‘, unterbrach ein Artillerist, der auf einem hohen Stoß Heu lag, ‚auf der Straße liegt
noch ein Mann, ich glaube, er rührt sich.‘ Ich rief dem dritten Zug
zu: ‚Vorwärts, marsch!‘ und sprengte die Straße hinab. Ungefähr
hundert Schritt vor den Geschützen der Vorhut lag ein toter
Rappe, den wir gut kannten, und beinahe unter ihm begraben
der verstümmelte Körper Pauls.[13] Er stöhnte laut und flehte mit
herzzerreißender Stimme, man möge ihn von der unerträglichen
Last des toten Pferdes befreien. Ich sprang vom Pferde, warf einem Kosaken den Zügel zu und hob mit einem Ruck, der mich
eine außerordentliche Anstrengung kostete, den Kadaver des
Pferdes in die Höhe und befreite den Dulder, der am Verbluten
war. Er war von Seitengewehren verwundet worden und hatte
drei Wunden am Kopf und vier an der Schulter erhalten. Die
letzteren waren so tief, daß sie buchstäblich die Schulter entzwei-
gespalten hatten und das Fleisch weit auseinanderklaffte. Ich
sandte durch einen Kosaken den Befehl an die Kolonne, bis zu
uns vorzurücken; dann begann das Verbinden der Wunden und
die Bahre wurde bereit gemacht.
All dies spielte sich in wenigen Minuten ab, die wir jedoch aus-
nützten, um den Verwundeten die erste Hilfe zukommen zu lassen, während die Kavallerie der Festung Grosnaja veranlaßt
wurde, auszufallen. Der Befehlshaber der Garnison, der von

---

[13] Paul POLTORATZKIJ, der Neffe des Schreibers.

oben herab unsere Kolonne in tadelloser Ordnung stehen und die Tschetschentzen am Horizonte verschwinden sah, schloß, daß es unnütz sei, sie zu verfolgen, und befahl den Soldaten in die Festung zurückzukehren. Einige Reiter jedoch, die sich von den anderen getrennt hatten, galoppierten vorwärts und erreichten unsere Kolonne, die ungefähr vier Werst von Grosnaja stand. Darunter waren Pistolkors und einige seiner zirkassischen Freunde vom Stamme der befreundeten Tschetschentzen, welche die Dörfer um Grosnaja bewohnten. Unseren gemeinsamen Anstrengungen gelang es, aus den Mänteln der Soldaten eine Art Bahre herzustellen, auf diese legten wir die Verwundeten und zogen dann vorwärts. Pistolkors erzählte uns, daß Graf Leo Tolstoi und der Tatar Sado von sieben Tschetschentzen scharf verfolgt worden waren, dank der Geschwindigkeit ihrer Pferde jedoch unverletzt die Tore der Festung erreichten und den Feinden nur eine Trophäe in Form eines Sattelkissens hinterließen. Tolstoi und sein Freund Sado und drei Gefährten waren ungeduldig, vor den anderen in Grosnaja einzutreffen, und trennten sich beim Jermolof-Hügel von der Kolonne. Man kannte dieses Manöver leider Gottes im Kaukasus nur zu wohl! Welcher von uns, wenn er auf einem guten Pferde sitzt und dabei Schritt für Schritt mit der Infanterie vorrücken muß, möchte nicht vorausgaloppieren ? Alte sowohl als Junge erliegen oft dieser Versuchung, wenngleich es dem strengen Befehl und der Disziplin der Vorgesetzten entgegen ist. Und unsere fünf guten Freunde taten dies auch. Die Kolonne dreißig Schritt hinter sich lassend, vereinbarten sie, daß zwei von ihnen als Kundschafter die obere Straße und die anderen drei die untere Straße entlang reiten sollten. Tolstoi und Sado hatten den Kamm kaum erstiegen, als sie eines Haufens berittener Tschetschentzen gewahr wurden, die vom Khan-Kalsky-Walde her geradeswegs auf sie zusprengten. Da keine Zeit war, hinunterzukommen, ohne große Gefahr zu laufen, schrie Tolstoi von oben seinen Kameraden zu, daß der Feind nahe, und galoppierte mit Sado, so schnell sie die Pferde trugen, der Festung zu. Die unten schenkten der Mitteilung zuerst keinen Glauben und verloren, da sie nicht imstande waren, das Gebirgsvolk zu sehen, einige Minuten; als die Tschetschentzen (von denen sieben hinter Tolstoi und Sado herjagten) am

Abhang auftauchten und herabsprengten, wandte Baron Rosen sein Pferd und galoppierte zur Kolonne zurück, die er heil erreichte. Scherbatschof folgte ihm, doch sein Pferd, ein ärarischer Gaul, lief schlecht und die Tschetschentzen überholten und verwundeten ihn und warfen ihn aus dem Sattel, worauf er zu Fuß die Kolonne zu erreichen vermochte. Paul traf das traurigste Los. Als er der Tschetschentzen gewahr wurde, sprengte er instinktiv in der Richtung von Grosnaja davon; er fühlte jedoch sofort, daß sein junges, gut gefüttertes, verwöhntes Pferd nicht imstande war, bei der Hitze die fünf Werst, die ihn von der Festung trennten, zu galoppieren; er machte deshalb jählings kehrt, gerade in dem Augenblicke, da der Feind bereits vom Walde herab auf die Straße gelangt war, und versuchte, als letzte Rettung, sich mit blankem Säbel den Weg zur Kolonne zurückzubahnen. Aber einer der Gebirgsbewohner setzte seine Flinte gut an, wartete, bis Paul nahe kam, und jagte seinem Rappen eine Kugel in die Stirn; der fiel tot zu Boden und begrub seinen Reiter unter sich. Ein Tschetschentze beugte sich vom Pferde herab über Paul und riß ihm den silberbeschlagenen Säbel aus der Hand, dessen Griff er sich aneignen wollte. Als er jedoch des dritten Zuges gewahr wurde, der zu Pauls Beistand herbeieilte, hieb er ihm mit dem Säbel auf den Kopf und sprengte davon. Seinem Beispiele folgten die übrigen sechs Gebirgsbewohner, die, einer nach dem anderen wild dahinsprengend, schwere Schläge nach dem Kopfe und den Schultern Pauls führten, der bewußtlos unter der Wucht seines toten Pferdes lag und bis zum Augenblicke unseres Eintreffens langsam verblutete."[14]

Bers Erinnerungen enthalten ein weiteres Detail dieses Vorfalles, das für Tolstoi charakteristisch ist.

„Der friedfertige Tschetschentze Sado, mit dem zusammen Tolstoi an jenem Tage ritt, war sein Busenfreund. Sie hatten erst kürzlich Pferde getauscht. Sado hatte ein junges Pferd gekauft und es, nachdem er es erprobt seinem Freunde Tolstoi geschenkt, während er selbst des letzteren Paßgänger bestieg, der, wie be-

---

[14] „*Erinnerungen V. A. Poltoratzkijs.*" „Historische Revue", Juni 1893, Seite 672.

kannt, nicht galoppieren kann. Als sie von den Tschetschentzen überfallen wurden, hätte Tolstoi auf dem feurigen Pferde seines Freundes davonsprengen können, aber er verließ diesen nicht. Sado trennte sich, wie alle Gebirgsbewohner, nie von seiner Flinte, die jedoch unglückseligerweise diesmal nicht geladen war. Nichtsdestoweniger zielte er auf seine Verfolger und stieß Drohungen gegen sie aus. Aus dem Verhalten der Verfolger ging hervor, daß sie beide zu Gefangenen machen wollten, besonders Sado, aus Rache; deshalb schossen sie nicht. Dies rettete sie. Es gelang ihnen, sich Grosnaja zu nähern, wo ein wachsamer Posten die Verfolger in der Ferne gewahrte und Lärm schlug. Als sich die Kosaken auf dem Wege zeigten, hielten die Tschetschentzen in der Verfolgung inne."

Dieses Erlebnis diente Tolstoi als Untergrund für seine Erzählung: *„Der Gefangene im Kaukasus."*

Doch weder die Gefahren des Militärdienstes noch die Anfälle von Laster und Spielwut, die gleich Wetterstürmen in sein friedliches Leben einbrachen, taten der allgemeinen Entwicklung von Tolstois Charakter Einhalt und bald nach dem eben erzählten Vorfälle schreibt er folgende Gedanken und Grundsätze in seinem Tagebuche nieder:

„Sei ehrlich und, selbst wenn du rauh werden solltest, offen mit allen, aber nicht kindisch offen ohne triftigen Anlaß.
Enthalte dich des Weines und der Weiber.
Wonne ist selten und unvollkommen, Reue jedoch ist vollkommen.
Gib dich jeder Arbeit, die du vollbringst, ganz hin. Treibt dich ein starkes Gefühl, so prüfe dich, ehe du handelst; hast du jedoch einen Entschluß gefaßt, so handle, auch wenn er falsch ist, mit voller Energie."

Mitte Juli 1853 ging Tolstoi nach Pjatigorsk und blieb dort bis Oktober, worauf er nach Starogladowsk zurückkehrte. Der eintönige Dienst begann ihn offenbar zu ermüden und er sah einer Änderung in seinem Leben entgegen.

Inzwischen schrieb er von Pjatigorsk aus folgendes an seinen Bruder:

„Ich habe Dir, glaube ich, bereits geschrieben, daß ich mein Abschiedsgesuch eingereicht habe. Gott weiß, ob es angenommen werden wird, und wann, im Angesichte des Krieges mit der Türkei Dies verstimmt mich sehr. Ich habe mich bereits so sehr an den frohen Gedanken, mich bald auf dem Lande niederzulassen, gewöhnt, daß es sehr unerquicklich ist, nach Starogladowsk zurückzukehren und dort eine Ewigkeit zu warten, wie ich auf alles, was mit meinem Dienste zusammenhängt, warten muß."

Dieselbe Gemütsverfassung findet in einem Briefe Ausdruck, den er im Dezember 1853 von Starogladowsk aus schrieb.

„Bitte, schreibe mir rasch über meine Papiere. Das ist sehr nötig. *Wann ich ankommen werde?* Das weiß nur Gott, denn ich überlege mir nun seit bald einem Jahre, wie ich mein Schwert wieder in die Scheide stecken kann, und bringe es doch nicht zustande. Da ich jedoch irgendwo kämpfen muß, fände ich es vergnüglicher, in der Türkei zu kämpfen als hier, und habe mich in diesem Sinne an Fürsten Sergius Dmitrjewitsch gewendet, der mir erwiderte, daß er bereits seinem Bruder geschrieben habe, jedoch nicht wisse, wie die Antwort lauten würde.
Jedenfalls erwarte ich noch vor dem Neuen Jahre eine Änderung in meinem Leben, das mir, ich gestehe es, unaussprechlich ermüdend geworden ist. Alberne Offiziere, alberne Gespräche, das ist alles. Wenn nur ein Mann unter ihnen wäre, zu dem man aus ganzer Seele sprechen könnte! Turgenjef spricht mit Recht von der ‚Ironie der Einsamkeit‘, wenn man aus sich selbst heraus merkbar verblödet. Wenngleich Nikolenka – Gott weiß, warum – die Windhunde mit fort nahm (wir, Epischka und ich nennen ihn dafür oft ein Ferkel), gehe ich doch manchmal tagelang von früh bis spät mit einem Hunde allein auf die Jagd. Es ist dies mein einziges Vergnügen; eigentlich kein Vergnügen, sondern ein Betäubungsmittel. Man wird müde und hungrig und fällt in tiefen Schlaf, und der Tag ist vergangen. Falls sich Dir eine Gelegenheit bietet oder Du nach Moskau kommst, kaufe mir Dickens’ ‚*David Copperfield*‘ in englischer Sprache und sende mir Saddlers englisches Wörterbuch, das sich unter meinen Büchern befindet."

Tolstoi schrieb damals an seinem *„Knabenalter"* und hatte eine Erzählung *„Die Erinnerungen eines Markörs"* vollendet, die er dem Herausgeber des *„Zeitgenossen"* sandte, indem er diesem gegenüber gleichzeitig über seine Unzufriedenheit mit seiner Arbeit und die Eile, in der er sie fertiggestellt hatte, schrieb.

Ungefähr zur selben Zeit las er Schillers Biographie. Nach seiner Rückkehr von einer kurzen Reise nach dem Dorfe Chassaf Jurt schreibt Tolstoi in sein Tagebuch: „Ich setze an die Stelle aller Gebete, die ich erfunden habe, ein einziges, das ‚Vaterunser'. Alles, was ich von Gott erbitten könnte, liegt ungleich erhabener und seiner würdiger in den Worten: ‚Dein Wille geschehe, wie im Himmel, also auch auf Erden'."

In ihren Erinnerungen erzählt die Gräfin S. A. Tolstoi einen anderen interessanten Zwischenfall aus dem Leben im Kaukasus – wie sich Tolstoi zum St. Georgskreuze verhielt.

Es ist dem Leser bekannt, daß sich Tolstoi mehrmals durch militärische Taten hervorgetan hatte und den Lohn des St. Georgskreuzes anstrebte. Der Befehlshaber seiner Batterie, Oberst Alexejef, war Tolstoi sehr gewogen. Nach einem der Gefechte waren der Batterie mehrere St. Georgskreuze übersendet worden. Diese Kreuze sollten am nächsten Tage verteilt werden; am Vorabend dieses Tages jedoch mußte Tolstoi auf der Insel, wo die Geschütze aufgestellt waren, Dienst tun.

Wie er sich von allem leicht ablenken ließ, spielte er anstatt dessen bis spät in die Nacht hinein Schach und fehlte auf seinem Posten. Der Befehlshaber der Division, Olifer, der ihn nicht auf seinem Posten fand, erzürnte darob, tadelte ihn schwer und verhängte Arrest über ihn.

Tags darauf wurden die Kreuze an das Regiment verteilt und die Musik spielte. Tolstoi wußte, daß er eines erhalten hätte, saß nun jedoch, anstatt sich über das große Ereignis zu freuen, im Arrest und war verzweifelt.

Nochmals bot sich ihm die Gelegenheit, das Kreuz zu erringen; wieder jedoch hatte er Mißerfolg, diesmal allerdings aus einer für ihn rühmlicheren Ursache.

Der Batterie wurden Kreuze als Anerkennung ihres tapferen Verhaltens während eines Gefechtes mit den Gebirgsbewohnern übersendet. Tolstoi wußte diesmal im vorhinein, daß er eines erhalten würde.

Kurz vor der Verteilung sprach jedoch Oberst Alexejef, wie folgt, zu ihm: „Sie wissen, daß die St. Georgskreuze zumeist alten, verdienten Soldaten verliehen werden, denen sie das Recht auf eine lebenslängliche Pension geben, welche im Verhältnisse zu der Löhnung steht, die sie während ihrer Dienstzeit empfingen. Anderseits erhalten auch Freiwillige, die bei ihren Vorgesetzten gut angeschrieben sind, solche Kreuze. Je mehr Kreuze die Freiwilligen erhalten, desto mehr werden den alten verdienten Soldaten weggenommen. Falls sie eines wünschen sollten, bin ich bereit, es Ihnen zu geben; verzichten Sie jedoch darauf, so wird es ein alter, sehr würdiger Soldat erhalten, der ein solches Kreuz verdient und der es als ein Stück tägliches Brot erhofft." Trotz seinem leidenschaftlichen Wunsche, das Kreuz zu erhalten, leistete Tolstoi auf der Stelle Verzicht. Späterhin bot sich ihm keine neue Gelegenheit, es zu bekommen.

Wir wollen unsere Schilderung von Tolstois Leben im Kaukasus mit einigen Zeilen beschließen, die den Erinnerungen eines Offiziers, M. A. Janschul, entnommen sind, der in den Siebziger-Jahren in dem Dorfe Starogladowsk diente und so manche Spuren von Tolstois Aufenthalt daselbst querte.

„Im Jahre 1871 wurde ich zum Offizier der 20. Artilleriebrigade ernannt, derselben Brigade im Dorfe Starogladowsk, wo siebzehn Jahre früher Graf L. N. Tolstoi in der Armee gelebt und gedient hatte. Das Dorf Starogladowsk mit seinen schönen Frauen von dem auffallenden Typus der dortigen Gegend, seinen tapferen Grebenski-Kosaken und dem ‚Hause des Befehlshabers, das hohe alte Pappeln umsäumen', welches Tolstoi in seiner bekannten Geschichte ‚Die Kosaken' beschrieben hat, war mir seit zwanzig Jahren vertraut. Zu meiner Zeit lebte die Erinnerung an Leo Nikolajewitsch, wie man ihn dort nannte, noch frisch im Dorfe fort. Man zeigte mir die alte Marjana, die Heldin der Geschichte, und mehrere alte Kosaken, die Tolstoi persönlich gekannt und mit ihm Fasane geschossen und wilde Eber gejagt hatten. Einer dieser Kosaken ritt, wie jeder Mensch im Dorfe wußte, in den Achtziger-Jahren von dem Dorfe nach Jasnaja Poljana, um Tolstoi einen Besuch abzustatten. Bei der Batterie traf ich Hauptmann Trolof (der seither gestorben ist), der Tolstoi als Kanonier gekannt hatte und gelegentlich erzählte, daß der Graf damals schon eine merkwürdige Begabung als Erzähler entwickelt habe und die Zuhörer durch seine interessante Konversation hinriß."[15]

An anderer Stelle entwirft Janschul ein kurzes Charakterbild von Tolstois Vorgesetztem, dem Befehlshaber seiner Batterie.

„Nikita Petrowitsch Alexejef, der Befehlshaber der Batterie, bei welcher Graf Tolstoi diente, wurde von jedermann um seiner Güte willen geliebt und hochgeschätzt. Er genoß den Ruf, ein gelehrter Artillerist, ein Universalgeist zu sein, zeichnete sich durch seine außerordentliche Frömmigkeit aus und legte insbesondere große Vorliebe für den Besuch der Kirche an den Tag, wo er Stunden, knieend und sich verbeugend, verbrachte. Dem ist noch hinzuzufügen, daß ihm ein Ohr fehlte, welches ihm ein Pferd abgebissen hatte. Es war eine seiner Eigentümlichkeiten, daß er Offiziere, besonders junge, nicht trinken sehen konnte. Nach der Sitte der guten alten Zeit speisten alle Offiziere mit ihrem Befehlshaber. Tolstoi pflegte im Scherz oft nach Getränken zu verlangen. Bei diesen Gelegenheiten sprach ihm Petrowitsch feierlich zu, nichts zu trinken, und bot ihm Süßigkeiten an Stelle des Alkohols an."

Die Schilderung von Tolstois Leben im Kaukasus wäre nicht vollständig, wenn wir seine beiden Kameraden, die Hunde Bulka und Milton, nicht erwähnen würden. Er erzählt ihre Geschichte in seinen *„Lesebüchern"* in einer Reihe entzückender idyllischer Bilder aus dem Leben im Kaukasus, mit denen beinahe alle russischen Schulkinder vertraut sind.

Endlich traf der langersehnte Erlaß ein, welcher Tolstoi den Offiziersrang verlieh.

Am 13. Januar 1854 legte er die Offiziersprüfung ab, die damals nur eine leere Formalität war, und rüstete sich zur Abreise.

Am 19. Januar brach er nach Rußland auf. Am 2. Februar traf er

---

[15] *„Aufzeichnungen über L. N. Tolstoi"* von M. A. JANSCHUL. „Vergangene Zeiten in Rußland", Februar 1890, Seite 335.

in Jasnaja Poljana ein. Auf der Reise, die damals zwei Wochen in Anspruch nahm, überraschte ihn ein furchtbar heftiges *Schneegestöber*, das ihm wahrscheinlich den Gedanken zu seiner Erzählung unter diesem Titel eingab. Die kurze Zeit seines Aufenthaltes in Rußland verbrachte er mit seinen Brüdern, seiner Tante und seinem Freunde Perfiljef.

Ein Befehl, zur Donauarmee zu stoßen, harrte bereits seiner und er traf infolgedessen am 14. März 1854 in Bukarest ein.

Nun, da ich die Beschreibung der kaukasischen Periode in Tolstois Leben vollendet habe, dürfte es den Leser interessieren, das Urteil zu kennen, welches er heute selbst über jene Periode fällt. Tolstoi denkt mit Vergnügen an jene Zeit zurück, die er als eine der besten Perioden seines Lebens betrachtet, ungeachtet aller Vergehen gegen sein damals ihm unbestimmt vorschwebendes Ideal. Er ist der Ansicht, daß sein späterer Militärdienst und vor allem seine literarische Tätigkeit seinem Charakter schädlich waren und daß nur seine Rückkehr zum Landleben und seine Beschäftigung mit dem Unterrichte von Bauernkindern ihm zu einem Gefühle des Neugeborenseins verhalfen und ihm einen neuen Geist einflößten.

DIE DONAU UND SEBASTOPOL

Bevor wir daran gehen, über diese Periode Näheres zu erzählen, muß ich einige Worte über den Verlauf der politischen Ereignisse einflechten, welche die Veränderungen in Tolstois Leben mit sich brachten.

Die Regierung Nikolaus' näherte sich ihrem Ende. Der Despotismus stand auf seiner Höhe und die Unterdrückung der höheren Stände sowohl als auch des Volkes riefen Aufruhrgedanken hervor. Wie immer, wandte sich die Regierung, die instinktiv das drohende Gewitter ahnte, ungestüm auswärtigen Abenteuern zu. So entlädt sich die unter dem Drucke langsam aufgespeicherte Energie in einem blutigen Gemetzel, dessen Opfer eine gehorsame Herde von Soldaten ist, welche man eigens dazu trainiert hat, daß sie fähig und

willig seien, der Regierung in den schwierigen Augenblicken ihrer
verbrecherischen Existenz zu Hilfe zu kommen. Auch die Bevölkerung und die höheren Stände sind, halb unbewußt, an diesem Hinschlachten schuld, just wie ein Mensch im Elend seine Qual durch
Trunk zu betäuben sucht.

So erklärte Rußland, durch die Tyrannei Nikolaus' des Gerechten zugrunde gerichtet und demoralisiert, am 4. November 1853 der
Türkei den Krieg. Zu Beginn war der Erfolg auf Seiten der russischen Armee; sie drang auf türkisches Gebiet ein und besetzte die
Moldau. Die russische Schwarze Meerflotte zerstörte unter der Be-
fehlshaberschaft des berühmten Nachimof die türkische Flotte bei
Sinope.

Bei dieser Wendung griffen zwei europäische Mächte, Frankreich und England, ein und es entstand bekanntlich der Krimkrieg,
dem die heldenmütige Verteidigung von Sebastopol ihren Stempel
aufdrückte, eine Tat, wie sie die Geschichte noch nicht gesehen
hatte. Während solcher Krisen hält stets und hielt auch hier das In-
nenleben im Herzen der besten Männer mit den lärmenden Ereignissen des äußeren Lebens gleichen Schritt, beim Volke wie bei den
höheren Ständen, und nahm Gestalt an in neuen Idealen – in gewissen liberalen Sozialreformen, die freilich nur schwach und unsicher
die Bedürfnisse des Volkes wiederspiegelten. Diese beiden Fakto-
ren, die Umsetzung der Volksenergien in heroische, kriegerische Taten und das Erwachen des nationalen geistigen Lebens zu neuen
Idealen, gaben der schöpferischen Tätigkeit Tolstois während dieser
Periode ihre Richtung.

Diese beiden großen Phänomene prallten beinahe von allem An-
beginn an aufeinander. Dadurch gewannen Tolstois Werke jene
Form der hohen poetischen Tragödie, die in seinen *„Erzählungen aus
Sebastopol"* so scharf hervortritt.

Wie wir oben erwähnten, wurde Tolstoi, nachdem er seine Verwandten besucht hatte, zur Donauarmee gesandt.

In Bukarest angelangt, schreibt er einen Brief an seine Tante
Tatjana in Form eines Tagebuches, worin er in knapper Weise die
Reise und die ersten Eindrücke nach seiner Ankunft beschreibt.

„Von Kursk an habe ich anstatt der 1000, die ich beabsichtigte,
2000 Werst zurückgelegt; ich ging über Poltawa, Balta, Kische-

nief, und nicht über Kief, das außerhalb meine Route gelegen
wäre. Bis zur Provinz Cherson hatte ich ausgezeichnete Schlit-
tenbahn; von da an mußte ich die Schlittenfahrt aufgeben und an
1000 Werst beinahe bis zur Grenze in einer Perekladnaja[16] über
fürchterliche Wege fahren. Den Zustand der Straßen von der
Grenze an nach Bukarest zu beschreiben, ist einfach unmöglich.
Um ihn voll zu würdigen, muß man das Vergnügen ausgekostet
haben, etliche 1000 Werst weit in einem Wägelchen zu rollen, das
kleiner und elender ist als eines, auf dem wir Dünger führen. Da
ich kein Wort Rumänisch spreche und niemand traf, der Russisch verstand, zudem für acht Pferde anstatt für zwei zu zahlen
hatte, gab ich, wiewohl meine Reise nur neun Tage währte, über
zweihundert Rubel aus und kam halbtot vor Müdigkeit hier an.
19. März. – Der Fürst war nicht hier, traf jedoch gestern ein und
ich habe ihn soeben gesehen. Er empfing mich freundlicher als
ich es erwartet hatte, wirklich ganz wie ein Verwandter. Er um-
armte mich, lud mich ein, täglich bei ihm zu speisen, und will
mich seiner Person attachieren, das ist jedoch noch nicht endgültig entschieden.
Verzeih' mir, liebe Tante, daß ich so wenig schreibe. Ich habe
meine Gedanken noch nicht gesammelt – diese große, wunderschöne Stadt, alle die neuen Bekannten, die italienische Oper, das
französische Theater, die zwei jungen Gortschakof, die sehr nette
Menschen sind … all dies ließ mich noch keine zwei Stunden zu
Hause verweilen und ich habe über meine Tätigkeit noch gar
nicht nachgedacht.
22. März [1854]. – Gestern erfuhr ich, daß ich nicht beim Fürsten
bleiben, sondern mich nach Oltenitza zu meiner Batterie begeben
soll."

Zwei Monate später schreibt er wieder, doch in ganz anderer Gemütsverfassung:

„Während Du mich allen Gefahren des Krieges ausgesetzt
wähnst, habe ich noch nicht einmal türkisches Pulver gerochen

---

[16] Name eines *Gefährtes ohne Federung,* das in Rußland gewöhnlich von Reisenden
benützt wurde und eine gewisse Ähnlichkeit mit einem kleinen Lastwagen hat.
– Der Übersetzer.

und lebe sehr ruhig in Bukarest dahin, gehe spazieren, höre der Musik zu und esse Eis. Mit Ausnahme zweier Wochen, die ich in Oltenitza verbrachte, wo ich einer Batterie beigegeben war, und einer Woche, während der ich auf Befehl des Generals Serschputowskij, dem ich jetzt für besondere Aufträge attachiert bin, Rumänien, die Walachei und Bessarabien bereiste, war ich unausgesetzt in Bukarest; und ich muß aufrichtig gestehen, daß mir das Leben, welches ich hier führe, ganz gründlich mißfällt, da es ein wenig ausschweifend, ganz und gar müßig und außerordentlich kostspielig ist. Erst hielt mich der Dienst hier fest, nun aber habe ich bereits drei Wochen lang ein Fieber, das ich mir während meiner Reise zuzog, von dem ich mich jedoch mit Gottes Hilfe bereits genügend erholt habe, um – in zwei oder drei Tagen – zu meinem General, der im Lager bei Silistria liegt, stoßen zu können. Da ich gerade von meinem General spreche: er scheint ein sehr braver Mensch zu sein und mir wohl zu wollen, wenngleich wir einander noch recht wenig kennen. Außerdem ist es angenehm, daß sich sein Stab zumeist aus Gentlemen zusammensetzt. Die beiden Söhne des Fürsten Sergius, die ich hier angetroffen habe, sind nette Kerle, besonders der jüngere, der, wenn er auch nicht außergewöhnlich klug ist, doch eine große Vornehmheit des Charakters und ein gutes Herz zeigt. Ich habe ihn sehr gerne.“

Als nächsten führen wir einen Brief hier an, der sich auf Ereignisse an der Donau bezieht, wenngleich er von Sebastopol aus geschrieben ist. Wie der Leser bemerken wird, wendet Tolstoi sich zuerst an seine Tante Tatjana und dann an seinen Bruder Nikolaus. Unserer Meinung nach sollte dieser Brief ein Blatt in der Geschichte Rußlands bilden.

„Ich will Dir von der Vergangenheit erzählen, von meinen Erinnerungen aus Silistria. Ich sah dort soviel Interessantes, Poetisches und Rührendes, daß die Zeit, die ich daselbst verbrachte, mir nie aus dem Gedächtnisse schwinden wird. Unser Lager befand sich auf der anderen Seite der Donau, das heißt am rechten Ufer, auf einer Anhöhe, inmitten wundervoller Gärten, die Mustafa Pascha, dem Gouverneur von Silistria, gehörten. Die Aussicht, welche man von dort aus genießt, ist nicht nur herrlich, sondern für uns alle von größtem Interesse. Ganz abgesehen von der Donau, ihren Inseln und Ufern, die zum Teil von uns, zum Teil von den Türken besetzt gehalten wurden, übersah man die Stadt, die Festung und die kleinen Forts von Silistria gleichsam als hätte man sie auf der flachen Hand vor sich. Man vernahm das Schießen der Geschütze und Gewehre unaufhörlich, Tag und Nacht, und konnte mit einem Fernglas die türkischen Soldaten wahrnehmen. Es ist freilich ein seltsames Vergnügen, zuzusehen, wie sich Menschen gegenseitig töten. Nichtsdestoweniger stieg ich jeden Abend und jeden Morgen auf mein Wägelchen und stand da, stundenlang in Beobachtung versunken. Und ich war nicht der einzige, der so tat. Das Schauspiel war wirklich herrlich, besonders zur Nachtzeit. Nachts über gingen meine Soldaten gewöhnlich an das Aufwerfen von Laufgräben und die Türken stürzten sich auf sie, um sie daran zu hindern. Dann hättet Ihr die Füsilade sehen und hören sollen. In der ersten Nacht, die ich im Lager verbrachte, weckte der fürchterliche Lärm mich auf und ängstigte mich; ich dachte, es habe ein Überfall stattgefunden, und machte mein Pferd sehr rasch zurecht. Jene, die bereits länger im Lager waren, sagten mir jedoch, daß ich ganz ruhig sein könne, daß diese Kanonaden und Füsiladen gewöhnliche Dinge seien, die sie scherzhaft ‚Allah‘ nannten. Ich legte mich dann wieder nieder. Da ich jedoch nicht schlafen konnte, vergnügte ich mich damit, daß ich, die Uhr in der Hand, die Kanonenschüsse, die ich hörte, zählte, und ich zählte 110 Detonationen in der Minute. In der Nähe besehen, war jedoch all dies nicht ganz so schrecklich, wie es den Anschein hatte. Während der Nacht, da es unmöglich war, etwas zu sehen, war die Frage einfach, wer mehr Pulver zu verbrennen hatte. Die tausende von Kanonenschüssen töteten kaum an dreißig Menschen herüben und drüben. Du erlaubst mir wohl, liebste Tante, daß ich mich in diesem Briefe an Nikolaj wende, denn da ich damit begonnen habe, vom Kriege zu erzählen, möchte ich damit auch noch fortfahren und mich dabei an einen Mann wenden, der ihn kennt und Dir alles, was Dir unklar erscheinen könnte, erklären kann. Gut, das war also ein gewöhnliches Schauspiel, das uns jeden Tag zuteil wurde und an dem auch ich mich beteiligte, wenn ich mit Befehlen in die Laufgräben gesendet wurde. Wir hatten jedoch auch außergewöhnliche Schauspiele, wie zum Beispiel jenes am Tage vor dem Sturme, da eine Pulvermine von 240 Pfund unter einem der feindlichen Forts platzte. Am Morgen dieses Tages war der Fürst mit seinem ganzen Stabe (da der General, dem ich attachiert bin, dazugehört, war auch ich anwesend) in den Schanzen gewesen, um vor dem Sturm, der tags darauf erfolgen sollte, genaue Befehle zu erteilen. Der Plan, der zu lang ist, als daß ich ihn hier erzählen könnte, war so glänzend ausgedacht und alles war darin so gut vorgesehen worden, daß niemand an seinem Erfolge zweifelte. Ich muß Dir hier übrigens wirklich sagen, daß ich anfange, für den Fürsten Bewunderung zu empfinden. Du solltest nur hören, wie man unter den Offizieren und der Mannschaft über ihn spricht; ich habe nicht nur nie ein böses Wort über ihn vernommen, man betet ihn hier förmlich an. Heute früh sah ich ihn zum erstenmal im Feuer.

Du solltest ihn dastehen sehen; er wirkt ein wenig lächerlich durch seinen hohen Wuchs, seine auf dem Rücken gefalteten Hände, die Kappe, die ihm auf dem Hinterkopfe sitzt, seine Augengläser und seine Sprechweise, die an einen Truthahn erinnert. Man sah, daß er so vertieft war in den Verlauf der Ereignisse, daß die Bomben und Kugeln für ihn nicht vorhanden waren: er setzte sich der Gefahr so schlichtweg aus, als wäre er sich ihrer überhaupt nicht bewußt, so daß man unwillkürlich mehr für ihn fürchtete als für sich selbst. Dann erteilte er seine Befehle so klar und so präzis und war gleichzeitig mit einem jeden freundlich. Er ist ein großer, das heißt ein fähiger und anständiger Mann in dem Sinne, in dem ich diese Worte verstehe, ein Mann, der sein ganzes Leben dem Dienste seines Vaterlandes geweiht hat, nicht aus Ehrgeiz, sondern aus Pflichtgefühl. Ich will Dir einen kleinen Zug erzählen, der mit der Geschichte des Sturmes zusammenhängt, den ich zu beschreiben begonnen habe. Am Nachmittag desselben Tages, an dem die Mine gesprengt wurde, eröffneten etwa 600 Geschütze ihr Feuer gegen das Fort, das man einnehmen wollte, und dies dauerte die ganze Nacht hindurch. Es war ein solches Bild und verursachte eine solche Gemütsbewegung, wie man sie niemals vergißt. Am Abend legte sich der Fürst in den Gräben inmitten all der Unruhe zum Schla-

fen nieder, um persönlich den Sturm zu befehligen, der nachts
um drei Uhr beginnen sollte. Wir waren alle vollzählig und behaupteten, wie dies am Vorabend vor der Schlacht ja stets geschieht, daß uns der kommende Tag nicht wichtiger schiene als
irgendein gewöhnlicher Tag. Im Innersten des Herzens, das weiß
ich gewiß, waren jedoch alle ein wenig erregt, und zwar nicht
nur ein wenig, sondern sehr stark, wenn sie an den Sturm dachten. Du weißt ja, Nikolaus, daß die Stunden, die einer Schlacht
vorhergehen, die peinlichsten sind. Sie sind die einzigen, in denen man zur Furcht Zeit hat, und Furcht ist eine der qualvollsten
Empfindungen. Gegen Morgen, je näher der Zeitpunkt heran-
kam, um so mehr verringerte sich dieses Gefühl – und gegen drei
Uhr, als wir alle auf das Abfeuern der Raketen harrten, die das
Signal zum Sturm geben sollten, war ich so guter Laune, daß es
mich bitter enttäuscht hätte, wäre irgendeiner mit der Meldung
gekommen, daß der Angriff nicht stattfinden solle. Und, Zeichen
und Wunder! genau eine Stunde vor der für den Angriff festge-
setzten Zeit traf ein Adjutant des Feldmarschalls mit dem Befehle
ein, daß die Belagerung Silistrias aufzuheben sei. Ich glaube
mich nicht zu täuschen, wenn ich behaupte, daß diese Nachricht
auf alle, Offiziere sowohl als Soldaten geradezu wie eine Katastrophe wirkte, um so mehr, als wir durch Spione, die oft aus
Silistria zu uns kamen und mit denen ich selbst mehrmals zu
sprechen Gelegenheit fand, erfahren hatten, daß, wenn dieses
Fort erst genommen sei – und an dem Erfolg zweifelte keiner –
Silistria keine drei Tage mehr standzuhalten vermöchte. Glaubst
Du nicht, daß diese Nachricht niemand mehr getroffen haben
kann als den Fürsten, der während der ganzen Dauer des Feldzuges alles zum Besten gelenkt hatte und der nun, knapp vor
dem Ziele sehen mußte, wie ihm der Feldmarschall in die Quere
kam und alles zunichte machte. Dieser Sturm war seine einzige
Chance, unsere Niederlagen wieder gut zu machen, und just, wie
er daran geht, trifft der Gegenbefehl des Feldmarschalls ein. Nun
denn, nicht einen Augenblick war der Fürst, der doch so empfindsam ist, mißgestimmt. Im Gegenteil, er freute sich, daß er
nun das Gemetzel vermeiden könne, für das sonst ihn die Ver-
antwortung getroffen hätte. Und solange der Rückzug dauerte,
den er selbst dirigierte und der in bemerkenswerter Ordnung

und Präzision vor sich ging, war er heiterer als je zuvor, wenngleich er nicht vom Fleck wich, bis der letzte Soldat in Sicherheit war. Was viel zu seiner Befriedigung beitrug, war die Auswanderung von etwa 7000 bulgarischen Familien, die uns folgten, da sie vor der Grausamkeit der Türken bangten – einer Grausamkeit, an die ich trotz meiner Ungläubigkeit zu glauben gezwungen wurde. Wir hatten die verschiedenen bulgarischen Dörfer, die wir besetzt hielten, kaum verlassen, als die Türken alle Zurückbleibenden niedermachten, mit Ausnahme der Frauen, die jung genug für ihre Harems waren. So gab es ein Dorf, aus dem ich oftmals vom Lager aus Milch und Obst geholt hatte, dessen ganze Bevölkerung, so wie ich es geschildert habe, vertilgt wurde. Der Fürst hatte den Bulgaren kaum mitgeteilt, daß alle, die es wünschten, die Donau überschreiten und russische Untertanen werden durften, als die ganze Gegend aufstand und mit Weibern, Kindern, Pferden und Vieh der Brücke zudrängte. Es war jedoch unmöglich, sie alle mitzunehmen, und der Fürst sah sich gezwungen, die letzten Ankömmlinge zurückzuweisen. Du hättest ihre Verzweiflung sehen sollen. Er empfing alle Abgesandten der armen Leute, sprach mit jedem von ihnen und versuchte, ihnen die Unmöglichkeit der Sache klar zu machen. Er erbot sich, sie ohne ihre Wagen und ihren Viehstand hinüberzuführen und sie zu erhalten, bis sie in Rußland seien, auch aus seiner eigenen Tasche die Privatschiffe, die sie führen sollten, zu bezahlen; kurzum, zu tun, was nur in seiner Macht stünde, um den armen Leuten zu helfen.

Ja, liebste Tante, ich wünsche von ganzem Herzen, daß sich Deine Prophezeiung erfüllen möge. Das höchste Ziel meines Strebens wäre es, der Adjutant eines Mannes wie er zu sein, den ich liebe und den ich schätze aus vollem Herzen. Lebt wohl und Dir, liebe Tante, küsse ich die Hände."

Inmitten dieser neuen und starken Eindrücke vernachlässigte Tolstoi seine ständige Übung nicht – die Arbeit an seiner innerlichen Vervollkommnung. Diese Zeit spiegelt sich in den Aufzeichnungen seiner Tagebuchblätter wieder.

„7. Juli. – Ich besitze keine Bescheidenheit. Das ist mein großer Fehler. Was bin ich? Einer der vier Söhne eines Oberstleutnants außer Dienst, vom siebenten Jahre an verwaist, der unter der Vormundschaft von Frauen und Fremden weder eine gesellschaftliche noch wissenschaftliche Erziehung genossen hat und dann mit 17 Jahren großjährig gesprochen wurde. Ein Mann ohne beträchtliches Vermögen, ohne jede gesellschaftliche Stellung und vor allem ohne Grundsätze, der seine Geschäfte auf den Hund gebracht hat, der die besten Jahre seines Lebens ohne Zweck oder Vergnügen vergeudete; der sich schließlich selbst nach dem Kaukasus verbannte, um vor seinen Schulden und vor allem vor seinen eigenen Gewohnheiten zu fliehen und der sich gewisse Beziehungen, die zwischen seinem Vater und dem Oberbefehlshaber einmal bestanden, zunutze machte, um sich im Alter von sechsundzwanzig Jahren als Leutnant zur Donauarmee versetzen zu lassen; der, von seiner Gage abgesehen, so gut wie mittellos ist (da die geringen Mittel, über die er verfügt, zur Zahlung seiner Schulden dienen müssen), ohne Protektion, ohne weltliche Erfahrung, ohne Dienstkenntnisse, ohne praktische Fähigkeiten, doch mit einer riesenhaften Eitelkeit. Ja, dies ist meine soziale Stellung. Sehen wir nun, was meine Persönlichkeit ist.

Ich bin häßlich, linkisch, unsauber und im weltlichen Sinne ungebildet. Ich bin reizbar, ein Stichler anderen gegenüber, grob, intolerant und schüchtern wie ein Kind. Ich bin mehr oder minder ein kompletter Ignorant. Was ich weiß, habe ich zufällig bruchstückweise aufgeschnappt; in meinem Wissen herrscht weder ein Zusammenhang noch Ordnung, alles zusammen macht so wenig aus. Ich bin verweichlicht, unentschlossen, unbeständig, dumm, eingebildet und jähzornig wie alle Leute, die einen schwachen Charakter haben. Ich bin nicht tapfer. Ich bin nicht methodisch in meiner Lebensführung und bin so faul, daß mir Trägheit beinahe zur unentbehrlichen Gewohnheit geworden ist. Ich bin intelligent, habe meine Intelligenz jedoch noch an nichts gründlich erprobt. Ich besitze weder praktische noch weltliche noch geschäftliche Intelligenz.

Ich bin ehrlich – das heißt ich liebe das Recht, habe mich daran gewöhnt, es zu lieben; und wenn ich davon abweiche, bin ich mit mir selbst unzufrieden und kehre gerne dazu zurück. Es gibt jedoch Dinge, die ich mehr liebe als das Recht – Ruhm. Ich bin so

eitel und habe dieser Empfindung so wenig genug getan, daß ich
oft fürchte, ich würde, stünde mir die Wahl zwischen Ruhm und
Tugend offen, ersteren wählen.

Ja, ich bin arrogant, weil ich innerlich stolz bin, wenn ich auch in
Gesellschaft schüchtern auftrete."

Manchmal kam eine weichere Stimmung über ihn. Dann gewann
der Dichter in ihm die Oberhand, wie folgende Blätter in seinem Tagebuch zeigen:

„Nach der Mahlzeit lehnte ich auf dem Balkon und sah auf meine
liebe Lampe, die so freundlich durch das Blätterwerk scheint.
Eine große Wolke, die den ganzen südlichen Teil des Himmels
bedeckte, hing gerade am Firmamente, als Überrest einiger Ge-
witterwolken, die tagsüber vorbeigezogen waren und die Erde
benetzt hatten, und eine eigentümliche, wohlige Leichtheit und
Feuchtigkeit lag in der Luft. Die hübsche Tochter meiner Wirtin
lehnte, gleich mir, auf den Ellbogen gestützt, am Fenster. Eine
Drehorgel zog die Straße entlang, und als die Klänge eines guten
alten Walzers schwächer und schwächer wurden und endlich
ganz verklangen, seufzte das Mädchen aus tiefster Seele auf, erhob sich rasch und verließ das Fenster. Ich fühlte mich so glücklich, daß ich lächeln mußte, und blickte noch lange nach meiner
Lampe – deren Licht hin und wieder verdeckt ward, je nachdem
der Wind die Zweige des Baumes beugte – blickte nach dem
Baum, nach der Einzäumung, zum Himmelszelt auf. Und alles
war in eine Schönheit gehüllt, die ich nie zuvor daran erblickt
hatte."

Der erfolglose Feldzug der Donauarmee, das eintönige Leben im Regiment, all dies ließ in Tolstoi keine Befriedigung aufkommen. Er
verlangte nach kräftigerer Betätigung, stärkerer Erregung und
suchte um Versetzung zur Krimarmee an.

Nach dem Rückzüge von Silistria (20. Juli) ging er in die Krim.
Seine Reise führte durch die Städte Tekutschi, Berlad, Jassi, Cherson
und Odessa. Er erreichte Sebastopol am 7. November 1854. Unterwegs erkrankte er und lag im Spital, was die lange Dauer seiner
Reise erklärt.

Nach seiner Ankunft wurde er der 3. Leichten Batterie der 14. Artilleriebrigade zugeteilt.

Dort stürmte eine solche Fülle neuer Eindrücke auf ihn ein, daß er ihrer für geraume Zeit nicht Herr zu werden vermochte. Nach Ablauf zweier Wochen, am 20. November, schreibt er an seinen Bruder Serjoscha:

„Lieber Freund Serjoscha! –
Ich habe mich seit meinem Urlaub sehr schlecht gegen Euch benommen und weiß selbst nicht, wie es kam. Einmal Zerstreuungen, ein andermal die Trägheit meines Lebens und meiner Laune, dann wieder Krieg oder irgend jemand, der mir im Wege war, usw. Der Hauptgrund jedoch war ein Leben voll Zerstreuungen und voll äußerer Einflüsse. Soviel habe ich während dieser Jahre gelernt und erfahren, daß man wirklich nicht weiß, wo in der Schilderung beginnen, oder ob es einem gelingen wird, es so zu erzählen, wie man möchte. Tantchen schrieb ich über Silistria, Dir und Nikolenka mag ich jedoch nicht in gleicher Weise schreiben – ich möchte mit Euch so verkehren, daß Ihr mich, wie ich es wünsche, zu verstehen vermögt. Silistria ist heute ein altes Lied, jetzt steht Sebastopol im Vordergrunde, von dem Ihr wahrscheinlich selbst gelesen habt, wobei Euch das Herz so klopfte, wie es mir vor vier Tagen geklopft hat. Doch wie soll ich Euch all das erzählen, was ich dort sah, wohin ich kam und was ich machte, was die Franzosen sagen und die Engländer – die verwundeten Gefangenen – und ob sie leiden und viel leiden, und was für Helden unsere Feinde sind, die Engländer besonders. Wir werden darüber eines Tages in Jasnaja oder Pirigowo plaudern können; und wohl viel davon werdet Ihr durch mich selbst aus den Zeitungen erfahren. Wie ich das meine, erkläre ich Euch später. Jetzt will ich Euch einen Begriff von dem Stande unserer Angelegenheiten in Sebastopol geben. Die Stadt wird nur von einer, der Südseite, belagert, auf der wir keine Befestigungen hatten, als der Feind heranzog. Nun stehen auf dieser Seite mehr als 500 Geschütze und mehrere Linien von Erdwerken, die geradezu uneinnehmbar sind.
Ich brachte eine Woche in der Festung zu und ich irrte bis zum letzten Tage zwischen diesen Labyrinthen von Batterien wie in

einem Wald. Der Feind liegt nun schon seit mehr als drei Wochen an einem Fleck, in einer Entfernung von kaum 180 Schritt, und rückt nicht vor; bei der leisesten Bewegung nach vorwärts überschüttet ihn ein Hagel von Schüssen.

Der Geist der Truppen läßt sich nicht schildern. Das alte Griechenland kann sich an Heldenmut nicht damit messen. Als Kornilof die Runde unter den Truppen machte, sagte er anstatt ,Seid mir gegrüßt, Jungen!‘: ,Es gilt zu sterben, Jungen! Wollt Ihr sterben?‘ Und die Truppen schrien: ,Wir wollen sterben, Exzellenz! Hurra!‘ Und es war dies keine leere Prahlerei. Auf jedem der Gesichter stand es deutlich geschrieben, daß dies nicht Scherz, sondern Ernst sei. 22.000 Mann haben ihr Versprechen bereits eingelöst.

Ein verwundeter, beinahe sterbender Soldat erzählte mir, wie sie die 24. französische Batterie angriffen und keine Verstärkung erhielten; er schluchzte laut. Eine Kompagnie Marinesoldaten empörte sich beinahe, weil man sie von einer Batterie ablösen wollte, bei der sie dreißig Tage unter Bombenfeuer gestanden. Soldaten reißen die Zünder aus den Geschossen. Weiber tragen den Soldaten auf die Bastion Wasser zu und viele von ihnen werden getötet und verwundet. Priester ziehen mit Kreuzen auf die Bastionen und sprechen Gebete unter dem Feuer. In einer Brigade, der 24., wurden 160 Mann, die nicht von der Stelle weichen wollten, verwundet. Eine prachtvolle Zeit! Nunmehr jedoch, nach dem 24., haben wir uns einigermaßen beruhigt und es ist in Sebastopol prächtig geworden. Der Feind feuert beinahe nicht mehr und alle sind fest überzeugt, daß er die Stadt nicht nehmen wird. Es wäre ein Ding der Unmöglichkeit. Drei Möglichkeiten sind vorhanden: entweder er macht einen allgemeinen Angriff, oder er lenkt uns durch falsche Bewegungen ab, oder er befestigt sich für die Überwinterung. Das erstere ist das am wenigsten, das zweite das am meisten wahrscheinliche. Mir ist es nicht gelungen, auch nur ein einzigesmal in Aktion zu treten. Doch danke ich Gott dafür, daß ich diese Menschen sehen und in dieser ruhmreichen Zeit leben durfte. Das Bombardement vom 5. wird die glänzendste und ruhmvollste Tat, nicht nur der russischen, sondern auch der Weltgeschichte, bleiben. Über 1500 Geschütze feuerten zwei Tage lang. auf die Stadt und sie zwangen sie nicht nur nicht zur Übergabe, sondern sie brachten auch nicht ein Geschütz auf zweihundert unserer Batterien zum Schweigen. Es scheint mir, als würde, wenn das heutige Rußland nicht dankbar auf diesen Feldzug blicken sollte, die Nachwelt wenigstens ihn über alle anderen stellen. Vergeßt nicht, daß wir mit ungleichen, ja selbst geringeren Kräften, nur mit Bajonetten und mit den schlechtesten Truppen der russischen Armee (denn das ist das 6. Korps) gegen einen Feind ankämpfen, der viel zahlreicher ist, über eine Flotte verfügt sowie über 3000 Geschütze, ausgezeichnete Gewehre und seine besten Truppen. Ich erwähne nicht, daß uns die Generale des Feindes weit überlegen sind.

Nur einzig unsere Armee kann unter diesen Umständen standhalten und siegen, wird siegen, davon bin ich überzeugt. Ihr solltet nur die französischen und englischen Gefangenen sehen (die letzteren besonders): einer ist besser als der andere, moralisch sowohl als physisch, sie sind ein prächtiges Volk. Die Kosaken sagen, daß sie selbst Mitleid fühlen, wenn sie sie niedersäbeln. Und seht Euch neben ihnen irgendeinen unserer Schützen an: wie klein, lausig und gewissermaßen verschrumpft er aussieht. Nun will ich Euch erklären, wieso Ihr durch mich aus den Zeitungen von den kriegerischen Taten dieser lausigen, zusammengeschrumpften Helden hören werdet. In dem Bureau unseres Artilleriestabes, der, wie ich glaube, Euch geschrieben zu haben, aus vortrefflichen, hochgeachteten Männern besteht, ist der Plan entstanden, eine militärische Zeitschrift herauszugeben, die den guten Geist unter den Truppen wach halten soll. Eine billige Zeitschrift (zu drei Rubel), volkstümlich geschrieben, so daß die Soldaten sie lesen können. Wir haben einen Prospekt abgefaßt und ihn dem Fürsten vorgelegt. Die Idee sagte ihm sehr zu und er unterbreitete den Prospekt sowie eine Probenummer, die wir zusammengestellt hatten, dem Kaiser zur Genehmigung. Die Geldmittel zur Veröffentlichung hatten Stolypin und ich vorgestreckt. Sie haben mich zum Herausgeber gemacht in Gemeinschaft mit einem gewissen Konstantinowitsch, der den ‚Kaukasus‘ herausgegeben hat und auf diesem Gebiete ein Mann von Erfahrung ist. Die Zeitschrift soll die Schilderung von Schlachten veröffentlichen, nicht in der trockenen und erlogenen Art der anderen Blätter, tapfere Taten, die Lebensbeschreibung und den

Nachruf braver Männer, besonders solcher aus Reih' und Glied; Militärgeschichten, Soldatenlieder, volkstümliche Artikel über Ingenieur- und Artilleriewesen, Künste usw. Die Sache macht mir viel Spaß; erstens ist mir die Beschäftigung sympathisch und zweitens hoffe ich, daß die Zeitschrift nützlich und durchaus nicht schlecht sein wird. All dies bleibt jedoch Vermutung, bis wir die Antwort des Kaisers erhalten haben werden, und ich gestehe, daß ich wegen dieser besorgt bin. In die Probenummer, welche wir nach St. Petersburg sandten, nahmen wir höchst unbedacht zwei Artikel auf, den einen von mir und den anderen von Rostowtzef, die nicht ganz orthodox sind. Ich brauche für die Sache 1500 Rubel, die auf dem Amte liegen und die mir zu senden ich Valerian ersucht habe. Da ich es Euch nun ausgeplaudert habe, so sagt es ihm, bitte, nochmals. Gott sei Dank bin ich gesund und habe hier, seit ich vom Ausland zurückgekehrt bin, glücklich und vergnügt gelebt. Mein Leben bei der Armee zerfällt im ganzen großen in zwei Teile: in einen schlechten draußen, wo ich krank und arm und einsam war, und in einen vergnügten daheim. Jetzt bin ich gesund und habe gute Kameraden; arm bin ich freilich immer noch, denn Geld dauert nie lange.

Ich schreibe nicht, ich fühle aber instinktiv, wie Tantchen mich ausspottet. Nur eines beunruhigt mich: dies ist das vierte Jahr, das ich ohne weibliche Gesellschaft verbringe; Ich mag wohl ganz ungeschliffen und ungeeignet für das Familienleben geworden sein, an dem ich doch so hänge.

Doch nun, lebt wohl! Gott weiß, wann wir einander wiedersehen werden, falls es Dir und Nikolenka nicht eines schönen Tages beifällt, wenn Ihr auf der Jagd seid, von Tamhof aus in unser Hauptquartier herüberzuschauen.“

Ich habe diesen merkwürdigen Brief ungekürzt wiedergegeben, weil er zeigt, wie geistig jung Tolstoi damals war, wie leicht ihn seine Gefühle hinzureißen vermochten und wie sehr dies einer klaren Auffassung des Lebens um ihn herum im Wege war. Nichtsdestoweniger blitzen dafür nur um so greller im Hintergrunde Momente lebhaften Bewußtseins und prophetischer Eingebung auf.

Die mächtigen Eindrücke seiner äußeren Umgebung nahmen jedoch nicht Tolstois ganze Seele ein. Und wenn er, allein, wahr-

scheinlich in den Zelten des 4. Bataillons, an seinem Tagebuch
schrieb, so war er derselbe, der er stets gewesen und jetzt ist, stets
nach dem Ideale suchend und strebend. Seine Gemütsverfassung
fand damals in folgender poetischer Form ihren Ausdruck:

„Wann, o wann werde ich endlich nicht mehr meine Zeit ziellos,
freudlos vorüberziehen sehen und nicht mehr die tiefe Wunde in
meinem Herzen spüren, ohne zu wissen, wie sie heilen? Wer hat
mir diese Wunde geschlagen? Das weiß nur Gott! Doch hat mich
von der Stunde meiner Geburt an das Gefühl der Bedeutungslo-
sigkeit, die meine Zukunft bedroht, bitter gequält und eine
schmerzliche Traurigkeit und trüber Zweifel."[17]

Am 23. November begab er sich nach Simferopol.

Am 26. Januar 1855 schreibt er einen beruhigenden Brief an seine
Tante Tatjana:

„Ich habe an den zwei blutigen Schlachten, die in der Krim geschlagen wurden, nicht teilgenommen, sondern mich unverzüglich nach der Schlacht vom 24. nach Sebastopol begehen und dort
einen Monat verbracht. Sie kämpfen nun nicht mehr – sie ver-
wüsten das Land, da nunmehr Winter, ein besonders gegenwärtig ungewöhnlich strenger Winter ist. Die Belagerung dauert jedoch fort. Was wird der Ausgang dieses Feldzuges sein? Das
weiß nur Gott. So oder so muß der Krimfeldzug jedoch in drei
oder vier Monaten ein Ende erreichen. Doch ach, das Ende des
Krimfeldzuges bedeutet nicht das Ende des Krieges, der im Gegenteil, wenn alle Anzeichen nicht trügen, noch sehr lange dau-
ern wird. Ich hatte in meinem Brief an Sergius und, wie ich
glaube, auch an Valerian eine Beschäftigung erwähnt, die ich
plante und die mich stark in Anspruch nahm. Nun, da sie feste
Form angenommen hat, kann ich Näheres darüber sagen. Ich
hatte die Absicht, eine Militär-Zeitschrift zu gründen. Dieser
Plan, an dem ich unter Mitwirkung vieler hervorragender Persönlichkeiten arbeitete, wurde vom Fürsten gebilligt und dem
Kaiser zur Genehmigung unterbreitet. Da jedoch in unserem

---

[17] Die Verse sind hier in Prosa wiedergegeben.

Lande gegen alles intrigiert wird, fanden sich auch Leute, welche die Konkurrenz dieser Zeitschrift fürchteten. Möglicherweise stimmte die Grundidee auch nicht mit der Auffassung der Regierung überein. Der Kaiser hat seine Genehmigung verweigert. Ich gestehe, daß mir diese Enttäuschung Schmerz bereitete und meine Pläne stark geändert hat. Falls mit Gottes Wille der Krimfeldzug zu unseren Gunsten endigt und ich nicht eine Anstellung erhalte, die mich zufriedenstellt, und wenn kein anderer Krieg in Rußland wütet, werde ich die Armee verlassen und nach St. Petersburg an die Militärakademie gehen. Ich faßte diesen Entschluß, erstens, weil ich nicht gerne die Literatur im Stiche lassen möchte, der ich mich während dieses Lagerlebens nicht zu widmen vermag, und zweitens, weil ich allem Anscheine nach ehrgeizig werde; doch nein, ehrgeizig nicht: nur möchte ich ein wenig Gutes wirken und das kann man nur, wenn man etwas mehr als ein Unterleutnant ist. Drittens möchte ich auch Euch alle und alle meine Freunde wiedersehen. Nikolaus schreibt, daß Turgenjef mit Marie bekannt wurde. Dies freut mich sehr. Siehst Du Warinka, so sage ihm, daß ich ihn bitte, ihn in meinem Namen zu umarmen und ihm zu sagen, daß ich mit ihm eine Menge zu sprechen hätte, wenngleich ich ihn nur aus unserem Briefwechsel kenne.“

Das Leben, das nun folgte, spiegelt sich sehr gut in dem Briefe, den er im Mai 1855 an seinen Bruder schrieb. Darin gibt er eine chronologische Übersicht über die Ereignisse seines Militärlebens während des voran gegangenen Winters 1854/55.

„Wenngleich Du wahrscheinlich durch unsere Freunde weißt, wo ich bin und was ich tue, so will ich Dir doch meine Erlebnisse seit Kischenief nochmals erzählen – umsomehr, als Dich meine Geschichte interessieren dürfte und Du daraus die Phase, die ich augenblicklich durchmache, ersehen wirst – denn mein Schicksal scheint zu wollen, daß ich immer irgendeine Phase durchmache. Von Kischenief aus suchte ich um Versetzung in die Krim an, teils um mir den Krieg mitanzusehen, teils um mich von dem Stabe Serschputowskis loszureißen, der nicht nach meinem Geschmacke war; hauptsächlich jedoch aus Patriotismus, der mich,

ich bekenne es, damals ganz erfüllte. Ich bat nicht, auf irgendeinen ganz besonderen Posten gesendet zu werden, sondern überließ es den Obrigkeiten, über mein Schicksal zu verfügen. In der Krim wurde ich einer Batterie in Sebastopol selbst beigegeben, wo ich einen Monat recht angenehm im Kreise einfacher netter Kameraden verlebte, die besonders gewinnend sind während eines wirklichen Krieges und wirklicher Gefahren. Im Dezember wurde unsere Batterie nach Simferopol versetzt und ich verbrachte dort sechs Wochen in dem komfortablen Heim eines Gutsbesitzers, fuhr nach Simferopol, um mit jungen Damen zu tanzen und Klavier zu spielen und mit den Gouvernementsbeamten auf dem Tschatisdag Hirsche zu schießen. Im Januar war eine neue Regimentsversetzung und ich wurde einer Batterie, die zehn Werst von Sebastopol lag, zugewiesen. Daselbst *j'ai fad la connaissance de la mere de Kousma*[18] – ein unangenehmer Kreis von Offizieren bei der Batterie, der Kommandant ein guter Kerl, aber roh und gemein; kein Komfort, kalte Lehmhütten; kein einziges Buch und kein einziger Mensch, mit dem man sprechen könnte. Hier erhielt ich 1500 Rubel für die Zeitschrift, der bereits die Genehmigung versagt worden war. Und hier verlor ich 2500 Rubel und habe dadurch der ganzen Welt bewiesen, daß ich noch ein f r i v o l e r   G e s e l l e bin, wenngleich die ob erwähnten Verhältnisse *comme circonstances atténuantes*[19] gelten dürfen. Nichtsdestoweniger war es sehr schmachvoll. Im März wurde es wärmer und ein guter Junge und ausgezeichneter Mensch kam an und trat in die Batterie ein, ein gewisser Brenefski. So fing ich denn langsam an, mich selbst wiederzufinden, und am 1. April zog meine Batterie während der gegenwärtigen Belagerung nach Sebastopol, wo ich mich gänzlich wiederfand. Dort genossen wir bis zum 15. Mai, wenngleich wir in ernsthafter Gefahr waren, da wir vier Tage nacheinander in einer Batterie auf der vierten Bastion Dienst getan haben, doch den Frühling und das herrliche Wetter. Eine Menge Eindrücke und Menschen zogen an uns vorüber, wir hatten alle Bequemlichkeiten des Lebens um uns

---

[18] Eine scherzhafte Übersetzung des russischen Dialektausdruckes *„Kusmas Mutter"*, der im Volksmunde eine schwierige Lage bedeutet.
[19] *Mildernde Umstände. –* Der Übersetzer.

herum und die Gesellschaft wohlerzogener Leute, so daß diese sechs Wochen eine meiner angenehmsten Erinnerungen bleiben werden. Am 15. Mai gefiel es Gortschakof oder dem Kommandanten der Artillerie, mich mit der Bildung und dem Kommando eines Gebirgsdetachements in Belbek zu betrauen, zwanzig Werst von Sebastopol, womit ich bis jetzt in jeder Hinsicht recht zufrieden bin.

Dies ist ein allgemeines Bild. In meinem nächsten Briefe will ich ausführlicher über die Ereignisse schreiben.“

Dieser kurzen Schilderung könnte hinzugefügt werden, daß ihr scherzhafter Ton nicht mit den ernsthaften Gedanken und Gefühlen übereinstimmt, die ihn zu jener Zeit erfüllten.

In sein Tagebuch trägt er am 5. März 1855 folgende Prophezeiung über sich selbst ein:

„Ein Gespräch über Gottheit und Glaube rief in mir eine große, eine erstaunliche Idee wach, der mein Leben zu weihen ich mich fähig fühle. Diese Idee ist die Gründung einer neuen Religion, die der augenblicklichen Entwicklungsstufe der Menschheit entspräche – die Religion Jesus’, jedoch vom Dogma und Mystizismus gereinigt, eine praktische Religion, die nicht künftiges Glück verheißt, sondern Glück auf Erden schenkt. Mir ist es, als könne diese Idee nur von Generationen verwirklicht werden, die in ihr bewußt ihr Ziel erblicken. Eine Generation wird die Idee der anderen überliefern und eines Tages wird Begeisterung oder Vernunft sie zum Leben erwecken. Mit überlegter Absicht an einer religiösen Einigung der Menschheit zu arbeiten, ist das leitende Prinzip dieser Idee, in deren Dienst meine Begeisterung hoffentlich nie erschlaffen wird.“

Wenn ein Mann die oben erwähnten Worte schreibt und daraufhin fünfzig Jahre lang mit der Entschlossenheit und Fähigkeit, welche Tolstoi an den Tag gelegt, an den Mitteln arbeitet, seine Idee zu verwirklichen, so können wir versichert sein, daß sein Platz nicht bei der Artillerie war.

Er hatte eine vage Empfindung davon und von Zeit zu Zeit drängte sich ihm der Gedanke auf, daß er nicht für den Militärdienst, sondern für ein literarisches Leben geschaffen wäre.

Auch vernachlässigte er seine literarische Tätigkeit nie ganz.

Auf der Fahrt von Rumänien nach Sebastopol arbeitete er an den „Holzfällern" weiter. In Sebastopol begann er *„Jugendzeit"* und *„Erzählungen aus Sebastopol"* zu schreiben.

Vom 11. bis zum 14. April blieb er auf der Bastion Nr. 4. Das Bewußtsein der Gefahr bedeutete für ihn ein geistiges Erwachen und er wandte sich in folgendem Gebet an Gott:

> „Herr, ich danke dir für deinen ständigen Schutz. Wie sicher führst du mich doch dem zu, was recht ist! Und welch ein Nichts wäre ich, ließest du mich im Stiche! Verlaß mich nicht, Herr; führe mich, nicht auf daß ich meine armseligen Wünsche befriedige, sondern auf daß ich das ewige und große Daseinsziel erreiche, das mir wohl unbekannt ist, das ich jedoch ahne!"

Am 4. August 1855 nahm Tolstoi, wenn auch indirekt, an der Schlacht an der Tschernaja teil. Er beeilte sich, seine Verwandten zu beruhigen, und sagt in einem Brief vom 7. August 1855 an seinen Bruder nebenbei:

> „… Ich schreibe Dir einige Zeilen, um Dir Beruhigung zu verschaffen, über mein Befinden mit Bezug auf die Schlacht vom 4 , an der ich teilnahm und in der ich nicht verwundet wurde Tätigen Anteil nahm ich freilich nicht, da meine Gebirgsartillerie nicht Gelegenheit fand zu feuern."

Aus Tolstois Briefwechsel mit Nekrassof geht hervor, daß er zur selben Zeit auch mit der russischen Literatur im Zusammenhange blieb und die Herausgeber des *„Zeitgenossen"* tätig unterstützte. Er warb ihnen sogar in Sebastopol eine Schar von Mitarbeitern. Folgendes schreibt er an Nekrassof:

> *„Geehrter Nikolaj Alexejewitsch*! – Sie müssen bereits meinen Artikel *„Sebastopol im Dezember"* und die Ankündigung von Stolypins Artikel erhalten haben. Da ist nun letzterer freilich in der wilden Orthographie des Manuskriptes, die Sie selbst verbessern lassen können, wenn es veröffentlicht werden kann, ohne zu

starke Verstümmelungen durch den Zensor, die der Verfasser nach besten Kräften zu vermeiden trachtete. Sie werden mir wahrscheinlich zugestehen, daß militärische Artikel dieser Art bei uns leider sehr selten geschrieben oder zumindest veröffentlicht werden. Möglicherweise sendet Ihnen durch denselben Kurier Sacken einen Artikel, über den ich nichts sagen will und von dem ich hoffe, daß Sie ihn nicht drucken werden. Die Verbesserungen mit schwarzer Tinte in Stolypins Artikel hat Horulef mit seiner linken Hand gemacht, da seine rechte verwundet ist. Stolypin bittet, man möge sie als Randbemerkungen anführen. Bitte, bringen Sie, wenn möglich, nicht nur Stolypins, sondern auch meinen Artikel im Junihefte. Wir sind jetzt alle vollzählig und die literarische Gesellschaft des fallengelassenen Journals organisiert sich allmählich. Wie ich Ihnen bereits versprochen, erhalten Sie von mir monatlich zwei, drei oder vier aktuelle Kriegsartikel. Die besten Mitarbeiter, Bakunin und Rostowtzef, haben noch nicht Zeit gehabt, ihre Beiträge zu vollenden. Seien Sie so freundlich, Ihre Antwort an mich zu adressieren, und schreiben Sie, wenn irgend möglich, durch diesen Kurier, einen Adjutanten Gortschakofs, und durch die anderen, die beständig zwischen Ihnen und uns hin und her gehen.[20]
Sebastopol, 30. April 1855."

Am 15. Juni erhielt er in Baktchisarai einen Brief von Panajef und eine Nummer des *„Zeitgenossen"*, die seine Erzählung *„Sebastopol im Dezember"* enthielt. Der Brief enthielt die Mitteilung, daß die Geschichte vom Kaiser Alexander II. gelesen worden sei.

Offenbar muß sie auf den Kaiser einen tiefen Eindruck gemacht haben, denn er befahl, daß sie ins Französische übersetzt werde. Gleichfalls im Juni beendigte Tolstoi die Erzählung *„Die Holzfäller"* und sandte sie an den *„Zeitgenossen"*.

Im Juli vollendete er seine neue Erzählung *„Sebastopol im Mai"* und sandte sie an die Herausgeber.

In seinem Briefe aus St. Petersburg vom 28. August 1858 erzählt Panajef folgenden, mit dieser Geschichte in Zusammenhang stehenden Vorfall:

---

[20] *Literarische Erinnerungen* von J. PANAJEF.

„… In meinem Briefe an Sie, den Stolypin überbrachte, schrieb
ich Ihnen, daß Ihr Artikel von der Zensur mit einigen leichten
Änderungen durchgelassen wurde, und bat Sie, mir nicht zu zür-
nen, weil es sich als nötig erwies, dem Ende noch einige Worte
hinzuzufügen, um einen Ausdruck zu mildem. Es waren nahezu
3000 Exemplare des Artikels ‚*Nacht in Sebastopol*‘[21] fertiggestellt,
als der Zensor die Veröffentlichung dieser Nummer inhibierte,
indem er ein Exemplar aus der Druckerei holen ließ; so erschien
die Augustnummer am 18. Januar und wurde während meiner
Abwesenheit – ich brachte ein paar Tage in Moskau zu – dem
Präsidenten des Zensurkomitees, Puschkin, vorgelegt, an den Sie
sich wohl noch im Zusammenhange mit Kasan erinnern. Wenn
Sie Puschkin kennen, so vermögen Sie sich wohl das Ergebnis
vorzustellen. Puschkin wurde rasend; er war sowohl über den
Zensor als über mich höchst aufgebracht, daß ich derartige Artikel der Zensur vorzulegen wage, und trug selbst seine Ausstel-
lungen ein. Inzwischen war ich nach St. Petersburg zurückgekehrt und sprachlos vor Entsetzen, als ich die von ihm vorge-
nommenen Änderungen sah. Ich wollte den Artikel überhaupt
nicht bringen. Puschkin, bei dem ich vorsprach, sagte mir jedoch,
daß ich ihn in seiner neuen Form bringen *müsse*. Es war nichts zu
machen; so wird Ihr verstümmelter Artikel in der Septembernummer erscheinen, unter Weglassung der Buchstaben L. N. T.,
die ich nach dem Vorgefallenen um keinen Preis darunter sehen
möchte. Der Artikel war jedoch so gut, daß ich ihn, sogar nachdem ihn der Zensor völlig zerstört hatte, Milutin, Krasnokutzkij
und anderen zu lesen gab. Allen gefiel er sehr. Milutin schrieb
mir, daß es eine Sünde wäre, wollte ich die Leser dieses Artikels
berauben und ihn nicht veröffentlichen, selbst in seiner jetzigen
Form.
Jedenfalls dürfen Sie nicht mich dafür tadeln, daß Ihr Artikel in
dieser Form veröffentlicht worden ist. Ich war dazu gezwungen.
Falls es Gottes Wille ist, daß wir einmal zusammentreffen, wonach ich mich sehne, werde ich Ihnen die Sache erklären. Ich
möchte nun nur noch einige Worte über den Eindruck schreiben,
den Ihre Erzählung ‚*Nacht*‘, in der ursprünglichen Fassung, auf

---

[21] „*Sebastopol im Mai*“ führte ursprünglich diesen Titel

uns alle und auf jeden, dem ich sie zu lesen gab, gemacht hat ...
Die Zensur kommt in diesem Falle nicht in Frage.

Alle hielten diese Erzählung für kräftiger als die erste, dank der
minutiösen und tiefen Analyse der Gefühle und Empfindungen
der Leute, die beständig dem Tode gegenüberstehen, dank der
Lebenstreue, mit der die Offiziere geschildert sind, ihr Verkehr
mit dem Adel und untereinander. Kurzum, alles ist vollendet –
meisterhaft geschrieben. Nur ist das Ganze so mit Bitterkeit
durchtränkt, alles darin so scharf und beißend, so erbarmungslos
und unerquicklich, daß in diesen Tagen, in denen der Schauplatz
dieser Geschichte beinahe für heilig gilt, jener, der fern davon
weilt, davon verletzt wird. Die Geschichte könnte sogar leicht einen unangenehmen Eindruck machen.

,Die Holzfäller' mit der Widmung an Turgenjef werden gleichfalls
im September erscheinen. (Turgenjef bittet mich, Ihnen vielmals
für Ihre Erinnerung und Aufmerksamkeit zu danken) ... Selbst
in dieser Geschichte, die dreimal die Zensur passierte – den kaukasischen Zensor (Staatssekretär Butkof), den Militärzensor (Ge-
neralmajor Steten) und eine Zivilzensur (aus Puschkin und uns
bestehend) – sind die Gestalten der Offiziere arg zugerichtet
worden und wurden unglückseligerweise Streichungen vorge-
nommen."

Im September schrieb Nekrassof an Tolstoi:

„*Lieber Herr Leo Nikolajewitsch*! Ich traf Mitte August in St. Petersburg ein und fand den ,*Zeitgenossen*' in recht trauriger Verfas-
sung vor.
Die schreckliche Gestalt, welche man Ihrem Artikel[22] gegeben
hatte, machte mir das Blut erstarren. Ich kann heute noch nicht
ohne Schmerz und Entrüstung daran denken. Ihr Werk wird sicherlich nicht verloren gehen ... Es wird stets Zeugnis ablegen
von einer tiefen und mächtigen Wahrheit und Überzeugungs-
kraft, unter Umständen, unter welchen sie sich nicht jedermann
unversehrt erhalten haben würde. Ich brauche wohl kaum zu sagen, wie hoch ich diesen Artikel und die Richtung Ihrer Bega-

---

[22] Er meint offenbar TOLSTOIS Erzählung: „*Sebastopol im Mai, 1855.*"

bung im allgemeinen sowohl als auch deren Kraft und Frische schätze. Sie haben gerade das, was dem russischen Volke am meisten not tut: die Wahrhaftigkeit – die Wahrhaftigkeit, von der in der russischen Literatur seit Gogols Tod so wenig mehr zu verspüren ist. Sie sind vollständig im Recht, wenn Sie diese Seite Ihrer Begabung am höchsten stellen. Die Wahrhaftigkeit, wie sie durch Sie in unserer Literatur vertreten wird, ist für uns etwas ganz Neues. Ich kenne augenblicklich keinen Schriftsteller, der einem so tiefe Liebe und Sympathie einflößen könnte als jener, an den ich eben schreibe. Ich habe nur eine Angst – daß die Zeit, die Abscheulichkeiten des praktischen Lebens und die taube und stumme Umgebung auf Sie wirken könnte, wie sie auf die meisten von uns gewirkt hat, und die Energie zerstören könnte, die für einen Schriftsteller unentbehrlich ist, wenigstens für einen jener Schriftsteller, wie wir sie in Rußland augenblicklich brauchen. Sie sind jung; es gehen gewisse Veränderungen vor sich; diese mögen – hoffen wir es – gut enden und dann möge sich eine weite Arena vor uns erschließen. Ihr Anfang ist ein solcher, daß selbst durchaus nicht sanguinische Leute sich von den kühnsten Hoffnungen fortreißen lassen. Doch ich habe mich von dem Zweck meines Briefes entfernt. Ich will Sie nicht durch die Mitteilung trösten, so wahr diese auch ist, daß die gedruckten Fragmente Ihres Artikels von vielen sehr hoch gehalten werden; wer aber den Artikel in seiner wirklichen Gestalt kennt, der sieht in den Fragmenten nichts als eine Reihe von Phrasen ohne inneren Zusammenhang und Sinn. Daran läßt sich nichts ändern. Nur eines will ich nochmals betonen, daß der Artikel in dieser Form nie gedruckt worden wäre, wäre es nicht notwendig gewesen.

Doch er ist nicht mit Ihrem Namen gezeichnet. ‚Die Holzfäller‘ gingen, ohne wesentliche Verunglimpfung zu erleiden, aus der Zensur hervor, wenngleich einige kostbare, charakteristische Züge verloren gingen. Ich urteile so über das Werk: Es mag in der Form Turgenjef ähneln; aber nur in der Form; alles übrige gehört ganz Ihnen und könnte von keinem andern geschrieben worden sein. Es finden sich viele wunderbar treffende Beobachtungen in dieser Skizze und sie ist völlig neu, interessant und scharfsinnig. Sie dürfen diese Art Skizzen nicht gering schätzen:

Unsere Literatur hat bisher über den Soldaten nie etwas anderes als Trivialitäten gebracht. Sie betreten ein ganz neues Feld, und was immer Sie uns davon erzählen wollen, alles wird uns außerordentlich interessant und nützlich sein. Panajef gab mir Ihren Brief, in welchem Sie uns *Jugendzeit* bald zu senden versprechen. Bitte tun Sie das. Auch wenn ich die Revue beiseite lasse, bin ich doch persönlich auf die Fortsetzung Ihres Erstlingswerkes äußerst gespannt. Wir werden für *Jugendzeit* in der zehnten oder elften Nummer Raum lassen, je nach dem Zeitpunkte des Eintreffens.

Das Honorar geht Ihnen in diesen Tagen zu. Ich bleibe den Winter über in St. Petersburg und werde mich freuen, von Ihnen gelegentlich zu hören. Genehmigen Sie den Ausdruck meiner vorzüglichsten Hochachtung

N. Nekrassof."[23]

Ich brauche wohl kaum zu sagen, daß Tolstois hauptsächlichste Beschäftigung um jene Zeit nicht die literarische Arbeit war. Er führte das konventionelle Leben eines Offiziers und war ein guter Kamerad, wie die Offiziere aus seiner Zeit, die seine Gefährten waren, bezeugen.

Nasarjef führt in seinen Erinnerungen die Erzählung eines früheren Kameraden Tolstois an, der sich offenbar stets gerne der Zeit erinnert, die er mit Graf Tolstoi zusammen in der Batterie verlebt hatte. Er gestand sogar ein, daß er selbst das Urbild einer der Gestalten der *Erzählungen aus Sebastopol* sei. „Ich darf es wohl sagen", erzählte der alte Mann mit einem vergnügten Lächeln, „daß Tolstoi mit seinen Erzählungen und seinen improvisierten Versen uns alle in den trübsten Augenblicken des Militärlebens zu ermutigen pflegte. Er war im vollsten Sinne des Wortes die Seele unserer Batterie. Waren wir mit ihm beisammen, so bemerkten wir kaum, wie die Zeit floh, und waren übersprudelnd guter Laune. Wenn der Graf abwesend war – er war nach Simferopol gereist – waren alle niedergeschlagen. Wir hörten nichts von ihm einen, zwei, drei Tage lang … endlich kam er zurück … und sah ganz aus wie der verlorene

---

²³ *Vier Briefe von N. A. Nekrassof an Graf L. N. Tolstoi.* Literarische Monatsbeilage der „Niwa", Nr. 2, 1898.

Sohn – düster, abgezehrt, mit sich selber unzufrieden. Er nahm mich abseits und begann Buße zu tun. Er gestand mir alles, einfach alles, sein Zechen, Kartenspiel, wo er die Tage und Nächte verbrachte, und, würdet Ihr es glauben? seine Reue und sein Leid waren so tief, als hätte er ein furchtbares Verbrechen begangen. Seine Verzweiflung war so grenzenlos, daß sie peinlich anzusehen war … Ein solcher Mensch war er. Er war, mit einem Worte, sonderbar und, wenn ich die Wahrheit gestehen soll, mir nicht ganz verständlich; anderseits aber war er wirklich ein seltener Kamerad, eine ehrliche Seele und ich könnte ihn nie und nimmer vergessen."

Tolstois Tapferkeit als Offizier und seine vertrauten Beziehungen zu den höheren Kreisen hätten ihm leicht eine vorteilhafte militärische Laufbahn gesichert. Auch die Veröffentlichung seiner *Sebastopoler Skizzen*, welche die Aufmerksamkeit Nikolaus' und der Kaiserin Alexandra Feodorowna erweckt hatten   welch letztere angeblich beim Lesen der ersten Erzählung Tränen vergossen haben soll – hätte zu diesem Resultat beigetragen. Es war jedoch gerade sein Talent, das seiner militärischen Laufbahn ein Ende machte. Und zwar war es das *„Sebastopol-Lied"*, das eine glänzende militärische Laufbahn vernichtete.

Dies ist die Geschichte dieses Liedes.

Die Fassung, welche wir hier wiedergeben, ist aus den *„Alten Zeiten"*, wo es vollständig erschienen ist. Der bekannte Schriftsteller und Gelehrte M. T. Wenjukof schrieb zum Texte des Liedes folgende Bemerkung:

„In den Jahren 1854 bis 1856 studierte ich Militärwissenschaften an der Akademie des Generalstabes und dort erhielt ich aus der Krim, dem Kriegsschauplätze, durch einen meiner Batteriekameraden, Iw. Was. Anossof, einem Offizier der 14. Artilleriebrigade, eine Abschrift des folgenden Liedes:

Das Sebastopol-Lied.

Dies am vierten[24] ist gescheh'n:
Stürmen wollten wir die Höh'n –
Satan gab's uns ein. (Bis.)

---

[24] 4. August 1855, Schlacht an der Tschernaja.

Baron Wrewskij[25], General
Sprach zu Gortschakof allemal –
Trank er seinen Schnaps – (Bis.)

‚Fürst, wir brauchen jenen Berg dort;
Sprich dagegen ja kein Wort –
Also ist mein Wille.' (Bis.)

Und die Großen der Soldaten
Taten eifrig nun beraten
Auch der Platz-Becocque. (Bis.)

Platz-Becocque, der Polizist
Wußt' nicht, wie's zu machen ist,
Was er sagen sollt'. (Bis.)

Sie berieten, debattierten
Und die Topographen schmierten
Auf dem größten Bogen. (Bis.)

Schön war alles nun notiert –
Nur, daß Schluchten man passiert –
Hatte man vergessen. (Bis.)

Ritten jetzt die Fürsten, Grafen,
Hinter ihnen Topographen,
Zu der großen Schanze (Bis.)

Sagt der Fürst: ‚Liprandi, nur zu!
Liprandi sprach: ‚Halt! Warte du,
Da tu' ich nicht mit.' (Bis.)

‚Einem Klugen wird's nicht glücken,
Lieber sollst den Read du schicken,
Zuschau'n will ich dann.' (Bis.)

---

[25] General Baron P. A. WREWSKIJ, später Chef der Präsidialkanzlei des Kriegsministeriums, veranlaßte den Fürsten GORTSCHAKOF, den Verbündeten eine Hauptschlacht zu liefern.

Read ist gleich bei solchem Stücke,
Führt direkt uns zu der Brücke –
,Vorwärts!' und ,Hurra!' (Bis.)

Martineau schreit: ,Nicht so schnell!
Schafft Reserven erst zur Stell'!'
,Ach, laßt sie doch geh'n!' (Bis.)

Vorwärts ging's mit Hurraschrei'n –
Etwas muß geschehen sein –
Wo blieb die Reserve? (Bis.)

Auf dem Berge Fejdukin
Kamen an drei Kompagnie'n –
Erst waren's Regimenter. (Bis.)

Ach wie klein war unser Heer!
Der Franzos' hatt' dreimal mehr!
Und dazu Sukkurs! (Bis.)

Wenn doch aus der Garnison
Käme eine Hilfskolonn'! –
Das Signal wir gaben. (Bis.)

Doch zur Gottesmutter flehte
Gen'ral Sacken im Gebete
G'rade als wir schrieen: (Bis.)

General Belewkof voll Wut
Jetzt die Flagge schwenken tut –
Blickte schrecklich drein! (Bis.)

Und wir mußten aus jetzt reißen –
– – – – – – – – – – – – – – – –
Die uns kommandiert! (Bis.)

„Über die Autorschaft dieses witzigen, satirischen Liedes", fährt
Wenjukof fort, „teilte mir Anossof in seinem Briefe mit, daß die

allgemeine Stimme in der Armee es unserem begabten Schriftsteller, dem Grafen L. N. Tolstoi, zuschriebe. ‚Aber Sie verstehen‘, schrieb Anossof, ‚man kann es nicht direkt behaupten, allein schon aus Angst, Tolstoi zu schädigen, wenn man schon an-
nimmt, er sei wirklich der Autor‘.“

Später ward dieselbe Fassung des Liedes wieder in den *„Alten Zeiten“* abgedruckt und trug die Unterschrift „Einer der Verfasser des
Sebastopol-Liedes“.

Der Mitverfasser erzählte die Geschichte des Liedes folgendermaßen:

„Graf L. N. Tolstoi nahm zweifellos Anteil an der Zusammen-
stellung dieses Liedes, dichtete jedoch nicht alle Verse. Es wäre
nicht fair, ihm dieses witzige Erzeugnis in seiner Gänze zuzu-
schreiben.

Ich will Ihnen daher als Zeuge im Interesse der historischen
Wahrheit erzählen, wie es entstand.

Während des Krimkrieges pflegten die Mitglieder des Artilleriestabes und einige andere Offiziere sehr häufig – beinahe jeden
Abend – bei Krischnowskij zusammenzukommen, der den Artil-
leriestab befehligte.

Oberstleutnant Baljusek saß gewöhnlich am Klavier, während
alle anderen herumstanden und Verse improvisierten. Jeder
steuerte Gedanken oder Verse bei. Graf L. N. Tolstoi tat auch sein
Teil dazu, doch nicht er allein. Man kann deshalb diese Improvi-
sation eine gemeinschaftliche Schöpfung nennen, in der die
Stimmung des militärischen Kreises zum Ausdruck kam.“

Es folgen hier die Namen der Verfasser des „Sebastopol- Liedes“:
Oberstleutnant Baljusek (späterhin Gouverneur von Turgai, jetzt
verstorben), der am Klavier zu sitzen pflegte; Hauptmann A. J.
Friede, gegenwärtig Befehlshaber der Kaukasus-Artillerie; Ober-
leutnant Graf L. N. Tolstoi; Leutnant V. Luginin; Leutnant Schu-
lein; Oberleutnant Serschputowskij ; Leutnant Schkliarskij ; ein
Ulanenoffizier, N. F. Koslijaninof II, und ein Husarenoffizier,
N. S. Mussin-Puschkin.

„Wir erhielten eine Abschrift eines ähnlichen Liedes, das wahrscheinlich unter gleichen Verhältnissen, doch etwas später ge-

schrieben wurde. Die Musik dazu hatte Sergej Tolstoi aus dem Gedächtnisse niedergeschrieben. Dieses Lied enthält viele volkstümliche Ausdrücke, die sich nicht für den Druck eignen. Wo eine Änderung statthaft war, haben wir diese, ohne den Rhythmus oder die Bedeutung zu ändern, durch eine gewähltere Sprache ersetzt. Wo dies unmöglich war, sind Punkte an Stelle der Worte gesetzt.

Im September, am achten es war,
Für den Glauben, für den Zar
Liefen wir davon (Bis.)

Fürst Alexej-Admiral
Seine Schifflein tat er all
In das Meer versenken. (Bis.)

Sagt ‚Lebt wohl! Ich gehe weg
Lass' euch hier im schönsten …
Fahr' nach Baktchisarai!' (Bis.)

Saint Arnault lag gar nicht weit,
Wartete schön ab die Zeit
Stürmte dann heran.[26] (Bis)
usw. usw."

Wenn man die Verhältnisse bedenkt, unter denen diese Lieder geschrieben wurden, all die Greuel des Todes, das Stöhnen der Verwundeten, das Blutvergießen, die Brände, das Morden, die die Atmosphäre von Sebastopol erfüllten, empfindet man unwillkürlich Bewunderung für die moralische Kraft dieser Männer, die auf eigene Kosten, angesichts der beständigen Drohung von Tod und Leiden, gutmütig zu scherzen vermochten.

Inzwischen wurde Tolstoi in den literarischen Kreisen von St. Petersburg mehr und mehr bekannt. Er besiegte seinen ersten strengen Kritiker, Turgenjef. An einer späteren Stelle führen wir die Erzäh-

---

[26] Diese paar Strophen des Soldatenliedes sind, wie die früheren, aus dem russischen Urtexte sehr frei übersetzt.

lung der Frau Golowatschof-Panajef an, wie Turgenjef durch sein Räsonnieren Panajefs Enthusiasmus dämpfte.

Im Jahre 1854 schrieb Turgenjef von seinem Gute Spasskoje aus an E. J. Kolbassin, einen Mitarbeiter des *„Zeitgenossen"*:

„Ich freue mich sehr, von dem Erfolge des ,*Knabenalter'* zu hören. Lassen Sie Tolstoi nur mit dem Leben davonkommen und er wird uns – ich hoffe es – alle in Erstaunen setzen; seine Begabung ist eine erstklassige. Ich lernte seine Schwester kennen (sie ist gleichfalls mit einem Grafen Tolstoi verheiratet) – eine sehr reizende Frau ..."[27]

Nach der Veröffentlichung der *„Sebastopoler Erzählungen"* steigerte sich der Enthusiasmus Turgenjefs, und er gab ihm in einem Briefe an Panajef folgendermaßen Ausdruck:

„Tolstois Artikel über Sebastopol ist ein Juwel. Tränen quollen mir in die Augen, als ich ihn las, und ich rief ,Hurra'! Seine Absicht, seine neuen Erzählungen mir zu widmen, schmeichelte mir sehr. Ich sah in den ,Moskauer Nachrichten' die Ankündigung des ,Zeitgenossen'. Sehr gut. Gebe Gott, daß Sie Ihr Versprechen zu halten vermögen, das heißt, daß die Artikel glücklich der Zensur entrinnen, daß Tolstoi nicht getötet wird usw. Es würde für Sie einen großen Vorteil bedeuten. Tolstois Artikel haben hier ein riesiges Aufsehen gemacht ... Spasskoje, 10. Juli 1855."[28]

Tolstoi war nach dem Erscheinen der *„Sebastopoler Erzählungen"* zu dem Range eines führenden Dichters aufgestiegen. A. E. Kony führt in seiner Biographie J. F. Gorbunofs folgendes interessante Urteil Pissemskijs über diese Erzählungen an:

„Damals ungefähr", erzählt Kony, „rief Pissemskij, der gerade an seiner hervorragenden Novelle ,Die tausend Seelen' schrieb,

---

[27] *Erster Band der Briefe* von T. [sic] S. TURGENJEF, S. 9. Herausgegeben vom Hilfsverein der Schriftsteller, 1885, St. Petersburg.
[28] *Literarische Erinnerungen* von PANAJEF, 1888.

nachdem man ihm einige Stellen aus den *Sebastopoler Erzählungen* des ‚einzig verheißungsvollen großen Dichters Rußlands‘ vorgelesen hatte, zu Gorbunof gewendet, barsch aus: ‚Dieser junge Offizier wird uns alle in den Schatten stellen – wir könnten das Schreiben eigentlich aufgeben ...‘"[29]

Nach dem Falle von Sebastopol wurde Tolstoi als Kurier nach St. Petersburg gesendet und einer Raketenbatterie zugeteilt.

Ehe er Sebastopol verließ, hatte Tolstoi seine literarischen Fähigkeiten zur Abfassung eines Berichtes über die letzte Schlacht verwendet. Von diesem Berichte sagt er selbst in seinem Artikel *„Einige Worte über Krieg und Frieden"*:

„Nach dem Verluste von Sebastopol sandte mir der Befehlshaber der Artillerie, Krischanowskij, die Berichte der Artillerieoffiziere von sämtlichen Bastionen und ersuchte mich, aus mehr als zwanzig dieser Berichte einen Gesamtbericht abzufassen. Ich bedaure, daß ich sie nicht abschrieb. Sie waren die beste Illustration jener gewissen naiven, unvermeidlichen militärischen Verlogenheiten, welche stets das Material für Schilderungen liefern. Ich bin davon überzeugt, daß viele meiner damaligen Kameraden, welche diese Berichte schrieben, wenn sie diese Zeilen lesen, lachen werden, bei der Erinnerung daran, wie sie auf Befehl der Vorgesetzten Dinge schrieben, von denen sie nichts wissen konnten."[30]

Während seines Militärdienstes hatte Tolstoi mit seinen Vorgesetzten sowie mit seinen Kameraden manche Unannehmlichkeiten, die durch seine Liebe zur Gerechtigkeit entstanden.

Wie es zu jener Zeit Sitte war, pflegten die Kommandanten der einzelnen Abteilungen der Batterie sowohl als der Kommandant der ganzen Batterie einen Teil des Geldes, das ihnen aus der Staatskasse zur Erhaltung der Batterie gegeben wurde, zu ersparen. Das auf diese Weise zurückbehaltene Geld verwendeten sie zumeist für ihre eigene Person und schufen sich dadurch ein gewisses regelmäßiges Einkommen, was zu vielen Mißbräuchen führte.

---

[29] *Biographische Skizzen über I. F. Gorbunof,* von A. E. KONY. (Einleitung und Werke, S. 115.)

[30] *„Einige Worte über das Buch ‚Krieg und Frieden‘"* („Das Russische Archiv," 1868).

Als Tolstoi seinen Rechnungsabschluß machte, ergab sich ein Überschuß; er fügte ihn der Summe bei, die für die Batterie ausgesetzt war, anstatt sich ihn anzueignen. Dieses Verfahren wurde von anderen Kommandanten äußerst mißliebig aufgefaßt und General Krischanowskij sprach ihm offen seinen Tadel aus. N. A. Krilof bezeugt dies in seinen Erinnerungen. Dieser wurde im Jahre 1856 zu der 14. Batterie versetzt, die Tolstoi erst kurz vorher verlassen hatte.

„Tolstoi hinterließ in der Brigade den Ruf, ein guter Reiter, braver Kamerad und ein Athlet zu sein. Wenn er auf dem Boden lag, konnte sich ein Mann, der fünf Pud schwer war, auf seine Hände stellen und er hob ihn mit gestreckten Armen empor; in körperlichen Sports schlug ihn keiner. Es werden ihm eine Menge witziger Anekdoten zugeschrieben, die er meisterhaft zu erzählen wußte. Der Graf wurde beschuldigt, daß er den Offizieren predigte, sie hätten der Regierung den Überschuß des Fouragegeldes zurückzustellen, falls das Pferd eines Offiziers nicht das Futter, das ihm zugewiesen war, völlig auffraß."[31]

In St. Petersburg erwartete Tolstoi ein durchaus verschiedenes Leben, in das er sich mit seiner unverbrauchten jugendlichen Kraft stürzte.

ST. PETERSBURG

Tolstoi wurde als Kurier nach St. Petersburg entsandt. Er wurde dort unter General Konstantinof einer Haubitzenbatterie zugeteilt und kehrte nicht mehr an die Grenze zurück.

In St. Petersburg, wo er am 21. November 1855 eintraf, fand er sich sofort inmitten des Kreises des *„Zeitgenossen"*, der ihn mit offenen Armen aufnahm.

In seinen *„Bekenntnissen"* spricht Tolstoi folgendermaßen über jenen Zeitraum:

---

[31] *„Russkije Wjedomosti"*, S. 136, 1900.

„Während dieser Zeit begann ich zu schriftstellern, aus Eitelkeit, Gewinnsucht und Hochmut. Ich folgte als Schriftsteller dem gleichen Pfade, den ich als Mensch eingeschlagen hatte. Um den Ruhm und den Reichtum, um deren willen ich schrieb, zu gewinnen, war ich gezwungen, das Gute in mir zu unterdrücken und mich vor der Sünde zu erniedrigen. Wie oft habe ich während des Schreibens mein Hirn zermartert, um unter der Maske der Gleichgültigkeit oder des Scherzes die Sehnsucht nach Höherem zu verbergen, die den wirklichen Inhalt meines Lebens bildete! Ich erreichte meine Absicht und man pries mich. Als ich sechsundzwanzig Jahre alt war, kam ich nach Beendigung des Krieges nach St. Petersburg und machte die Bekanntschaft der Schriftsteller jener Zeit.

Herzliche Begrüßung und viele Schmeicheleien wurden mir zuteil."[32]

Tolstoi wurde natürlich im Laufe der zwanzig Jahre, die vergingen, ehe er diese Zeilen schrieb, von verschiedenartigen Gefühlen erfüllt, wenngleich damals bereits seine schonungslose Selbstanalyse und sein Skeptizismus genügend weit gingen, um alle seine Freunde in Staunen zu versetzen.

Der *„Zeitgenosse"* war eine Zeitschrift, die A. S. Puschkin und Pletnjof gegründet hatten. Ihre erste Nummer erschien 1836. Nach Puschkins Tode wurde die Zeitschrift von 1838 bis 1846 von Pletnjof allein herausgegeben und verlor alle Bedeutung. 1847 wurden N. A Nekrassof und T. T. Panajef die Eigentümer der Zeitschrift. Mit Hilfe des bekannten literarischen Kritikers Bjelinskij gelang es ihnen binnen kurzer Zeit, die besten Autoren heranzuziehen, so daß diese Zeitschrift bis zum Jahre 1866, da sie von der Regierung unterdrückt wurde, das Hauptorgan der fortschrittlichen russischen Kunst, Kritik und Soziologie war.

Es bestehen zwei wohlbekannte Gruppenbilder aus der Zeit, in welche Tolstois Auftauchen in St. Petersburg fällt, und darauf sind die engeren Genossen dieses literarischen Kreises zu sehen, die Schriftsteller Panajef, Nekrassof, Turgenjef, Tolstoi, Druschinin, Ostrowskij, Gontscharof, Grigorowitsch und Sollogub. Man kann zu

---

[32] *„Wie ich gläubig wurde"* [Meine Beichte: TFb_A001].

diesem Kreise auch noch V. P. Botkin, Fet und andere rechnen, die nicht auf den zwei Gruppenbildern enthalten sind.

Mitglieder des „*Zeitgenossen*" waren gewissen Verpflichtungen unterworfen, die sich sowohl auf das Honorar als auf das Beisteuern von Artikeln bezogen. Diese Verpflichtungen wurden oft als Last empfunden und riefen viele unangenehme Reibungen zwischen den Schriftstellern hervor. Verleger und Herausgeber anderer Zeitschriften erlangten oft durch große Anstrengungen Manuskripte von den berühmten Autoren, die zum Stabe (Artel) des „*Zeitgenossen*" gehörten. Dergleichen verübelte ihnen die Administration jener Zeitschrift nun sehr und die rivalisierenden Verleger erwiderten ihrerseits dieses Gefühl. Tolstois deutscher Biograph, Löwenfeld, beschreibt einen derartigen Vorfall folgendermaßen:

„Turgenjef geriet in einen Zwist mit Katkof, in welchen auch Tolstoi, wenn auch nicht ohne eigene Schuld, verwickelt wurde. Turgenjef war auch Katkofs fleißiger Mitarbeiter und Katkof mochte eine so wertvolle Kraft nicht leichten Herzens aufgeben. Er ließ die beiden jungen Schriftsteller in der gemeinsamen Wohnung durch seinen Bruder, einen nicht gerade durch Geistesgaben ausgezeichneten Mann, Tag für Tag um Beiträge für sein Blatt mahnen. Turgenjef sagte, des ewigen Mahnens müde, in einer schwachen Stunde zu. Tolstoi, gewohnt, unbeeinflußt, selbständig zu handeln, wenn nötig, schroff vorzugehen, wies den drängenden Eintreiber kurz ab. Katkof geriet in Zorn und schmähte Turgenjef öffentlich. Er war formell gewiß in seinem Recht. War Turgenjef ihm verpflichtet, so durfte er seine Feder nicht ausschließlich in den Dienst des ‚Zeitgenossen' stellen; als Mitglied der Artel wiederum hätte er Katkof keine Zusage machen dürfen. Seine weiche, nachgiebige Natur hatte ihm wieder einmal einen Streich gespielt.

Tolstoi trat für seinen Freund ein. Er richtete an Katkof ein umfangreiches Schreiben zur Rechtfertigung Turgenjefs. Die Milde seines Charakters, seine Liebenswürdigkeit, hieß es in dem Brief, hätten Turgenjef verleitet, nach zwei Seiten hin Versprechungen zu geben. Er bat Katkof um die Veröffentlichung dieses Verteidigungsbriefes. Katkof war auch dazu bereit, wollte aber auch seinerseits wieder öffentlich das Wort ergreifen. Er sandte an

Tolstoi den Entwurf seiner Replik. Sie war aber so beschaffen, daß Tolstoi es vorzog, die Sache auf sich beruhen zu lassen."[33]

Schon lange vorher hatte sich die Vereinigung des *„Zeitgenossen"* aufgelöst und er war zum gewöhnlichen Verlegerunternehmen geworden.

Tolstoi traf Bjelinskij nicht mehr im Kreise des *„Zeitgenossen"*. Der war im Jahre 1848 gestorben, nachdem er hart daran gearbeitet hatte, die Zeitschrift auf einen festen Fuß zu stellen. Sein Enthusiasmus hauchte dem sterbenden Blatt neues Leben ein und sicherte dessen Existenz für einen langen Zeitpunkt. Direkt beeinflußt von Bjelinskij war Tolstoi jedoch nicht. Der verschiedene Charakter der Zeit, welcher jeder von ihnen angehörte, mag wohl der Grund hievon gewesen sein. Bjelinskij war im vollen Sinne des Wortes ein Mann der Vierziger-Jahre, während Tolstois schriftstellerische Laufbahn in den Fünfziger-Jahren beginnt und zwischen Bjelinskijs Nachfolgern verlief, denen seine Anziehungskraft nicht eigen war; anderseits konnte die gesellschaftliche Stellung, in der Tolstoi auferzogen war, eine Intimität nicht begünstigen zwischen ihm und jenen Vertretern der schriftstellerischen Republik – *„raznotschintzy"*, wie sie sich nannten – die sich aus allen Lebensstellungen und Schichten rekrutierten. Er verkehrte mit Männern, die auf seiner eigenen Erziehungsstufe standen, und war selbst ihnen gegenüber sehr reserviert, unabhängig, ja stets in Opposition und von dem Wunsche beseelt, die anderen zu beeinflussen, während er selbst äußeren Einflüssen nur schwer zugänglich war. Die triftigste Ursache war jedoch wohl die gründliche Verschiedenheit der allgemeinen Gesichtspunkte. Wenngleich Tolstoi seine Lebensauffassung noch nicht endgültig gestaltet hatte, so hatte die Tendenz des *„Zeitgenossen"* ihn doch niemals angezogen.

Tolstoi hat in seinen literarischen Werken selbst gestanden, daß ihm Begabung, die rein künstlerisch war, höher stand als eine, die soziale Färbung trug.

In seiner Jugend hatte Rousseaus philosophische Lehre auch ihn fortgerissen.

Während eines Gespräches über französische Literatur mit Professor Boyer aus Paris, der ihn im Frühjahre 1901 besuchte, formu-

---

[33] LÖWENFELD, *Leo N. Tolstoi*, Seite 95, Leipzig [Neuedition: TFb_D001].

lierte Tolstoi sein Urteil über seine beiden Lehrer – Rousseau und Stendhal – folgendermaßen:

„Die Leute sind Rousseau gegenüber undankbar gewesen; man hat die Größe seines Denkens nicht anerkannt und ihn verleumdet. Ich habe den ganzen Rousseau gelesen, die ganzen zwanzig Bände, das Lexikon der Musik inbegriffen. Ich empfand für ihn mehr als Enthusiasmus, ich betete ihn an. Mit fünfzehn Jahren trug ich an Stelle des gewohnten Kreuzes ein Medaillon mit seinem Bilde um den Hals. Ich bin mit einigen seiner Stellen so vertraut, daß es mir ist, als hätte ich sie selbst geschrieben. Was Stendhal anbelangt", fährt Tolstoi fort, „so will ich von ihm nur als von dem Autor von , *Chartreuse de Farme'* und ,*Rouge et noir'* sprechen. Es sind dies zwei große, unnachahmliche Kunstwerke. Ich selbst, mehr denn irgendeiner, verdanke Stendhal viel. Er lehrte mich den Krieg verstehen. Lest noch einmal ,*Chartreuse de Parme'* und die Beschreibung, die er von der Schlacht von Waterloo gibt. Wer vor ihm hat jemals so den Krieg beschrieben – wie er in Wirklichkeit ist? Erinnern Sie sich daran, wie Fabricius über das Schlachtfeld geht und ,nichts versteht' und wie die Husaren ihn mit Leichtigkeit über den Rücken seines Pferdes, seines prächtigen Generalspferdes, schleudern?
Mein Bruder, der vor mir im Kaukasus gedient hatte, hat mich später darauf aufmerksam gemacht, wie überaus getreu Stendhals Schilderungen seien. Er liebte den Krieg, gehörte jedoch nicht zu jenen, die an die Brücke von Arcole glauben. Er pflegte zu sagen, ,all das ist Zierat und im Kriege gibt es keinen Zierat'. Ich habe dann später in der Krim all dies bald mit eigenen Augen bestätigt gesehen. Ich wiederhole: Was ich vom Krieg weiß, das lernte ich zuerst aus Stendhal."[34]

Wir geben nun die Titel der literarischen Werke wieder, die Tolstoi zu jener Zeit beeinflußten. Wir entnehmen sie der Liste, welche wir bereits zum Teil angeführt haben. Vom zwanzigsten bis zum fünfundzwanzigsten Lebensjahre war Tolstoi hauptsächlich von den folgenden Werken beeinflußt:

---

[34] Paul BOYER, *Le Temps*, 28. August 1901.

Titel	Stärke des Einflusses
Goethe, *„Hermann und Dorothea"*	Sehr groß.
V. Hugo, *„Notre Dame de Paris"*	Sehr groß.
Tjuschef, *Gedichte*	Groß.
Koltzof, *Gedichte*	Groß.
Fet, *Gedichte*	Groß.
Plato, *„Phädron"* und das *„Gast-mahl"* (Gotzins Übersetzung)	Sehr groß.
„Odyssee" und *„Ilias"*	Sehr groß.

Dies ist die mehr oder minder komplette Liste von Tolstois literarischen Wegweisern.

Tolstoi trat in den Kreis der St. Petersburger Autoren ein; die Wucht seiner mächtigen, oftmals aggressiven, stets hartnäckigen, künstlerischen Persönlichkeit, sein Temperament riefen einen Sturm in der bis dahin ruhigen und friedlichen Atmosphäre hervor.

In Fets Erinnerungen finden sich über das erste Auftreten Tolstois in St. Petersburg folgende Zeilen:

„Turgenjef pflegte nach St. Petersburger Mode sehr früh aufzustehen und seinen Tee zu trinken, und während meines kurzen Aufenthaltes in der Stadt sprach ich jeden Morgen gegen zehn Uhr bei ihm vor, um ruhig mit ihm zu plaudern. Am zweiten Morgen, als Sachar die Türe öffnete, sah ich im Vorsaal einen Säbel mit dem St. Annenbande.

‚Wem gehört dieser Säbel?' fragte ich, als ich in den Salon trat.

‚Wenn ich bitten dürfte, hier herein', sagte Sachar mit leiser Stimme und wies mir den Weg links durch den Korridor. ‚Es ist der Säbel des Grafen Tolstoi und Seine Exzellenz schläft im Salon. Iwan Sergejewitsch trinkt Tee im Studierzimmer.'

Ich blieb eine Stunde bei Turgenjef und wir sprachen mit gedämpfter Stimme, da wir fürchteten, Tolstoi aufzuwecken, der im nächsten Zimmer lag und schlief.

‚So ist er immer', sagt Turgenjef lächelnd. ‚Er kam von Sebastopol, geradeswegs vom Geschütz weg her, blieb hier bei mir und tauchte kopfüber in einen Strudel von Vergnügungen. Gelage, Zigeuner und Kartenspiel jede Nacht; daraufhin schläft er dann wie ein Maulwurf bis zwei Uhr nachmittags. Ich versuchte zuerst, ihn zurückzuhalten, gab es aber nach einer Weile auf.'

Ich wurde damals Tolstoi vorgestellt; unser Verkehr blieb jedoch ein rein formeller, da ich noch keine Zeile von ihm gelesen, ja nicht einmal noch von ihm als Autor gehört hatte, wenngleich Turgenjef seiner Erzählung ,Kindheit' mir gegenüber Erwähnung tat. Ich gewahrte jedoch von allem Anfang an beim jungen Tolstoi eine Art unbewußter Feindseligkeit allen im Reiche des Denkens angenommenen Gesetzen gegenüber. Ich traf ihn während dieser kurzen Zeit nur einmal bei Nekrassof, wo wir Junggesellen unsere literarischen Zusammenkünfte hielten. Dort sah ich mit an, wie der im Gespräche eifrige und atemlose Turgenjef von den äußerlich ruhigen, doch dafür nur um so sarkastischeren Erwiderungen Tolstois zur Verzweiflung getrieben wurde.

,Ich kann das, was Sie soeben gesagt haben, nicht für Ihre Überzeugung halten', sagte Tolstoi. ,Ich stehe mit einem Schwert oder einem Dolch in der Hand vor der Türe und sage: Solange ich am Leben bin, wird niemand diese Schwelle überschreiten. Das ist Überzeugung. Ihr beide aber trachtet eure wirklichen Gedanken voreinander zu verbergen und das nennt Ihr Überzeugung?'

,Warum kommen Sie denn hierher?' stieß Turgenjef, dessen Stimme sich während lebhafter Diskussionen immer in die Höhe überschlug, in dünnem Falsett hervor. ,Unsere Fahne ist nicht die Ihrige, gehen Sie zur Fürstin B-e-b-e?'

,Was brauche ich mir von Ihnen sagen zu lassen, wohin ich gehen soll?' entgegnete Tolstoi. ,Übrigens ist es gleichgültig wohin ich gehe, müßiges Geschwätz wird nirgends und in keiner Weise eine Überzeugung gestalten.'

Soweit ich mich erinnern kann, war dies der einzige Zusammenprall zwischen Turgenjef und Tolstoi, den ich miterlebte, und ich muß gestehen, daß ich der Kontroverse wohl entnahm, daß sie sich um Politik drehe, ihr jedoch keine Aufmerksamkeit zuwandte, da mich das Thema nur wenig interessierte. Ich muß hinzufügen, daß nach allem, was ich in unserem Kreise hörte, Tolstoi im Recht war. Wenn die Leute, die unter dem Regime, das damals herrschte, litten, ihr Ideal in Worte hätten fassen müssen, so wäre es ihnen äußerst schwer gefallen, ihre Wünsche genau zu formulieren.

Wer von uns kannte damals nicht den tollen Kameraden, den

glänzendsten Erzähler lustiger Geschichten, den Mann, der an
jedem Scherz teilnahm, Dmitri Wassiljewitsch Grigorowitsch,
den seine Romane und Erzählungen berühmt gemacht haben ?
Er hat mir oft so nebenbei diese Streitigkeiten zwischen Turgenjef und Tolstoi im selben Hause Nekrassofs geschildert: ‚Mein
Junge, mein Junge‘, sagte Grigorowitsch, mich auf die Schulter
klopfend, und vor Lachen schüttelte er sich derart, daß ihm Tränen in die Augen traten: ‚Du kannst dir nicht vorstellen, was wir
für Szenen erlebten. Heilige Barmherzigkeit! Turgenjef spricht
schriller und schriller, greift sich mit den Händen an die Kehle
und flüstert mit dem Blick einer sterbenden Gazelle: ‚Ich kann
nicht weiter reden! Ich bekomme davon eine Bronchitis!‘ und
schreitet mit Riesenschritten durch alle drei Zimmer auf und nieder. ‚Bronchitis‘, höhnt Tolstoi, ‚das ist eine eingebildete Krankheit. Bronchitis ist ein Metall!‘ Nekrassoff, der Gastgeber, zittert
natürlich an allen Gliedern. Er fürchtet, Turgenjef zu verlieren
und Tolstoi obendrein, in dem er eine mächtige Stütze des ‚Zeitgenossen‘ ahnt. So versucht er auszugleichen. Wir sind alle be-
stürzt und wissen nicht, was wir sagen sollen. Tolstoi legt sich
auf ein Ledersofa in der Mitte des Zimmers und schmollt; Turgenjef schreitet mit aufgerissenem Rock, die Hände in den Taschen, unaufhörlich durch alle drei Zimmer auf und ab. Um einer Katastrophe vorzubeugen, nähere ich mich dem Sofa und
sage: ‚Mein lieber Tolstoi, regen Sie sich doch nicht auf! Sie haben
gar keinen Begriff, wie sehr er Sie schätzt und liebt!‘ ‚Ich erlaube
ihm nicht‘, sagt Tolstoi und seine Nüstern blähen sich auf, ‚mir
Weisheiten an den Kopf zu werfen. Und jetzt geht er absichtlich
im Zimmer hier auf und ab, um seine demokratischen Beine vor
mir spazieren zu führen‘.“[35]

D. W. Grigorowitsch erzählt in seinen *„Literarischen Erinnerungen“*
eine kleine Geschichte aus der ersten Zeit der Bekanntschaft Tolstois
mit den St. Petersburger Schriftstellern:

„Als ich von Marinskij nach St. Petersburg zurückkehrte, traf ich
Graf Tolstoi. Ich war ihm in Moskau im Hause der Familie Susch-

---

[35] A. FET, *„Meine Erinnerungen“*, 1. Teil, S. 105.

kof vorgestellt worden, als er noch Militäruniform trug. Er lebte
in St. Petersburg in der Ofitzerskistraße, in einigen kleinen Zimmern im untern Stockwerk, wo auch der Schriftsteller L. M. Michajlof hauste. Sie schienen miteinander nicht bekannt zu sein.
Weshalb er in St. Petersburg eine ständige Wohnung hielt, war
mir unverständlich, da er von allem Anfang an nicht nur eine
Abneigung gegen St. Petersburg selbst empfand, sondern auch
alles haßte, was mit diesem zusammenhing.

Da ich während unserer Unterhaltung von ihm erfahren hatte,
daß er gerade an jenem Tage mit dem Herausgeber des ,*Zeitgenossen*' speisen sollte und daß er, obgleich er bereits für die Zeitschrift geschrieben hatte, von ihren Mitarbeitern noch sehr wenig wußte, versprach ich ihm, ihn zu begleiten. Ich empfahl ihm
unterwegs, vorsichtig zu sein und gewisse Gesprächsstoffe zu
meiden, vor allem nicht Georges Sand anzugreifen, die damals
der Abgott der meisten Mitglieder war. Das Diner ging ruhig vorüber. Tolstoi war ziemlich schweigsam; als es sich jedoch dem
Ende näherte, vermochte er sich nicht mehr zu beherrschen. Als
jemand einen neuen Roman Georges Sands lobte, erklärte er
plötzlich, daß er sie hasse, und fügte hinzu, daß ihre Heldinnen
verdienten, wenn sie in Wirklichkeit existierten, an einen Henkerkarren angeschnallt und als abschreckendes Beispiel durch
die Straßen St. Petersburgs getrieben zu werden. Er hatte zu jener
Zeit bereits persönlich Stellung zu den Frauen und der Frauenfrage genommen, der er so kräftig in seinem Roman ,*Anna Karenina*' Ausdruck gab.

Dieser Vorfall beim Diner kann ebensogut durch seine Unzufriedenheit mit allem, was den Stempel von Petersburg trug, verursacht worden sein, als möglicherweise auch nur durch seinen
Hang zum Widerspruch. Gleichviel welche Meinung ausgesprochen wurde, und je größer die Autorität des Sprechers war, umsomehr bestand er darauf, seinen gegnerischen Standpunkt zu
betonen und schroff zu erwidern. Wenn man ihm zusah, wie er
dem Sprechenden lauschte, ihn prüfend besah, wie sarkastisch
er die Lippen verzog, hätte man annehmen müssen, daß er nicht
so sehr daran dachte, eine Frage zu beantworten, als daran, eine
Meinung auszusprechen, die den Frager überraschen und verwirren müßte. So erschien mir Tolstoi in seiner Jugend. In der

Diskussion trieb er seine Argumente auf die Spitze. Ich war einmal zufällig im Nebenzimmer anwesend, als er und Turgenjef miteinander eiferten; da ich ihre lauten Stimmen hörte, ging ich in das Zimmer. Turgenjef schritt auf und ab unter allen Anzeichen großer Verlegenheit. Er machte sich die Türe, die ich geöffnet hatte, zunutze und ging auf der Stelle hinaus. Tolstoi lag auf dem Sofa und seine Aufregung war so groß, daß ich ihn nur mit der größten Schwierigkeit zu beruhigen und heimzubringen vermochte. Ich weiß heute noch nicht, worüber sie gesprochen hatten."[36]

Folgende Episode, die G. P. Danilewskij in seinen Erinnerungen erzählt, beleuchtet gleichfalls Tolstois Widerspruchsgeist:

„Gegen Ende der Fünfziger-Jahre traf ich Tolstoi in St. Petersburg in der Familie eines bekannten Bildhauers und Malers. Der Autor der ‚*Sebastopoler Erzählungen*‘ war eben in St. Petersburg eingetroffen; er war ein junger, stattlicher Artillerieoffizier. Eine bekannte photographische Gruppenaufnahme von Lewitzkij, auf der er mit Turgenjef, Gontscharow, Ostrowskij und Druschinin zusammen abgebildet ist, gibt uns ein gutes Bild von ihm in jener Zeit. Ich erinnere mich noch ganz genau, wie Graf Tolstoi in den Salon der Dame des Hauses eintrat, als gerade ein neues Werk Herzens laut vorgelesen wurde. Er stand ganz ruhig hinter dem Stuhle des Lesenden und wartete das Ende der Vorlesung ab. Dann begann er, erst leise und schüchtern, allmählich aber immer kecker und hitziger Herzen und den Enthusiasmus, mit dem man seine Schriften aufnahm, anzugreifen. Er sprach so eindringlich und überzeugend, daß ich in dieser Familie nie mehr ein Buch Herzens antraf."[37]

Wir wissen, daß Tolstoi späterhin sein Urteil über Herzen änderte, und werden an geeigneter Stelle näher darauf eingehen.

E. Garschin erzählt uns in seinen Erinnerungen an Turgenjef in höchst interessanter Weise, welches Urteil Turgenjef über Tolstoi

---

[36] D. W. GRIGOROWITSCH’ *sämtliche Werke*, 12. Band, Seite 326.

[37] „*Ein Besuch in Jasnaja Poljana*" von G. P. DANILEWSKIJ. „Historische Revue", März 1886, Seite 529.

fällte. Wir ersehen daraus, wie stark sich von allem Anbeginn an das Element der gegenseitigen Unverträglichkeit offenbarte, das nahe daran war, ihre Beziehungen zu einem bösen Ende zu bringen.

„‚Tolstoi‘, sagte Turgenjef, ‚entwickelte früh einen Charakterzug, der, da er seiner düsteren Lebensauffassung zugrunde liegt, ihm selbst ganz besonders viel Leid verursacht. Er vermochte nie an die Aufrichtigkeit der Menschen zu glauben. Jede Empfindung erschien ihm erlogen und er hatte die Gewohnheit, dank seinem außergewöhnlich durchdringenden Blick, den Menschen, den er für falsch hielt, mit den Augen zu durchbohren.‘
Turgenjef sagte mir, daß er nie im Leben etwas kennen gelernt hätte, das ihn mehr zu entmutigen vermochte als die Wirkung dieses durchdringenden Blickes, der – in Verbindung mit zwei oder drei giftigen Bemerkungen – jeden, der keine besonders große Selbstbeherrschung hatte, bis zur Grenze des Wahnsinnes bringen konnte. Tolstois Freund Turgenjef war der Gegenstand seiner gelegentlichen Experimente, beinahe sein ausschließlicher Gegenstand. Turgenjefs Selbstbeherrschung und seine heitere Ruhe zu jener Zeit der glänzenden literarischen Erfolge ärgerten Tolstoi sehr, wie Turgenjef behauptete, und es scheint, daß Graf Tolstoi es darauf abgesehen hatte, diesen ruhigen, gütigen Menschen, der mit der vollen Überzeugung, das Rechte zu tun, wirkte, außer Rand und Band zu bringen. Das Schlimmste war, daß Tolstoi daran glaubte, seiner Ansicht nach waren die Menschen, die wir für gut halten, nur Heuchler, die mit ihrer Güte Parade machten und sich den Anschein gaben, überzeugt zu sein, daß ihre Arbeit einem guten Zwecke diene.
Turgenjef durchschaute Graf Tolstois Benehmen, war jedoch entschlossen, unbedingt in seinem eigenen Verhalten auszuharren und die Selbstbeherrschung nicht zu verlieren. Er suchte Tolstoi auszuweichen und ging in dieser Absicht nach Moskau und von dort aus auf seinen Landsitz; Graf Tolstoi folgte ihm jedoch Schritt für Schritt ‚wie ein verliebtes Frauenzimmer‘, um Turgenjefs eigene Worte zu gebrauchen, mit welchen er die Geschichte erzählte.“[38]

---

[38] E. GARSCHIN, *„Erinnerungen an I. S. Turgenjef“*. „Historische Revue“, Nov. 1883.

Aus allen diesen Dingen geht hervor, daß die gegenseitigen Beziehungen der beiden Autoren unmöglich irgendeine wirkliche geistige Intimität zwischen ihnen aufkommen lassen konnten. Die liberale Bewegung riß jedoch beide in derselben Richtung mit fort und sie betrachteten einander als Mitarbeiter an derselben Sache. Auch brachte sie ihre aristokratische Herkunft, ihre Erziehung, ihre hervorragende Stellung in der literarischen Welt – all dies beinahe gegen ihren Willen äußerlich wenigstens immer wieder zusammen. Trachteten sie jedoch je, mehr als einfache Kameraden zu sein, so war, wie der Leser aus folgendem Vorfall ersehen wird, das Ergebnis ein Konflikt, der ihr kostbares Leben oftmals in Gefahr brachte. Seien wir gerecht, sie erkannten beide klar die Schranke, die zwischen ihnen lag, und gestanden es ehrlich einander und anderen ein, ja, was noch wichtiger, sie machten beide große Anstrengungen, wenn schon nicht herzliche, so doch freundschaftliche, auf gegenseitige Achtung gegründete Beziehungen aufrecht zu erhalten. Sie werden dadurch auch kommenden Generationen stets ein nachahmenswürdiges Vorbild bieten.

Wir führen hier die Erzählung der Frau Golowatschof-Panajef an, in der sie die erste Zeit der Bekanntschaft zwischen Turgenjef und Tolstoi schildert und unsere Behauptung bestärkt.

„Ich muß zurückgreifen und erzählen, welchen Eindruck Graf Tolstois Auftauchen in dem Kreise des ‚*Zeitgenossen*' hervorrief. Er war damals noch Offizier und der einzige Mitarbeiter des ‚*Zeitgenossen*', der Uniform trug. Seine literarische Begabung hatte sich zu jener Zeit bereits so glänzend kundgegeben, daß alle Häupter der Literatur ihn als ihresgleichen begrüßen mußten. Auch war Graf Tolstoi kein schüchterner Mann, sondern sich seiner Fähigkeiten wohl bewußt und trug, wie es mir schien, ein mehr oder minder freies, nonchalantes Benehmen zur Schau. Ich mischte mich nie in das Gespräch der Schriftsteller, die sich in unserem Hause trafen, sondern hörte ihnen nur schweigend zu und beobachtete sie. Die größte Anregung gewährte es mir, Turgenjef und Tolstoi zu beobachten, wenn sie einander trafen und sich in Erörterungen einließen oder Bemerkungen austauschten, denn sie waren beide scharfe Beobachter. Ich hörte Tolstoi niemals ein Urteil über Turgenjef fällen. Es war seine Gewohnheit, nie über einen der Schriftsteller zu sprechen, zumindest nicht vor mir. Turgenjef anderseits fühlte sich offenbar gedrängt, über alle und jeden Beobachtungen von sich zu geben.

Als Turgenjef Tolstois Bekanntschaft machte, sagte er von ihm: ,Nicht ein Wort, nicht eine Bewegung ist natürlich an ihm. Er posiert beständig und es ist mir rätselhaft, wie ein so kluger Mann diesen kindischen Stolz auf seinen dummen Grafentitel haben kann.'

,Ich habe das an Tolstoi nie bemerkt', sagte Panajef.

,Es gibt sehr viele Dinge, die Sie nicht merken', erwiderte Turgenjef.

Nach einiger Zeit kam Turgenjef zu der Schlußfolgerung, daß Tolstoi den Ehrgeiz hätte, als Don Juan zu gelten. Graf Tolstoi erzählte uns einmal einige interessante Episoden, die er während des Krieges erlebt hatte. Als er fortgegangen war, sagte Turgenjef:

,Kocht einen russischen Offizier drei Tage lang in schärfstem Seifenwasser, so werdet ihr noch immer nicht die Renommage eines Junkers los. Bedeckt ihn mit einer noch so dicken Schicht von Erziehung, seine Brutalität scheint doch immer durch.'

Und Turgenjef begann jeden Satz, den Tolstoi gesprochen hatte, zu kritisieren, den Tonfall seiner Stimme, den Ausdruck seines Gesichtes, und schloß:

,Und nun bedenke man, daß dieser ganzen Brutalität nichts zugrunde liegt als der Wunsch zu avancieren.'

,Höre, Turgenjef', warf Panajef dazwischen, ,wenn ich dich nicht so gut kennen würde, könnte ich denken, wenn ich dich derart über Tolstoi schimpfen höre, daß du auf ihn eifersüchtig bist.'

,Und was könnte mich auf ihn eifersüchtig machen? Sage mir doch, was ?' schrie Turgenjef.

,Nun, Ursache hast du selbstverständlich keine. Dein Talent steht ebenso hoch wie seines ... Aber die Leute könnten denken ...'

Turgenjef lachte und erwiderte mit mitleidigem Ton in der Stimme:

,Panajef, du bist ein recht guter Beobachter, wo es sich um Hohlköpfe handelt, aber ich möchte dir doch raten, nicht über die eigentliche Sphäre deiner Fachkenntnisse hinauszugehen.'

Panajef war verletzt.

‚Ich sagte dir das zu deinem eigenen Besten‘, sagte er noch und verließ das Zimmer.

Turgenjef war sehr erregt und wiederholte ärgerlich:

‚Nur Panajefs Kopf kann einen solchen Unsinn ausbrüten – ich eifersüchtig auf Tolstoi! Soll ich vielleicht auf seinen Titel eifersüchtig sein?‘

Nekrassof hatte nur sehr wenig gesprochen, da er an Halsschmerzen litt. Nun meinte er ruhig:

‚Kümmere dich doch nicht darum, was auch Panajef gesagt haben mag; als ob es jemand einfiele, dir eine solche Torheit zuzumuten‘.“[39]

Turgenjef hatte in seiner ehrlichen, wahrheitsliebenden Art wiederholt öffentlich der großen Bewunderung, die er für Tolstois Begabung hatte, Ausdruck gegeben. Ja, mehr noch, er sagte einmal zu einem französischen Verleger, das Wort Johannes des Täufers auf Jesus Christus gebrauchend: „Ich bin nicht würdig, seinen Schuhriemen zu lösen.“ Nichtsdestoweniger waren ihre Beziehungen niemals herzliche.

Auf seinem Totenbette erst in seinem letzten Brief an Tolstoi, in dem er ihn mit rührender Zärtlichkeit beschwor, zur literarischen Tätigkeit zurückzukehren, gab er ihm jenen Namen, mit dem bisher noch kein russischer Schriftsteller geehrt worden war, den „des großen Dichters des Russenlandes“. Und dieser ruhmreiche Name wird ihm in die Ewigkeit folgen.

Um dem Leser ein Bild der Beziehungen, wie sie zu Beginn ihrer Bekanntschaft zwischen Tolstoi und Turgenjef bestanden, zu geben, wollen wir die chronologische Reihenfolge in unserer Arbeit unterbrechen und mehrere Briefe Turgenjefs anführen, die er noch im selben Jahre an Tolstoi schrieb.

„An L. N. Tolstoi.

Paris, 16. November 1856.

Mein lieber Tolstoi! Ihr Brief vom 15. Oktober kroch einen ganzen langen Monat zu mir. Ich erhielt ihn gestern erst. Ich habe reiflich über alles nachgedacht, was Sie mir schreiben, und ich glaube,

---

[39] *„Erinnerungen der Frau A. Golowatschof-Panajef“*, S. 279.

Sie befinden sich im Irrtum. Tatsache ist, daß ich mich Ihnen nicht ganz unvermittelt zu geben vermag, weil ich Ihnen gegenüber nicht ganz rückhaltslos sein kann. Es scheint mir, als hätte sich unsere Bekanntschaft in ungeschickter Weise und in einer üblen Stunde angeknüpft. Treffen wir erst zusammen, wird alles leichter und besser sein. Ich liebe Sie als Mensch, das fühle ich (meine Liebe für den Dichter brauche ich wirklich nicht erst zu erwähnen). Dennoch verletzt mich manches an Ihnen und ich bin schließlich zur Überzeugung gelangt, daß es für mich besser ist, wenn ich mich von Ihnen fern halte. Bei unserem nächsten Zusammentreffen wollen wir neuerdings versuchen, Hand in Hand zu gehen, vielleicht gelingt es uns besser. In der Entfernung aber, so seltsam es auch klingen mag, empfindet mein Herz für Sie wie für einen Bruder, erfüllt mich Zärtlichkeit zu Ihnen Mit einem Wort, ich liebe Sie – darüber herrscht kein Zweifel; hoffen wir, daß mit der Zeit Gutes sich daraus ergebe.

Ich habe von Ihrer Erkrankung gehört und ich war betrübt und jetzt bitte ich Sie, nicht mehr daran zu denken. Sie leiden unter Wahnvorstellungen und denken wahrscheinlich an Schwindsucht. Ich kann Ihnen jedoch die Versicherung geben, daß Sie keine haben.

Ihre Schwester tut mir außerordentlich leid. Sie ist eine von jenen, die das Recht auf gute Gesundheit hätten – ich will damit sagen, daß, wenn irgend jemand verdienen würde, gesund zu sein, sie es wäre. Und doch ist sie beständig leidend. Hoffen wir, daß ihr die Kur in Moskau hilft. Warum rufen Sie Ihren Bruder nicht zurück? Warum nur muß er im Kaukasus bleiben? Will er denn ein großer Krieger werden ? Mein Onkel teilt mir mit, daß Ihr alle nach Moskau gefahren seid und ich sende daher diesen Brief an Botkin, Moskau.

Die französische Konversation ist ebenso sehr gegen meinen Geschmack wie gegen den Ihren und nie noch ist mir Paris so grenzenlos nüchtern vorgekommen. Zufriedenheit steht ihm nicht; ich sah diese Stadt in anderen Zeiten und sie gefiel mir besser. Mich hält ein altes unlösliches Band, das mich an eine spezielle Familie knüpft, hier fest, und auch meine Tochter, die ich zärtlich liebe; sie ist ein gutes, kluges Mädchen. Wäre dem nicht so, hätte ich längst Nekrassof in Rom aufgesucht. Ich habe zwei Briefe von ihm erhalten – Rom langweilt ihn ein wenig, was nicht erstaunlich ist – die Größe Roms umgibt ihn nur; er hat an ihr keinen Anteil. Und man kann nicht lange von Sympathie und Bewunderung leben, wenn sich diese Gefühle unwillkürlich nur in großen Zwischenräumen einstellen. Dennoch geht es ihm dort besser als in St. Petersburg und seine Gesundheit festigt sich. Augenblicklich hält sich Fet in Rom bei ihm auf. Er hat einige anmutige Verse geschrieben und einen ausführlichen Reisebericht, der viel Kindisches enthält, aber auch viele kluge, vernünftige Aussprüche – vor allem eine gewisse rührende Schlichtheit und Ehrlichkeit der Empfindung. Er ist wirklich ein lieber Kerl, wie Sie ihn nennen.

Nun zu Tschernischewskijs Artikeln. Ich mag ihren arroganten, trockenen Ton nicht leiden, da er der Ausdruck einer kalten Natur ist. Doch ich freue mich, daß sie gedruckt vorliegen, freue mich über B.'s Erinnerungen und die Zitate aus seinen Artikeln; ich freue mich, daß sein Name endlich mit Hochachtung genannt wird. Sie freilich vermögen diese Freude mit mir nicht zu teilen. Annenkof versichert mir, daß ich nur so empfinde, weil ich im Ausland lebe, daß für sie all dies bereits ein Ding der Vergangenheit ist, und sie nun etwas anderes wünschen. Mag sein, daß er darüber besser zu urteilen vermag, da er an Ort und Stelle ist. Nichtsdestoweniger freue ich mich.

Sie haben den ersten Teil von ‚*Jugend*‘ vollendet – das ist herrlich. Wie leid tut es mir, daß ich es Sie nicht lesen, hören kann! Wenn Sie von Ihrem Pfade nicht weichen (und ich sehe keinen Grund, weshalb Sie das sollten), so werden Sie auf diesem weit gelangen. Ich wünsche Ihnen Gesundheit, Tatkraft und Freiheit – geistige Freiheit.

Was meinen ‚*Faust*‘ anbelangt, so glaube ich nicht, daß er Ihnen gefallen wird. Meine Bücher hätten Sie angeregt, vielleicht auch irgendwie beeinflußt, doch nur bis zu der Zeit, da Sie ganz unabhängig wurden. Jetzt haben Sie es nicht mehr nötig, mich zu studieren. Sie werden nur mehr die Verschiedenheit in unserer Art gewahren, meine Fehler und Unterlassungen. Zu studieren haben Sie jetzt nur mehr den Menschen, Ihr eigenes Herz und die wahrhaft großen Geister. Ich bin der Schriftsteller einer Übergangsperiode und nur Menschen nützlich, die sich in einem

Übergangsstadium befinden. Doch nun leben Sie wohl und bleiben Sie gesund. Schreiben Sie mir. Meine augenblickliche Adresse lautet: Rue de Rivoli Nr. 206.

Danken Sie Ihrer Schwester für die Worte, die sie hinzufügte. Empfehlen Sie mich ihr und ihrem Gatten. Ich bin Warenka dankbar für ihre Erinnerung.

Ich wollte Ihnen verschiedenes über die hier lebenden Schriftsteller erzählen, spare mir dies jedoch für meinen nächsten Brief auf. Ich drücke Ihnen herzlich die Hand.

Ich frankiere meinen Brief nicht, tun Sie desgleichen mit Ihrem."[40]

Am 8. Dezember 1856 schrieb er an Tolstoi:

„Lieber Tolstoi! Gestern führte mich meine gute Fee am Postamte vorüber und es fiel mir ein, nachzufragen, ob *poste restante* Briefe für mich erliegen, wenngleich nunmehr alle meine Freunde meine Pariser Adresse kennen müßten. Und da fand ich Ihren Brief, in dem Sie über meinen ,*Faust*' sprechen; Sie können sich leicht vorstellen, wie lieb mir diese Lektüre war. Ihre Anteilnahme hat mir wahrhafte und aufrichtige Freude bereitet. Auch atmet alles in Ihrem Briefe Zartheit und Offenheit und eine Art freundlicher Heiterkeit. Ich brauche jetzt nur die Hand über die ,Kluft' auszustrecken, die sich längst bereits in einen kaum merklichen Spalt verwandelt hat; wir wollen nicht mehr davon sprechen, es ist nicht der Rede wert.

Ich wage es nicht, auf eine Sache einzugehen, deren Sie Erwähnung tun; diese Dinge sind zu delikat; ein Wort vermag sie zu töten, ehe sie noch reif sind. Sind sie aber erst gereift, dann schlägt kein Hammer sie entzwei. Gebe Gott, daß alles gut und erfolgreich vonstatten gehe. Vielleicht erhalten Sie dadurch jenes geistige Gleichgewicht, dessen Sie so sehr bedurften, als ich Sie zuerst kennen lernte. Ich sehe, daß Sie mit Druschinin sehr befreundet sind und unter seinem Einflüsse stehen. Das ist gut; nur dürfen Sie sich nicht allzusehr an ihm berauschen. Als ich in Ihrem Alter war, beeinflußten mich enthusiastische Naturen stärker, sie aber sind ein anderer Mensch; vielleicht sind auch die

---

[40] I. S. Turgenjef, *Briefe* (Erste Sammlung), S. 27.

Zeiten heute andere. Auf die ‚Lesebibliothek‘ freue ich mich außerordentlich. Vor allem möchte ich gerne den Artikel über Bjelinskij lesen, wenngleich ich mir nicht viel Vergnügen davon erwarte. Daß der ‚Zeitgenosse‘ in schlechten Händen ist, steht wohl außer Zweifel. Anfangs schrieb Panajef sehr viel und beteuerte mir, daß er nicht ‚unachtsam‘ – und dies Wort unterstrich er – handeln würde. Jetzt aber ist er besiegt und verstummt wie ein Kind, das sich bei der Mahlzeit schlecht benommen. Ich habe Nekrassof die volle Wahrheit darüber geschrieben und es wird ihn dies wahrscheinlich bewegen, Rom zu verlassen und früher, als er beabsichtigt hatte, heimzukehren. Bitte, teilen Sie mir mit, in welcher Nummer des ‚Zeitgenossen‘ Ihre ‚Jugend‘ erscheinen wird, und schreiben Sie mir gelegentlich auch Ihr endgültiges Urteil über ‚Lear‘, den Sie ja gelesen haben dürften, schon Druschinin zuliebe.“[41]

Wir besitzen nichts Genaues über das Urteil, das Tolstoi über Druschinins Übersetzung des „König Lear“ fällte, doch geht aus dem Briefe Botkins an Druschinin, den wir weiter unten anführen, sichtlich hervor, daß Tolstoi Druschinins Übersetzung schätzte.
Dies ist der Brief:

„Ihr ‚Lear‘ ist ein großer Erfolg“, schreibt Botkin. „Ich habe nie daran gezweifelt; nichtsdestoweniger freut es einen von neuem, wenn die innere Überzeugung zur Wirklichkeit wird. Da hätten wir die wohlbekannte Abneigung Tolstois gegen Shakespeare, die Turgenjef so sehr bekämpfte! Ich muß mir selbst Gerechtigkeit widerfahren lassen und feststellen, daß ich davon überzeugt war, diese Abneigung würde bei der ersten Gelegenheit verschwinden. Es ist mir nur lieb, daß Ihre ausgezeichnete Übersetzung diese Gelegenheit herbeiführte.“[42]

Botkins Freude war verfrüht, denn Tolstoi beharrte in seiner Abneigung gegen Shakespeare; doch darauf wollen wir näher in einem der folgenden Kapitel eingehen.

---

[41] I. S. Turgenjef, *Briefe* (Erste Sammlung), S. 33.
[42] Aus Druschinins Aufsätzen, *„Fünfundzwanzig Jahre“*, in einem Bande herausgegeben von dem Hilfsverein armer Schriftsteller und Schüler, St. Petersburg, 1884.

Am 5. Dezember 1856 schrieb Turgenjef aus Paris an Druschinin:

„Ich höre übrigens, daß Du auf sehr vertrautem Fuße mit Tolstoi
stehst und er sei jetzt so nett und offen. Ich freue mich sehr darüber. Ist bei diesem jungen Wein der Prozeß der Gärung erst vorüber, dann wird er einen Trank abgeben, der der Götter würdig
ist. Was hältst Du von seiner ,J u g e n d‘, die Dir zur Prüfung
unterbreitet wurde? Ich habe zweimal an ihn geschrieben, das
zweitemal an die Adresse Wassenkas (Botkin).“[43]

„Jugend“ war Druschinin tatsächlich zur Besprechung zugesandt
worden. Er las sie und schrieb als Antwort folgenden interessanten
Brief:

„Über ,J u g e n d‘ müßte man zwanzig Bogen schreiben – ich las
sie voller Wut, schimpfte und fluchte dabei; nicht weil es dem
Buche an literarischem Wert mangelt, sondern wegen der äußeren Form und der Handschrift. Diese Mischung zweier verschiedener Schriften lenkte meine Aufmerksamkeit ab und stand einer verständnisvollen Lektüre entgegen; mir war geradeso, als
schrieen mir zwei Stimmen in das Ohr, um mich absichtlich zu
verwirren, und ich weiß, daß der Eindruck, den ich erhielt, nicht
der vollkommene war, den ich erhalten hätte sollen. Nichtsdestoweniger will ich Ihnen darüber sagen, was ich zu sagen vermag. Ihre Aufgabe war eine ungeheure. Sie haben sie jedoch gut
erledigt. Keiner der lebenden Schriftsteller könnte die unfaßbare,
zerflatternde Periode der Jugend derart festhalten und so schildern. Menschen von Kultur werden Ihrer ,J u g e n d‘ einen hohen Genuß verdanken. Sagt Ihnen irgendeiner, daß diese Arbeit
gegen *,Kindheit‘* und *,Knabenalter‘*, minderwertig sei, so spucken
Sie ihm ruhig ins Gesicht. Ihr Werk ist voll dichterischer Tiefe;
die ersten Kapitel sind durchgängig ausgezeichnet, nur ist die
Einleitung bis zur Beschreibung des Frühlings und der Entfernung der Doppelfenster ziemlich trocken. Die Ankunft im Dorf
darauf ist jedoch außerordentlich schön und gerade zuvor auch
die Beschreibung der Familie Nechludof, die Erklärung seiner
Heirat, welche der Vater gibt, die Kapitel ,Neue Kameraden‘ und
,Ich falle durch‘. Viele Kapitel atmen den poetischen Geist des

---

[43] I. S. Turgenjefs *Briefwechsel* (Erste Sammlung), Seite 32.

alten Moskau, den niemand noch richtig festgehalten hatte. Baron Z.'s Kutscher ist bewunderungswürdig (ich spreche als einer, der dies zu beurteilen vermag). Einige Kapitel sind prosaisch und trocken, wie zum Beispiel alle die Abhandlungen über Dmitri Nechludof, die Beschreibungen seiner Beziehungen zu Warenka und das Kapitel über das Familieneinvernehmen. Auch das Fest bei Jar ist ziemlich lang ausgefallen und ebenso der Besuch des Grafen bei Ilinka, der ihm vorangeht. Semjonofs Rekrutierung wird der Zensor nicht durchlassen. Sie brauchen vor Argumenten keine Angst zu haben. Alle die Ihrigen sind scharfsinnig und originell. Nur neigen Sie zu allzu minutiöser Analyse, was ein großer Fehler werden könnte. Sie sind manchmal imstande zu sagen, ‚die und die Körperbeschaffenheit eines Burschen wies darauf hin, daß er nach Indien zu reisen wünschte‘. Sie müssen diese Neigung im Zaume halten, dürfen sie jedoch keinesfalls unterdrücken. So sollten Sie bei allen Ihren Analysen vorgehen. Jeder Ihrer Fehler birgt Elemente der Kraft und Schönheit in sich; beinahe jeder Ihrer Vorzüge birgt Atome eines Mangels!

Ihr Stil steht in Harmonie mit Ihrem Gegenstände. Sie sind in hervorragendem Maße unliterarisch. Oftmals ist Ihr Mangel an Literatur der eines Sprachneuerers oder eines großen Dichters, der sich beständig seine eigene Sprache modelt, oder eines Offiziers, der in einem Zelte sitzt und an einen Freund schreibt. Eines steht fest: alle Seiten, die Sie in guter Gemütsverfassung schreiben, sind ausgezeichnet; sobald Sie jedoch kalt werden, verwirrt sich Ihr Stil und teuflische Sprachformen brodeln hervor. Sie sollten daher Stellen, die Sie ohne Sympathie niederschreiben, nochmals durchsehen und verbessern. Ich habe es versucht, hin und wieder solche Verbesserungen anzubringen, es jedoch bald aufgegeben; nur Sie können es und sollten es auch tun. Wichtig für Sie ist das Vermeiden langer Sätze. Zerhauen Sie sie doch in zwei oder drei … fürchten Sie sich nicht vor Punkten … verwenden Sie mit Sparsamkeit Wörter wie ‚jener‘, ‚welcher‘ und ‚derjenige‘; man sollte sie dutzendweise streichen. Stehen Sie vor einer Schwierigkeit, so nehmen Sie den Satz und stellen Sie sich vor, daß Sie ihn jemand in fließender, ungezwungener Weise sagen wollen.

Ich muß jetzt schließen, doch gäbe es noch viel zu sagen. Die Masse weniger gebildeter Leser wird ,Kindheit' und ,Knabenalter' der ,Jugend' vorziehen. Für diese beiden Werke sprechen ihr geringer Umfang und einige Episoden, wie zum Beispiel die Erzählung des Karl Wanowitsch. Selbst der nüchternste Mann hängt an einigen Kindheitserinnerungen und freut sich, wenn deren Poesie ihm klargemacht wird. Die Jugendzeit hingegen (diese verworrene, unzusammenhängende Jugendzeit, welche voll bitterer Prügel und Demütigungen ist, die Sie für uns entschleiern), liegt gewöhnlich in der Seele begraben, verliert dort die lebhafte Färbung und wird verwischt.

Ihr Werk dem Verständnis der Menge dadurch nahezubringen, daß man zwei oder drei amüsante Episoden einflicht, würde viel Arbeit geben. Es würde jedoch kaum irgendwem gelingen, es dem Geschmacke der Majorität entsprechend zurechtzuformen. Das Thema sowie die Ausarbeitung Ihrer ,Jugend' werden jedem denkenden Menschen, der Sinn für Poesie hat, hohen Genuß bereiten.

Bitte, teilen Sie mir mit, ob ich das Manuskript an Sie senden oder es Panajef übergeben soll. Sie haben mit diesem Werke keinen großen Schritt in der neuen Richtung getan, jedoch darin bewiesen, was in Ihnen steckt und was Sie zu vollbringen imstande sind."

Die Tatsache, daß Druschinin in diesem Tone an Tolstoi schreiben konnte, beweist, daß sie wirklich auf vertrautem Fuße standen und daß Druschinin auf ihn Einfluß hatte.

Tolstois Aufenthalt in St. Petersburg, der vom November bis zum Mai dauerte, wurde durch einen kurzen Besuch in Orel unterbrochen, wohin ihn Familienangelegenheiten riefen.

Am 2. Februar erhielt Tolstoi die Nachricht von dem Tode seines Bruders Dmitri. Er hat in seinen Erinnerungen ein lebendiges Bild von des letzteren Persönlichkeit entworfen, das wir in dem Kapitel über Tolstois Jugend angeführt haben. Wir geben hier den zweiten Teil dieser Erinnerungen wieder, die sich auf seines Bruders letzte Lebenszeit, seine Krankheit und seinen Tod beziehen:

„Als wir unsere Besitztümer teilten, fiel das Gut Jasnaja Poljana, woselbst wir lebten, auf meinen Teil. Serjoscha war ein Pferdeliebhaber, und da in Pirogowo ein Gestüt war, erhielt er dieses Gut, das er sich auch gewünscht hatte. Mitenka und Nikolenka teilten sich in die beiden anderen Besitztümer – Nikolenka fiel Nikolskoje zu, Mitenka Kursk-Scherbatschowka, das von Perowskaja an uns kam. Ich besitze noch eine Schrift Mitenkas, in der er seine Ansichten über den Besitz von Leibeigenen ausspricht. Der Gedanke, daß so etwas nicht sein dürfte und daß die Leibeigenen ihre Freiheit erhalten sollten, war in den Vierziger-Jahren in unseren Kreisen gänzlich unbekannt. Daß man Leibeigene ererbte, erschien uns wie eine Lebensnotwendigkeit und man war der Ansicht, daß nur eines zu geschehen hätte, um diesen Besitz zu einem gerechten zu machen, nämlich daß sich der Grundbesitzer selbst mit dem moralischen wie mit dem materiellen Wohlergehen der Bauernschaft beschäftigen müßte. Von dieser Auffassung ausgehend, erklärte Mitenka seinen Plan sehr ernsthaft, naiv und aufrichtig. Ein zwanzigjähriger Junge, als er die Universität verließ, nahm er – als etwas Selbstverständliches – die Pflicht auf sich, die Seelen vieler hunderter Bauernfamilien zu lenken, und dachte, daß er dies durch Strafandrohungen und Strafen bewirken könnte, wie es Gogol in seinen Briefen an einen Grundbesitzer rät. Ich glaube mich zu erinnern, daß Mitenka diese Briefe besaß, auf die ein weiser Priester ihn aufmerksam gemacht hatte – so ging Mitenka an seine Herrenpflichten. Neben jenen Pflichten gegen die Leibeigenen stand damals jedoch noch eine andere Pflicht, die zu vernachlässigen unmöglich schien – es war dies der Militär- oder auch der Staatsdienst. Und Mitenka beschloß, als er die Universität absolviert hatte, in den Staatsdienst einzutreten. Um sich über die Wahl seiner künftigen Tätigkeit klar zu werden, kaufte er ein Staatshandbuch. Nachdem er darin alle Zweige des Staatsdienstes studiert hatte, kam er zu der Schlußfolgerung, daß der wichtigste die Gesetzgebung wäre, woraufhin er nach St. Petersburg fuhr und sich an die Beamten wandte, die an der Spitze jener Abteilung standen. Ich kann mir Tanejefs Erstaunen vorstellen, als bei einer Audienz ein hochgewachsener, stämmiger, schlechtgekleideter Mensch unter den Bittstellern hervortrat (für Mitenka bedeutete die Kleidung nie etwas anderes als eine Körperbedeckung), ein Mensch mit stillen, schönen Augen, der ihm auf die Frage nach seinem Begehren die Antwort gab, er sei ein russischer Adeliger, der die Universität absolviert und, da er sich seinem Lande nützlich zu erweisen wünschte, sich zum Tätigkeitsgebiet die Gesetzgebung erwählt hätte.

‚Ihr Name?'

‚Graf Tolstoi.'

‚Haben Sie bereits irgendwo gedient?'

‚Ich habe eben erst meinen letzten Universitätsjahrgang beendigt und wünsche weiter nichts, als nützlich zu sein.'

‚Welchen Posten streben Sie denn an?'

‚Keinen besonderen, jeden, in dem ich mich nützlich machen kann.'

Sein Ernst und seine Aufrichtigkeit machten auf Tanejef so tiefen Eindruck, daß er Mitenka in die Abteilung für Gesetzgebung führte und ihn dort einem Beamten überwies.

Höchstwahrscheinlich stieß daß Verhalten des Beamten ihm, und noch mehr der Arbeit gegenüber Mitenka zurück, denn er trat nicht in jene Abteilung ein. Er kannte in St. Petersburg niemand mit Ausnahme des Studenten Obolenskij, den er in Kasan kennen gelernt hatte. Mitenka suchte ihn auf seinem Landsitze auf. Obolenskij erzählte es mir lachend.

Obolenskij war ein weltlicher, ehrgeiziger Mensch, der jedoch Takt besaß. Er berichtete, wie er damals gerade Gäste gehabt hatte (die wahrscheinlich der Aristokratie angehörten, mit der Obolenskij verkehrte) und wie Mitenka in einem Nankingrocke durch den Garten auf ihn zuschritt. ‚Zuerst erkannte ich ihn nicht gleich, trachtete dann aber sofort, es ihm gemütlich zu machen. Ich stellte ihn meinen Gästen vor und forderte ihn auf, seinen Rock abzunehmen. Es stellte sich jedoch heraus, daß er unter dem Rocke nichts weiter trug; er hielt das nicht für nötig.' Er nahm Platz und wandte sich sofort, ohne sich durch die Anwesenheit der Gäste auch nur im geringsten stören zu lassen, mit derselben Frage, die er an Tanejef gestellt hatte, nun auch an Obolenskij: ‚Wo müßte man dienen, um nützlich zu sein?'

Obolenskij, der den Dienst lediglich als ein Mittel zur Befriedigung des Ehrgeizes betrachtete, hatte sich eine derartige Frage wahrscheinlich nie gestellt. Sein angeborner Takt und seine äußerliche Gutmütigkeit ließen ihn jedoch erwidern, verschiedene

Posten anführen und seine Hilfe anbieten. Mitenka war offenbar sowohl mit Obolenskij wie mit Tanejef unzufrieden und verließ St. Petersburg, ohne in den Staatsdienst eingetreten zu sein. Er ging auf sein Landgut und nahm dann, ich glaube in Sudscha, irgendeine lokale Stelle an, und betätigte sich in ländlicher Arbeit, besonders unter der Bauernschaft.

Nachdem wir beide die Universität verlassen hatten, verlor ich ihn aus den Augen. Ich weiß, daß er sein altes strenges, enthaltsames Leben weiterlebte, weder von Wein noch von Zigarren noch vor allem von Weibern etwas wissen wollte, bis zu seinem sechsundzwanzigsten Jahre, was zu jener Zeit sehr selten war. Ich weiß, daß er mit Mönchen und Pilgern verkehrte und mit einem außergewöhnlich eigentümlichen Mann – unserem Guardian – intim wurde, der auf Wojekofs Besitztum lebte und dessen Herkunft niemand kannte. Dieser Mann hieß Vater Lukas. Er ging in einem langen Rocke herum, war sehr häßlich, klein gewachsen, hatte nur ein Auge, hielt sich aber rein und war ausnehmend stark. Drückte man ihm die Hand, so packte er die Hand wie mit Zangen und sprach stets äußerst feierlich und geheimnisvoll. Er lebte auf Wojekofs Besitz, unweit der Mühle, wo er sich ein kleines Haus gebaut hatte und einen sehenswerten Blumengarten besaß. Diesen Vater Lukas nun nahm Mitenka überallhin mit sich. Auch hörte ich, daß er mit einem altmodischen Greis verkehrte, einem benachbarten geizigen Gutsbesitzer, namens Samojloj.

Ich glaube, ich war bereits im Kaukasus, als mit Mitenka eine auffallende Wandlung vorging. Er begann plötzlich zu trinken, zu rauchen, Geld zu vergeuden und sich mit Weibern herumzutreiben. Wie dies geschah, weiß ich nicht; ich sah ihn damals nicht, ich weiß nur, daß sein Verführer ein durch und durch verderbter, wenn auch äußerlich sehr anziehender Mensch war, der jüngste Sohn Islenjefs. Von ihm will ich später erzählen. Nach wie vor blieb Mitenka derselbe ernsthafte, religiöse Mann, der er stets in allem gewesen. Eine Prostituierte namens Mascha, die das erste Weib war, das er kennen lernte, kaufte er von ihrem Hause los und nahm sie zu sich. Dieses Leben dauerte jedoch nicht lange. Ich glaube, daß es weniger das lasterhafte und ungesunde Leben war, das er einige Monate hindurch in Moskau führte, als der seelische Kampf und die Gewissensbisse, die jählings seinen kräftigen Körper zerstörten. Er bekam die Schwindsucht, ging aufs Land, wurde behandelt in Städten und schließlich bettlägerig in Orel, wo ich ihn unmittelbar nach dem Krimkriege zum letztenmal sah. Er war in einem fürchterlichen Zustand: seine riesige Handfläche sah aus, als hinge sie an den beiden Knochen des Unterarmes; vom Gesicht waren nur mehr die Augen zurückgeblieben, die alten wunderbaren, ernsten Augen mit dem durchdringenden fragenden Ausdruck. Er hustete und spuckte beständig, schauderte jedoch vor dem Gedanken an den Tod zurück und wollte nicht glauben, daß er sterben müsse. Die arme, blatternnarbige Mascha, die er errettet hatte, war bei ihm, ein buntes Tuch um den Kopf, und pflegte ihn. In meiner Gegenwart wurde auf seinen Wunsch ein wundertätiger Ikon hereingebracht. Ich werde nie seinen Gesichtsausdruck vergessen, als er davor betete.

Zu dieser Zeit war ich scheußlicher denn je. Ich kam nach Orel von St. Petersburg, woselbst ich mich in der Gesellschaft bewegt hatte und der Eitelkeit voll geworden war. Ich war um Mitenka besorgt, aber nicht so besonders. Ich sah mich in Orel ein wenig um und ging dann wieder fort. Einige Tage darauf ist er gestorben.

Ich glaube wirklich, daß mich an seinem Tode nichts so sehr schmerzte, als daß er mich verhinderte, an einer Privattheateraufführung teilzunehmen, die bei Hof veranstaltet wurde und zu der ich eingeladen war."[44]

Am 12. März wurde der Friede geschlossen und dieser Umstand machte es Tolstoi leichter, seinen Abschied zu erhalten.

Im Laufe des Winters beendigte er den *„Schneesturm"*, *„Zwei Husaren"*, *„Die Eskadron trifft zusammen"* und *„Der Morgen eines Gutsbesitzers"*. Tolstoi mußte seine Arbeiten unter drei Zeitschriften verteilen; so erschienen die ersten beiden Novellen im *„Zeitgenossen"*, die dritte in der *„Lesebibliothek"* und die vierte in den *„Vaterländischen Gedenkblättern"*.

Damals schrieb Tolstoi an seine Tante Tatjana unter anderm wie folgt:

---

[44] Aus TOLSTOIS *„Persönlichen Erinnerungen"*.

„Ich habe meine ‚*Husaren*‘ (einen Roman) vollendet und nichts anderes begonnen. Auch ist Turgenjef abgereist, den zu lieben ich begonnen habe (das ist mir nunmehr klar geworden), wiewohl wir immer zanken. Ich fühle mich daher fürchterlich einsam.“

Dieser Brief zeigt, daß Tolstois Beziehungen zu Turgenjef sich von Zeit zu Zeit zu ändern pflegten.

Das Leben in St. Petersburg entsprach Tolstois Neigungen offenbar nicht. Bald nach seiner Ankunft trachtete er aus allen Kräften, wieder fortzukommen, und bereitete sich für eine Reise in das Ausland vor.

In einem Briefe vom 25. März 1856 an seinen Bruder sagt er gelegentlich:

„… In acht Monaten reise ich ins Ausland; ich gehe, sobald ich Urlaub erhalte. Ich habe dies Nikolenka bereits geschrieben und ihn aufgefordert, mit mir zu kommen. Wenn wir es so einrichten könnten, daß wir alle drei zusammen reisen, so wäre das prächtig. Mit tausend Rubel könnte jeder von uns die Reise sehr gut machen. Bitte, schreibe mir darüber. Wie hat Dir der ‚*Schneesturm*‘ gefallen? Ich bin damit ernstlich unzufrieden und möchte jetzt gerne vieles andere schreiben, nur hat man in diesem verfluchten St. Petersburg wirklich nie Zeit. Auf jeden Fall, ob man mir nun erlaubt, im April außer Land zu gehen oder nicht, beabsichtige ich, um Urlaub einzukommen und aufs Land zu gehen.“

Am 12. Mai schreibt er noch während seines Aufenthaltes in St. Petersburg in sein Tagebuch:

„Ein überaus wirksames Mittel, sich mehr Lebensglück zu sichern, besteht darin, daß man ausnahmslos nach allen Richtungen, wie eine Spinne, ein ganzes Gewebe der Liebe spinnt und darein fängt, was sich nur fangen läßt, alte Weiber, Kinder, Frauen und Polizeisoldaten.“

Man darf annehmen, daß die geschäftliche Seite des „*Zeitgenossen*“ ebenso unerquicklich für seine Hauptstützen war als seine literarische. Diese dürfte durch die Verschiedenheit der Überzeugungen, Ansichten, Gewohnheiten, des Bildungsgrades und der äußeren Stellung der Mitarbeiter verursacht worden sein, eine Verschiedenheit, die unter gebildeten Leuten stets gemeinschaftlicher Arbeit hinderlich ist. In jedem Kreise, der sich aus „Intelligenzen" zusammensetzt, finden Absonderungen in Gruppen statt: Gleichgültigkeit verdrängt rasch die anfänglich tolerante Haltung; dann folgen Gefühle der Rivalität, die zuletzt in offener Feindseligkeit gipfeln. So war es auch beim „Zeitgenossen".

Schon zu Beginn des Jahres 1856 waren einige Mitarbeiter daran, sich abzusondern und eine neue Zeitschrift zu begründen. Druschinins Brief an Tolstoi bezeugt dies. Er sagt darin unter anderm:

„… Um mich selbst von einem Überfluß an Energie zu befreien, beeile ich mich, mit Ihnen über eine Sache zu plaudern, die uns bei unserer letzten Zusammenkunft beschäftigt hat und die nunmehr von vielen unserer Kollegen in St. Petersburg günstig beurteilt wird. Das Bedürfnis nach einer Zeitschrift, die rein literarisch und kritisch gehalten wäre und allen Wahnsinn, alle Unanständigkeit des Tages bekämpfen würde, macht sich stark fühlbar. Gontscharof, Jermin, Turgenjef, Annenkof, Maikof, Michailof, Awdejef und viele andere stützen diese Idee durch ihre aufrichtige Billigung. Falls Sie, Ostrowskij, Turgenjef und vielleicht unser halbverrückter Grigorowitsch (ohne den wir jedoch auch fertig würden) sich dieser Gruppe beigesellen wollten, könnte man es als bestimmt annehmen, daß die Schöne Literatur vollzählig in einer Zeitschrift vereinigt wäre. Über die äußere Form dieses Organes, ob es eine neue Zeitung werden soll oder eine Lesebibliothek, deren Räumlichkeiten die Kompagnie mieten würde, über all dies könnten Sie nachdenken und uns Ihren Plan dann mitteilen. Die Majorität hier hat sich für eine Verpachtung zu mäßigem Preis entschlossen und der Verleger willigt ein. Ich für mein Teil habe nichts dafür oder dawider zu sagen, sondern biete meine Dienste einem rein literarischen Blatte an, gleichviel wie es zustande kommt.

Auf wissenschaftlichem Gebiete dürfte man folgende Professoren als sichere Mitarbeiter betrachten: Gorlof, Vostrjalof, Blagoweschenskij, Beresin, Sernin, sowohl als die jetzigen Mitarbeiter, von denen ich nur die begabtesten anführen will: Lawrof, Lchowskij, Kenewitsch, Wodowosof, Dumulin. Turgenjef darf, wenn er auch als Mitarbeiter aussichtslos ist, als eine wertvolle Stütze betrachtet werden, zieht man seine Tätigkeit sowohl als seine literarische Stellung in Betracht. Doch wir müssen alle Details nun für später aufsparen und uns nur mit der Hauptsache in ganz großen Zügen erst beschäftigen.

Das Interesse, das Sie der Sache entgegengebracht haben, läßt mich auf Ihre Unterstützung zählen. Ich habe übrigens eine Bitte an Sie. Da ich noch meiner alten Beschäftigung nachgehe und da die Gründung eines neuen Journals viel Zeit in Anspruch nehmen dürfte, so bitte ich Sie, mir zu erlauben, daß ich Sie inzwischen unter die Mitarbeiter der ‚Lesebibliothek‘ zählen darf. Verfügen Sie nicht über alle Artikel, sondern überlassen Sie mir einige Ihrer Arbeiten für den Herbst, ganz nach Ihrer eigenen Wahl und zu Ihren eigenen Bedingungen. Ich werde Ihnen damit nie lästig fallen, da ich weiß, daß Sie auch ohne meine Bitten alles für mich tun werden, was in Ihren Kräften steht.

Schreiben Sie mir einige Zeilen über all dies und über Ihr Leben im allgemeinen, über Ihre Pläne und Maries Gesundheit; grüßen Sie sie mir aufs beste und herzlichste. Teilen Sie mir auch Ihre Adresse mit. Wir müssen betreffs der neuen Zeitung weiter Briefe wechseln; ich fürchte, daß sich unsere Kräfte zersplittern. Sie reichen nur für eine Ausgabe. Es ist ganz nebensächlich, welche Idee dem Unternehmen zugrunde liegt, wenn wir nur alle Hand in Hand daran arbeiten. Ich bitte Sie deshalb, im Sommer Turgenjef, so oft Sie ihn sehen, möglichst zu beeinflussen und diesen entzückenden, aber unverläßlichen … unserem gemeinsamen Ziele zuzulenken. Nach dem zu urteilen, was er mir hundertmal gesagt, müßte ihm die Idee einer derartigen Zeitung sympathisch sein; kann man sich jedoch auf irgend etwas, was er sagt, verlassen? Geben Sie ihm zu bedenken, auf welchem tiefen Niveau unsere Zeitungen infolge der Zersplitterung der Kräfte stehen; einzig und allein ‚Rußkij Wjestnik‘ hat sich zu behaupten vermocht, steht jedoch recht armselig da, seit ‚Atenej‘ abgefallen. Dabei ist ‚Atenej‘ sehr langweilig. In St. Petersburg nichts Neues.“

Am 17. Mai reiste Tolstoi nach Moskau ab.

Den 26. Mai verbrachte er im Hause des Dr. Bers, der mit einer Jugendfreundin Tolstois, Mademoiselle Islenef, verheiratet war; sie lebten damals in Pokrowskoje, unweit Moskaus. In Tolstois Tagebuch finden sich einige Worte über diesen Besuch. „Die Kinder waren alle da. Was für lustige, süße kleine Mädchen." Eine von ihnen, die jüngste, wurde sechs Jahre später Tolstois Frau.

Kurz darauf setzte er seine Reise fort und langte am 28. Mai in Jasnaja Poljana an. Tags darauf schrieb er einen Brief an seinen Bruder Sergej, in dem er unter anderm bemerkte:

„In Moskau verbrachte ich zehn Tage … außerordentlich vergnügt, ohne Champagner oder Zigeuner, nur ein wenig verliebt; in wen, erzähle ich Dir ein andermal."

Nach seiner Ankunft in Jasnaja begrüßte er natürlich zuerst seine Nachbarn, seine Schwester Marie, Turgenjef und andere.

Aus den zwei Briefen an seinen Bruder, die hier folgen, sehen wir, daß er gegen Ende des Sommers ernstlich krank war. So schreibt er zu Anfang des September 1856:

„Erst heute, Montag, neun Uhr abends, kann ich Dir eine gute Botschaft geben; bisher hatte sich meine Gesundheit stets verschlechtert. Man hatte zwei Ärzte geholt, vierzig Blutegel angesetzt, ich bin jedoch erst vor ganz kurzem in Schlaf gesunken und nun bedeutend frischer aufgewacht. Nichtsdestoweniger darf ich vor fünf oder sechs Tagen nicht ans Ausgehen denken. So *au revoir*; bitte, teile mir mit, wann Du abreisest und ob in der Feldarbeit auf Deinem Gut wirklich ein so großer Rückstand ist. Verwüste die Jagdplätze nicht zu stark ohne mich; vielleicht sende ich die Hunde morgen."

In seinem Briefe vom 15. September sagt er:

„*Mein lieber Freund Serjoscha!* – Meine Gesundheit hat sich gebessert, und doch auch nicht. Die Schmerzen und die Entzündung sind wohl vorübergegangen, doch ist eine Art Druck auf der Brust zurückgeblieben. Ich fühle ein Prickeln in der Brust und gegen Abend Schmerzen. Vielleicht vergeht es nach und nach von selbst. Nach Kursk zu gehen, werde ich mich jedoch kaum entschließen können, und gehe ich nicht bald, so hat es wohl überhaupt keinen Sinn. Wenn ich mich in zwei Wochen nicht wohler fühle, fahre ich wohl lieber nach Moskau."

Bald darauf kehrte er wieder nach St. Petersburg zurück, von wo aus er an seinen Bruder am 10. November 1856 schreibt:

„Verzeih' mir lieber Freund Serjoscha, wenn ich nur zwei Worte schreibe. Ich habe keine Zeit. Seit meiner Abreise verfolgt mich das Unglück. Nicht einer von allen, die ich lieb habe, ist hier. In der ,*Otetschestwennije Zapiski*' sollen meine ,*Militärgeschichten*' heruntergerissen worden sein. Ich habe es nicht gelesen, doch setzte Konstantinof seinen Stolz darein, mir sofort bei meiner Ankunft mitzuteilen, daß der Großherzog Michael[45] mit mir unzufrieden sei, da er erfahren, daß ich ein Lied verfaßt hätte, besonders aber, weil ich es, wie man behauptet, die Soldaten gelehrt. Das ist zu arg. Ich habe in der Sache eine Aussprache mit dem Stabschef gehabt. Nur eines ist in der Ordnung, meine Gesundheit; und Schipulinski sagt, daß meiner Lunge nichts fehle."

Am 26 November 1856 zog sich Tolstoi vom Militärdienste zurück. Gegen Ende seiner Dienstzeit tat er etwas Gutes, dessen wir hier Erwähnung tun wollen.

Der Befehlshaber der Batterie, bei welcher Tolstoi diente, Oberst Korenitzkij, sollte nach Ablauf des Krieges vor ein Kriegsgericht gestellt werden, wurde jedoch dank Tolstois Einfluß und Bemühungen verschont.

Mit Tolstois Quittierung beginnt in seinem Leben eine neue Periode, die von sozialen und literarischen Interessen erfüllt ist und in der er nach persönlichem Glück strebt.

Ungeachtet seiner allen Kompromissen feindlichen Ansichten und seiner Geringschätzung literarischer Autoritäten war Tolstoi ein willkommener Gast und ein geschätztes Mitglied des literarischen Kreises des „*Zeitgenossen*".

Tolstoi selbst war jedoch von diesem Kreise durchaus nicht ent-

---

[45] Bruder des Zaren Nikolaus I.

zückt. Dem konnte nicht anders sein. Man braucht nur die Erinnerungen der Schriftsteller jener Zeit zu lesen, der Herzen, Panajef, Fet und anderer, die den verschiedensten Schulen angehörten, und man ersieht daraus in recht bedauerlicher Weise die moralische Schwäche jener Männer, welche doch die Führer der Menschheit sein wollten. Wenn wir an die Diners bei Nekrassof denken, an Herzens, Ketschers und Oragels Gelage, an Turgenjefs Vorliebe für die kulinarischen Künste, an all diese freundschaftlichen Zusammenkünfte die ohne massenhaften Champagner, Jagd Kartenspiel usw. unvollständig waren – so betrübt uns der Anblick der Faulheit, der geistigen Blindheit dieser Menschen, die trotz aller Liebe zur Demokratie und zum Fortschritt, die sie damit vermengten, nichts Schlechtes in ihren Zechereien zu erblicken vermochten. Inmitten dieser Schamlosigkeit, die sich in einer oder der anderen Art, vielleicht noch bis zum heutigen Tage fortpflanzt klang nur eine Stimme der Anklage und Selbstzügelung hinein – die Stimme eines Mannes, dessen Seele sich nicht der Selbsttäuschung hinzugeben vermochte. Es war die Stimme Tolstois.

In seinen *„Bekenntnissen"* schildert er die Sitten der literarischen Welt, das heißt der Gesellschaft gegen Ende der Fünfziger- und zu Anfang der Sechziger-Jahre folgendermaßen:

„Bevor ich noch Zeit hatte, mich zu besinnen, wurden die Vorurteile und Lebensanschauungen der Schriftsteller, welche der Klasse, der ich mich zugesellte, angehörten, zu meinen eigenen und machten meinem ganzen früheren Ringen nach einem besseren Leben ein Ende. Diese Ansichten endigten unter dem Einflüsse der Liederlichkeit, in der ich untertauchte, in einer Theorie des Lebens, die dieses rechtfertigte. Die Ansicht, zu der sich meine schriftstellerischen Kollegen bekannten, bestand darin, daß das Leben eine Entwicklung sei und die Hauptrolle in dieser Entwicklung spielten wir selbst, die Denker, während unter den Denkern der Haupteinfluß wiederum uns, den Dichtern, zugehöre. Unser Beruf ist es, die Menschheit zu lehren.

Um der Beantwortung der ganz natürlichen Frage: ‚Was weiß ich und was vermag ich zu lehren?' aus dem Wege zu gehen, stellte die erwähnte Theorie die Behauptung auf, daß dies keiner Antwort bedürfe und daß der Denker und der Dichter unbewußt lehre. Ich galt für einen wunderbaren Literaten und Dichter und machte daher diese Theorie ganz selbstverständlich zu meiner eigenen. Inzwischen schrieb und lehrte ich, trotz meiner Denker- und Dichterschaft, ich wußte nicht was. Dafür erhielt ich große Summen Geldes; ich hielt eine prächtige Tafel, hatte eine schöne Wohnung, verkehrte mit liederlichen Weibern und empfing meine Freunde freigebig; überdies war ich berühmt. Man könnte daraus also schließen, daß das, was ich lehrte, gut gewesen sein muß, daß der Glaube an die Dichtkunst und die Entwicklung des Lebens ein wahrer Glaube und ich einer seiner Hohenpriester war, eine ebenso wichtige als nutzbringende Stellung. Ich verblieb lange in diesem Glauben und zweifelte ein Jahr lang nie an seiner Wahrheit.

Im zweiten jedoch und ganz besonders im dritten Jahre dieser Lebensführung begann ich die unbedingte Wahrheit der Lehre zu bezweifeln und sie näher zu prüfen. Der erste verdächtige Umstand, der meine Aufmerksamkeit erweckte, war der Unfriede, der zwischen den Aposteln dieses Glaubens herrschte. Einige verkündeten, daß sie allein gute und nützliche Lehrer seien, und alle anderen wertlos. Andere wieder stritten dagegen und beteuerten dasselbe von ihrer eigenen Person. Sie zankten, disputierten, schmähten, täuschten und betrogen einander.

Es waren auch viele unter uns, die sich um Recht oder Unrecht überhaupt nicht kümmerten und nur für ihre eigenen Interessen sorgten. All dies flößte mir Zweifel an der Wahrheit unseres Glaubens ein. Dann wieder, wenn ich die Stichhaltigkeit dessen unter dem Einflüsse der Literaten bezweifelte, ging ich daran, den Charakter und die Lebensführung ihrer Hauptvertreter näher zu prüfen, und ich überzeugte mich, daß sie Männer von unmoralischer Lebensführung waren, meist nur wertlose und unbedeutende Individuen, die tief unter dem moralischen Niveau der Menschen standen, mit denen ich während meines früheren ausschweifenden Lebens und meiner militärischen Laufbahn verkehrt hatte. Und dennoch hatten diese Männer ein Selbstvertrauen, wie man es nur bei solchen voraussetzen kann, die sich ihrer Heiligkeit bewußt sind, oder bei solchen, denen Heiligkeit ein leerer Name ist.

Ekel vor der Menschheit und vor mir selbst ergriff mich und es ward mir klar, daß der Glaube, zu dem ich mich bekannte, eine Täuschung sei. Das seltsamste jedoch war, daß ich wohl die Falschheit des Glaubens erkannte und ihm entsagte, aber nicht auch der Stellung entsagte, die ich dadurch errungen hatte. Ich nannte mich immer noch einen Denker, einen Dichter und einen Lehrer. Ich war töricht genug, mir einzubilden, daß ich, der Denker und Dichter, lehren könnte, ohne selbst das, was ich zu lehren versuchte, zu kennen. Mein Verkehr hatte nur ein neues Laster in mir großgezogen: er hatte den Stolz in mir bis zur Krankhaftigkeit gesteigert. Und das Selbstvertrauen, womit ich Dinge lehrte, die ich nicht kannte, ging bis an die Grenze des Wahnwitzigen."[46]

Solange Tolstoi in dem Kreise dieser Menschen lebte, hatte er jedoch an allen ihren Angelegenheiten Anteil genommen und sich als eines der tätigsten Mitglieder ihrer gemeinschaftlichen Unternehmen erwiesen. So verdankt eine der Hauptinstitutionen des Hilfsvereines für Autoren und Gelehrte, der sogenannte *„Literarische Fonds"*, in vieler Hinsicht ihm seine Gründung. Druschinin gilt gewöhnlich als Gründer der Gesellschaft. In Tolstois Tagebüchern finden wir jedoch folgende Aufzeichnung:

„2. Januar 1857. – Ich schrieb bei Druschinin einen Entwurf des Fonds nieder."

Tolstois Name gehört daher in die Liste der Gründer des *„Literarischen Fonds"*.

In diese Zeit fällt sein näheres Studium und seine Bewunderung der Werke Puschkins.

Tolstoi sagt, daß er Puschkin bereits hochschätzte, als er Merimées französische Übersetzung seiner *„Zigeuner"* gelesen hatte. Durch die Lektüre dieser Prosaübersetzung des Werkes erhielt Tolstoi einen überaus starken Eindruck von der dichterischen Größe Puschkins. In Tolstois Tagebuch findet sich unter dem Datum 4. Januar 1857 folgende Stelle:

---

[46] *Wie ich gläubig wurde* [Meine Beichte: TFb_A001].

„Ich speiste bei Botkin nur mit Panajef; er las mir Puschkin vor. Ich ging in Botkins Studierzimmer und schrieb dort einen Brief an Turgenjef, dann warf ich mich auf einen Diwan und weinte Tränen der Freude. Ich bin in letzterer Zeit entschieden glücklich und schöpfe Freude aus dem Fortschritt meiner moralischen Entwicklung."

Der Fortschritt in der moralischen Entwicklung, auf den er hinweist, hinderte Tolstoi daran, in jener Gesellschaft und ihrem Schaffen Befriedigung zu finden, und er spähte sehnsüchtig nach einem anderen Ziele aus. Ein unruhiger Geist setzt seine Unruhe meist in Handlungen um. So trug auch Tolstoi eine rastlose Tätigkeit zur Schau und eine der Arten, auf die sich seine Ungeduld Luft machte, war die Reise ins Ausland, die er offenbar ohne festen Plan antrat. Er schreibt darüber in seinen *„Bekenntnissen"*, sich selbst und seine Umgebung mit der ihm eigenen unverblümten Redeweise richtend:

„… Ich lebte in dieser sinnlosen Art noch weitere sechs Jahre bis zur Zeit meiner Heirat. Während dieser Zeit war ich im Auslande. Mein Leben in Europa und mein Verkehr mit vielen hervorragenden und gelehrten Ausländern bekräftigten meinen Glauben an die Lehre von einer allgemeinen Vervollkommnungsfähigkeit und ich fand, daß dieselbe Theorie auch unter ihnen vorherrschte. Dieser Glaube nahm die Form an, die unter den meisten gebildeten Leuten der Jetztzeit gemein ist. Sie läßt sich in das Wort ‚Fortschritt' fassen. Ich glaubte damals, daß dieses Wort eine wirkliche Bedeutung habe. Ich verstand nicht, daß ich, wenn mich wie andere die Frage, wie ich mein Leben zu einem besseren machen könnte, quälte und wenn ich darauf erwiderte, daß ich dem Fortschritte leben müßte, nur die Antwort eines Mannes wiederholte, den Wind und Wellen in einem Boote mit sich reißen und der auf die einzig wichtige Frage: ‚Wohin sollen wir steuern?' antworten würde: ‚Wir werden entweder dahin oder dorthin getragen'."[47]

Bevor er jedoch ins Ausland ging, verwandte Tolstoi viel Zeit auf die Suche nach persönlichem und Familienglück.

---

[47] *Wie ich gläubig wurde* [Meine Beichte: TFb_A001].

Ich habe nunmehr eine der wichtigsten Episoden aus Tolstois Leben zu erzählen, die Geschichte seiner ersten Liebe. Sie führte nicht zur Heirat, muß jedoch meiner Ansicht nach einen großen Einfluß auf sein Leben ausgeübt haben. Wie viele andere Episoden, läßt auch diese gewisse Züge seines Charakters stark hervortreten, so vor allem seine heiße, impulsive Natur, dann auch die Gewalt, die seine stete Führerin über ihn hatte, die Vernunft, welche die Leidenschaften unter ihrem Banne hielt und zu gutem Ende lenkte; nicht am wenigsten aber die Einfachheit, Ehrlichkeit und Ritterlichkeit seines Wesens. Wir gewahren sie stets, sowohl da, wo seine Handlungen von den höchsten Grundsätzen bestimmt werden, als auch in Verbindung mit den unbedeutenden Einzelheiten des täglichen Lebens. Die Geschichte an sich ist interessant, da sie von den Beziehungen zwischen einem Mann und einer Frau erzählt und im Zusammenhang damit eine ernste und lehrreiche Wahrheit offenbart, deren Beachtung jungen Leuten viel Leid ersparen könnte.

In Tolstois Leben hatte bis dahin bereits die eine oder andere Liebesaffaire zu spielen begonnen, aber die hatten zu nichts geführt. Der ernsteste Fall war seine knabenhafte Liebe für Sonitschka Kaloschin. Auf diese folgte das Abenteuer mit S. N., während er noch an der Universität war; diese Liebe bestand jedoch nur in seiner eigenen Phantasie, da S. N. selbst kaum etwas davon wußte. Von dem Kosakenmädchen haben wir bereits gesprochen. Nach ihr kam eine Schwärmerei für Frau S., deren diese selbst sich wahrscheinlich kaum bewußt wurde; Tolstoi war stets schüchtern und zurückhaltend in solchen Dingen.

Seine Liebe für W. A. war ein mächtigeres und ernsteres Gefühl. Sie hatten sich ihre Empfindungen eingestanden und galten vor Verwandten und Bekannten als Brautleute.

Leider kann Tolstois reicher und interessanter Briefwechsel mit diesem Mädchen aus Gründen, die sich meiner Einflußnahme entziehen, noch nicht veröffentlicht werden. So muß ich mich auf eine kurzgefaßte Wiedergabe des Inhaltes beschränken.

Rufen wir uns ins Gedächtnis zurück, wie Tolstoi in einem Briefe aus Sebastopol über den Mangel an weiblicher Gesellschaft klagt und seiner Angst Ausdruck gibt, daß er für solche unbrauchbar werden und sich dadurch der Möglichkeit des Ehelebens berauben könnte, das er hoch in Ehren hielt.

Der Gedanke an Frau und Familienleben war nach seiner Rückkehr von dem Feldzuge beständig in ihm wach und auf seinem Wege nach Moskau fiel ihm ein hübsches Mädchen, die Tochter eines benachbarten Gutsbesitzers, auf. Das Ergebnis war binnen kurzer Zeit eine romantische gegenseitige Neigung.

Den ersten Brief schreibt Tolstoi aus Jasnaja Poljana nach Moskau, wo sich die junge Dame aufhielt. Die Familie, bei der sie lebte, bestand aus einer Tante, einer eleganten Dame, die das Hofleben liebte, und drei Schwestern; außerdem aus Nichten dieser Dame und Sch. sowie aus einer französischen Gouvernante. Nachdem sie den Sommer zu Sudakowo, einem Landsitze unweit Jasnaja Poljana, verbracht hatte, begab sie sich im August nach Moskau, um bei den Festlichkeiten aus Anlaß der Krönung Alexanders II. am 26. August 1856 anwesend zu sein.

Die junge Dame vergnügte sich während dieser Festlichkeiten außerordentlich und beschreibt sie in einem Briefe an Tolstois Tante in begeisterten Worten. Dieser Brief war Tolstois erste Enttäuschung. Da er das Mädchen liebte, betrachtete er es selbstverständlich als seine mögliche Lebensgefährtin, der er seine Ansichten über soziales Leben und Familienleben mitzuteilen suchte. Es berührte ihn aber peinlich, daß sie ihn gar nicht zu verstehen schien und idealen Fragen von höchster Wichtigkeit völlige Gleichgültigkeit entgegenbrachte. Dennoch hoffte er immer noch, sie im richtigen Sinne zu beeinflussen, vertraute auf ihre junge und empfängliche Natur und, da er sie in allen Dingen mitfühlend fand, so wendete er seine ganze Beredsamkeit auf, um ihr eine ernsthafte Auffassung ihrer Beziehungen beizubringen. Aus seinen Briefen atmet infolgedessen die zärtlichste Fürsorge für sie, sie sind voll Vorschriften über alle möglichen Kleinigkeiten, führen jedoch bei Gelegenheit bis zu den Kardinalfragen der Philosophie. Hin und wieder gibt ihm die Verzweiflung über ihr mangelndes Verständnis einen bitteren sarkastischen Ton ein. Dann wieder wird er zärtlich, weich, liebkosend, wie ein Vater seinem Kinde gegenüber.

In dem eben erwähnten Briefe gibt er seinem Abscheu und seiner Verzweiflung über die Unwürdigkeit der Dinge, die ihr Interesse erregen, Ausdruck. Er macht sich erbarmungslos lustig über die Leidenschaft der jungen Dame für Krönungsfeierlichkeiten, Bälle, Paraden, Flirts mit Adjutanten und schließt seinen Brief in sehr erregtem Tone.

Lange bekam er keine Antwort. Er wurde aufgeregt, schrieb neuerdings, bat um Verzeihung und es gelang ihm endlich, eine gutgelaunte Antwort zu erhalten.

Aus seinen Briefen geht hervor, daß die Familie nach der Krönung nach Sudakowo zurückkehrte, wo Tolstoi oft im Hause verkehrte, und daß die gegenseitige Neigung sich steigerte und erstarkte.

Tolstoi war jedoch nicht der Mann, der sich von seinen Gefühlen blind und achtlos mit fortreißen ließ. Er beschloß, ihre Neigung der Prüfung von Zeit und Entfernung zu unterwerfen, und ging für zwei Monate nach St. Petersburg.

Von Moskau aus schrieb er einen Brief, in dem er eine Art Erziehung der jungen Dame versuchte, ein Brief, aus dem es klar hervorgeht, daß, was man Leidenschaft der Liebe nennt, zwischen ihnen nicht bestand.

Er behandelt eingehend das Problem gegenseitiger Anziehung und betont die große Bedeutung der Ehe. Er spricht schließlich den Entschluß aus, ihre Freundschaft der Probe einer zeitweiligen Trennung zu unterwerfen. Wenngleich dies der jungen Dame, deren Liebe stark erwacht war, nicht entsprach, ging sie doch darauf ein und sie führten einen Briefwechsel.

Es dauerte nicht lange, so hatte Tolstoi eine neue Probe zu bestehen, die er sich allerdings nicht selbst auferlegt hatte. Während seines Aufenthaltes in St. Petersburg erfuhr er aus glaubwürdiger Quelle, daß dieses „reizende Mädchen" ihrem Klavierlehrer, Mortier, gestattete, ihr Liebeserklärungen zu machen und daß sie sich tatsächlich selbst in ihn verliebte. Und all dies spielte sich während jener unglückseligen Krönungsfestlichkeiten ab. Es ist wahr, daß sie ihr Bestes tat, dieses Gefühl zu ertöten, und sogar jeden Verkehr mit Mortier abbrach, doch schon die Tatsache dieser jähen Liebesgeschichte war ein fürchterlicher Schlag für Tolstoi. Von dem Gefühle der Bitterkeit getrieben, das diese Entdeckung in ihm hervorrief, schrieb er ihr einen Brief voll Vorwürfen, den er jedoch offenbar bereute, da er ihn nie der Post übergab. Er schrieb dann einen andern, den er absandte. In diesem erwähnte er den Flirt mit Mortier ein wenig strenge.

Es ist nicht schwer, festzustellen, daß die Entdeckung der fortgesetzten Beziehungen zwischen dem Mädchen und Mortier Tolstois junger Liebe eine unheilbare Wunde schlug und daß er nur deshalb nicht plötzlich mit ihr brach, weil er der Ansicht war, daß Natur und Zeit einen Bruch besser bewerkstelligen würden. Sie wurden von da ab mehr Kameraden und nur in seltenen Zwischenräumen, und auch dann höchstwahrscheinlich mehr in ihrer Einbildung loderte die Flamme der Liebe noch auf.

Da er keine Antwort erhielt und sich höchstwahrscheinlich mit dem Argumente zufrieden gab, daß *„pas de nouvelles – bonnes nouvelles"* seien, fuhr er fort, auf ihr Leben mehr als ihr Lehrer, denn als ihr Liebhaber Einfluß zu nehmen, und schrieb ihr einen detaillierten Brief über ihre gegenseitigen künftigen Beziehungen, worin er einen eingehenden Plan über Pflichten, Umgebung, Verkehr und Zeiteinteilung entwarf und seine künftige Lebensgefährtin für ernsthafte und wichtige Fragen zu interessieren versuchte.

Er erhielt lange keine Antwort, was er nicht recht zu deuten wußte.

Endlich sollte seine Geduld durch das plötzliche Eintreffen mehrerer verspäteter Briefe belohnt werden und die Beziehungen zwischen den beiden Freunden gestalteten sich von neuem äußerst zärtlich.

Er weiht sie in seine literarischen Absichten ein, beschreibt sein Leben in St. Petersburg und fährt fort, ihr seine reinen und hohen Ideale vom Familienleben darzulegen.

Nichtsdestoweniger spricht der Zweifel, der sich in Tolstois Seele geschlichen hatte, deutlicher aus diesen letzten Briefen. Aus den Worten der Liebe klingt ein gewisser Zwang, die Folge ihres nicht ganz rückhaltslosen Verkehres. Dieser falsche Ton fiel auch ihr auf, die Empfindung schwächte sich auf beiden Seiten ab und beide sehnten sich nach einer ehrenhaften Lösung.

In einem Briefe an seine Tante Tatjana gesteht Tolstoi das Erlöschen seiner Liebe und bittet sie in dieser Schwierigkeit um Rat. Der Brief ist in Moskau geschrieben, wohin er anfangs Dezember reiste und wo er bis Ende des Monats verblieb:

„Moskau, 5. Dezember 1856.

Du schreibst mir wieder von W. ganz in demselben Tone, in dem Du stets über sie gesprochen hast, und ich antworte Dir darauf, wie ich Dir stets darauf geantwortet habe. Als ich sie verließ, und noch eine Woche später, bildete ich mir ein, daß ich, wie man so sagt, verliebt sei. Bei meiner Phantasie ist das nicht sehr schwierig. Ich möchte gerne, ja sehr gerne, jetzt, besonders seit ich mich eifrig der Arbeit hingegeben habe, sagen können, daß ich in sie verliebt bin, oder einfach, daß ich sie liebe, doch dies ist nicht der Fall. Ich habe nur ein Gefühl für sie, das der Dankbarkeit für ihre Liebe und auch die Empfindung, daß sie sich, wie ich das Eheleben auflasse, von allen Mädchen, die ich gekannt habe und kenne, am besten zu meiner Frau geeignet hätte. Ich möchte von Dir ehrlich hören, ob ich mich darin irre oder nicht. Ich erbitte Deinen Rat, erstens, weil Du sie so gut kennst wie mich, vor allem aber, weil Du mich liebst und weil die, die lieben, niemals irren. Es ist wahr, daß ich mich selbst recht ungenügend geprüft, denn ich habe seit meiner Abreise eher ein einsames, denn ein vergnügtes Leben geführt und wenig Frauen gesehen. Nichtsdestoweniger habe ich mir oft gezürnt, daß ich mich ihr so sehr genähert habe, und es bereut. Trotzdem wiederhole ich, daß ich nicht eine Minute zögern würde, sie zu heiraten, wäre ich nur von ihrer Beständigkeit überzeugt und sicher, daß sie mich immer, wenn nicht so sehr wie jetzt, so doch zumindest mehr als irgendeinen anderen lieben würde. Ich bin überzeugt, daß sich in diesem Falle meine Liebe zu ihr beständig steigern würde und daß sie durch dieses Gefühl eine edle Frau werden könnte."

Seine Briefe an die junge Dame waren jetzt kühler und abwägender geworden. Er gebrauchte noch das Wort „verliebt", doch gleichsam nur im Scherze, ohne den früheren Enthusiasmus. Er richtete seine Briefe nach St. Petersburg, wo sie die Wintersaison verbrachte – danach sie schon seit langem gestrebt.

Die Kälte seiner Briefe entging ihr nicht und sie antwortete darauf mit liebevollen Vorwürfen. Zwei gütige Briefe, die sie schrieb, riefen auch in ihm die Liebe wieder wach. Er sandte ihr einen Brief in einem zärtlichen Ton, aus dem eine gewisse Wärme sprach. In einem anderen Briefe gesteht Tolstoi, daß er „den Kopf verliere", und versucht, die „Liebe" durch den Hinweis auf die sich aus ihr entwickelnde gegenseitige Erziehung zu erklären. Sie vermochten jedoch, wie man sieht, nie darüber einig zu werden, was die Liebe eigentlich sei, und je aufrichtiger und herzlicher Tolstoi seine Gedanken und Gefühle für sie zum Ausdrucke brachte, um so weniger drangen sie in ihre Seele ein, um so hartnäckiger war der Widerstand, den sie ihnen entgegensetzte, über diesen Widerstand vermochte sein letzter Brief nicht hinwegzukommen und ihre Antwort rief in seinem Tone eine Wandlung hervor; Freundschaft nahm die Stelle der Liebe ein.

Eine drei Wochen lange Unterbrechung folgte. Ihre Beziehungen hatten sich sichtlich geändert und waren in Freundschaft übergegangen. Tolstoi hatte sich inzwischen, um seiner literarischen Arbeit nachzugehen, in St. Petersburg niedergelassen. Nochmals wechselten sie Briefe, kamen jedoch zu keinem Resultat und sie verbot ihm, ihr zu schreiben. Er fuhr jedoch fort, ihr Briefe zu senden, und klagte sich seiner Schuld gegen sie an.

Er teilt ihr ferner mit, daß er ins Ausland reise, und gibt ihr seine Adresse in Paris bekannt, indem er sie bittet, ihm dorthin, und sei es auch einen letzten Brief, zu schreiben.

Bevor er von Moskau ins Ausland reiste, schrieb er schließlich seiner Tante über die ganze Angelegenheit.

„Liebe Tante!
Ich habe meinen Paß ins Ausland erhalten und bin nun nach Moskau gekommen, um einige Tage bei Marie zu verbringen und von da aus nach Jasnaja zu gehen, wo ich meine Angelegenheiten ordnen und mich von Dir verabschieden wollte.
Ich habe jedoch meine Absicht geändert, hauptsächlich auf Maschinkas Rat hin, und beschlossen, eine oder zwei Wochen hier bei ihr zu bleiben und dann direkt über Warschau nach Paris zu reisen. Du verstehst wahrscheinlich, liebe Tante, weshalb ich jetzt nicht nach Jasnaja oder vielmehr nach Sudakowo kommen möchte und darf. Ich fürchte, daß ich gegen W. sehr schlecht gehandelt habe, jedoch noch schlechter handeln würde, sähe ich sie jetzt wieder. Wie ich Dir schrieb, bin ich mehr als gleichgültig gegen sie und ich fürchte, ich kann weder sie noch mich länger täuschen. Käme ich jedoch, so wäre es bei meinem schwachen

Charakter vielleicht möglich, daß ich mich selbst von neuem betrüge.

Erinnerst Du Dich, liebe Tante, daß Du mich auslachtest, als ich Dir sagte, daß ich St. Petersburg verlassen wolle, um mich selbst zu prüfen; und dennoch verdanke ich diesem Gedanken den Umstand, daß ich dieses junge Mädchen und mich selbst nicht unglücklich gemacht habe; denn Du darfst nicht glauben, daß es Unbeständigkeit und Treulosigkeit war. Niemand hat meine Phantasie während dieser beiden Monate eingenommen, aber ich bin einfach zur Erkenntnis gelangt, daß ich mich selbst getäuscht und daß ich nicht die leiseste Empfindung wahrer Liebe für W. habe noch jemals hatte. Das einzige, was mich überaus schmerzt, ist, daß ich der jungen Dame Böses zugefügt habe und daß ich nicht vor meiner Abreise von Dir werde Abschied nehmen können. Ich beabsichtige, im Juli nach Rußland zurückzukehren. Solltest Du es wünschen, so komme ich trotz alledem nach Jasnaja, Dich zu umarmen, denn ich werde Deinen Brief noch rechtzeitig in Moskau erhalten."

Tolstoi reiste wirklich ab. Von Paris aus, wo er einen Brief von seiner alten Liebe erhielt, erwiderte er in einem letzten freundlichen Briefe, worin er ihre Liebe als einen der Vergangenheit angehörigen Irrtum bezeichnet, ihr für ihre Freundschaft dankt und ihr Glück wünscht.

Tolstois Tante mißbilligte offenbar diesen Bruch, da sie ihren Neffen verheiratet zu sehen wünschte. Sie warf ihm seine Unbeständigkeit vor und beschuldigte ihn sogar, unehrenhaft gegen das Mädchen gehandelt zu haben, das er durch Zweifel und Erwartungen gequält hätte. Tolstoi sandte ihr darauf folgende interessante Erwiderung:

„Aus Deinem Briefe, liebste Tante, ersehe ich, daß wir einander in dieser Sache ganz und gar nicht verstehen. Wenn ich auch zugestehe, daß ich für meine Unbeständigkeit Tadel verdiente und daß alles ganz anders hätte kommen können, so glaube ich doch, ehrlich gehandelt zu haben. Ich habe stets einbekannt, daß ich meine Empfindung für die junge Dame nicht recht kannte, daß es aber nicht Liebe war und daß ich besorgt war, mich selbst auf die Probe zu stellen. Die Erfahrung hat mich gelehrt, daß ich mich in meiner Empfindung getäuscht habe, und ich schrieb es W., so offen ich nur konnte.

Später dann haben sich meine Beziehungen zu ihr so aufrichtig gestaltet, daß ich sicher glaube, daß ihr die Erinnerung, wenn sie sich heute oder morgen verheiratet, nicht peinlich sein kann. Und aus diesem Grunde schrieb ich auch an sie und bat sie, mir wieder zu schreiben. Ich sehe nicht recht ein, weshalb ein junger Mann eigentlich gezwungen sein sollte, ein Mädchen entweder zu lieben und zu heiraten oder gar keine freundschaftlichen Beziehungen zu ihr zu unterhalten. Denn Freundschaft und Sympathie habe ich immer noch in hohem Maße. Mademoiselle Vorgani, die mir einen so albernen Brief schrieb, sollte mein Verhalten gegen W. richtiger beurteilen und nicht vergessen, daß ich trachtete, so selten als möglich zu kommen und daß sie es war, die mich aufforderte, öfter zu kommen und in nähere Beziehungen zu treten. Ich verstehe, daß es sie ärgert, daß eine Sache, die sie so sehr erwünschte, sich nicht verwirklichte (ich kränke mich darüber vielleicht mehr als sie), doch ist dies noch kein Grund, einem Manne, der nach seinem besten Ermessen gehandelt und aus Angst, andere unglücklich zu machen, Opfer gebracht hat, zu sagen, daß er ein Dummkopf sei, und allen anderen diesen Glauben beizubringen. Ich bin überzeugt, daß Tula mich für das größte Scheusal hält."

Aus diesem Briefe kann man ersehen, welchen Eindruck der Bruch auf die Dame und ihre Umgebung machte.

Kurze Zeit darauf, als er aus einem Briefe seiner Tante erfahren hatte, daß die Schwester seiner früheren Liebe vor ihrer Vermählung stand, erwachten seine alten Empfindungen aufs neue und er schrieb wie folgt:

„Was W. anbelangt, so liebte ich sie nie mit wirklicher Liebe, ließ mich jedoch hinreißen von dem schlimmen Vergnügen, Liebe einzuflößen, das mir einen Genuß bereitete, den ich nie zuvor gekannt.

Die Zeit, die ich fern von ihr verbrachte, hat mich jedoch belehrt, daß ich keinerlei Wunsch empfinde, sie wiederzusehen, noch weniger, sie zu heiraten. Ich fühle nichts als Angst bei den Gedanken an die Pflichten, die ich gegen sie hätte, ohne sie zu lieben, und ich habe mich deshalb auch entschlossen, früher abzureisen, als ich ursprünglich beabsichtigte. Ich habe mich sehr schlecht benommen; ich habe Gott um Verzeihung gebeten und bat auch alle jene darum, denen ich Leid zugefügt. Dinge ungeschehen zu machen, ist jedoch unmöglich, und nichts in der Welt vermöchte sie neu zu beleben. Ich wünsche Olga alles Glück; ich bin hocherfreut über ihre Vermählung; Dir, liebe Tante, gestehe ich jedoch ein, daß nichts auf der Welt mir soviel Freude bereiten würde, als wenn ich hörte, daß W. einen Mann geheiratet, den sie liebt und der ihrer würdig ist. Denn wenn ich im Innersten meines Herzens auch keinen Funken Liebe für sie fühle, so halte ich sie doch für ein gutes und braves Mädchen."

So endete diese kurze, doch rührende Geschichte, eine höchst interessante Episode in Tolstois Leben. Die Periode starker Empfindung, die er überwunden hatte, ging nicht verloren. Er machte sie sich sozusagen zunutze, indem er die Empfindungen, die er an sich selbst erlebt hatte, in seinem Romane *„Familienglück"*[48] in künstlerischer Form verwertete, wovon sich jeder überzeugen kann, der dieses Werk mit dem wirklichen Leben des Verfassers vergleicht. Wir können tatsächlich behaupten, daß die Vorgänge des Romanes übereinstimmend sind mit den Ereignissen, die das wirkliche Leben mit sich gebracht haben würde, und daß der erlebte Roman der Prolog des erdichteten ist.

Nach diesem wenig befriedigenden Erlebnisse nahm Tolstoi seine literarische und soziale Tätigkeit wieder auf.

------

[48] [Ediert auch in: TFb_C003, S. 147-246.]

Bibliographie
zu den dargebotenen Dichtungen

DIE DEKABRISTEN (1863 / 1877-1878)

Russischer Text | Lew N. TOLSTOJ: Декабристы (неоконченное) | Dekabristy (*Die Dekabristen / Dezembristen*; unvollendet: 1860. 1863 / 1877-1878). In: PSS (Sowjetische Gesamtausgabe in 90 Bänden: Polnoe sobranie sočinenij). Band 17, S. 7-55 (und 255-299: Varianten). Moskau 1936. [https://tolstoy.ru/online/90/17/]

Dargebotene Übersetzungen | Leo N. TOLSTOI: Gesammelte Novellen. *Dritter Band*: Eheglück / Die Kreutzersonate / Wandelt, dieweil ihr das Licht habt / Der Tod des Iwan Iljitsch / Die Dekabristen. – Mit Einführungen von Raphael Löwenfeld [1854-1910]. Erstes bis viertes Tausend. Jena: Eugen Diederichs 1924, S. 455-539. – Leo TOLSTOJ: *Der Morgen eines Gutsherrn / Die Dekabristen / Kriegsbilder.* Deutsch von Hanny Brentano. Mit Bildschmuck von Professor A. Brentano. Regensburg: J. Habbel [1912]. [Digitalausgabe: projekt-gutenberg.org].

Weitere Übersetzung | Lew TOLSTOI: Polikuschka. Frühe Erzählungen. Aus dem Russischen übersetzt von Hermann Asemissen. (= Gesammelte Werke in zwanzig Bänden. Herausgegeben von Eberhard Dieckmann und Gerhard Dudek, Band 3). Dritte Auflage. Berlin: Rütten & Loening 1983, S. 474-517 und 642-644 (,Dekabristen. Roman' – und Anmerkungen zu dem Fragment).

WIE RUSSISCHE SOLDATEN STERBEN. DER ALARM (1854)

Russischer Text | Lew N. TOLSTOJ: Как умирают русские солдаты. ТРЕВОГА. | Kak umirajut russkije soldaty. Trewoga (*Wie russische Soldaten sterben / Der Alarm*, 1854). In: PSS (Sowjetische Gesamtausgabe in 90 Bänden: Polnoe sobranie sočinenij). Band 5, S. 231-236. Moskau 1935. [https://tolstoy.ru/online/90/05/]

Entstanden 1854 als Beitrag für ein Zeitschriftenprojekt *„Soldatskij westnik"* (Soldatenbote), welches jedoch vom Zaren nicht genehmigt wurde; postume Veröffentlichung u. a. 1928 in „Neisdannyie chudoschestwennyje proiswedenija".

Dargebotene Übersetzung | Leo TOLSTOI: Wie russische Soldaten sterben. Übertragen von Vera v. Mitrofanoff. In: Der neue Pflug, 2. Jahrgang (1927), Heft 3, S. 66-69.

Andere Übersetzung von Georg Schwarz | Lew TOLSTOI: Der Morgen eines Gutsbesitzers. Frühe Erzählungen. Aus dem Russischen übersetzt von Hermann Asemissen und Georg Schwarz. (= Gesammelte Werke in zwanzig Bänden. Herausgegeben von Eberhard Dieckmann und Gerhard Dudek, Band 2). Dritte Auflage. Berlin: Rütten & Loening 1981, S. 485-491 (,Wie russische Soldaten sterben. Alarm').

Onkelchen Shdanow und der Kavalier Tschernow (1854)

Russischer Text | Lew N. TOLSTOJ: Дяденька Жданов и кавалер Чернов | Djadenka Shdanow i kawaler Tschernow / Djaden'ka Ždanov i kavaler Černov (*Onkelchen Shdanow und der Kavalier Tschernow*, 1854). In: PSS (Sowjetische Gesamtausgabe in 90 Bänden: Polnoe sobranie sočinenij). Band 3, S. 271-273. Moskau 1935. [https://tolstoy.ru/online/90/03/]

Dargebotene Arbeitsübersetzung | Nach der Sowjetischen Tolstoi-Gesamtausgabe (‚PSS: Band 3, S. 271-273') übertragen ins Deutsche mit dem Programm deepL.com/de/translator; vom TFb-Herausgeber redigiert unter vergleichender Heranziehung der nachfolgend aufgeführten Übersetzung von Georg Schwarz.

Übersetzung von Georg Schwarz | Lew TOLSTOI: Der Morgen eines Gutsbesitzers. Frühe Erzählungen. Aus dem Russischen übersetzt von Hermann Asemissen und Georg Schwarz. (= Gesammelte Werke in zwanzig Bänden. Herausgegeben von Eberhard Dieckmann und Gerhard Dudek, Band 2). Dritte Auflage. Berlin: Rütten & Loening 1981, S. 481-484 (‚Onkelchen Shdanow und der Kavalier Tschernow').

Jermak und die Eroberung Sibiriens (1862/1872)

Russischer Text | L. N.: TOLSTOI: Ермак (История) | *Jermak* (Geschichte: 1862, veröffentlicht 1872). In: L. N. Tolstoj: Gesammelte Werke in 22 Bänden. Moskau: Khudozhestvennaja literatury 1982. Teil 10, S. 98-104. [Als Internet-Ressource: https://rvb.ru/tolstoy/01text/vol_10/01text/0157.htm] [Dazu auch ein Tagebucheintrag in PSS: Band 46, S. 109.]

Geschrieben bzw. nacherzählt 1862 als Kurzgeschichte für Kinder; Erstveröffentlichung im Sammelband ‚Asbuka' (Азбука, Alphabet): Zweites Buch, Teil 1. Sankt Petersburg 1872. – In der Gesamtausgabe | Lew N. TOLSTOJ: Азбука 1871-1872 | Asbuka (Alphabet-Sammlung 1871-1872). = PSS (Sowjetische / russische Gesamtausgabe in 90 Bänden: Polnoe sobranie sočinenij). Band 22 (Moskau 1957), dort S. 249-258: „ЕРМАКЪ". [https://tolstoy.ru/online/90/22/]

Dargebotene Übersetzung | Leo TOLSTOI: Jermak und die Eroberung Sibiriens. In: Leo TOLSTOI: Ausgewählte Erzählungen für die Jugend [enthält noch: Wovon die Menschen leben. Die Wallfahrer. Meine Hunde. Die Bärenjagd. Der Gefangene im Kaukasus]. Mit Illustrationen von W. Masjutin. = ‚Rechts Jugendbücher' Band 3. München: O. C. Recht Verlag 1922. [122 Seiten] [Online-Ausgabe: projekt-gutenberg.org].

Andere Übersetzungen | Leo N. TOLSTOI: Yermak und andere Geschichten. Deutsch von Carl Wild. Berlin: Hugo Steinitz 1888, S. 3-16. – Lew TOLSTOJ: Das Neue Alphabet. Ausgewählte Prosa aus dem Neuen Alphabet und aus den russischen Lesebüchern. Übertragen von Hermann Asemissen. Erste Auflage. Mit einem Nachwort von E. Dieckmann. Herausgegeben von W. Herzfeld. Berlin: Rütten & Loening 1960, S. 9-18.

DER GEFANGENE IM KAUKASUS (1872)

Russischer Text | Lew N. TOLSTOJ: Кавказский пленник | Kawkasski plennik (*Gefangener im Kaukasus*, 1872). In: PSS (Sowjetische Gesamtausgabe in 90 Bänden: Polnoe sobranie sočinenij). Band 21, S. 305-325. Moskau 1957. [https://tolstoy.ru/online/90/21/]

Dargebotene Übersetzung | Leo N. TOLSTOI: Der Gefangene im Kaukasus und andere russische Soldatengeschichten. Aus dem Russischen übersetzt von L. A[lbert]. Hauff. Zweite Auflage. Berlin: Verlag von Otto Janke 1911. [299 Seiten; erste Auflage 1888] [Online-Ausgabe: projekt-gutenberg.org].

*Weitere Übersetzer*innen* (Auswahl) | Hermann Asemissen; Erich Boehme [auch in: TFb_C010, S. 9-32]; Alexander Eliasberg; Wilhelm Goldschmidt; Elias Hurwicz; Marianne Kegel; Theo Kroczek; Waldtraut Krüger; Arthur Luther; Annelore Nitschke; Vladimir N. Rakint; Rosemarie Tietze [2018]; Carl Wild.

Zum Hintergrund | Vgl. TFb_C010, S. 449-450: Im Jahr 1872 nach einer wahren Begebenheit entstanden und zuerst im selben Jahr in der Sankt Petersburger Monatszeitschrift ‚Sarja' veröffentlicht. „Kombiniert ein Erlebnis Tolstois vom 13. Juni 1853 während seiner Militärzeit im Kaukasus – die Flucht vor dem Überfall von Tschetschenen auf fünf russische Offiziere, die sich vom Geleitzug entfernt hatten – mit den Erinnerungen eines russischen Obersten, der in tschetschenische Gefangenschaft geraten war." (Barbara Conrad) – „Die Erzählung läßt, ebenso wie … alle ‚Volkserzählungen', deutlich Einflüsse der Volkssprache erkennen. Im März 1872 schreibt Tolstoj an Strachow: ‚Ich habe meine Rede- und Schreibweise geändert. Die Volkssprache hat Töne, um all das auszudrücken, was ein Dichter zu sagen hat, und ich liebe sie sehr. Sie ist der beste dichterische Gradmesser. Will man etwas zu stark, übertrieben oder verkehrt ausdrücken, so erträgt es diese Sprache nicht. Unsere literarische Sprache dagegen hat kein Knochengerüst, man kann sie nach jeder Richtung hin- und herzerren, und es sieht immer noch nach Literatur aus'." (Gisela Drohla)

NIKOLAUS PALKIN (1886)

Russischer Text | Lew N. TOLSTOJ: Николай Палкин | Nikolaj Palkin (*Nikolaus der Prügelmann*, 1886/1891). In: PSS (Sowjetische Gesamtausgabe in 90 Bänden: Polnoe sobranie sočinenij). Band 26, S. 555-562 (und S. 563-571, 864: Varianten, Editionsgeschichte). Moskau 1936. [https://tolstoy.ru/online/90/26/]

Dargebotene Übersetzung | Leo N. TOLSTOI: Nikolaj Palkin. Zürich: Verlag der „Russischen Zustände" 1895. [16 Seiten].

Weitere Übersetzungen | L. N. TOLSTOJ: Nikolaj Palkin. Auflage: 3. Tausend. Berlin: A. Deubner 1896. [18 Seiten]. – L. N. TOLSTOI: Nikolaus Stockmann (1891). In: L. N. Tolstoi: Volkserzählungen. Von dem Verfasser genehmigte Ausgabe von Raphael Löwenfeld. Mit Buchausstattung von J. W. Ciffarz. Jena: Eugen Diederichs 1907. – Lew TOLSTOI: Nikolai Palkin, übersetzt von Günter Dalitz. In: Lew

Tolstoi: Philosophische und sozialkritische Schriften. (= Gesammelte Werke in zwanzig Bänden, herausgegeben von Eberhard Dieckmann und Gerhard Dudek, Band 15). Berlin: Rütten & Loening 1974, S. 728-740. – Sowie eine Arbeitsübersetzung in der Tolstoi-Friedensbibliothek: Band TFb_B001, S. 76-88 (nach PSS: Bd. 26, S. 563-571).

Zum Hintergrund des Textes | Vgl. TFb_B001, S. 219-220. Anfang April 1886 unternahm L. Tolstoi in Begleitung eine mehrtägige Reise zu Fuß von Moskau nach Jasnaja Poljana, um sich „vom luxuriösen Leben zu erholen". Bei der Heimkehr bewegten ihn besonders die Erzählungen eines 95-jährigen Soldaten, in dessen Haus die Wanderer eine Nacht verbracht hatten. Von der Arbeit am Text „Nikolai Palkin", der die Begegnung mit dem Greisen reflektiert, zeugt u. a. ein Brief Tolstois an W. G. Tschertkow vom 29. Juni 1886: „… und am Morgen war ich beschäftigt – hauptsächlich mit einem Artikel über die Staatsmacht, den ich mit der Geschichte eines Soldaten begann, aber dann kam das Mähen, und ich war den ganzen Tag auf dem Feld …". Ohne Wissen und Einverständnis des Verfassers verbreitete 1887 der Moskauer Student M. A. Novoselov die illegale, hektographierte Ausgabe einer Version von „Nikolai Palkin" (er wurde inhaftiert und kam erst Anfang 1888 auf Tolstois Fürsprache hin frei). Es folgten ab 1891 diverse – oft sehr fehlerhafte – Nachdrucke bzw. Übersetzungen im Ausland. Versuche, den Text auch in Russland selbst zu veröffentlichen, endeten 1906 mit der Konfiszierung einer Zeitschriftenausgabe und einer Broschüre. Erst nach Tolstois Tod wurde in der sog. sowjetischen „Jubiläumsausgabe" eine textkritische Fassung von „Nikolai Palkin" dargeboten (PSS: Band 26, S. 555-571). – Vgl. auch Lew TOLSTOI: Philosophische und sozialkritische Schriften. Berlin: Rütten & Loening 1974, S. 801: „Der Anlaß zu diesem Artikel war der Bericht eines fünfundneunzigjährigen Greises, mit dem Tolstoi während einer Fußwanderung von Moskau nach Jasnaja Poljana im April 1888 [*richtig*: 1886] zusammengetroffen war. Der Greis, ein ehemaliger Soldat, berichtete über die Mißhandlungen in der zaristischen Armee unter Nikolai I., dem man wegen seiner Härte gegenüber den Soldaten den Beinamen ‚Palkin' (Schläger) gegeben hatte. Der Artikel wurde erstmals 1891 in Genf gedruckt, mit zahlreichen Fehlern und Auslassungen. Die erste textgetreue Fassung erschien 1917 in Petrograd."

Übersicht zu den Bänden der
Tolstoi-Friedensbibliothek, Reihe A

TFb_A001 | Leo N. Tolstoi: *Meine Beichte*. Das Bekenntnisbuch in den Übersetzungen von H. von Samson-Himmelstjerna (1879) und Raphael Löwenfeld (1901). Mit einem Hintergrundtext von Pavel Birjukov. Norderstedt: BoD 2023.

TFb_A002 | Leo N. Tolstoi: *Vernunft und Dogma*. Eine Kritik der Glaubenslehre (I), übersetzt von L. Albert Hauff, 1891. Norderstedt: BoD 2023. [Werk wie A003]

TFb_A003 | Leo N. Tolstoi: *Kritik der dogmatischen Theologie*. Gesamtausgabe, übersetzt von Carl Ritter, 1904. Norderstedt: BoD 2023. [Werk wie A002]

TFb_A004 | Leo N. Tolstoi: *Kurze Darlegung des Evangelium*. Aus dem Russischen von Paul Lauterbach, 1892. Norderstedt: BoD 2023. [Werk wie A005]

TFb_A005 | Leo N. Tolstoi: *Das Evangelium*. Aus der Bibelarbeit, übersetzt von Nachman Syrkin u. a., nebst Begleittexten von Käte Gaede, Nikolay Milkov und Eugen Drewermann. Norderstedt: BoD 2023. [Werk wie A004]

TFb_A006 | Leo N. Tolstoi: *Worin besteht mein Glaube*? Übersetzungen von Sophie Behr (1885) und Raphael Löwenfeld (1902). Mit einer Einleitung von Eugen Drewermann. Norderstedt: BoD 2023.

TFb_A007 | Leo N. Tolstoi: *Was sollen wir denn tun*? Übersetzt von Carl Ritter (1902), mit einer Einführung von Raphael Löwenfeld. Norderstedt: BoD 2023.

TFb_A008 | Leo N. Tolstoi: *Über das Leben*. Übersetzungen von Raphael Löwenfeld und Willy Lüdtke, 1902/1929. Norderstedt: BoD 2023.

TFb_A009 | Leo N. Tolstoi: *Das Reich Gottes ist in Euch*, oder: Das Christentum als eine neue Lebensauffassung, nicht als mystische Lehre. (Christi Lehre und die Allgemeine Wehrpflicht). Übersetzung von Raphael Löwenfeld. Norderstedt: BoD 2023.

TFb_A010 | Leo N. Tolstoi: *Die Christliche Lehre*. Katechetische Schriften für Erwachsene und Kinder. Norderstedt: BoD 2023.

TFb_A011 | Leo N. Tolstoi: *Was ist Kunst*? Aus dem Russischen von Michaïl Feofanov (1902). Eingeleitet von Dr. Marco A. Sorace. Norderstedt: BoD 2023.

TFb_A012 | Leo N. Tolstoi: *An den Synod*. Texte zur Exkommunikation, Brief an den Klerus und Zeugnisse zum eigenen Glaubensweg. Norderstedt: BoD 2023.

TFb_A013 | Leo N. Tolstoi: *Was ist Religion*? Die Übersetzungen von Nachman Syrkin und Iwan Ostrow (1902), nebst weiteren Texten. Norderstedt: BoD 2023.

TFb_A014 | Leo N. Tolstoi: *Der Weg des Lebens*. Ein Buch für Wahrheitssucher. Neuedition der Übertragung von Adolf Heß, 1912. Mit einer Hinführung von Holger Kuße. Norderstedt: BoD 2023.

Tolstoi-Friedensbibliothek, Reihe B

TFb_B001 I Leo N. Tolstoi: *Texte gegen die Todesstrafe*. Über die Unmöglichkeit des Gerichtes und der Bestrafung der Menschen untereinander. Mit einem Geleitwort von Eugen Drewermann. (= Tolstoi-Friedensbibliothek Reihe B, Band 1). Norderstedt: BoD 2023.

TFb_B002 I Leo N. Tolstoi: *Staat – Kirche – Krieg*. Texte über den Pakt mit der Macht und das Herrschaftsinstrument Patriotismus. (= Tolstoi-Friedensbibliothek Reihe B, Band 2). Norderstedt: BoD 2023.

TFb_B003 I Leo N. Tolstoi: *Das Töten verweigern*. Texte über die Schönheit der Menschen des Friedens und den Ungehorsam. Neu ediert v. P. Bürger & K. Warnatzsch. (= Tolstoi-Friedensbibliothek: Reihe B, Band 3). Norderstedt: BoD 2023.

TFb_B004 I Leo N. Tolstoi: *Wider den Krieg*. Ausgewählte pazifistische Betrachtungen und Aufrufe 1899 – 1909. (= Tolstoi-Friedensbibliothek: Reihe B, Band 4). Norderstedt: BoD 2023.

TFb_B005 I Leo N. Tolstoi: *Das Gesetz der Gewalt und die Vernunft der Liebe*. Texte über die Weisung, dem Bösen nicht mit Bösem zu widerstehen. (= Tolstoi-Friedensbibliothek: Reihe B, Band 5). Norderstedt: BoD 2023.

TFb_B006 I Leo N. Tolstoi: *Bei den Armen*. Texte über die Lebenswirklichkeit der Beherrschten. (= Tolstoi-Friedensbibliothek: Reihe B, Band 6). Norderstedt 2023.

TFb_B007* I Leo N. Tolstoi: *Soziale Sünde und Revolution*. Texte über die moderne Sklaverei, Wege der Befreiung und den Irrweg des Blutvergießens. (= Tolstoi-Friedensbibliothek: Reihe B, Band 7). – *In Vorbereitung für 2024.

TFb_B008 I Leo N. Tolstoi: *Über Nichtstun, Moral, Recht und Wissenschaft*. Vier kleine Schriften aus den Jahren 1893 und 1909. (= Tolstoi-Friedensbibliothek: Reihe B, Band 8). Norderstedt: BoD 2023.

TFb_B009 I Leo N. Tolstoi: *Vier Auswahlbände und Breviere 1901/1928*. Sinn des Lebens – Gott und Unsterblichkeit – Aufruf zur Bruderschaft. (= Tolstoi-Friedensbibliothek: Reihe B, Band 9). Norderstedt: BoD 2023.

TFb_B010 I Leo N. Tolstoi: *Briefe 1848-1910*. Gesammelt von P. A. Sergejenko – vollständige Ausgabe (1911), mit einem Vorwort des Übersetzers Dr. Adolf Heß. (= Tolstoi-Friedensbibliothek: Reihe B, Band 10). Norderstedt: BoD 2023.

TFb_B011 I Leo N. Tolstoi: *Religiöse Briefe*. Übersetzt von Karl Nötzel – Neuedition der Ausgabe von 1922. (= Tolstoi-Friedensbibliothek: Reihe B, Band 11). Norderstedt: BoD 2023.

TFb_B012 I Leo N. Tolstoi: *Begegnung mit dem Orient*. Briefe und sonstige Zeugnisse über die Beziehungen des Dichters zu den Vertretern orientalischer Religionen – bearbeitet von Pavel Birjukov, 1925. (= Tolstoi-Friedensbibliothek: Reihe B, Band 12). Norderstedt: BoD 2023.

TFb_B013* | Leo N. Tolstoi: *Begegnung mit dem Judentum.* (= Tolstoi-Friedensbibliothek: Reihe B, Band 13). – *In Vorbereitung für 2024.

TFb_B014 | Leo N. Tolstoi: *Grausame Genüsse.* Texte über das Leiden der Tiere, die Ernährung ohne Töten und Betäubungsmittelgebrauch. (= Tolstoi-Friedensbibliothek: Reihe B, Band 14). Norderstedt: BoD 2023.

TFb_B015 | Leo N. Tolstoi: *Die sexuelle Frage.* Eine Anthologie des Jahres 1901 – Anhang. (= Tolstoi-Friedensbibliothek: Reihe B, Band 15). Norderstedt: BoD 2023.

TFb_B016 | Leo N. Tolstoi: *Pädagogische Schriften.* Gesamtausgabe von R. Löwenfeld. (= Tolstoi-Friedensbibliothek: Reihe B, Band 16). Norderstedt: BoD 2023.

TFb_B017 | Leo N. Tolstoi (Bearb.): *Gedanken weiser Männer.* Übersetzt von Adolf Heß. (= Tolstoi-Friedensbibliothek: Reihe B, Band 17). Norderstedt: BoD 2024.

Tolstoi-Friedensbibliothek, Reihe C

TFb_C001 | Leo N. Tolstoi: *Aus meinem Leben.* Kindheit – Knabenalter – Jugendzeit. (= Tolstoi-Friedensbibliothek: Reihe C, Band 1). Norderstedt: BoD 2024.

TFb_C002 | Leo N. Tolstoi: *Kriegsbilder und andere Dichtungen aus der Zeit beim Militär.* (= Tolstoi-Friedensbibliothek: Reihe C, Band 2). Norderstedt: BoD 2024.

TFb_C003 | Leo N. Tolstoi: *Frühe Erzählungen – Der Morgen des Gutsherrn …* (= Tolstoi-Friedensbibliothek: Reihe C, Band 3). Norderstedt: BoD 2024.

TFb_C004 | Leo N. Tolstoi: *Die Dekabristen – Romanfragment, nebst anderen Texten …* (= Tolstoi-Friedensbibliothek: Reihe C, Band 4). Norderstedt: BoD 2024.

TFb_C010 | Leo N. Tolstoi: *Volkserzählungen 1872-1909.* Übersetzt von Erich Boehme. (= Tolstoi-Friedensbibliothek: Reihe C, Band 10). Norderstedt: BoD 2024.

TFb_C012 | Leo N. Tolstoi: *Späte Erzählungen – Der Tod des Iwan Iljitsch …* (= Tolstoi-Friedensbibliothek: Reihe C, Band 12). Norderstedt: BoD 2024.

TFb_C014 | Leo N. Tolstoi: *Hadschi Murad – Erzählungen aus dem Nachlass.* (= Tolstoi-Friedensbibliothek: Reihe C, Band 14). Norderstedt: BoD 2024.

TFb_C015 | Leo N. Tolstoi: *Göttliches und Menschliches – Erzählungen aus dem Nachlass.* (= Tolstoi-Friedensbibliothek: Reihe C, Band 15). Norderstedt: BoD 2024.

Tolstoi-Friedensbibliothek, Reihe D

TFb_D001 | Raphael Löwenfeld: *Zwei Schriften über Leo N. Tolstoi und sein Werk.* (= Tolstoi-Friedensbibliothek: Reihe D, Band 1). Norderstedt: BoD 2024.

TFb_D002 | *Antisemitismus, Pogrome und Judenfreunde im russischen Zarenreich.* Quellentexte und Forschungen aus den Jahren 1877-1927. Ausgewählt von Peter Bürger. (= Tolstoi-Friedensbibliothek: Reihe D, Band 2). Norderstedt: BoD 2024.